LOS GLORIOSOS SESENTA Y DESPUES

LOS GLORIOSOS SESENTA Y DESPUES

Novela

Marta Merajver Kurlat

Jorge Pinto Books Inc.
New York

Los Gloriosos Sesenta y Después

Primera edición en español, Junio 2007

Copyright © 2007 Marta Merajver Kurlat

Edición: Andrea Montejo.
Diseño de la portada: Susan Hildebrand
Fotografía de la portada: *Violin Resting on Sheet Music* © Licencia de Corbis
    Corporation
Composición tipográfica: Cox-King Multimedia, www.ckmm.com

ISBN: 0-9790766-6-8
        978-0-9790766-6-4

NOTA DE LA AUTORA

Este libro surgió como producto de la fantasía de la autora, encendida por cuestionamientos internos que iban despertando a medida que el mundo que había conocido se transformaba.

Los personajes y situaciones que anudan la historia habitan sólo en su imaginación; cualquier parecido que se pretenda encontrar entre ellos y personas reales, vivas o muertas, es enteramente casual, a excepción de los hechos políticos que efectivamente ocurrieron y de quienes los protagonizaron.

Aún así, en la medida en que se trata de una obra de ficción, deliberadamente no se ha respetado el tiempo cronológico de estos acontecimientos ni la geografía estricta donde tiene lugar la acción, puesto que sirven de mero telón de fondo contra el cual se recortan las vidas de estos personajes. Tal vez asombre la reiteración de palabras referidas al tiempo. «Cuando, antes, después, ahora, ya, instante, momento», y muchas otras, insisten en el texto. Quizá corresponda aclarar que se trata de un recurso intencional, puesto que sin la marcación del tiempo, las variables del espacio pierden sus coordenadas.

Aunque el relato y su itinerario tengan aparentes visos de realidad, no son más que efectos caleidoscópicos: cada uno verá algo diferente según acomode los cristales de colores.

En vista de lo dicho, no se moleste el lector en señalar errores ni en buscar afanosamente la verdad de lo que aquí se relata, puesto que la autora es consciente de las libertades que se ha tomado en las fechas, los lugares, y la construcción de los hombres y mujeres que quiso convertir en figuras paradigmáticas de una generación que suele ser recordada masivamente bajo otros rostros y actitudes ampliamente descriptos por la literatura testimonial y revisionista.

AGRADECIMIENTOS

Mi inmenso reconocimiento a Jorge Pinto, mi editor, que siguió paso a paso el desarrollo de este relato, aportando sugerencias que contribuyeron a destacar detalles que, de no ser por su minucioso análisis, habrían pasado inadvertidos o relegados a los bordes de la trama. Agradezco, además, su aliento constante y su paciencia, que me permitieron llegar a puerto libre de presiones.

Gracias al Oso, que con métodos detectivescos, lupa y calibre en mano, calculó distancias y estudió mapas de la época para dar visos de verosimilitud a los recorridos que aquí se narran; a los colegas que dedicaron tiempo a la lectura del manuscrito, ampliando la perspectiva con sus meditados comentarios; a los amigos que no cesaban de preguntar e interesarse por la gestación de esta obra y, entre estos últimos. muy especialmente a Catalina Chervin, que desde otro campo del arte —el dibujo y el grabado —me hizo ver que los procesos de la creación se hermanan aunque las herramientas sean distintas.

COMENTARIO

La *Fundación Argentina por la Cultura* (telón culturo-cosmético de una dictadura cuyos títeres son Cuello Duro, Lentes Gruesos, Tic Nervioso y Tinta Verde) se propone *"levantar la imagen del país ante el mundo"* mediante la gira de una excepcional orquesta de cámara. La agrupación, con mayoría de argentinos, viajará por Nueva York, París y buena parte de Italia, conviviendo bajo la batuta genial del Maestro Kovaciuk y la voluntad de Alicia, secretaria improvisada aunque con un envidiable instinto de independencia. Pero en realidad es lo impredecible de ambos que permite a los músicos (y a ellos mismos) interactuar en un microcosmos en el que los lectores quedan definitivamente atrapados. Casi una docena de intérpretes participan en un sorprendente intercambio de ideas, ideales y sentimientos, sinceridad e hipocresía, ingenuidad y experiencia, mundaneidad y torpeza, esnobismo y refinamiento, amor y odio, docilidad y exceso de poder. Atrás queda el recato de los '50. Fieles a su plenitud —casi todos son jóvenes— viven un poco a contramano, sobrevolando una nueva era que, desde las grandes urbes, se obnubila con LSD, se rebela con marchas de protesta y barricadas de todo tipo, y se pavonea con la *gauche caviar*, el amor libre, el flower power, el op art, los happenings, las bocinas musicales, los *flippers* y hasta los vestidos descartables.

Buenos Aires, alfa y omega de estos seres trashumantes, a veces es sólo una referencia lejana. Un *castello* italiano los alberga y es esencialmente allí donde esta estupenda novela de Marta Merajver-Kurlat alcanza una madurez que subraya la excepcional calidad de su arte narrativo. La multiplicidad de escenas y escenarios, la calidad de sus descripciones, la verosimilitud (políglota) de los diálogos, el habilísimo uso de breves monólogos interiores, el humor punzante, la incisiva/implacable mirada psicológica y el diestro manejo del contexto socio-histórico-cultural: todo se conjuga para señalar a una autora de excepción y que ya habíamos descubierto con su primera obra, "Gracias por la Muerte".

Hugo —il Maestro—, Alicia Curi, el "prusiano" Wilhelm, el sueco Lars, el sardo Nino, la *contesa* Isabella, Esteban y su pipa, Karly el pianista, Marcos el pusilánime, Leni la cabal, la "gorda" Graciela, los provincianos Enrique, Mario y Floro son algunos nombres de esta galería inolvidable. Aman y odian, atacan y se defienden, y —por sobre todo— viven con intensidad. Son todo parte de una trama ágil y concisa que no deja de apuntar con justeza que "la música afirma la existencia del alma", que para muchos "callar conjura la inexistencia de los hechos" y que "los uniformes no constituyen antídoto contra la corrupción". Detrás puede sonar lo mejor de Telemann, Boccherini o Haydn aunque también se escucha la parafernalia de Pink Floyd , la *dolcezza* de Modugno y versos evocadores de varios tangos. Y hasta es posible caminar con todos ellos —con la intención letánica del Ash Wednesday de T.S.Eliot— a lo largo de la Via dell'Impero (esa monumental quimera fascista) para desembocar, paradójicamente, en la Abadía de Fossanova, donde reposan los restos de la razón y la fe del Aquinatense. Allí la música, en primer plano, es la única posible: esa cantata de "La Eternidad sujeta al Tiempo".

Y el "después" de la historia, lo que sigue a los gloriosos sesenta, es otro acierto que no se queda en lo literario: el olvido, tan temido, no sólo se adueña de las utopías.

JORGE PAOLANTONIO.
Buenos Aires, Abril de 2007.

Because I know that time is always time
And place is always and only place
And what is actual is actual only for one time
And only for one place

[...] I pray that I may forget
These matters that with myself I too much discuss
Too much explain ...

T. S. ELIOT
ASH WEDNESDAY

Non, rien de rien,
Non, je ne regrette rien.

MICHEL VAUCAIRE

1968

BUENOS AIRES

I

Usted está en la luna no se fija tiene que poner atención así no se puede trabajar, las palabras de su jefe la persiguieron hasta arrinconarla entre el gordo que le clavaba el portafolio en el costado y esa otra chica tan convencional, en el colectivo repleto a media tarde.

Ocho horas en la oficina porque todo el mundo tiene que trabajar, la cosa es conseguir un puesto y hacer lo menos posible; vivir preso y pendiente de ese mundito mezquino donde cada uno cuida su goma de borrar y su silla hasta que llegue el momento de la jubilación; donde pedir un carbónico prestado es una humillación, pero los carbónicos se gastan y ensucian las copias; una no sabe cuándo sucede: ahí están las manchas negras, y las teclas traicioneras de la máquina de escribir eléctrica saltan sin que se las oprima y entonces escapar, correr al frío, a la lluvia, lejos del desamparo con calefacción y teléfonos que no cesan de sonar.

El timbre del jefe, impaciente, «Señorita, Señorita lo pasó en limpio llamó al Señor Fulano archivó comprobó buscó se ocupó reservó por qué no? ¿POR QUÉ NO? Señorita esto no se puede presentar así a un Ministro», y la risa cómplice acompañando la mirada resignada al jefe de la sección vecina y el encogimiento de hombros porque estas secretarias son todas iguales, viejo.

—Hoy no voy a salir a almorzar. Pídame dos sándwiches de jamón y un vaso de leche fría.

(Por qué no se le ocurrirá al gallego del bar ponerte insecticida en la leche todas iguales no; está Elda, que tiene taitantos y se va a morir detrás de un escritorio, tan ordenada, tan rápida, tan conforme consigo misma y feliz de copiar cartas imbéciles que hay que rehacer tres veces porque y que duermen sobre cualquier parte hasta que finalmente se despachan para seguir durmiendo en otra; y Chiche, que se queja todo el día; pero yo, yo estoy harta; me ahogo en sus relojes, señor jefe *—No me llame doctor; no, llámeme doctor—* en sus indicaciones reconvenciones reuniones de staff a nivel senior y a nivel junior, en sus cifras y en su letra puntillosa con tinta verde, y me enferma su risa cuando cree que hizo un chiste).

—Permiso permiso por favor... Permiso para bajarse en la esquina para ir al baño en la escuela para entrar a las habitaciones cuyas puertas están cerradas pero todas las puertas están cerradas aunque a veces no haya puertas permiso para nacer. Era tan cómodo ahí adentro mamá, me sentía tan segura y vos me alimentabas y me protegías me acariciabas por sobre tu vientre hinchado y yo dormía, cuando crezca voy a ser.
—¿De quién sos, Alicita? —preguntaban las tías.
—Soy de papá y mamáaa.
—¿Y qué vas a ser cuando seas grande?
—Ahogada, como la tía Juanita.
—Jajajá, miren qué cosita rica; abogada, quiso decir, pobrecita —festejaban las tías.—¿Por qué no tenés novio, Alicia? —indagaban las tías.
—Qué sé yo; los muchachos se ponen de novios con otras...
—¿Y si escribieras al «Correo Sentimental» de *Vosotras*?

Usted misma se contesta, querida amiga; me dice que los muchachos la consideran una buena compañera; lo cual significa que usted se coloca frente a ellos en un plano de igualdad, compite con su inteligencia, no les coquetea... Debe mostrarse más femenina, hablar menos, saber escucharlos y admirarlos. Verá cómo pronto tiene una corte a su alrededor, y de ahí saldrá quien la hará feliz toda la vida.
   Cariñosamente,
      Valeria Conseja

Usted debe comportarse como una gatita, Alicia: ronronear y menear la cola, maullar de vez en cuando, restregarse contra las patas de las mesas, enroscarse en los sillones, tomar solamente crema blanquísima y lamerse las zarpas, sin mostrarlas, Alicia, sin mostrarlas.
—Permiso.

***

—EL MAESTRO no ha llegado todavía. Tome asiento, por favor.
Asiento es el sillón de cuero blanco en un subsuelo oscuro, el único mueble moderno entre todos esos cachivaches tan amorfos como

el empleado que la mira entre curioso e indiferente, articulando cuidadosamente las mayúsculas que salen de su boca redonditas —EL MAESTRO— para cobrar volumen en el aire y hundirla en el almohadón, y ella se pregunta, ya en contra, por qué el Maestro.

Cristo fue el Maestro, magister, Maestros Cantores de Viena, Maestros zapateros, ella es maestra normal... ¿pero él?

Él baja la escalera en tres saltos y —qué extraño— no tiene cabeza de magister sino de BUSTO DE JOVEN NOBLE (Museo de Atenas); le sonríe y entonces es bueno; se pasa la mano por el pelo espeso y oscuro, apenas canoso, y entonces se ve confundido; se disculpa por haberla hecho esperar; ¡se disculpa! Y entonces es un caballero.

—Usted es... la amiga de Nino, ¿verdad?

—Soy Alicia Curi —ella fuerza la sonrisa y se muerde la lengua para no empezar con el pie izquierdo. Cómo quisiera gritar: «No, no soy *la* amiga de Nino, soy amiga de Nino, qué se ha creído».

—Mmm... sí, claro. Alicia Curi. Por aquí, por favor.

Extiende un brazo elegante para indicarle que pase adelante, mientras se pregunta de dónde habrá sacado Nino este ejemplar de colección, alta y lisa como una tabla, tapada —porque decir vestida sería un insulto a las modistas— desde el cuello hasta las rodillas con ese ridículo vestidito azul con pequeñas flores rojas y cuello y puños de puntilla blanca, zapatos de taco antiguo, el pelo castaño y lacio recogido en un moño sin gracia. Ya en el despacho —caos que alguien tendrá que ordenar... bueno, tal vez ella sirva para eso—, sentado frente a ella, escritorio de por medio, repara en el rostro claro, los ojos negros y profundos bajo unas cejas de trazo grueso y natural, y la boca firme, demasiado, quizás, para la obediencia ciega que él pretende. Pero, en fin, le había prometido a Nino entrevistar a su amiga, de modo que...

—Bueno, a ver... dígame, Alicia ¿Por qué quiere ser mi secretaria?

¡Ahí vamos de nuevo, Dios mío! Yo no quiero ser tu secretaria; en realidad lo que quiero es no ser secretaria, y no quiero ser de nadie; y porque no quiero ser secretaria voy a ser la tuya, para que me saques de esa oficina asquerosa, del despertador a las seis de la mañana, de Tinta Verde, de la soledad.

—La verdad es que me parece muy importante lo que usted hace, y me encantaría viajar y acompañarlo en su tarea.

—Pero usted es muy joven, ¿no? ¿Qué piensa su familia? —inquiere él, sabiendo que tendría que preguntarle la edad sin vueltas, pero no vale la pena, no será ésta, no.

—Mis padres ... murieron en un accidente de trenes. Hace diez años. Bah, tengo unas tías; vivo con ellas, pero tomo mis propias decisiones.

—Qué bien. Una mujercita independiente, ¿eh? —él está tratando de resolver si le pedirá que deje su currículum o la dejará ir con alguna frase vaga y cortés, pero ella se le adelanta.

—Acá está mi currículum —dice con esa voz neutra que no permite adivinar su estado de ánimo, ni ahora ni nunca, y deja un sobre prolijamente cerrado sobre el escritorio—. Yo sé que muchas personas quieren este empleo, muchas con experiencia en este trabajo suyo tan especial ... Yo no sé de esto, pero aprendo rápido. Y quién sabe, a lo mejor ... —y su mirada brilla reflejada en los ojos de él—. No le quito más tiempo.

Él se pone de pie y le promete avisarle su decisión por intermedio de Nino. Casi le sorprende el ademán de ella, que espera que le estreche la mano en la despedida.

—Adiós, Alicia. Yo no doy la mano. No me lo puedo permitir, usted sabe. Mis manos están aseguradas en un cuarto de millón de dólares.

Y ella asiente con la cabeza y desaparece tras la puerta. Para siempre, piensa él.

II

—¿Y?

—Y, ¿qué?

—¿Te vas, nomás?

—Sí. El Maestro me eligió entre muchos, sabés. No puedo dejar pasar esta oportunidad. Te imaginás qué fabuloso, tocar en Nueva York, París, Roma...

—¿Y yo? ¿No te importa dejarme, Karly?

—¡Pero si no te dejo! Es solamente por un año, Leni. Te prometo escribirte todas las semanas, y además el Maestro dijo que si vos te pagás el viaje, o te conseguís una beca, te podés quedar con nosotros. ¿No es un tipo bárbaro?

—Pero Karly, de dónde mierda voy a sacar una beca ahora, si faltan nada más unos días para que se vayan. Claro, me puedo pagar el pasaje, ¿no? ¿Me querés decir con qué? ¿Desde cuándo tengo guita yo?

—Bueno, *mein Ängel*, no te pongas así. No hace falta que viajes con nosotros; podés venir después. Mirá: vos tratá de conseguirte la beca y yo me voy a ocupar de romperle las pelotas al Maestro todos lo días para que te dé una mano, ¿sí?

—Mmm.

—¿Me querés, Leni?

Debe ser la tercera vez en una hora que te pregunto si me querés; yo sé que sí, pero te lo pregunto porque también sé que te gusta; así te sentís más importante y más mimada; más persona, como dijo el Maestro la otra noche, aunque él no sabe que Miller lo dijo primero, que las mujeres se resienten cuando uno solamente las ve en vagina, que es como decir en cosa, y yo me pregunto qué más quieren, si por lo menos como cosa valen sin discusión. Así que por eso te lo pregunto, linda; y sí que estás linda hoy con ese vestido pero por qué te pondrás siempre estos vestidos tan incómodos que uno no sabe por dónde meter las manos, me encanta tu piel mañana tengo que hacer las últimas compras a ver si me olvido de algo pensar que cuando estoy con vos me siento tan bien que puedo concentrarme en cualquier cosa y organizarme con toda tranquilidad, pero cuando estoy con otra gente no me acuerdo de vos para nada, es como si no existieras... salvo, claro, cuando Esteban me pregunta, y entonces le cuento, pero es difícil contar exactamente lo que pasa porque cuando vos no estás y me tengo que acordar es como si no pasara nada, como si no hubiésemos estado juntos en absoluto, y me gusta así, me revientan esas parejas que no se despegan, tan dependientes el uno del otro, anulados, sin personalidad. Yo sé que vos pensás igual, por eso te elegí; no soportaría una de esas mujeres que no te dejan respirar vos estás a mi altura, razonás, y eso es lo importante, fijate, para el futuro, porque si te tuviera metida adentro no podría hacer nada de lo que quiero; en cambio así te veo cuando tengo un rato, o cuando Esteban no pone trompa —No me toques ahí, mein Ängel— dicen que al final hay veces que uno no puede más y se la metería a la fuerza aunque llore y chille —Nenita, vamos, que tengo mucho sueño, ¿eh? El último. Yo también. Sí, mein Schatz, claro que de veras.

—¿Me querés? —pregunta Karly, rubio y sonrosado, con Leni estirada sobre su cuerpo como una manta liviana y dulce. Pero no son sólo sus pensamientos los que corren mientras sus manos buscan una parte del vestido que les permita acceder a la tibieza sedosa de la piel. Leni discurre con él en paralelo, parapetada en el silencio de los gestos que burlan al amor.

Al fin de cuentas ¿qué es querer? Vos me preguntás si te quiero y yo te digo sí, y entonces te sentís ancho y me besás y me acariciás y aunque digas que siempre estás pensando en nosotros mentira porque si pensaras te darías cuenta de que mi «sí te quiero» no contesta tu pregunta porque estamos hablando de cosas distintas, método Olendorff ¿tiene usted mi lápiz? No, pero llueve en el jardín. Y qué hay con eso, si todos hablan así; bueno, así anda el mundo y así andamos vos y yo, a mil leguas, vos para el sur y yo para el norte. Pero qué importa si lo que vale es estar juntos, bien agarraditos para que todos nos vean. No, esto tampoco es lo que pensás lo peor es que creés que así estamos bien porque hay otras parejas que se pelean todo el tiempo y vos y yo no, vos porque creés que así estamos bien y yo porque es cómodo así, por lo menos mientras estamos acá en la plaza porque después me da una bronca bárbara pero ahora que me estás besando ¿voy a frenarte para decirte lo que siento? ¿o lo que pienso? Sí, porque yo también pienso, sabés; mirá qué cosa, aunque sea un ratito, todos los días. Si por lo menos no me la quisieras pegar con el cuento del amor, si reconocieras que más o menos una vez por semana te da por franelear —¿nunca te va a dar por lo otro, che?— bueno, a lo mejor yo agarraría viaje de lo más contenta o te mandaría al carajo, quién sabe, pero no, a vos hay que quererte y creerte que querés, y ayudarte a mentir y aguantarse piola a tu

Esteban, a tu Maestro, y a tutti gli fiocchi. Y bueno, sí; te quiero
—No, ahí no, salí, no seas salvaje— sí te quiero cuando estoy con
vos tengo ganas de morderte y acunarte y esas cosas, pero cuando
estoy sola te mataría ya sé que son todos iguales pero qué querés, se
lidia con uno por vez y una se olvida de lo que le pasó antes además
parece que fueran al revés a propósito: éste te deja porque le das
demasiada soga entonces le parás el carro al siguiente y se te escapa
por puritana, quién los entiende ves por ejemplo ahora te comería
a besos; seguro que si te imaginaras te morirías del susto —Movete
un poco que se me duerme la pierna, Karly— y lo peor es que si no
fueras como sos todo podría ir tan bien no me mires con esa cara
de cómo soy porque lo sabés muy bien nunca preguntás nada hacés
lo que se te antoja como ahora que estás tan feliz chupándome la
garganta cuando sabés que odio que me dejes marcas que por ahí
la vieja todavía está levantada y me pregunta y esa roncha nena
con risitas de ya-sé-qué-mosquito-te-picó y en una de esas se mufa
y todo aunque nunca se mete en lo que hago por si me hace perder el
candidato, pobre vieja, creer que ustedes egoístas pedazos de piedra
aspirantes a Maestros pueden ser candidatos para alguien.

—¿Qué? ¿Ya vamos? No, mi alma, por favor quedémonos, por
favor . . . ¡Ah! ¡No me hagas eso, me vuelve loca! ¡Ayyy! Te adoro,
Karly, apretame más, te adoro te adoro.

III

—*Allora, hai parlato con quella ragazza?* —Bajo, morrudo, moreno, Nino era el arquetipo del italiano del sur. Un cuerpo eléctrico siempre en movimiento, una mirada oscura que no se detenía más de un segundo en aquello que lo rodeaba; pero en ese segundo devoraba cada detalle, y su oído —fino oído de músico— no perdía matiz alguno de las voces, les pusiera o no atención.

Sentado frente al Maestro en el restaurante del hotel donde ambos se alojaban habitualmente en Buenos Aires, lanzó la pregunta, casi distraídamente, concentrándose en el lenguado a la meuniére que acababan de servirle.

El Maestro devoraba su selección de achuras de cordero. Hombre de grandes apetitos, comida y sexo, y de una sola pasión: la música, la transmisión de la música, y llevarla por el mundo para que ricos y pobres se sumergieran en el goce supremo de sentirla propia. Sin levantar la vista del plato, respondió:

—*Sí, ho parlato con lei. E anche, ho sentito che tu mi prendi in giro.*

—¿Cómo que te estoy tomando el pelo? —saltó Nino—. ¿Acaso no sabe idiomas, no maneja las cuestiones administrativas que te vuelven loco? Y, *supra tutto*, ¿no es tan poco atractiva que no hay ningún peligro de que se enrede con *gli ragazzi*? O *meglio*, que a ninguno se le va a pasar por la cabeza enredarse con ella? ¿No era eso lo que querías? Y además es cultísima, debe haber leído bibliotecas enteras . . . No sé para qué sirve tanta cultura, pero la tiene.

—*Certo*, pero también necesito que se vista apropiadamente para los conciertos, para las recepciones . . . Esta chica está peleada con la moda. Y no tiene la menor idea de nuestra actividad. Ella misma lo dijo: no tiene experiencia en esto.

Nino se sonrió para sus adentros. Era típico del Maestro. Desde que se habían conocido en un seminario de música de cámara en Roma, donde el Maestro lo había reclutado para su grupo de elite porque Nino era «el mejor contrabajista que había escuchado jamás», siempre era *voglio e non voglio*.

Los unían las diferencias: el Maestro era un argentino formado en Europa, pero raspando la pátina de hombre de mundo que había adquirido en el roce con músicos de fuste y con la alta clase social que había apoyado su carrera a instancias de quienes lo habían reconocido como a un par en potencia, seguía siendo el hijo de primitivos inmigrantes rumanos que había pasado de juguetear con el violín en el que su padre tocaba danzas de aldea a desarrollar ese raro don del genio nato, el don inexplicable del artista consumado, indiscutido, un enigma hasta para sí mismo, enigma que él aceptaba sin preguntarse en virtud de qué milagro. A Nino, en cambio, nunca le había interesado recubrir su origen humilde, su lenguaje descuidado, ni su meta en la vida. El contrabajo era el instrumento que había elegido porque se sabía bueno entre pocos: el contrabajo tenía que darle dinero; el dinero y el aura que irradiaba el Maestro le procurarían, por extensión, mujeres. Y automóviles: veloces como el viento, arrastrándolo al vértigo de las sinuosas rutas de la montaña, allá en Calabria; a la lucha entre el hombre y la máquina, en oposición a la docilidad de las cuerdas del contrabajo y de las mujeres. Haciendo a un lado el plato vacío, encaró a su mentor.

—*Bene*. Analicemos. ¿Cuánto tiempo queda para decidir?

—Nada. Una semana.

—¿Y a cuántas entrevistaste? —Nino ya conocía la respuesta, pero no estaba de más recordársela al otro.

—A tres, sin contar la tuya.

—Y seguro que había por lo menos una que calificaba, *vero?*

El Maestro chasqueó los dedos para pedir la cuenta y frunció el ceño.

—Sí. La ideal era la inglesa, la secretaria de Manzoni, que trabajó veinte años con él y se las sabe todas.

—¿Pero . . . ? —Nino iba hasta el fondo; no quería sobreentendidos.

—No le podemos pagar lo que pretende. Y de las otras dos, una apenas si balbucea el inglés y la otra es casada, con dos hijos. No entiendo para qué se postuló, sabiendo que iba a tener que viajar meses sin volver a Buenos Aires. Se la habría pasado llorando de la mañana a la noche.

—¿Y qué te queda?

Casi con rabia, el Maestro admitió:

—La tuya.

—*Vedi?* —Nino sonrió suavemente—. A questa Alicia se le puede enseñar a vestirse, es inteligente y no tiene ataduras. Y para que sepas, por si acaso, no es nadie especial para mí. La conocí en un almuerzo, en casa de unos parientes de mi madre que emigraron a la Argentina cuando yo era chico. Ella es amiga de la hija. Resultó que trabajaba en la Fundación, en otro departamento, y odia el empleo. *Ecco qua*. No hay ningún misterio.

Levantándose apresurado, con Nino corriendo detrás, el Maestro masculló:

—La tendré que llamar para una segunda entrevista. Aunque está bien lejos de lo que me gustaría llevarme. Pero como me hiciste notar, no queda tiempo. Y la maldita Fundación insiste en que la secretaria tiene que ser argentina. Ya les molesta bastante que haya varios músicos extranjeros. Y, claro, los que ponen la plata son ellos. Los argentinos son más baratos.

IV

Una tranquila mañana de sábado, sentada sobre un banquito en la cocina del minúsculo departamento que compartía con sus tías, Alicia trataba de contagiarles su entusiasmo por el giro radical que iba a tomar su vida. Las tías se ajetreaban preparando el almuerzo; solteronas y devotas, de edad indefinida, estas dos hermanas de su padre, habiendo vivido juntas toda su vida, eran un calco la una de la otra: altas y enjutas, con los cabellos grises recogidos en un severo rodete, y vestidas de luto estricto —a pesar de que la última muerte en la familia había ocurrido casi diez años atrás, cuando el hermano que idolatraban y su mujer habían quedado atrapados en un tren que, luego de haber sido arrollado por otro que vaya a saber por qué no había hecho el cambio de vía correspondiente, se había prendido fuego, dejando sembrados entre sus restos cuerpos irreconocibles.

Joaquina, la mayor, aceptaba en silencio las razones de su sobrina. En su juventud, ella también había querido otra vida, pero la época no se prestaba para que una señorita «de familia» saliera de la casa paterna si no era del brazo de un marido. Y tampoco se trataba de un marido cualquiera: debía reunir ciertas condiciones. Así sus padres le habían ido espantando posibles candidatos hasta que fue demasiado tarde para casarla, y ella ya había perdido cualquier impulso de rebelión que la empujara a buscar su destino fuera de la seguridad del hogar.

Mabel, en cambio, había rechazado sistemáticamente pretendientes apropiados —según el criterio de sus padres— esperando la llegada del Príncipe Azul que se le había metido en la cabeza de tanto leer folletines. Estaba convencida de que Alicia cometía un grave error al abandonar un ambiente seguro y conocido, donde acabaría por encontrar novio, para lanzarse por esos mundos de Dios —del Diablo, mejor dicho— a atraer la desgracia, *que no viene sola, Alicia; la vamos a buscar. Si mi querido hermano no hubiera insistido en hacer ese viaje... Y encima vos te vas en avión...*

—Pero tía, ¿no te das cuenta de que es la única manera de conocer el mundo si una no tiene dinero? Yo sueño con el mundo; no me conformo con verlo en las películas. Y si no lo hago ahora, que soy joven, ¿cuándo? Un día te mirás en el espejo y no te reconocés; las piernas te fallan, te llenan de remedios...

Alicia se interrumpió bruscamente, en el momento mismo en que comprendió que estaba retratando el destino de sus tías con una impiedad no menos dolorosa por inconsciente.

El ring-ring del teléfono salvó la situación. Corrió a atender, agradeciendo mentalmente el poder salir de la cocina con una excusa válida.

—Hola.

—¿Ali? Soy Juanjo. Te llamo para decirte que esta noche nos reunimos en la casa de Hernán. Por supuesto, te esperamos, tipo nueve ¿dale?

Juanjo, un amigo (*¿por qué no tenés novio, Alicia?*) del grupo con el que compartía salidas, un grupo nutrido que se deshacía cuando los miembros estaban en pareja para rearmarse cuando rompían relaciones. Pero al fin y al cabo, *su* grupo, su lugar de pertenencia en medio de una generación que se lanzaba hacia el precipicio de la guerrilla sin saber que serían carne de cañón y moneda de canje de los dirigentes, o bien se perdía en las ensoñaciones del humo de marihuana, entonando cánticos de paz y amor, tan ciegos a la realidad como lo estaban los futuros combatientes. Pero hoy . . . hoy no tenía ganas de compartir con nadie el nuevo horizonte que le bullía en la cabeza.

—Ay, Juanjo, justo esta noche no puedo. Estoy cansadísima . . . hecha un desastre. Mejor lo dejamos para otro día.

—No quedan días, boba. Te vas pasado mañana. Todos te queremos ver, así que si no venís, te voy a buscar.

Alicia sabía que Juanjo era muy capaz de emprenderla a bocinazos frente a la puerta del edificio a cualquier hora de la noche, provocando la desaprobación de sus pacatos vecinos, y ni hablar de sus tías. De mala gana, cedió.

—Está bien. A las nueve.

Y colgó el tubo, resignada a «disfrazarse» de sábado a la noche, y sufriendo por anticipado las largas horas que faltaban, llenando los espacios vacíos con el almuerzo que preparaban las tías, una siesta, y luego las tres juntas frente a la tele, Joaquina y Mabel hipnotizadas por el programa ómnibus de Pipo Mancera, y ella, levantando de vez en cuando la mirada del libro que leía, preguntándose de dónde sacaba cuerda el conductor para no flaquear un instante en lo que a Alicia le parecía una eternidad frente a las cámaras.

A las ocho, tras una ligera ducha, se secaba enérgicamente con un toallón violeta que hacía contraste violento con la porcelana transparente de su piel. Entre las axilas y la parte interna de los brazos se entreveía el pálido azul de las venas. En sus más locas fantasías, Alicia imaginaba ser la versión trastocada de alguna rara especie de centauro: la mitad superior de su cuerpo no guardaba proporción con la otra. Angosta de hombros, con senos pequeños y aplanados en la parte anterior, rodeados de pálidas aureolas coronadas por pezones diminutos, se preguntaba por qué, de la cintura para abajo, la naturaleza la había dotado de espléndidas nalgas y de un hermoso par de piernas largas y torneadas. Sin mirar, acomodó la mata rizada de su vello púbico dentro de una pudorosa bombacha rosa, se calzó el corpiño, y se maquilló al estilo Cleopatra, con gruesos trazos de delineador verde esmeralda esfumándose hacia las sienes sobre los párpados superiores ya sombreados con polvillo plateado. Luego aplicó una fina línea verde bajo las pestañas inferiores, y dos generosas capas de máscara negra para arquearlas y engrosarlas. Un toque de colorete, y la boca al natural. Calzándose unos guantes viejos para no romper las finísimas —y carísimas— medias negras, se enfundó en el vestido negro tejido a mano que Joaquina le había hecho a regañadientes sobre un molde de revista —*Sos demasiado joven para usar negro, nena*— se puso sus zapatos de charol con taco aguja, pasó un cepillo por el largo cabello brillante, y con un rápido «Chau, tías», tomó su chaqueta y la lustrosa cartera-sobre que combinaba con el calzado y desapareció por la puerta sin esperar respuesta.

Es que las tías, y las amigas de las tías, y las madres de sus propias amigas desaprobaban a voz en cuello lo que Alicia llamaba «disfrazarse de mina», y que sólo hacía en ocasiones especiales, tan especiales que, si se encontrara frente a frente con algún compañero de trabajo, por ejemplo, probablemente el otro la creyera una desconocida, o lanzara un silbido, de aquellos con los que el macho humano admite haber reconocido el olor a hembra que exhalan ciertas mujeres.

Juanjo había estacionado el auto en doble fila, y la esperaba junto a la puerta del acompañante. Una pareja de policías avanzaba lentamente desde la esquina; los uniformados se habían convertido en parte del paisaje urbano desde que los militares tomaran el poder. En silencio, los policías caminaron alrededor del auto sin prisa, observando el interior a través de las ventanillas. Vueltos a reunir junto a la parte trasera, uno tomó un anotador del bolsillo posterior de su pantalón y garabateó algo. Luego ambos encararon a Juanjo. El más joven rondaba los veintipico y se mantenía un paso atrás, en actitud vigilante; el otro, cuyas jinetas delataban a un oficial de bajo rango, comenzó con las formalidades de rigor para dirigirse a los conductores sospechados de hallarse en infracción: documento, registro de conductor, y la cédula verde que confirmaba que el auto no era robado.

Juanjo entregó los papeles sin discutir; era consciente de que todo estaba en perfecto orden, y de que no había cometido ninguna infracción, salvo el estar detenido en doble fila; algo que podía explicar por estar esperando unos segundos mientras bajaba la dama que había venido a recoger; algo que, en efecto, tuvo que explicar, puesto que fue la primera pregunta que se le dirigió.

Pero el ataque llegó por el ángulo menos esperado.

—¿Cuál es su lugar de residencia, señor? —el «señor» despedía chispas de desprecio en abierto contraste con la cortesía del término, y Juanjo se puso en guardia, porque comenzó a presentir que aquí no se trataba del vehículo.

—La Capital Federal, como consta en mi documento —respondió con el tono más neutro que pudo encontrar junto con la voz.

—Y si vive en la Capital Federal, ¿puede explicar por que no cumple con el decreto sobre la apariencia personal de los varones? ¿Cuándo visitó al peluquero por última vez?

¡De modo que se trataba de eso! El gobierno militar, a fuer de querer regir las vidas públicas y privadas de los ciudadanos, había dado curso a un decreto en el que se prohibía a los varones llevar el cabello largo. Por lo general, se procedía a un apercibimiento la primera vez que se detectaba un caso de incumplimiento. Una segunda vez terminaba con el rebelde en la comisaría, rapado con la máquina cero, y devuelto a las calles con una desnudez capilar vergonzante en la que cualquiera reconocía la «estilística» policial.

Mientras Juanjo apelaba a la buena voluntad del oficial, explicando que «no había tenido tiempo de acudir al barbero», que «no se había dado cuenta de cuánto había crecido su pelo», explicaciones balbuceadas y contradictorias para evitar el traslado a la muy temida comisaría —y no precisamente por el cabello, sino que se rumoreaba que «te llevaban con el pretexto del pelo y después desaparecías, o te acusaban de ideas políticas anti-régimen de las cuales el pelo largo era bandera provocativa, y terminabas en la cárcel por subversivo»— el policía raso se acercó y lo enfocó de lleno con su linterna en el rostro.

—Sargento, yo a éste la tengo visto en las rondas de la madrugada, allá por Coronel Díaz y Santa Fe, cuando vuelve a su casa después de dejar el auto en el garage. No es de este barrio. Pero él se acordará de que le perdoné la vida más de una vez, siempre con la promesa de que se iba a cortar el pelo sin falta al día siguiente.

Nos está cargando. Con todo respeto a su mando, yo digo que lo llevemos, a ver si aprende que en este país se acabó esto de burlarse de la autoridad.

Lo peor es que era verdad. Y lo más estúpido, en el pensamiento que cruzaba la mente de Juanjo a velocidad supersónica, radicaba en que él no oponía una resistencia pasiva al régimen desobedeciendo sus leyes, sino que, como en sus épocas de adolescente, se resistía a que lo emplazaran a cosas que iba a hacer de todos modos si no mediaba el autoritarismo del sistema familiar; en este caso, del capricho gubernamental.

En ese preciso instante, Alicia se acercaba a los tres hombres, ajena por completo a la razón de Juanjo flanqueado por los policías. Antes de que pudiera decir algo, el sargento inquirió:

—¿Es usted la señorita a quien este . . . señor declara estar esperando?

Ella asintió con la cabeza, todavía sin comprender. El sargento le dedicó una larga mirada, y le advirtió, entre serio y amenazante:

—Dígale a su amigo, novio, o lo que sea, que se haga cortar el pelo mañana a primera hora. No lo detengo ahora . . . señor . . . para no incomodar a la dama dejándola sola, de noche, en esta ciudad tan peligrosa. Pero tenga en cuenta que jamás olvidamos una cara, y que sabremos dónde encontrarlo.

Y ahí nomás cruzaron la calle y se perdieron en la oscuridad.

Juanjo temblaba por dentro; miedo, impotencia, rabia, le paralizaban las manos y le impedían arrancar el auto. Alicia evitaba mirarlo. Había oído hablar de estos encontronazos entre la policía y ciudadanos que «no andaban en nada raro», pero la experiencia directa la había dejado desarmada y pensativa. De todos modos, ella se iba. Mientras estuviera fuera, ¿sería capaz de borrar esta Argentina irreconocible de su mente? Mejor dicho, ¿las cartas que le habían prometido enviarle sus amigos, le permitirían olvidar la locura en que se sumía el país?

A las diez estaban tocando el timbre en la bellísima casa estilo Tudor que los padres de Hernán habían adquirido en la zona más elegante de Belgrano, lejos de los palomares cuyas lujosas fachadas disimulaban los materiales de pésima calidad, los angostos pasillos donde, a presión, habían construido siete departamentos por piso, separados unos de otros por unas paredes tan delgadas que si alguien jugaba a la lotería en el departamento contiguo, los vecinos podían extender sus propios cartones y llenarlos a medida que se oían cantar los números.

A la luz que se filtraba por las ventanas que formaban hexágonos amarillos cruzados por opacas varillas de hierro, Alicia pudo vislumbrar animación y movimiento, y escuchar apenas los sonidos de "The Pipers and the Gate of Dawn" por Pink Floyd, un grupo casi desconocido todavía en la Argentina, pero su favorito por la diferencia que marcaba con los que hacían las delicias de los populacheros.

Era casi imposible discernir quién decía qué en la avalancha que se precipitó sobre ellos al abrirse la gruesa puerta de roble. *(¿¡Qué les pasó!? ¡Pensamos que se habían perdido!. . . o un accidente!)* Relatado el episodio, muchos le restaron importancia, contando anécdotas sobre las ocasiones en las que los taxis en que viajaban habían sido detenidos por la policía, los conductores obligados a abrir los baúles, los documentos de todos escudriñados y cotejados con largas listas en poder de los agentes del orden; no era para preocuparse; ellos no tenían nada que ocultar. Uno, cualquiera, amonestó a Juanjo:

—Si te llevan, te la buscaste. ¿Qué te cuesta cortarte el pelo, si para vos no es símbolo de nada? Dale, cabezón. Dejá que los problemas les caigan a los zurdos. Vos ni siquiera podés patear una pelota con el pie izquierdo.

Así, en montón, los arrastraron hacia adentro, concentrándose en Alicia. Una la despojaba de la chaqueta, otro le arrancaba la cartera de las manos, y entre todos la empujaban al espacioso salón de estar, donde habían colgado de las gruesas vigas del techo un enorme cartel de pared a pared que rezaba: ¡VIVA NUESTRA HORMIGUITA VIAJERA!, flameando sobre una larga mesa cubierta de los manjares más insólitos.

Antes de que Alicia pudiera preguntar por qué esa mezcla de alfajores de maicena con empanadas fritas, sandwiches de chorizo, frascos de dulce de leche, zapallo en almíbar, y Dios sabe qué más, Hernán, el dueño de casa, se adelantó a explicar:

—Queríamos que hubiera un poco de cada una de las cosas que no vas a ver en mucho tiempo. En Francia seguro vas a comer rico, pero en los States te van a ahogar a ketchup, y los tanos te van a enchufar pizza y pasta hasta que revientes.

Frente a la carcajada general —Hernán, alto y distinguido, de nariz respingada y profundos ojos gris-verdosos, era bien conocido por sus ocurrencias y por las novias que cambiaba una vez por semana, junto con las sábanas— Alicia dibujó una semisonrisa, pero no se atrevió a decir que la comida le importaba un pito; que ella iba a buscar alimento del espíritu; a abrevar su sed en las fuentes de las grandes capitales del mundo.

Su silencio pasó desapercibido, envuelto en el huracán de preguntas y comentarios que la asediaban desde cada rincón del cuarto. *¿Es cierto que todos los músicos son para sacarles foto? ¿De verdad hay solamente otra chica? ¡Quién tuviera tu suerte, cobrar un sueldo por viajar nada más! ¡La de gente interesante que vas a conocer! ¿Me escondés en la valija?*

Y ella percibía, con un dejo de amargura, que si bien algunos de sus amigos se alegraban por su aventura —básicamente los que ya habían viajado, como Hernán— otros no podían disimular la envidia, y casi podía leer sus pensamientos detrás de las palabras de aliento: *¿Qué le vieron a ésta para hacerle semejante regalo? Dicen que el Maestro es un tipo inteligente; ella, contactos no tiene. Pero siempre fue medio rara; se viste con lo primero que le cae encima del ropero, nunca engancha novio... ¿No será bruja? ¿Lo habrá engualichado?*

Y lo de adentro y lo de afuera de cada uno quedó sepultado bajo la ola de champagne con la que se hizo el brindis por la nueva vida de «nuestra querida y admirada amiga Alicia».

V

Querido Marcos:

Puedo imaginar tu cara de sorpresa cuando recibas esta carta de Papá en las circunstancias en que te será entregada. Le he pedido a Alicia, quien me merece gran confianza a pesar de conocerla tan poco, que te la entregue en cuanto aborden el avión a Nueva York, y no me cabe duda de que así lo hará.

Quiero decirte muchas cosas que no supe o no me atreví a decir antes de tu partida, y espero que me comprendas, Marcos, como siempre lo has hecho, y que después de la decepción y de la rabia —porque sentirás rabia contra tu padre, sí, aunque no quieras aceptarlo— puedas ver por qué lo hice y por qué otros me ayudaron.

Vos estás orgulloso y feliz de haber ganado la oportunidad de este viaje. Te parece maravilloso que el Maestro te haya invitado a pesar de que tu especialidad ya estaba cubierta en sus planes de este año.

Marcos: voy a hacerte daño, hijo. Estás en ese avión porque yo quise. Yo le rogué al Maestro que te llevara. Él se mostró sumamente amable y ansioso por complacerme —ya conoces su generosidad— pero me explicó que el presupuesto ya había sido asignado y que no se podía hacer nada. Entonces le sugerí que te llevara lo mismo, que yo pagaría tus gastos y tu sueldo por medio de la Administración. Vos no te enterarías nunca: sería un secreto entre ellos y yo.

Sin embargo, esta noche, mientras terminás de hacer tus valijas, siento que no tengo derecho a engañarte haciéndote creer que tus méritos te han destacado. Yo te puse ahí; ahora, hijo, tenés que demostrar lo que valés. Y te hago trampa a medias, porque sé que si te lo dijera en este instante, de frente, resolverías no irte.

Papá te abraza fuerte, fuerte.

VI

En el departamento que la Fundación Por La Cultura ponía a disposición de los extranjeros o miembros del interior de paso por Buenos Aires, los huéspedes, despatarrados sobre sillones y alfombras, parecían hallarse en un estado de animación suspendida. La charla insustancial entre desconocidos obligados por las circunstancias a compartir fugazmente un espacio había quedado agotada, pero nadie se movía, como si cada uno temiera ser descortés al retirarse primero al dormitorio que compartiría con algún otro que le fuera asignado al azar.

Sólo uno de ellos tenía un dormitorio exclusivo; el cuarto con la mejor vista de la Plaza Francia, con los muebles más costosos y con su baño en suite. A pesar de que el edificio todo podría describirse como lujoso, este cuarto en particular se redecoraba todos los años, puesto que allí se alojaban artistas ilustres que no deseaban hacer públicas sus rarezas puestas en bocas de mucamas indiscretas susurrando en los oídos del resto del personal de los hoteles que se les ofrecían como alternativas. Sólo uno, no ilustre todavía, pero embargado por la certeza de su futuro brillante, preanunciada por concesiones como ésta, dijo:

—Vamos a dormir.

Wilhelm no sugiere: ordena. Ya está de pie, alto, rubio, hombros cuadrados, ojos azules fríos, muy fríos. Los argentinos del grupo lo llaman el Prusiano, y algunas otras cosas mucho más desagradables.

Le temen. Es el favorito del Maestro, su mano derecha, el Primero, el que nunca se equivoca, el tesorito de las señoras ricas que promueven la cultura; no, mejor dicho, *la Kultur*, mediante fiestas y comidas. «Invitemos a Wilhelm, es tan simpático», «Alojemos a Wilhelm, es tan cortés». *Lo siento, señora, pero en esta ocasión Wilhelm prefiere alojarse privadamente CÓMO SE ATRREVE SEÑORRITA QUITARME WILHELM SABIENDO QUE NO PUEDO ABSOLUTAMENTE SOPORRTARR OTRRA PERRSONA EN MI CASA; bueno, señora, yo había pensado ofrecerle a Lars.*

—Perro no es álemann! —gimotea la voz hombruna de la anciana condesa en el teléfono blanco y rosa, mientras el masajista le amasa las carnes vencidas, las huellas de tantas pequeñas muertes cotidianas en cada pliegue.

—No, no es alemán, es sueco —Mientras pensaba en alguna manera racional de proseguir la negociación, Alicia rezongaba para sí que éste era uno de los tantos aspectos de su flamante trabajo que nadie se había molestado en describirle. Vagamente recordaba haber oído la frase «Las Amigas de los Músicos» entre risitas cómplices, pero no había prestado atención a la literalidad. Ahora necesitaba salir del paso con urgencia, y todo lo que se le ocurrió fue:

—Le aseguro, señora, que Lars es . . . *sehr neht.*

—*¡Aber Wilhelm isst wunderbar! ¿Y usted pretende cambiármelo por un sehr net? ¡NEIN!*

Fin del asunto, y una queja más para enfrentar.

Y Wilhelm, ajeno a las tormentas que causa su presencia-ausencia, sonríe con su boca dura, le sonríe a Lars, siempre medio borracho, como si el alcohol pudiese borrar su miedo al suicidio, ese miedo que lo acecha desde la oscuridad, invitándolo a una última danza. *Salta, Lars; estamos en el piso 20: salta y se acabará todo. No nades, Lars; sólo déjate mecer por las olas hasta que te cubran como un manto de espuma. Tómame, Lars; frótame contra tus muñecas y verás correr tu sangre, un dulce hilo de sangre tibia que puedes lamer hasta el final.*

Y Wilhelm continúa sonriendo, le sonríe a Nino, el sardo pequeño y fuerte, y los tres, abrazados, abandonan el living.

Son los Europeos.

VII

Los miembros del Directorio de La Fundación están reunidos en el salón de conferencias. Toman café, pero no fuman. Se cuidan las posibles úlceras, se cuidan las espaldas, se cuidan los unos de los otros. Todos tienen esposas sofisticadamente deportivas, pisos en el Barrio Norte o casas en los suburbios elegantes, muchos hijos porque son católicos practicantes —*el aborto es un crimen y un pecado; ningún sucio raspaje va a contaminar el horno-santuario donde semanalmente deposito mi fatigado, mezquino semen de ejecutivo, el sagrado útero de Mi Mujer; la Iglesia desaprueba los anticonceptivos mecánicos; esas pastillas de las que tanto hablan ahora también, y el método Ogino-Knauss, ya se sabe lo que pasa . . .—* Todos, por supuesto, se psicoanalizan.

***

—Verá, doctor, tuve un asunto; mejor dicho, una relación, bastante conflictiva, además, porque entraron a jugar factores que yo no había calculado. Pero, en fin, ella, ya que quiere saber, era una estatura, un color de ojos y de pelo, una nariz de dorso recto y base horizontal, una inteligencia así y asado.

—Cuánto tiempo duró su relación?

—Y, unos meses. Usted sabe cómo soy yo.

Y ya no se habla de estatura; no, señor; ya entramos en la sensibilidad, la comunicación, integración, todo ese palabrerío que se exprime cuando hay que describir la esencia. Pero ella, para él, no era una esencia; apenas una existencia, una apariencia más o menos agradable, donde a veces creía ver chispazos de algo extraño que le asomaba desde adentro. Entonces ya no era ella; ya no le gustaba. El quería sus pechos y el calor de su piel, y que se dejara hacer y, sobre todo, que no se olvidara de tomar la píldora.

***

Cansancio. Hay que terminar de una vez con el asunto «Gira Artística Para Promover Las Relaciones Internacionales A Través De La Música». Abrir carpeta blanca.

—Todo se ha organizado satisfactoriamente —Tinta Verde toma

la palabra. Cuello Duro, Lentes Gruesos y Tic Nervioso escuchan desde el otro lado de la mesa.

—Finalmente, después de mucho hacerse rogar y de las dificultades que todos conocemos, el Ministerio de Cultura ha hecho entrega de los pasajes aéreos correspondientes. El grupo visitará Nueva York, París, y Roma, desde donde regresará a Buenos Aires. El Maestro se ocupará de los aspectos técnicos y prácticos, de los que nos enviará informes detallados al concluir cada una de las etapas. Contamos con la colaboración de organismos culturales semejantes al nuestro en todas las ciudades que he mencionado, los que resolverán cualquier problema imprevisto que pudiera presentarse. Es todo, señores. Podemos volver a casa y olvidarnos de estos chiflados hasta su regreso.

—Un momento, querido amigo.

La interrupción viene de Tic Nervioso, cargada de dudas acerca de una organización tan perfecta y tan convenientemente librada a la responsabilidad de otros.

—Estos pasajes, ¿qué cubren, exactamente?

—Buenos Aires-Nueva York-Buenos Aires, claro.

—¿Y cómo se van a desplazar de Nueva York a París? ¿Y de París a Roma, y de Roma a Buenos Aires? ¿Eh? No le oigo.

—No he contestado todavía —Tinta Verde hace un gran esfuerzo y logra guardar las formas—. Para llegar a Roma tomarán un tren internacional. En cuanto a Nueva York-París, el Ministerio autorizará al Consulado la emisión de un cheque para cubrir el costo de los pasajes aéreos. Lo mismo ocurre con el viaje final a Buenos Aires.

—¿Quiere decir que nosotros no tenemos nada que ver con eso? —terció Cuello Duro, tamborileando los dedos sobre la pulida caoba.

—Nada.

Afirmación categórica y cortante. Así se llega al escalón más alto del Status.

—Y si por casualidad —interpone Lentes Gruesos tímidamente— ¿los cheques no llegaran a tiempo, o tuvieran dificultades para el cobro, qué pasaría?

Los cuatro fruncen los labios, se miran, se encogen de hombros. Uno, cualquiera, se atreve a decir en voz alta lo que está en la mente de todos.

—Paciencia. Que se arreglen como puedan.

VIII

Voces educadas y agradables anuncian la llegada del vuelo 790 procedente de Tokyo o la partida del vuelo 591 con destino a Rio y Nueva York. Con toda naturalidad indican a los Señores Pasajeros que se presenten en el mostrador de su aerolínea, o que se aproximen a la puerta de embarque. Con toda naturalidad los Señores Pasajeros registran su equipaje, eligen sus asientos, conversan con sus acompañantes. ¿Acaso no es natural volar? Los Señores Pasajeros miran con desprecio las sombras ominosas de Faetonte y de Ícaro, de quienes, por otra parte, jamás han oído hablar. Ellos, los Señores Pasajeros, se creen descendientes directos de Leonardo, y habiendo desechado ya el concepto algo primitivo, aunque saludable, de que el Cielo-premio es un mero lugar geográfico ubicado allá arriba y de que el Infierno-castigo es otro mero lugar geográfico ubicado allá abajo, se remontan y hacen piruetas alegremente en las máquinas voladoras, tan naturales. Y se exhiben displiscentes, aburridos, a los ojos de los neófitos temblorosos que, a su vez, vuelos mediante, algún día se graduarán de Señores Pasajeros.

IX

—Alicia, ¿dónde está Hugo? —pregunta Wilhelm, y ella por un momento pierde pie, arrancada bruscamente de la segura rutina de hacer sellar los pasaportes y vigilar el acarreo de los instrumentos grandes. Acepta de pronto, con no poca sorpresa, que ese ser a quien su fantasía había terminado por concebir como una unidad perfecta, reverenciada e innombrable a no ser que se recurriera al subterfugio perifrástico; que ese ser, *tó év*, El Maestro, en fin, tiene un nombre como todo el mundo, y que unos pocos privilegiados —Wilhelm el primero— lo pronuncian en voz alta sin que la tierra se abra y se los trague.

La Unidad Perfecta, por cierto, está en todas partes. Sonríe a los fotógrafos, hace declaraciones a los reporteros, evita cortésmente las manos de los padres y madres que han venido a despedir a sus muchachos y apura las agujas del reloj para que acabe el circo. Se pregunta distraídamente si no hubiese sido mejor poner la diferencia de su bolsillo y contratar a la secretaria de Manzoni, que es la eficiencia en persona, en vez de aceptar a esta chica Alicia, tan insignificante. Y se contesta, ahora con seriedad, que él da una oportunidad a quien se la pida, en pago de la que le dieron a él, adolescente zanquilargo con las manos llenas de música y un sendero que se cortaba al final del recorrido del tranvía que lo llevaba al conservatorio.

—Adiós. ¡Que tengan buen viaje!

—¡Escribí en cuanto lleguen!

—No comas cosas raras; cuidado con el agua . . .

Adiós. Y ajustarse los cinturones y chupar obedientemente el caramelo propuesto por la azafata y no mirar por la ventanilla sino abrir el diario que Marcos prometió escribir para después, al cabo del año, leerlo y comentarlo con Papá y con Dora, su novia de toda la vida. Marcos cree que va a usar el diario como una segunda cámara fotográfica, y no sabe todavía que la cámara miente, porque retrata sólo lo más externo, así como no sabe que las palabras, código imperfecto y utilitario, deforman la realidad ya distorsionada mil veces por las pasiones o las presiones y por los juegos traicioneros y protectores de una memoria que pugna por imponer un recuerdo soportable de esa realidad, dolorosa mientras es, hiriente y ofensiva cuando se ha convertido en palabras, precisas y torpes, escritas en las hojas de un diario.

X

NUEVA YORK

—*I love New York* —dice Karly en la pequeña recepción de bienvenida organizada por The New York Sponsors of the Fine Arts.

Y las cejas de las anfitrionas, arcos finos, perfectamente depiladas, se alzan incrédulas a la par que los labios entreabiertos en casi sonrisas parecen dar su veredicto sobre alguien que no es completamente aceptable; alguien a quien se permite graciosamente ingresar al círculo selecto porque en lo suyo es brillante y promete y navega en la estela del Maestro y además es judío. Así los WASP (White Anglo-Saxon Protestant) dan el mentís a esos resentidos y sucios socialistuchos —¿o son los comunistas?— bueno, a esos que los acusan de antisemitas.

—Tengo un amigo judío, fíjate.

Este espécimen exótico figura tercero en el inventario de sus posesiones más preciadas, después de un álbum de grabados pornográficos chinos y de la cocinera que está con nosotros desde que yo tenía cinco años; es una monada, la pobre; ya no sirve para nada pero Mummy no quiere ni oir hablar de mandarla a un *home*. Ahora, este muchacho, el pianista, aún no ha aprendido a comportarse; todavía dice lo que no debe, elige el vino que no corresponde, ama la ciudad imposible. Hay que enseñarle.

—No se puede amar a Nueva York —dice una fábrica de textiles rubia, entre severa y condescendiente—. Te puede encantar París, te puede conmover Viena, te pueden educar en Londres, pero Nueva York te divierte. Nadie puede amar a Nueva York —insiste.

El mensaje, traducido con toda claridad, es: «nadie que sea alguien puede hacer semejante disparate y por favor no hagas pis en la alfombra».

Karly se inclina, obediente. Está aprendiendo a seguir el juego a aquellos que le abrirán las puertas doradas siempre y cuando él se avenga a respetar las reglas y, de todos modos, no tendría caso tratar de explicar. Hace tanto tiempo que no descubre ante otros su verdadero yo (¿Esteban? ¿Leni?) que comienza a dudar de que exista un yo verdadero debajo de las máscaras que cambia según lo requieren las circunstancias.

Además, ¿a quién le interesa conocer a un verdadero yo? Los

demás van marcando las pautas de comportamiento que esperan de uno, y cuidado con ofrecerles algo distinto: huyen aterrorizados hacia aguas menos profundas, que no serán excitantes, pero por lo menos no son peligrosas.

—Y es por eso que amo a Nueva York —le cuenta a Esteban en el cuarto del hotel, después de las bromas sobre estas norteamericanas tan acogedoras y de los besos que no llegan a las mejillas—, porque es una ciudad tan sincera.

—Sincera . . . es una palabra que te debe hacer doler la boca.

Esteban, y su voz suave sobre la pipa, muleta y bastón que lo ampara en las sombras de las que sería locura salir en un mundo homofóbico antes de que la palabra para describirlo se hubiera inventado siquiera. Esteban de piel oliva y negro cabello rizado, echado sobre la cama angosta en la habitación 1885 con vista a la calle 56 cruzando la Tercera Avenida; Esteban esperando y odiando los cabellos rubios de Karly sobre la misma almohada.

—No me agredas, *liebchen*. Yo *soy* sincero. Pero no me gusta lastimar a nadie.

—¿A mí, por ejemplo?

—A vos, menos que a nadie.

—¿Y por eso alentaste a Leni a viajar a Europa al mismo tiempo que nosotros?

—Pero *liebchen*, yo no la alenté. Ella me pidió que hablara con Hugo, y si no lo hubiese hecho, ella habría revuelto cielo y tierra para seguirme. Me quiere.

—¿Como yo, por ejemplo?

Karly cuelga prolijamente el traje y decide dejar la camisa en jabón.

—Es distinto. Ella es . . . mujer.

—¡Muy bien, Karly! Bravo por notar la diferencia. Ella se abre por delante, y una vez al mes se convierte en una porquería de sangre maloliente, y cuando está caliente también hiede, y encima está orgullosa, ¿y vos de ella?

—No seas repugnante. No lo podés entender.

—¿Y qué pensás hacer cuando llegue? ¿Vamos a dormir los tres en la misma cama? ¿O me voy a hacer a un lado y le voy a ceder mi lugar porque las damas primero?

—Pero Esteban, ¡ni siquiera sabemos que en realidad vaya a venir!

—Oh, sí que va a venir. Nadando, si no puede de otro modo.

Con la silueta de Leni sobrevolando sus sueños, la noche suelta su pesada carga fantasmal sobre los cuerpos que buscan distanciarse sin lograrlo.

XI

—¿Cómo que no van a venir al teatro? Estamos en Nueva York, ¿recuerdan? Y somos músicos, no rascacuerdas. Nos interesa el Arte: el teatro, los museos, el cine, otras formas de hacer música. ¿Saben lo que me costó conseguir estas entradas?

—Tiene razón, muchachos —apoya Karly.

El rostro del Prusiano —puesto que fue él, por supuesto, quien se ocupó de adquirir las entradas— toma una fea coloración rojiza. Está a punto de gritarles, como cuando llegan tarde a los ensayos, de los que se siente responsable como segundo del Maestro. Siente que su carga le pesa; que tiene que disciplinarlos, tanto en el Arte como en la vida, y cuando Karly lo secunda está a medias complacido y a medias irritado.

De entre los Argentinos, Karly es el único con quien se puede hablar, porque sólo es argentino de primera generación y conserva muchas de las actitudes de la vieja Europa —es decir, de una Alemania no tan vieja— aunque es judío, pero tibio, muy tibio; tan tibio que uno casi puede olvidarlo sin demasiado esfuerzo . . . y perdonarlo. Lo que Wilhelm no puede perdonar es que le dispute su posición hasta entonces indiscutida de Segundo. Lo hace sin proponérselo, sin oponérsele, sin premeditación, de sólo estar nomás, como dicen los Provincianos.

Desde que Karly ingresó al grupo, el Maestro los enfrenta como piezas claves de un juego de ajedrez solitario en el que la misma mano —la del Maestro— mueve alternativamente una u otra, ya dándole ventaja a Wilhelm, ya a Karly. Y los peones se han dividido voluntariamente en dos bandos, los Argentinos odiando y temiendo a Wilhelm, su suficiencia, su prepotencia, y su talento; los Europeos apoyándolo, pero también aceptando a Karly porque lo encuentran menos . . . diferente que a los demás.

El Maestro tira de los hilos. Y ellos se yerguen o se inclinan, según el momento del día o de la noche o, simplemente, según el humor de Él.

Pero en cuanto a ir al teatro . . . a ver obras de cuya existencia no se han enterado, a escuchar un idioma que ya les causa tantas dificultades en la calle, ni hablar.

Ellos pueden leer cualquier partitura, y recomponer el lenguaje de los sonidos emitidos por cualquier instrumento pero, a excepción de Karly, son sordos a la voz humana, salvo cuando se expresa en castellano. Ellos palpan la ciudad por sus calles, su movimiento apresurado e indiferente, sus vidrieras y sus comidas, el mosaico blanco y negro que se torna más blanco o más negro a medida que uno se desplaza en una u otra dirección.

La ciudad les habla con ruidos de motores y bocinas, de cajas registradoras y de trenes subterráneos, de sirenas policiales que marcan el compás amenazante de la noche. Lo otro —las voces— les llega como un murmullo confuso, gangoso e ininteligible, del que sólo han rescatado dos palabras mágicas, eternamente útiles en Nueva York y en la China; dos palabras maravillosamente fáciles, portadoras de bienestar, llaves de los tesoros que están esperándolos en las casas de electrónica de Broadway, y en las grandes tiendas. Sólo dos palabras: *Jau mach*.

De modo que al teatro no. Pero sí al Village. En una tarde helada de otoño, Alicia con botas y guantes y gorro de piel; ellos, con sobretodos y bufandas. Ella lleva su largo pelo castaño recogido bajo el gorro. Ellos no llevan gorro a pesar de su pelo corto. ¿Y por qué al Village sí? Pues porque no se puede pasar por Nueva York sin haber visitado el Village, ese ghetto del antitodo, zoológico fantástico donde conviven las especies marginadas —automarginadas— de los rebeldes y los disconformes, de los fumadores de ilusiones y los artistas a medio camino, y aquellas otras, y tantas más.

Van andando y observan. El hippismo masivo, en su copia bastardeada y local, todavía no llegó a Buenos Aires; Allan Ginsberg es allí apenas un nombre que algunos, muy pocos, susurran en los círculos de los iniciados.

Los varones caminan en silencio. Karly piensa que tal vez ahí podría ser enteramente él; quizás en el Village podría tener a Esteban, pero también a Leni, sin necesidad de fingir ante ella una heterosexualidad sin mácula, ni de pedir perdón a Esteban porque también quiere a Leni. Ahí, tal vez, se aceptarían el uno al otro, y ambos a él. Se vuelve para decírselo a Esteban, que camina a su lado, pero la mueca de divertida curiosidad que sostiene la pipa lo devuelve a la realidad. Esteban ha adivinado, como siempre. Y a la noche, en el secreto no tan bien guardado de su habitación —*Alicia, por favor acordate de que no queremos cambiar de compañero de cuarto*— Esteban lo atormentará, implacable, desarrollando la fantasía de Karly hasta su punto más ridículo y más cruel. Es su venganza, cotidiana y triste, que lastima a Karly, pero a Esteban, más. Venganza porque Karly tiene a Leni, mientras que Esteban solamente tiene a Karly, y no por entero, y no para siempre.

Desprecio en los ojos azules de Wilhelm. ¿Qué significa esta ciudad dentro de la ciudad, donde los hombres parecen mujeres y las mujeres no se parecen a sí mismas? ¿Qué es esta confusión de sexos, de identidades, de estaciones —ojotas y pies desnudos en invierno— si no una burla al ordenamiento natural y decente de la vida? Habría que limpiar todo esto, disciplinar, y eliminar lo que no se puede reformar. ¿Para qué sirve la escoria si no es para abono de la tierra?

***

Querido Marcos.

Querido Marcos, caminando a cierta distancia de los otros con aire ausente, estruja en el bolsillo la carta de Papá que lo abraza fuerte, fuerte. Papá que lo estrangula. Papá que lo paraliza y le cierra la boca cada vez que quisiera opinar, pedir, sugerir, disentir. La carta que esa vaca incompetente se olvidó de darle en el avión — *Pero es que no me atrevía a dártela, Marcos, porque yo estaba al tanto de lo que decía la carta*— lo ata, lo humilla. Esa mañana sintió que el Maestro lo miraba como compadeciéndolo, y quiso imaginar la escena en la cual lo encararía para preguntarle . . . ¿Preguntarle qué? La escena se diluía en el miedo a la respuesta, desplazada por la inseguridad. La carta, sin la cual no habría habido razón para preguntas, también le quitaba el derecho a hacerlas. Papá-Mamá, desde que Mamá los había abandonado para irse con aquel hombre vagamente oscuro, no permitía que otros le hicieran daño. Ahora reclamaba para sí el privilegio, todo de una vez.

Querido Marcos, hacen eco los pensamientos de Alicia. *Querido, y apenas si te conozco. Vas haciendo pasos de tu rabia y tu angustia, sin saber que yo sé qué te atormenta. Querido Marcos de hombros anchos y brazos fuertes que se aprietan contra tus costados sin ro-zarme siquiera. Vine al Village a mirar a los monos en la jaula, y la jaula es una trampa que los dejó a ellos afuera; a mí adentro. Los monos me miran; miran mis botas y mi gorro de piel y, a fuerza de ser tantos y tan uniformes en sus trajes de mono, casi parece que fueran la regla: hombre-mayoría, y yo, la mona, siento vergüenza de mi desnudez de paño y cuero.*

XII

—*Allora non vuoi?*

—No.

Echado sobre una cama en el cuarto que comparte con Lars, solo con ella, que ha venido a traer los horarios de ensayo para la semana, Nino pregunta por preguntar, cuando ya el cuerpo de Alicia dijo no a sus manos, cuando la boca de ella dijo no a su lengua ávida. No es que a él realmente le importe; de entre lo que tiene cerca, Alicia es el único envase con forma femenina que no le molestaría usar, considerando que no hay mucho para elegir: Alicia o la Gorda (la flautista), que no es fea según los cánones del sur de Italia, pero que tiene un grave inconveniente cuando todo lo que uno pretende es *slam-bang-thank-you-ma'am*: es menor de edad.

Alicia no es linda, pero ¡tiene unas piernas! *Che gambe, mamma mia!* Cuando la había acompañado, allá en Buenos Aires, a hacer los innumerables trámites que los obligaban a deambular por los consulados y ministerios, solía subir las escaleras detrás de ella, sólo para mirarle las piernas puestas en evidencia sin importar qué tipo de medias usara o la chatura del calzado. Al recordar las medias sobre las piernas cruzadas de costado, tuvo un brusco estremecimiento de rabia. Ella explotaba sus piernas como otras explotan los senos generosos o las nalgas perfectas. ¿Y para qué, si después no quería?

—*E per ché non vuoi?*

—Porque sería porque sí, sin amor. Vos no estás enamorado de mí.

—Ni vos de mí.

—No.

—¿Estuviste enamorada alguna vez?

—No.

—Entonces, ¿nunca todavía . . . ?

—No.

La miró con una mirada distinta, casi con temor, mientras ella se dirigía hacia los ascensores. Él creía. Creía que, como tenía más de veinte años, no era la hermana de nadie, y se atrevía a yirar por el mundo con un grupo de desconocidos, se acostaba. No que se acostaba con, ya que en ese caso quien compartiera su cama adquiría un rostro más o menos definido, y el *con* lo ligaba a ella en una relación, corta o larga, feliz o desdichada, pero relación al fin. No. Él creía que ella se acostaba. ¿Sin que le hiciera diferencia a quién tenía encima? ¡Pero no, hombre! (A Nino le encantaba decir «hombre». Era la única palabra del español que le gustaba más que el italiano —y eso porque le quedaba por descubrir «macho»). ¡No soy tan animal! Te estoy hablando de *una ragazza per bene*, no de *una mignotta*. Pero si el que está encima es buen mozo, sano, y discreto; si soy yo, *in somma*. Esto creía, hasta que la palabra tabú se deslizó entre los dos sin que ninguno la pronunciara. Virgen. Con una virgen no. Es demasiada responsabilidad. Que la desvirgue otro.

Horas después, Lars lo mira por sobre el vaso de whisky.

—No te entiendo. En mi país, cuando dos se desean, se necesitan, o se sienten solos, hacen el amor. ¿Qué tiene que ver lo demás? A veces, los dos son vírgenes la primera vez.

Nino recoge el pijama de debajo de la almohada, y hunde el índice de su mano derecha en el pecho de Lars.

—Siete tutti pazzi, voi altri.

—Es posible. Es posible que seamos locos. También es posible que los locos sean los otros. Creo que para la mayor parte de la gente, los locos siempre son los demás. Es más cómodo así.

Pero Nino ya no lo escucha. Duerme, boca arriba, y sueña que a su contrabajo le han nacido brazos para devolverle las caricias de su arco. *Le donne* deberían parecerse a su contrabajo.

—*No, nunca estuve enamorada. Querido Marcos.*

XIII

Los Provincianos regresan del ensayo tarareando un movimiento. Bromas.

—Ché Coyentino hasta a Telemann le ponés tonada.

—Caiate Santiagueño no creas que no te vi cuando la izquierda se te fue a dormir la siesta.

Y van a almorzar. Al principio, recién llegados, entraban con desconfianza en cualquier parte donde hubiera gente comiendo, y se llevaban las grandes sorpresas cuando les ponían delante lo que ellos no podían creer que habían pedido.

Hasta que un día descubrieron El Reducto Argentino, allí, en pleno corazón de Manhattan. Imaginate, parrilla igualita a la de Pipo, y unos bifachos con papas en camisa que te dan vuelta los ojos, y tirado de barato, además. Desde ese momento se terminó la tortura de la expedición a lo desconocido. Mediodía y noche, rumbear para El Reducto Argentino como quien vuelve a casa. ¿Pero cómo, a qué casa?, se sorprende Wilhelm. Yo sé que a los de la capital les parece que se mueren si no comen bife, ¿pero ustedes? ¿No extrañan las empanadas, el locro, la carbonada?

Miralo al Prusiano dando cátedra de cocina regional, resuena en la cabeza de todos.

—¿De cuándo nos has visto con poncho vos? —se anima a increparlo Mario el Mendocino.

Y, no. Con poncho no los ha visto. En realidad, no logra verlos de ninguna manera.

Cuando trata de enfocarlos como producto de lo que Wilhelm supone su perspectiva histórica, se le pierden, se le vuelven borrosos, como si el curso de la historia hubiera quedado trunco en algún punto imposible de identificar; como si estos Argentinos que tiene delante no tuvieran nada que ver con aquellos criollos que sí usaban poncho. Wilhelm no sabe qué son, y esto lo pone de pésimo humor, y entonces no le interesa saber cómo son porque, ¿para qué sirve un cómo que no es el cómo de algo?

XIV

Suena el teléfono.

Sin despertar del todo, Alicia extiende el brazo, enciende el velador, y por un momento se sobresalta: ¡la Gorda no está en su cama! Pero sí está. Tapada hasta arriba de la cabeza. Ah.

El teléfono dice que el Maestro la está esperando en el Hall y que por favor baje. El teléfono no dice que son las tres de la madrugada y que el Maestro está insomne. Y cuando el Maestro no puede dormir, nadie tiene derecho a hacerlo. Es como ser invitado a la mesa del Rey. Si el Rey está inapetente, todo el mundo se queda con hambre. O, para ponerlo de un modo menos pretencioso, cuando mamá tiene frío, la nena se pone el saquito.

Alicia, obediente, se viste y baja. Y allí está Él, midiendo el vestíbulo a paso de marcha. La toma del brazo, casi arrastrándola hacia las puertas.

—Vamos.

—¿Adónde?

—A ver el incendio.

Son dos espectáculos macabros: el fuego trepando los veinticinco pisos, los ruidos sordos y brutales de la estructura que se desploma, el humo tragándose los capotes negros de los bomberos y envolviendo los cascos en halos fantásticos, y el hombre prendido al fuego, reflejándolo en sus ojos grises, entregándosele con la actitud de su cuerpo tendido hacia delante, llamándolo con los movimientos convulsivos de las manos que parecen deletrear f-u-e-g-o en algún código gestual nunca inventado. Y de los dos, lo más macabro es el hombre.

¿Y cómo supo? ¿Cómo supo el Maestro, ahora Maestro Iniciador, que el fuego es lo que la paraliza? ¿Cómo encontró la llave secreta del terror que la persigue desde la infancia y la enloquece con el cuadro de mil agonías horrendas, todas distintas y todas la misma, reunidas en el dolor más insoportable, el dolor de la carne, de los músculos, de las vísceras, quemándose a la espera de la muerte salvadora? Primero un latiguillo de dolor que no está seguro de ser dolor. Luego el dolor intenso de la llama que provoca temblores como de frío. Después dolor. Dolor. Todo el dolor. Para siempre jamás.

El Maestro habla. Pero no con ella. Habla ante el fuego, o tal vez para el fuego.

—A menudo tengo una pesadilla. En casa, estamos todos durmiendo: mi mujer, mis hijos. La casa se incendia. Me despierto.

Entonces ella hace la pregunta. La pregunta estúpida, la que no debe hacerse. La que está fuera de los labios antes de que una consiga apretarlos para que se quede allí, en el compartimento de las preguntas estúpidas.

—¿Qué haría usted si de verdad se incendiara su casa, como en el sueño?

—Saldría corriendo con mi violín.

—¿No con sus hijos?

Él gira lentamente la cabeza hacia ella, clavando los ojos en los suyos con un desprecio que la acuchilla de parte a parte.

—Hijos puedo tener muchos. Pero mi violín es único en el mundo.

XV

Alicia vive sus pesadillas en el mundo real. Esta vez es cierto: la Gorda no está en su cama. Regresando de ver "Oh Papá Pobre Papá Mamá Te Colgó En El Ropero Y Yo Estoy Tan Triste", en compañía de Wilhelm y Lars, la tenue luz de seguridad que siempre quedaba encendida le revela las colchas perfectamente dobladas por la mucama de turno. Ella había aceptado salir a ver la obra que todo el off-Broadway ovacionaba en la tranquilidad de que la Gorda se iba a cenar a lo de unos parientes que vivían en Queens.

La habían puesto en el ómnibus con mil recomendaciones para que no se perdiera, e insistieron particularmente en que no volviera sola.

Pero no había vuelto, ni sola ni acompañada. Alicia temblaba de nervios. Imágenes horripilantes galopaban por su mente angustiada, en esta ciudad infernal donde las sirenas de los patrulleros se oían durante toda la noche, donde las ventanas de los cuartos de los hoteles se habían instalado de modo que no pudieran abrirse para evitar que los huéspedes se arrojaran por ellas; esta ciudad fascinante y terrible donde las viejecitas paseaban a sus perros a las ocho de la mañana, en zapatillas, sombreros adornados con flores, y tapados de visón.

Esta ciudad donde la Gorda habría sido asaltada, violada, descuartizada, como le decía a Wilhelm después de sacarlo de su habitación con la cara hinchada de cansancio y un peligroso filo de indignación en la voz con la que le reprochaba no haber preguntado cómo se llamaban los parientes de la Gorda, cuál era su dirección y su número de teléfono.

—Pero Wilhelm, ¡yo no soy su niñera!

—No se trata de niñeras. Pero tiene dieciséis años —¡DIECISÉIS AÑOS! — y es más tonta de lo que se puede creer, y no habla más que guaraní básico. Y Hugo te pidió, te encareció, que no la perdieras de vista. ¿Qué vamos a hacer ahora?

El «vamos» era una manera de decir. Estaba claro que Wilhelm no pensaba hacer nada, salvo recalcarle al Maestro que él había decidido contratar una secretaria argentina contra toda lógica, cuando habría tenido que ponerse firme para que le permitieran elegir a una inglesa o a una alemana, que calificaban mucho mejor y que no tenían los sesos llenos de pájaros. Miró a Alicia con una sonrisa burlona. Tal vez ella creía que él no se había percatado de cómo estaba pendiente de Marcos, de cómo se había apresurado a decir que a Marcos no le interesaba la vanguardia y que no valía la pena invitarlo a ir con ellos. Wilhelm estaba bien enterado de lo que pasaba con Pobre Papá —el papá de Marcos, claro— puesto que el Maestro no tenía secretos para él. Así que cuando se toma una secretaria romanticona, no se lleva una mocosa flautista.

—Voy a decirle al Maestro lo que pasa.

Alicia levantó el tubo para pedir que la comunicaran con la habitación, pero Wilhelm la asió por la muñeca en un apretón brutal de sus finos dedos de violinista. Habló en voz baja, sibilante.

—*Du wirst das nicht tun* . Por una vez que duerme no lo vas a despertar para preocuparlo. Esperemos todavía un poco y, si no aparece, llamamos a la policía cuando amanezca.

Y le quitó el tubo de la mano, volviéndolo a colgar. El Guardián del Sueño. Sin decir una palabra, Alicia se abrochó el abrigo y bajó al hall. El recepcionista le dirigió una mirada distraída, apenas curiosa, cuando la vio correr hacia la calle.

Nocturna ciudad fantasmal, silenciosa, de veredas desiertas. Ciudad muerta a los sentidos, semáforos que cambian de rojo a verde como si alguien hubiera olvidado desconectarlos en el atropellamiento del éxodo. Y una melodía. Las notas se hacen fuertes y claras a medida que Alicia se acerca al umbral de una tienda, guiada y atraída por un violín mágico, increíble.

¿Para quién toca? Y ¿quién toca, entre el acero y el vidrio, si éstas no son calles de música, sino de motores, de pasos largos y presurosos, de indiferencia; calles de una ciudad donde a la música hay que encerrarla cuidadosamente en salas de concierto para que no se muera?

Alicia avanza con la cabeza gacha, contra el viento helado de la noche, y ve el sombrero. Un sombrero marrón, probablemente desenterrado para este sólo propósito, sosteniendo un cartel manuscrito que dice: *Help me. I need to get to Rome.*

Algunas monedas solitarias testimonian que a alguien le importó. Pero no es con monedas que va a llegar a Roma el joven negro que ejercita su conjuro en el violín, y es a Roma adonde ella va.

—¿Por qué? ¿Por qué a Roma? —le pregunta.

Y él, sin dejar de tocar, responde:

—Porque quiero estudiar con el Maestro Hugo Kovaciuk.

Alicia asiente lentamente con la cabeza.

—Vení mañana al Hotel Madison y preguntá por Alicia Curi. El Maestro te va a dar una audición.

Y comienza a desandar el camino, iluminada; poderosa; va a oficiar de sacerdotisa por primera vez.

Wilhelm no ha vuelto a su cuarto. Se ha dormido sentado en la butaca del tocador, y encontrarlo allí la irrita, porque sabe que no se ha quedado para no dejarla sola en su preocupación por la Gorda, sino para vigilar que no perturbe el Sagrado Sueño.

Alicia se sienta sobre la cama, apoyada contra el respaldo, y cierra los ojos. Mañana no existe; mañana es un agujero en el tiempo, como cuando era una niña, y mañana había prueba en la escuela, o dentista. Son otros los días que importan: hay que reservar los pasajes para París, retirar el cheque del Consulado, pagar el alquiler de la sala de ensayos . . .

El golpeteo sobre la puerta la arranca del día seguro, previsto. Antes de que atine a levantarse, Wilhelm ya ha saltado de la butaca y abre la puerta. Abre la puerta a una Gorda sonriente, plácida, que los mira con picardía, como diciendo «los pesqué», y que tiene la caradurez de decir:

—¡Hola! ¿Qué hacen levantados a esta hora?

Todo se precipita y se confunde. Las preguntas de Alicia: «¿Qué te pasó? ¿Dónde estuviste? ¿Viniste sola?» y, en alemán, el borbotón de Wilhelm, quien la ha asido por los brazos fofos y la sacude como si quisiera hacer caer manzanas.

Sí que es una escena grotesca. Y la Gorda se ríe, interminablemente, porque no entiende lo que le están diciendo y, cuando no entiende, se ríe.

Cuando por fin Wilhelm la suelta, exhausto de pura furia, la Gorda cuenta, mientras se va despojando de su abrigo y demás protectores del frío.

En Nueva York no se acostumbra a acompañar a las visitas a la casa, dice. Y sus parientes son muy neoyorquinos, están muy adaptados. Eso sí, como se hizo tan tarde, la llevaron en auto hasta la parada del autobús. Pero se bajó en la esquina equivocada y se perdió. Mientras caminaba, tratando de orientarse (por suerte las calles están numeradas), apareció un tipo no sabe de dónde y empezó a seguirla y a decirle cosas.

—¿Qué cosas? —quiso saber Alicia.

—¡Qué sé yo! No entendí nada.

—¿Y vos qué hiciste?

—Nada . . . me reía. Me acordaba de cuando Wilhelm me reta; tampoco entiendo nada.

—¿Y cómo te arreglaste para llegar?

—Y yo qué sé. Llegué, ¿viste? Tengo un sueño . . .

Wilhelm abre la boca para decir algo, pero no vale la pena. Sale y pega un portazo. Lo que haya que arreglar, lo va a arreglar mañana. Para él si existe mañana, con todas sus horas, minutos, y segundos. Y a algunas personas, esas horas se les van a hacer muy, muy largas.

✳✳

El día se anuncia plomizo; Alicia siente que los aires de tormenta se abatirán sobre su propia cabeza. Mientras se viste mecánicamente, envidiando el sueño infantil de la Gorda —faltan horas hasta que empuñe la flauta— se pregunta bajo qué impulso prometió una audición con el Maestro al músico callejero. Ahora lo tendrá que blanquear —qué ironía, blanquear a un negro— y lo más probable es que tenga que deshacerse de él. Al revés de lo que sucede en los cuentos: de noche, hada; de día, bruja.

Frente al ascensor, un Karly sonriente, tarareando a Vivaldi, la interroga con esa mirada azul tan suya, tan ligera, que parece revolotear como una mariposa sin detenerse en el objeto que la requiere.

—No es nada. Metí la pata, pero bueno . . . —responde Alicia a la pregunta muda formulada por los ojos danzarines.

—¿Te puedo ayudar?

Así es Karly de generoso, dándose a todos, a demasiados, piensa ella, mientras cruzan por su cabeza imágenes de Leni y de Esteban disputándose ese cuerpo joven, casi frágil en su delgadez extrema, en contraste chocante con el vigor de los dedos. ¡Pobre Karly! Él nada sabe de las reiteradas visitas de Leni a las oficinas de Buenos Aires, procurando en vano una entrevista con el Maestro para asegurarse un lugar en algún momento de la gira. *No necesito más dolores de cabeza*— había dicho él, categórico, la primera vez que Alicia le planteó el asunto. —*Sáquesela de encima como mejor se le ocurra. Y sobre todo, ni una palabra a Karly. No me sirve un pianista perturbado. Espero que sea buena para guardar secretos . . . porque no será el único.*

Pero no todos los secretos eran así de explícitos, y Alicia sentía que algún día se escaparían sin control, arruinando vidas y carreras, quizás. Qué horror. Y ante el reiterado ofrecimiento de ayuda del ángel que entraba con ella al ascensor, respondió, abstraída:

—No, dejá. Ya me voy a arreglar . . . espero.

En la cafetería del Madison, el Maestro ya ha dado cuenta de varias tazas de café. La espera con más impaciencia que de costumbre, disparando preguntas como flechas antes de que ella termine de sentarse.

—¿Me quiere explicar qué es esa historia inconcebible de que anoche por poco perdemos a Graciela? —ladra, haciendo caso omiso de las miradas desaprobadoras que llegan desde otras mesas—. ¿No le repetí hasta el cansancio que su trabajo es de 24 horas por día y de siete días a la semana? ¿No estuve claro cuando puntualicé que la secretaria de esta orquesta, además de ocuparse del papeleo, del teléfono, y de cuidar de que no me molesten los importunos, tiene que procurar el bienestar de los músicos, no importa cómo? Pero claro, la señorita quería ir al teatro. ¿Es consciente de que si a Graciela le hubiera pasado algo el responsable soy yo? ¿O se olvidó del documento que usted misma redactó y que yo firmé, haciéndome cargo ante los padres de la tutoría de su hija mientras formara parte de este grupo? ¿Se le congelaron los sesos con el frío o es que nunca tuvo sesos?

Apenas ella intenta abrir la boca, la mano del cuarto de millón de dólares se alza para detenerla.

—No, no me conteste. No hay explicación que valga.

Y cuando ella, cabizbaja y a punto de echarse a llorar, comienza a ponerse de pie para irse antes de que él la eche fuera de su vista, el Maestro le ordena:

—Quédese ahí, ni se le ocurra moverse. Y callada. Sobre todo, callada. Necesito pensar.

***

Alicia pensaba también, al compás del entrecejo fruncido de ese hombre increíble. Todo eso que él cree haberme dicho tal vez le pasó por la mente, pero nunca salió de su boca. Recuerdo bien la segunda entrevista que tuvimos. No logré una sola respuesta concreta cuando le pregunté en qué consistirían mis obligaciones. Me dijo que «ya me iba a ir dando cuenta a medida que trabajara»; que «no era nada del otro mundo». No, mentira. Algunas cosas sí las dijo; prácticamente las deletreó. Que ni se me ocurriera entablar relaciones personales con los músicos, subrayado con una grosería a la que Tinta Verde jamás se habría atrevido: «Donde se come no se caga». Y que me asegurara de vestirme y maquillarme adecuadamente para «los eventos sociales». Y cuando terminó como terminó, tendría que haber salido disparando sin mirar atrás. «Me voy a Europa por un mes», dijo.«Mientras tanto, usted me ordena este desastre de papeles, agenda mis compromisos para la vuelta, y si necesita ayuda, Nino más o menos sabe cómo se manejan estas cosas. Nos vemos». Pero yo estaba sorda, ciega, hipnotizada; todo lo que venía de él era mágico; todavía todo lo que viene de él es magia, negra, blanca, no importa. Tengo que resistir. Él es un genio; no se lo puede medir con la misma vara que a los demás. A los genios se les permite todo. Y si no hubiera sido por él . . . Querido Marcos.

Un botones de rostro perplejo los saca de su ensimismamiento. Dirigiéndose a Alicia con el tono más neutro que su oficio le permite, anuncia:

—Hay . . . alguien que pregunta por usted, Miss Curi.

—¿Qué alguien? ¿No dio su nombre? —inquiere Alicia, encogida bajo la mirada escrutadora del Maestro.

Evitando la respuesta directa, el botones responde:

—Dice que usted lo citó para una audición con el Maestro Kovaciuk. Pero . . .

Él estalla de palabra y de gesto. Las venas de las sienes se contraen y se dilatan al compás de una furia incontenible.

—¿También esto? ¿Qué significa para usted, *Miss Curi* (la ironía hiriente remedando el acento del botones) cuidar que no me molesten los importunos? ¿Ir a buscar algunos usted misma, como si ya no tuviera bastantes revoloteando a mi alrededor como moscas?

Y arrojando fuego por los ojos, increpa al botones:

—Y usted, ¿qué hace acá todavía? Espere . . . dijo «pero», ¿escuché bien? Probablemente su sentido común es mejor que el de ella. Tal vez debería tomar su lugar. ¿Quiere terminar la frase, por favor? ¿«Pero» qué?

La voz del botones no oculta su incredulidad:

—Es un negro.

Para él, empleado en uno de los hoteles más exclusivos de la ciudad, que un negro entre con toda tranquilidad por la puerta principal y anuncie que tiene una cita con un pasajero no es ni más ni menos que una herejía. En este hotel, hay mucamas negras, cocineras negras, lavaplatos negros, pero el personal que trata directamente con los pasajeros es blanco, del mismo color que los huéspedes, salvo aquellos de piel levemente más oscura que vienen a invertir sus dineros revestidos de títulos de nobleza provenientes de algún país del Medio Oriente. Él, sirviente blanco de sus hermanos blancos, recuerda que hace pocas semanas un arquitecto prestigioso que tuvo el descaro de casarse, nada menos, con una negra, fue gentilmente invitado por los copropietarios del lujoso edificio que habitaba en la Quinta Avenida a mudarse a «una zona más apropiada para su flamante esposa».

Alicia estaba anonadada. En el estado en que se encontraba la noche anterior, no se le había ocurrido ni por un instante que, al invitar al músico negro a audicionar para el Maestro, estaba rompiendo dos reglas a la vez: su deber de alejar a quienes el Maestro no indicaba explícitamente que eran bienvenidos, y la división racial que persistía en el *establishment* a pesar de los esfuerzos del discurso oficial por diluir la cuestión. Ahora sí que la había hecho buena.

Sin embargo, no contaba con esa veta casi infantil del Amo, la que lo impulsaba a ir contra la corriente, a veces para escandalizar a los necios; otras, para dejar sentado que su capricho era ley.

—Hágalo pasar —indicó con naturalidad, al tiempo que le dedicaba a ella una mueca de advertencia que presagiaba futuras tormentas.

—Pero las normas del hotel . . . —tartamudeó el botones.

—Sus «peros» no eran lo que yo esperaba que significaran. Y si al hotel no le conviene mi comodidad, pueden ir preparando la cuenta. Quiero al caballero acá, sentado a mi mesa, YA.

XVI

Marcos había llegado el primero a la sala de ensayos, para «hacer dedos», como llamaban en la jerga al precalentamiento. No dejaba de preguntarse para qué, si era viola suplente, y Enrique el Correntino y Florencio el Santiagueño, los dos titulares, no parecían necesitar reemplazo. Sin embargo, el Maestro insistía en que estuviera siempre presente y preparado para asumir un lugar visible. El sentía que su visibilidad llegaba por otro lado: ¿acaso los otros no comentarían entre ellos el hecho intrigante de que no hubiera suplentes para otros ejecutantes; de que su nombre figurara en los programas precedido de la odiosa palabrita, pero que nunca se había insinuado siquiera que tomara, aunque fuese por una vez, el puesto real frente a un público legítimo?

Mientras esperaba a los otros, decidió que prefería volcar sus pensamientos en el diario antes de que se diluyera la pasión de su amargura. No le mencionaba estas ideas a Papá en las cartas que puntualmente le escribía cada semana; prefería que recibiera el castigo de un solo golpe formidable, asestado mediante la lectura del diario. Por razones diferentes, tampoco compartía sus emociones con Dora, su novia desde los catorce años: a ella le hablaba de su amor, de la intensidad con que la extrañaba, plantándose en una isla donde sus colegas se habían desvanecido de su mente como volutas de humo. Ni por un instante se le había ocurrido pensar que probablemente Dora había tenido algo que ver con la jugarreta de su padre, que ella mínimamente estaba al tanto de cómo se había producido el súbito «milagro» de esa beca que él ya daba por perdida. En esa pareja inarmónica a la vista —él, ni alto ni bajo, de cuerpo fuerte y musculoso, cabellos y ojos castaños y penetrantes, voz profunda y mirada franca; ella, una copia tridimensional de la Gorda, pero más baja, con unos ojos que querían ser celestes hundidos en la grasa de la cara, ojos pálidos como su piel y el ralo pelo que abultaba por medio de postizos, era tan descolorida que parecía haber sido sumergida en lavandina de la cabeza a los pies, y los aires de victoria que exhibía por ser la dueña de Marcos casi le agregaban centímetros a su corta estatura— parecía darse una fusión de cuerpo y alma de la que mucho se murmuraba sin que él ni ella parecieran percatarse de las reacciones que despertaban cuando se les veía juntos.

Absorto en la deshilvanada escritura de su ánimo, lo sobresaltó el tumulto de voces y el arrastrar de sillas que anunciaban la llegada de los músicos.

Rápidamente guardó el diario entre las partituras, alzó la cabeza, y no pudo creer lo que veía.

El Maestro entró el último, su brazo izquierdo rodeando los hombros estrechos de un negro que portaba un desvencijado estuche de violín.

—A ver, muchachos, atención —dijo perentoriamente—. Les presento a David Tremayne. Vamos a escucharlo.

Con manos temblorosas, David desenfundó su instrumento en medio del silencio abrupto, sin devolver las miradas que le dirigía el grupo. De haberlo hecho, habría visto simpatía y aliento en los ojos de todos menos uno.

Acomodando un pañuelo impecable entre su barbilla y el extremo redondeado del violín, pulsó los compases de una difícil obra de Schönberg. Con un leve movimiento de cabeza, el Maestro le indicó a Wilhelm que se le uniera. El sonido de ambos violines llenaba el ámbito en una simbiosis perfecta, iluminada por mudos gestos de aprobación del improvisado jurado.

Terminado el primer movimiento, el Maestro habló.

—Poder seguir a Wilhelm es casi como poder seguirme a mí. No te prometo nada, pero haré lo posible para que tengas la oportunidad de estudiar conmigo en Roma. No será pronto —le advirtió a David quien, a juzgar por su expresión excitada, ya se veía de smoking en las termas de Caracalla—. Tendrás que seguir por tu cuenta, y acumular paciencia. Dejale tus datos a Alicia.

Ante la carcajada general —la paciencia era lo que el Maestro desconocía, agregó—: La paciencia no se compra en las farmacias.

XVII

Terminado el ensayo de la mañana, cuando el Maestro ya había abandonado la sala como un torbellino arrastrando a Alicia a la zaga hacia un estudio de televisión donde tenía comprometida una entrevista, el codo de Esteban tocó levemente la espalda de Karly. Cuando éste giró en redondo y quedaron enfrentados, Esteban le indicó la puerta con la mirada, a la par que anunciaba:

—Muchachos, hoy no los acompañamos al Reducto.

Las bromas de los Provincianos sobre esa manía porteña de «descubrir» lugares nuevos no les hicieron mella. Karly presentía que el almuerzo de a dos que se le estaba imponiendo no tenía que ver con cuestiones gastronómicas.

Resignado a un nuevo ataque de intransigencia por parte de Esteban, se preguntaba qué había hecho ahora para despertar su enojo. Sin embargo, durante las dos cuadras que caminaron hasta encontrar un snack bar lo bastante vacío para no tener que hablar a los gritos, Esteban no se mostraba molesto; casi, casi, parecía estar disfrutando de algún chiste privado que le hacía la mar de gracia.

Instalados sobre los altos taburetes frente al mostrador, y habiendo ordenado el plato del día, sin siquiera reparar en qué se ofrecía, Karly alzó las cejas en muda interrogación.

—Parece que más vale caer en gracia que ser gracioso —comentó Esteban por toda respuesta.

—No te entiendo. ¿De quién estás hablando?

—A mis ojos se cae de maduro. Resulta que ahora vamos a tener un nuevo violinista que nadie sabe de dónde salió, mientras que Leni —y al pronunciar el nombre se le iluminaron los ojos negros con maliciosas chispitas doradas— estará transpirando sangre, sudor y lágrimas para viajar, a pesar de todos los antecedentes brillantes que logró acumular en su joven vida.

Karly, como de costumbre, intentó desviar la conversación por la tangente.

—¿Y eso a vos en qué te afecta? David no es oboísta; no te va a hacer sombra. Aparte de que no hubo ninguna promesa formal.

—Oh, vamos. Kovaciuk no acostumbra a hacer promesas de ningún tipo. Pero está claro que lo quiere tener. Ya le va a buscar la vuelta.

—Primero hace falta pasar por la burocracia de La Fundación . . . —reflexionó Karly, sin saber exactamente de qué hablaba, puesto que sólo la conocía de oídas, a través de las airadas quejas de otros artistas, Leni incluida, que se habían estrellado contra la muralla de piedra de Madame Burocracia.

Rechazando a la camarera que venía por tercera vez a llenar su taza con ese líquido turbio y aguachento que los neoyorkinos llamaban «café», Esteban extrajo su pipa de la bolsita de pana marrón donde la transportaba, e inició el ritual del encendido; un ritual preciso, que duraba siempre la misma cantidad de minutos y se copiaba a sí mismo en idéntico estilo y número de gestos.

—Me parece que vos, de entre todos nosotros los Argentinos que integramos esta orquesta, sos el único que no la padeció —le recordó Esteban ¿con rencor? ¿con envidia? ¿con un poco de ambas, tal vez?

—Noo . . . , creo. En realidad yo no tuve mucho trato con la Comisión. La Orquesta Juvenil de la Municipalidad me «prestó» a Hugo para acompañarlo en piano varias veces, mientras él estaba armando el proyecto y a la vez tenía contrato para una temporada de conciertos, y un buen día me ofreció unirme al grupo. Fui una o dos veces a las oficinas a llenar formularios por cuestiones administrativas, pero nada más. Me atendía una tal Elda, ¿la conocés? —y ante el asentimiento silencioso de Esteban, finalizó—: Una vez me presentaron a unos tipos muy paquetes, todos de doble apellido, que me alabaron de arriba abajo, y apuesto a que no tenían idea de quién era yo. Y después los volví a ver en el asado de despedida que nos hizo el Ministerio de Relaciones Exteriores, en ese campo donde se criaban caballos de polo ¿te acordás?

Esteban escuchaba toda esta explicación como si hubiera sido ofrecida en clave de disculpa. Y mientras escuchaba —con media oreja; no estaba interesado— iba reviviendo sus propias visitas a La Fundación, luego de ganar el concurso al que todo aspirante a miembro de la orquesta debía presentarse para ser considerado. Ante un jurado formado por un eminente oboísta de la Orquesta Filarmónica, por Hugo Kovaciuk, quien al fin y al cabo tenía derecho a que su palabra se tomara en cuenta para la elección de los músicos con quienes iba a convivir, y del Presidente del Directorio de la Fiat, en nombre de los empresarios que aportarían dinero para sueldos y becas a cambio de reducciones impositivas, había logrado el «sí» tan ansiado, a pesar de tener la mala suerte de que se le rompieran varias boquillas en el transcurso de la audición.

La comunicación formal demoró semanas, y precisamente su recuerdo de Elda era una voz en el teléfono que le informaba que

Cuello Duro no podía atenderlo en ese momento, que Tic Nervioso estaba en reunión y no podía ser interrumpido, y que Lentes Gruesos era esperado de un momento a otro, «así que si fuera usted tan amable de volver a llamar luego». Sí, claro, ella le/les daría su mensaje; por supuesto. Pero el mensaje tras el mensaje no era algo que Elda pudiera comprender: su desesperación de saber si iba a acompañar a Karly, o si sólo habría de conformarse con verlo partir. Esteban no era Leni; era un hombre, mal que les pesara a quienes confundían homosexual con marica. Él no iba a rogar, ni a buscar caminos non sanctos para correr detrás de Karly. Una vez que el puesto fue suyo, ya sus piernas lo llevaban solas a las puertas de La Fundación, porque hacía falta un trámite más, un documento más, una firma más, una entrevista más... en un rimero interminable que esta Elda que él tan bien recordaba atribuía a las exigencias del gobierno militar para asegurarse de no estar exportando guerrilla, ni gente que pensara «feo», ni algún tonto de esos que hacían tanto daño propalando mentiras acerca de presos políticos, asesinatos de opositores intelectuales, estudiantes y obreros apaleados o cualquiera de las imaginativas invenciones de los peronistas desplazados del poder en combinación táctica —aunque no siempre— con una izquierda que se volvía «peligrosamente violenta», Elda *dixit*, haciéndose eco de la defensa del patrimonio de los valores occidentales y cristianos machacados por el General Onganía en sus declaraciones al pueblo al que la Revolución Argentina se había propuesto «salvar» del desgobierno en el que los había sumido la ineficacia de la anterior administración civil.

***

PILLMAN — AGENCIA DE NOTICIAS — URGENTE

BUENOS AIRES, JULIO 29, 1966 — Fiel a su propósito de combatir la infiltración marxista en su guarida más peligrosa —la Universidad— el gobierno de facto liderado por el General Juan Carlos Onganía detiene con mano firme los disturbios ocasionados por el rechazo estudiantil a la Ley 16.912, que establece la prohibición de que centros o grupos estudiantiles intervengan en la actividad política so pena de ser inmediatamente disueltos. Las universidades nacionales, tomadas por los alumnos con el apoyo de docentes y autoridades, son desalojadas con violencia inusitada por fuerzas policiales. Cubiertos de sangre, arrastrados por los cabellos, los rebeldes, sin discriminación de sexo, edad, o rol dentro de cada facultad, son introducidos en carros de detención con destino desconocido.

✳✳✳

El extremo cuidado puesto en la selección de la embajada para la promoción de la cultura tenía que ver, entre otras cosas, con no meter lobos en el gallinero, no fuera que estos inventos de los enemigos del régimen se propalaran por el mundo; un mundo, por supuesto, ignorante de la realidad, según le aseguraban al Teniente General los militares y civiles —esos civiles que tenían por costumbre ir a golpear las puertas de los cuarteles cada vez que los escasísimos gobiernos democráticos que supimos conseguir junto con los laureles resultantes de haber rendido un león a nuestras plantas, según las líricas estrofas del Himno Nacional, les negaban las prebendas a las cuales se habían acostumbrado como a respirar— cuyo objetivo consistía en conservar bien firme la venda que aseguraría que cumpliera con el saneamiento de la sociedad enferma de «ideas raras».

Hay que decir que finalmente nos quedamos con los laureles, pero fuera de la vista, puesto que bajo el pretexto de que la canción patria era demasiado larga, «una nueva y gloriosa nación/coronada su sien de laureles/y a sus plantas rendido un león», fueron versos apresuradamente arrumbados en el rincón de los trastos viejos junto con algunas otras estrofas reveladoras. Considerando que el león simbolizaba a España, descubridora, conquistadora, evangelizadora y mater admirabilis de estas tierras, y que la culpa del primer proceso revolucionario la tuvo Napoleón, por haber ordenado, más que permitido, que el inútil de su hermano Pepe Botella montara el león, y así le fue. Pasado algún tiempo, cuando descendió la temperatura enfervorizada de los muchachos de entonces, había que bajar los decibeles: no era necesario humillar a la cuna de nuestra cultura, ni hacerla responsable de algunos puñados de indios muertos o esclavizados. ¿Acaso los indios no se almorzaron a Solís? Mano a mano hemos quedado, podría decirse.

Esteban no estaba ni a favor ni en contra, como tantos otros muchachos y muchachas que descreían de la política en cualquiera de sus formas, y que sólo deseaban ocuparse de lo suyo sin ser molestados. Pero sí le escocía la arrogancia de los uniformes, que creían en el mérito de la prepotencia y despreciaban, de manera más o menos encubierta, según la personalidad de cada uno, a los artistas en general, *esos vagos que sólo sirven cuando hay necesidad de mostrar*

*que no tenemos nada que envidiar a los engreídos de esa cosa que le
dicen cultura, y qué carajo es eso, sino falta de utilidad pura; bueno,
los usamos cuando nos conviene; total, son descartables.*

—Qué asco, el asado aquel —rememoró Esteban, desistiendo de
continuar refregándole a Karly que la aparición de David Tremayne
alejaba la imagen de Leni sumándose al grupo como si se la enfocara
con un telescopio invertido.

—No me pareció. Estuvo muy bien servido . . .

—Pero claro. En gastos no repararon. ¿Te acordás de quiénes
estuvieron?

—Bueno, todos nosotros, porque nos despedían; los tipos de la
Comisión con sus mujeres, los capos de las empresas que ponen
guita, los milicos que cada empresa tiene contratados para «aceitar»
sus negocios . . .

—Para poder dar medio paso, querrás decir. Sabés bien que la
empresa que no tiene un milico a sueldo no consigue habilitación,
ni importar, ni exportar, ni siquiera ser invitada a las licitaciones
públicas— precisó Esteban.

—Sí, ¿y? ¿A nosotros qué nos importa? Somos artistas, artistas
en serio, no como los payasos de los *happenings*.

—No iba a eso —dijo Esteban con impaciencia, apartando el
plato que casi no había tocado—. Digo, ¿te acordás de cómo los
cogotudos de la Comisión les chupaban las medias a los milicos? ¿Y
de cómo los milicos, como quien no quiere la cosa, le metían mano
a las pibas que servían?

—No, la verdad es que no me fijé. Los de la Comisión y los militares que estaban eran de la misma clase social; no se me ocurre
por qué tendrían que chuparles las medias. Y que los milicos apro-
vechan la ocasión con las minas cuando no son de su clase, mirá
qué novedad.

—La chupada de medias tiene que ver con que ser de la misma
clase no garantiza que te premien con alguna información política o
económica que te favorezca en términos de poder y competencia. ¿O
te creíste en serio lo que dice el folleto de La Fundación? —inquirió
Esteban—. Dejá, pago yo y vamos caminando.

Mecánicamente, Karly se deslizó hacia el piso y lo siguió por la
Sexta Avenida hasta que el otro, de un tirón, lo timoneó para que
caminara a su lado. Sintió un ramalazo de remordimiento por haber
hecho el último comentario. Él era joven, pero tenía sus veinticuatro
años bien vividos y había aprendido muy temprano a distinguir entre lo aparente y lo real, puesto que él mismo aparentaba una falsa

realidad, justificadamente, se decía, porque su real no era aceptable más que en la marginalidad de los bares gay cuyos concurrentes se quitaban las máscaras pero jamás revelaban su identidad, tanto era su miedo de ser objeto de chantaje por parte de alguna marica cretina que a veces lograba colarse entre la clientela habitual y segura. En cambio Karly vivía su dualidad en lo real —Leni, él— y era de una ingenuidad pasmosa respecto de las motivaciones del ser humano. Y las instituciones, Fundación incluida, se componían de seres humanos.

Karly avanzaba por la ancha acera con el ceño fruncido, la cabeza gacha, las manos en los bolsillos para que Esteban no lo viera contar los puntos del folleto con los dedos, que iba doblando hacia la palma a medida que repasaba el ítem correspondiente.

La Fundación por la Cultura es una asociación civil sin fines de lucro que tiene como objetivo la difusión de las Artes mediante grupos de artistas de nuestro país y de naciones amigas reunidos en giras por el mundo occidental con el propósito de enseñar, aprender, e intercambiar experiencias.

Sus gastos se solventan mediante los generosos aportes de dos Ministerios Nacionales y de empresas argentinas, extranjeras y mixtas.

La elección de nuestros becarios se funda exclusivamente en su talento, sin discriminación alguna que opaque la libertad propia del pleno ejercicio de la condición artística.

Nuestras actividades abiertas al público son gratuitas, en virtud de nuestra convicción de que el acceso al arte no debe regirse por las reglas de los espectáculos comerciales.

Y seguían los listados de los miembros de la Comisión Directiva, de las empresas que oficiaban de mecenas, de los funcionarios ministeriales que enlazaban a la Fundación con el poder, de los directores de los departamentos de cada especialidad.

De pronto, Karly cayó en la cuenta de que los miembros de la Comisión Directiva probablemente cobrarían jugosos sueldos por el tiempo que dedicaban a sus responsabilidades. Bueno, no había nada de malo en ello . . . hasta que uno reparaba en que uno de los miembros era también socio mayoritario del estudio jurídico que llevaba adelante todos los asuntos legales nacionales e internacionales, por lo cual seguramente el estudio —porque no hay que confundir: una cosa es la persona y otra el estudio— facturaría grandes sumas de dinero por sus servicios. Y, qué interesante, otro de los miembros era accionista de la compañía de aviación que la Fundación utilizaba para transportar a los artistas en todos los vuelos de cabotaje, y esta misma compañía era subsidiaria de una empresa extranjera de aviación que se ocupaba de los traslados al exterior. Un tercer ejecutivo poseía una de las mayores imprentas de Buenos Aires, donde se imprimía toda la papelería de la Fundación, incluidos los programas para el exterior, algo que enfurecía al Maestro, puesto que no estaba en su ánimo decidir de antemano qué iba a tocar dónde. Pero fue rápidamente tranquilizado: él podía hacer su elección en el momento que le viniera en gana, comunicarla por teléfono o telex a la imprenta, y ellos le enviarían todo lo necesario mediante la susodicha compañía de aviación, que cobraría por peso, estadía en depósito, y entrega. El cuarto servía de enlace entre la Fundación y el gobierno militar ¡Sí que era un asco!

—¿Vos creés que el Maestro es parte de esa basura? —El tono suplicante de Karly podía traducirse sin esfuerzo: «Por favor, decime que no».

—No —respondió Esteban, desde una convicción sin concesiones, puesto que no le habría importado hacer añicos la fe de Karly en su ídolo si la sospecha que había venido rumiando durante el trayecto tuviera, en su opinión, algún viso de verdad—. El Maestro es la pantalla perfecta. Está tan absorbido por el proyecto, tan comprometido en lo que él supone su misión, tan ocupado en que nuestro grupo se convierta en un modelo universal, que nunca se entera de nada. Y tan apolítico, además. No sé siquiera si reparó bajo qué tipo de gobierno vivimos.

—Todos nosotros somos apolíticos. ¿Qué tiene que ver el arte con la política?

—A mí no me preguntes. Habría que hablar con los que están en las listas negras —dijo Esteban, agradeciendo con un movimiento de cabeza al botones que ya les abría la puerta del hotel.

Subiendo a la habitación, Karly silenciaba la pregunta para no estimular, como mínimo, una de aquellas miradas sarcásticas que Esteban le dedicaba sólo a él, su bebé de veinticuatro años que, a juzgar por los hechos, vivía en un mundo a su medida. *¿De qué listas negras me estás hablando?*

XVIII

En el taxi que los llevaba al estudio de televisión, el Maestro entremezclaba instrucciones de cosas que había que hacer con sermones por lo que había sido mal hecho. Alicia tomaba notas en su bloc de bolsillo, y esperaba tener la oportunidad de explicarse antes de llegar a destino.

—Ahora que lo pienso, no la necesito conmigo en el estudio. Así que en cuanto lleguemos, pide la dirección del Maestro Vincenzi —espero que la tengan— y se va para allá a combinar la fecha de su visita a nuestra sede italiana.

El lápiz corría sobre el papel, y el pensamiento entablaba un monólogo puntuado por el temor a perder información en su decurso.

Qué fácil. Voy para allá sin tener idea de si el tipo está o no, le toco el timbre y «combino» así nomás, de una . . .

— . . . y sobre todo, no se deje enredar. Vincenzi es una persona difícil; va a poner mil pretextos para no venir, pero cuando almorcé con él de paso para Europa, el primer mes que usted trabajó conmigo, me prometió tocar con nosotros en dos conciertos y dar unas clases de digitación, y es FUNDAMENTAL que cumpla, porque la gente de Roma ya lo está anunciando.

No, no trabajé con usted. Me dejó enterrada en una montaña de responsabilidades incomprensibles. Tinta Verde disfrutaba entrando a mi nueva oficina con cualquier pretexto y viéndome perdida, a veces paralizada, otras atendiendo a personas que me abrumaban con pedidos, quejas, reclamos, todos precedidos por la fórmula «El Maestro dijo aseguró quiso aceptó accedió» y yo no tenía idea de qué me estaban hablando. Si hasta me parecía oír a Tinta Verde riéndose en su interior con esas carcajadas que me habían amargado la vida cuando mi jefe era él, pensando, seguramente, «¿Vos creías que el cambio era para mejor? Esto no es nada comparado con lo que te espera . . . »

— . . . y basta de intromisiones en terrenos que no le corresponden. Lo de David Tremayne le salió bien de pura casualidad, pero no piense ni por un segundo que me olvidé del desastre que me hizo con aquella compositora que me perseguía por todas partes para que incluyera su obra en la programación.

Y desentendiéndose de Alicia como si de pronto se hubiera vuelto invisible, la emprendió con el taxista.

—¿Por qué hay tanto embotellamiento? No es hora pico. ¿Qué diablos pasa?

La espalda cuadrada y poderosa que sostenía un corto cuello de toro unido a una cabeza de hirsuto pelo aindiado se encogió de hombros y los ojos negros como carbones les lanzaron una mirada de pocos amigos.

—Es por el corte en Lexington. Hay una manifestación de pacifistas.

El tono era de absoluta indiferencia. Mientras el taxímetro continuara dejando caer las fichas, ¿qué le importaba a él cuánto tardarían sus pasajeros en llegar a destino?

—¡Pero faltan un montón de cuadras para llegar a Lexington, y nosotros tenemos que cruzarla y seguir otro montón más! —barbotó el Maestro—. ¿No puede desviarse por alguna otra calle?

—Está todo igual —respondió el taxista—. Es una manifestación muy grande, de las más grandes, diría yo.

—Muy bien —replicó el Maestro—. Nos bajamos. A ver, Alicia, páguele al señor lo que marca el reloj . . .

Y casi sin esperar a que el auto frenara completamente la marcha, se lanzó afuera y comenzó a caminar, con ella corriendo atrás, casi sin aliento.

Entre bocinazos y pisotones, se abrieron paso por la calle 72 hasta llegar a Lexington. Quedaron cercados por una enorme barrera humana que no les permitía avanzar hacia derecha ni izquierda, y mucho menos cruzar la avenida. No les quedaba otro remedio que esperar, y en ese tiempo, que llenaba al Maestro de exasperación mal contenida y a Alicia de una fascinación hipnótica, pues jamás había visto nada igual, observar la columna interminable que había detenido la circulación de vehículos y peatones por igual.

De no haber sido advertida de que se trataba de una cuestión política, Alicia habría jurado que estaba presenciando el típico desfile de un gran circo cuando hace su entrada triunfal en la ciudad donde va a erigir su carpa. Es verdad que no se veían elefantes ni jaulas con fieras bramantes, pero los manifestantes marchaban en columnas de seis personas por fila y nueve; no, doce líneas, dejando espacio suficiente entre un cuadro y el siguiente para que las diferencias de vestimenta pudieran apreciarse. En ese preciso momento, avanzaba un grupo de hombres y mujeres jóvenes, luciendo refulgentes conjuntos de chaqueta y pantalón dorados, tocados con morriones del mismo color decorados con una alta pluma azul adherida al centro del tocado. Todos llevaban paso militar, pero las palabras que coreaban eran claramente antibélicas. «Basta de muertes sin sentido. Queremos a nuestros muchachos en casa».

El próximo cuadro estaba compuesto por porristas. Haciendo gala de sus dotes de gimnastas y echando sus pompones al aire para volver a recogerlos con consumada habilidad, seguían el ritmo marcado por los bastoneros, al grito de «Fuera de Vietnam». Luego asomó desde la esquina una banda de trompetas, tambores, trombones y clarines, ejecutando orgullosamente un potpourri de *Hair* al que se mezclaban burlonamente solos de marchas militares.

A los costados de la avenida, jóvenes, adolescentes casi, arrojaban panfletos hacia la multitud.

Alicia recogió uno al azar. Le llamó la atención la distribución del texto, hasta que reparó en que se trataba de un poema. Estrujada por ambos costados, resistiendo los empujones de aquella rugiente marea humana que la sacudía, provocando una ilusión óptica de letras que transmutaban su lugar original sobre la delgada hoja celeste, leyó. Y a medida que su vista se deslizaba por los renglones, sus labios comenzaron a dibujar las palabras por el impacto místico de unas líneas que jamás olvidaría:

> *Do not believe the Big Lie*
> *Big is Beautiful, we used to say*
> *Till the Big Lie hit us in the face.*
> *Harken to the Big Truth:*
> *Our boys' bodies lying six feet deep*
> *While politicians cheer and mothers weep.*

Era evidente que muchos iban despertando a la verdad. Conmovida, Alicia le extendió el papel al Maestro, quien lo guardó distraídamente en un bolsillo sin siquiera mirarlo.

—Parece que está terminando el desfile. Tratemos de cruzar ahora; estoy llegando tardísimo a la entrevista.

La sensibilidad de Hugo Kovaciuk era inmune a todo lo que no fuera expresado en pentagramas.

XIX

—¡Por fin! Pensábamos que había olvidado la cita, o que le había ocurrido algún percance . . . —el asistente de Kitty Mallory, conductora de *Music Today*, revoloteaba alrededor del Maestro mientras lo conducía por los pasillos de KMA TV hacia los camarines donde lo prepararían para la filmación del programa—. Menos mal que no es en vivo —añadió el oficioso jovencito de rostro rubicundo y exceso de kilos, juguteando con las guedejas rubias de su rizado cabello—. Kitty está imposible. Sus invitados no acostumbran hacerla esperar.

El abierto reproche rebotó en la mirada de pocos amigos del Maestro como una pelota de goma contra una pared de cemento. Sin pronunciar palabra, se sentó frente a los espejos, resignado a que lo enchastraran con el maquillaje de rigor. Cuando la profesional de la cosmética sentenció que «había quedado divino», el asistente, ofendidísimo porque este grande no se dignaba dirigirle la palabra, lo pastoreó por el camino más largo hasta depositarlo en el estudio C, donde una Kitty al borde del colapso descargaba sus nervios gritándole a cuanta cosa se moviera, sin fijarse si era hombre o máquina.

A los treinta y cinco años, Mallory era la autoridad indiscutida en música clásica de la ciudad de New York. Podía exhibir un currículum impresionante: habiéndose ganado el derecho a iniciar sus estudios en la Julliard School of Music, pronto descubrió que lo que creía sus dotes de flautista eran rápidamente opacadas por talentos muy superiores al de ella. Vio con meridiana claridad que a lo más que podía aspirar era a un modesto lugar entre las flautas de una orquesta sinfónica o filarmónica, pero que jamás llegaría a solista. Y Kitty quería ser 1A, y si para ello tenía que resignar el instrumento, que así fuera, amén. La oportunidad se presentó bajo la forma del crítico musical de un prestigioso periódico que solía merodear por la escuela a la caza de jóvenes prometedores. Ella ya había olvidado su nombre, pero todavía recordaba las miradas lascivas que le dedicaba a la hora de salir de clase. Insolente a sabiendas, la Catherine de diecinueve años que había sido un día se le plantó delante, las manos en los bolsillos del abrigo, partituras y flauta sostenidas con firmeza bajo el brazo.

—¿Te gusto? —preguntó sin vueltas ni pudor.

El crítico le acarició lentamente el cuello terso, hundió su mirada oscura en los pozos celestes de esos ojos invitantes, la metió en un taxi, y a la media hora la estaba iniciando en una música de los sentidos, celestial para él; una música que ella no sintonizaba, pero que sentía tan necesaria para sus propósitos como las interminables escalas preliminares con que se tortura a los principiantes antes de permitirles tocar una pieza.

Fue él quien le sugirió que debía acortarse el nombre y la rebautizó Kitty; fue él quien la llevó a las galas y le selló el pasaporte de entendida citándola en sus crónicas como la autora de comentarios agudos sobre este o aquel concierto; fue él quien le enseñó a repetir y a plagiar con arte. También fue él quien la vio partir del brazo del director de su propio periódico: Kitty Mallory, *née* Catherine, había crecido lo suficiente para saber que no se llega a la cima quedándose estancada en el primer peldaño. De cama en cama, alumna siempre atenta y aplicada, en el momento justo se reinventó como experta, y como experta estaba lista a comenzar su entrevista con aquel a quien llamaban El Maestro.

***

Repatingados en sendos sillones azul de Prusia en estético contraste con los colores pastel que armonizaban la sobria decoración del estudio de grabación, contra un telón sobre el que se adivinaban apenas instrumentos, notaciones musicales, y bosquejos de los bustos de músicos ilustres, Kitty y el Maestro se encontraban listos para sostener un duelo verbal sin desafío previo. Ella había recibido un listado de los temas sobre los que él no iba a responder, y él había sido advertido de que esta crítica-conductora-comentarista no acostumbraba permitir que sus entrevistados llevaran las riendas en *su* programa. Bajo los rostros sonrientes y amistosos, los camarógrafos podían sentir los músculos tensos, adelantando el hecho de que la atmósfera no era ideal para facilitar su labor.

—*Music Today* tiene el enorme placer de presentar a nuestro invitado de hoy, el mundialmente destacado Maestro Hugo Kovaciuk —comenzó Kitty, cuidando de mantener su mejor cuarto de perfil frente a la cámara 2—. No crean ustedes que ha sido fácil persuadirlo de acudir a nuestros estudios, pero nuestro programa no podía permitirse desaprovechar la breve estadía del Maestro en nuestra ciudad, que no visita muy a menudo —miradita de víbora cascabel, como anticipando «Ya verás lo que te espera»; inmovilidad de estatua y expresión de ausencia en él, tomada rápidamente en un corte de plano por la cámara 1— para que nos cuente de ese proyecto tan original plasmado en una pequeña orquesta de cámara compuesta por músicos de diversas nacionalidades. Maestro, ¿quisiera contarnos cómo surgió esta idea?

XX

Mirando con aprensiva desconfianza a derecha e izquierda por ambas ventanillas del enésimo taxi del día, Alicia se preguntaba si el conductor en verdad se dirigía a la dirección que le había indicado al subir —el domicilio de Vincenzi— o si la estaba secuestrando para robarle, degollarla, y abandonar su cuerpo mancillado en algún oscuro callejón donde las ratas se darían un festín tal que jamás pudiera ser identificada.

El auto se adentraba por callejuelas de una sordidez indescriptible, bordeadas por edificios que debían haber sido condenados mucho tiempo atrás; edificios que se esforzaban por mantenerse en pie sobre angostas escalinatas cubiertas por una mugre pegajosa y maloliente, entrevista en formas irregulares y fantasmagóricas a través de los huecos que quedaban entre hombres y mujeres sentados en los peldaños. Algunas de las mujeres acunaban en sus brazos a bebés que chillaban de hambre, de frío, de ambas cosas, o simplemente en anticipación del futuro miserable que les depararía la Tierra de las Oportunidades. Otras gritaban órdenes perentorias a niños mayorcitos que jugaban o corrían por las aceras. Algunos se deslizaban hacia la calzada, arriesgando el ser atropellados por el tránsito, y entonces el conductor del taxi mascullaba algo que sonaba a «*white trash*», expresión acuñada por los blancos hacia otros blancos, los blancos paupérrimos, vistos como animales primitivos, aunque Alicia no encontraba diferencia entre el rostro brutal reflejado en el espejo retrovisor y los rostros de la calle.

Finalmente, después de más de veinte minutos de trayecto, se decidió a preguntar.

—¿Adónde me lleva?

—Adonde me indicó, ni más ni menos —respondió de manera brusca el conductor, con su acento arrastrado.

Alicia insistió.

—¿Está seguro de que entendió bien la dirección? Es que voy a ver a un músico eminente . . . me cuesta creer que viva en esta parte de la ciudad.

El otro se encogió de hombros y le dirigió una desagradable sonrisa por el espejo.

—Mire, *Miss*, si usted no se equivocó en la dirección, es a unas cuadras de acá. Es verdad que la zona es un asco; habría que cercarla y prenderle fuego con todos estos vagos de porquería adentro. Pero si dice que va a ver a un músico . . . Los artistas son gente rara, sabe. No son normales. Se drogan, se maman, le llevan la contraria al gobierno . . . y son capaces de vivir en cualquier parte, aunque les sobre la plata. Gente muy rara, son.

Sacó la cabeza por la ventanilla, y se detuvo frente a una puerta de rejas de hierro carcomido por el orín tras la que se veían dos paneles de vidrio rajados en varias partes.

—Es aquí— dijo—. Le va a costar encontrar taxi cuando salga. ¿Quiere que la espere?

Ella no podía creer que ésa fuera la casa de Vincenzi. Seguramente los irresponsables del canal KMA, para sacársela de encima, le habían dado una dirección cualquiera; pero ya verían cuando se lo informara al Maestro. Estuvo a punto de decir: «No, volvamos».

Pero, ¿y si el conductor tenía razón? Por lo menos era necesario intentarlo. Con un nudo en la garganta y las piernas flojas, descendió del auto, asintiendo.

—Sí, por favor. Espéreme. No creo que vaya a tardar mucho.

Junto a la desvencijada puerta entreabierta, una chapa de metal indicaba los nombres de los habitantes sobre sendos timbres. Ahí estaba. Vincenzi. Primero 22.

Pulsó el timbre rogando para sí que nadie contestara. La suerte la contrarió bajo una voz asexuada.

—¿Sí?

—¿El Maestro Vincenzi? De parte de Alicia Curi, la secretaria del Maestro Kovaciuk.

—Avantiii . . .

Entre la desesperación y la incredulidad se lanzó escaleras arriba, y no tuvo siquiera que esperar a que se abriera la puerta del apartamento, puesto que Vincenzi —¿eso era Vincenzi?— la esperaba parado en el vano. Una cabeza totalmente calva que bajaba hacia un par de hirsutas cejas grises y unos ojillos redondos y maliciosos de color indefinido. Un enano grotesco con el abdomen monstruoso cortado por tres pliegues de flojas carnes superpuestas, cubierto el torso por una camiseta que, a juzgar por las arrugas y la paleta de colores que ostentaba, hacía las veces de pijama, servilleta, y delantal de cocina.

Instintivamente, Alicia dio un paso atrás.

—Si va a entrar, *signorina*, está caminando al revés —se burló suavemente la voz—. Salvo que sea la Alicia del País de las Maravillas, la que cuando sale, entra . . . Pero ya está un poco grandecita para eso, *vero?* Vamos, que me tiene parado en una corriente de aire

—agregó, haciéndose a un lado para permitirle pasar y tosiendo con un sonido bronco y ahogado.

Alicia rehusó quitarse el abrigo que él ofrecía colgar en un perchero donde se apilaban prendas diversas, y se sentó en el borde de una silla vienesa que él le señaló con un gesto vago. La habitación, aparentemente una sala de estar, mostraba idéntico estado de deterioro que su dueño. Paredes descascaradas, una bombilla de luz cruda pendiendo del cielorraso húmedo, una mesa y sillas completamente ocultas por pilas inestables de partituras mezcladas con otros papeles manuscritos y, junto a la ventana, en el extremo opuesto, un maravilloso piano de cola, un Steinweg, brillante, perfecto, increíble.

—¿Puedo ofrecerle algo de beber? —inquirió Vincenzi, al tiempo que se estiraba sobre las puntas de sus pies, demasiado pequeños para sostener ese abdomen que a Alicia se le ocurría obsceno, para bajar dos vasos polvorientos de una alacena que apenas se mantenía adherida a la pared merced a unos ganchos habilidosamente retorcidos.

—No, le agradezco. En realidad necesito confirmar las fechas de su visita a Roma... Tengo un taxi esperándome... y las fichas caen rápido —replicó Alicia, esforzándose por mostrarse seria pero no antipática.

—¡Qué lástima! —suspiró él—. Se va a perder un whisky que no se encuentra a menudo —y llenó uno de los vasos hasta el borde, echando un largo trago interrumpido por otro acceso de tos—. Bueno, así que es por el asunto de Italia —retomó el hilo, dejándose caer en un sillón informe recubierto por una funda de color indefinido, que llevaba la marca de su cuerpo como un calco.

—Sí, el Maestro necesita...

Vincenzi la interrumpió sin miramientos.

—Maestros somos muchos. No, no se moleste en disculparse —continuó, porque ella ya hacía intentos de protestar que no se proponía ofenderlo—. Estoy bien enterado de las leyendas que se han formado alrededor de Hugo. Francamente, no sé que decirle de Italia. Hugo me arrancó la promesa de ir en un momento de debilidad... etílica —explicó, bebiendo ávidamente lo que quedaba del whisky—. Pero no creo que me den las fuerzas... Y además, ¿cuántos pianistas hay? ¿Se justifica que me mueva por...?

—Dos, probablemente —se apresuró a responder Alicia.

—Ni soñando. Uno titular, que tocará piano y clave, y un suplente local. ¿Me equivoco?

—Noo... pero hay otros pianistas en Roma que también se inscribirían en las clases —trató de animarlo Alicia.

Vincenzi la miró con sorna.

—De condicionales está pavimentado el camino del infierno. Vamos a hacer una cosa: usted me asegura un mínimo de diez ejecutantes de calidad, y yo le propongo una fecha.

—Maestro Vincenzi, usted mejor que nadie sabe que una simple secretaria del Maestro ... Kovaciuk —agregó deprisa, temiendo volver a despertar los celos en la rivalidad entre esos dos, rivalidad de la que aparentemente uno no estaba enterado— no puede asegurarle nada por sí misma.

Vincenzi se encogió de hombros y dejó su vaso vacío en equilibrio precario sobre el brazo del sillón.

—Vaya, Alicia de Las No Maravillas; vaya y hable con su Maestro de lo que le he dicho. Le va a gritar un poco, la va a humillar otro poco por no haber sabido manejar a un viejo cabeza dura que, como verá —y en un amplio ademán de su brazo derecho abarcó el perímetro de la sala— se está retirando del mundo y de la vida, y finalmente cederá a hacer los arreglos necesarios, porque conociéndolo como lo conozco, ya habrá anunciado mi seminario a los cuatro vientos. Vaya, y cuando tenga todo arreglado, llámeme por teléfono. No tiene sentido molestarse hasta acá. Ni siquiera entiendo por qué no llamó esta vez en lugar de arriesgar un disgusto en este barrio abandonado por la mano de Dios.

Casi haciéndola poner de pie por la fuerza, la fue empujando suavemente hacia la puerta.

—Es que el Maestro me dijo que viniera ... no me pareció que tuviera su teléfono ... —alcanzó a balbucear ella ya en el pasillo.

—Claro, claro. No sería propio de Hugo facilitarle las cosas a una simple secretaria, como usted misma se describió. *Ci parliamo qualque giorno prima della sua partita*—. Y estrechándole la mano con un súbito ramalazo de ¿compasión?, cerró la puerta.

Instalada nuevamente en el taxi camino al Madison, sorda al inesperado parloteo del conductor ...

—Entonces vivía en serio en esa pocilga ... son todos locos ... yo una vez conocí uno que ... pero si será imbécil por poco nos choca ...

Alicia sintió que era presa de sentimientos contradictorios, y en su mente se confundían los bellos rasgos del Maestro con la risa estúpida de Tinta Verde; la esclavitud de un empleo sin horizontes y un horizonte imprevisible que la llevaba hacia aguas cuya profundidad desconocía.

Querido Marcos.

XXI

Entraron casi a tientas, bajando por una escalera angosta de escalones irregulares, a un sótano atestado donde reverberaban los acentos representativos de todos los Estados: la cadencia rápida y relajada de New York, el arrastre cerrado del Sur, las palabras de los tejanos, apretadas, casi emitidas boca adentro, la tranquilizadora tonada de California. David Tremayne los había invitado a escuchar «verdadero jazz», en un local que jamás habrían descubierto porque no era para turistas. David se adelantó en la densa penumbra con el paso seguro del habitué a preguntar por la mesa que había reservado.

«Bobby, sabes que no tengo un centavo», le había dicho la noche anterior al baterista «pero por favor dame una mano para invitar a esta gente. Se me juega el viaje a Italia».

Y Bobby había comprendido, recordando sus propios sueños, más modestos, en la época en que luchaba por abrirse paso desde su Illinois natal hasta la Gran Manzana.

Ya ubicados cerca del improvisado escenario, cada uno con su trago, Alicia cayó en la cuenta de que el lugar no era para turistas . . . extranjeros, pues aquellos murmullos que habían acompañado su paso hasta la mesa subrayaban que la mayor parte de los presentes eran extraños en New York.

Lo comentó a Esteban, en un susurro, ajena al hecho de que, aunque la escucharan, no había posibilidad de que este público nativo del país comprendiera el castellano; este público que, al igual que todos los angloparlantes, no se tomaba la molestia de aprender otros idiomas. Ellos se veían como los paladines del mundo libre. Ellos habían sido la némesis del nazismo. Ellos ponían el «hasta acá» a la amenaza comunista donde quiera que ésta asomara sus cabezas de hidra, que se regeneraban a sí mismas incluso luego de haber sido cercenadas. Por lo tanto, si sus protegidos o sus enemigos, según el caso, deseaban comunicarse con ellos, debían poner empeño en aprender a hacerlo en inglés.

—Pero claro —replicó Esteban, aspirando su pipa y exhalando una bocanada de humo delicadamente perfumado con aromas de chocolate—. No habrás pensado que este lugar vive de los vecinos del barrio . . . No de este barrio, por lo menos.

Lars quiso saber de qué hablaban, y la reflexión inicial sobre los parroquianos circuló de oído en oído, alterándose en la traducción a cada lengua a modo del juego infantil del teléfono roto. Marcos, el último en recibirla, inquirió:

—¿Cómo es eso de que a los turistas no les gusta el jazz? —provocando la carcajada general de sus compañeros.

Todos estaban allí, a excepción del Maestro, quien había agradecido la invitación pero se había excusado «por tener un compromiso previo»; de Wilhelm, que odiaba las salidas en términos de igualdad —un militar de alto rango no comparte juergas con el pelotón completo— y de Graciela, la Gorda, por obvias razones de su minoría de edad.

De pronto, los spots ubicados en el techo se fusionaron sobre el tablado y un sexteto compuesto por negros y mulatos esparció una composición de Monk que llenaba cada rincón del reducido local, cada grieta del descuidado piso, cada resquicio del alma de los espectadores, embelesados por los compases plenos de vientos, piano y batería, puntuados por la pulsación contundente del contrabajo. No había fisuras en la música. Luego vino la improvisación propuesta instrumento a instrumento, y los aplausos empujaron las paredes hasta que la sensación general fue que ya no había paredes: que se había reproducido el milagro de Jericó.

Los músicos clásicos en papel de espectadores cuchicheaban entre sí, llamándose a recordar los momentos de esparcimiento durante los cuales ellos también se atrevían con el jazz. Con un dejo de resignación, todos asintieron cuando Nino sentenció:

—*Per divertimento lo facciamo benissimo*. Pero no les llegamos a la suela de los zapatos. Los conservatorios nos estructuraron demasiado.

Durante el descanso del sexteto, que se retiró radiante y sudoroso, se elevó el tono de las conversaciones al calor del alcohol consumido. Desinteresada de la discusión técnico-musical en la que se habían enzarzado sus compañeros, Alicia comenzó a prestar atención a la agitada charla que se desarrollaba en la mesa vecina. Con la vista ya adaptada a la falta de luz, distinguió un grupo formado por una decena de personas de entre cuarenta y cincuenta años, hombres y mujeres blancos —como el resto del público, por otra parte. Los hombres portaban ridículos sombreritos cónicos de colores chillones, sujetos a la barbilla por un elástico, y soplaban pitos a rayas transversales que se alargaban hasta alcanzar dimensiones obscenas con el soplido para, acabado el sonido, volver a enrollarse sobre sí mismos. Las mujeres lucían pulseras de papel trabajado en forma de panal de abejas, superpuestas sobre brazaletes de oro legítimo. Vestidas de largo, ostentaban también otras joyas valiosas y, de cuando en vez, abrían sus bolsos de fiesta para extraer primorosas cajitas de maquillaje y retocarse polvos y lápiz labial.

Absorta en la escena —para ella, un recorte en vivo de una película que bien podría haber filmado Fellini— Alicia sintió un codazo de advertencia en la cintura al tiempo que reparó en los ojos gatunos de una de las mujeres clavados en ella. Quiso desviar la mirada, recordando una amonestación de Marcos (a quien le debía el codazo) ante una situación idéntica donde el objeto de su fascinación había sido un comensal hindú, ataviado con las galas propias de su país, en una cena de bienvenida ofrecida al grupo por el consulado argentino.

—Aprendé a no mirar a la gente como si viniera de Marte, o vas a tener un disgusto. Alguno te va a dar un sopapo sin aviso previo.

En aquella ocasión, ella había atribuido la dureza de las palabras a que Marcos no le perdonaba lo que él llamaba su complicidad en el engaño del que había sido víctima por obra y gracia de Papá, apoyado por el Maestro. Ahora cayó en la cuenta de que, aún si fueron esos los sentimientos que lo movieron, la posibilidad era real. Pero ya era tarde. La mujer, una rubia madura de peinado laqueado, la encaró sin vueltas, aunque sin antipatía.

—*Where are you from? I've noticed the people at your table speak a variety of languages . . . I can't seem to place them, though, except for the black young man over there.*

—*I'm Argentinean* —respondió Alicia, decidiendo no dar explicaciones sobre los demás.

La mujer asintió con la cabeza y con voz pastosa procedió a hacer una presentación conjunta de quienes la acompañaban.

—Nosotros somos de Georgia. Nuestros maridos celebran una convención de negocios en New York, y nos trajeron para que conozcamos la ciudad más grande del mundo. ¡Hicimos unas compras fabulosas!

Que se calle, Dios mío, a quién le importa. Inmune a la muda plegaria, la rubia, como una muñeca a cuerda, continuaba desgranando sus descubrimientos de esos días, que culminaban con la visita a este sitio exótico, pues al día siguiente regresaban a casa.

Alicia ponía cara de feliz cumpleaños, aunque había dejado de escucharla desde que la otra comenzara su enumeración de los objetos adquiridos «en las tiendas divinas de la Quinta Avenida, en Saks . . . ». Sin embargo, por entre su sordera deliberada se coló la palabra «Vietnam».

Con la manifestación pacifista que había presenciado unos días atrás todavía latiéndole en el alma, se inclinó hacia adelante, preparando todo su cuerpo para absorber de boca de una sola persona el dolor que las interminables columnas y revuelos de panfletos le habían transmitido.

—Disculpe, ¿qué fue lo que dijo de Vietnam?

—Que donde hay que defender las banderas de la libertad estamos nosotros, los norteamericanos, listos a morir por la justicia. Mi generación hizo su parte en la Segunda Guerra Mundial y en Corea, y ahora es el turno de nuestros hijos, benditos sean.

La mujer, ya ebria por el whisky, empeoraba su borrachera expulsando el vómito de su discurso a falta de una ametralladora disparada por sus propias manos. Impresionada por la súbita violencia de lo inesperado, Alicia inquirió:

—¿Usted tiene un hijo en Vietnam?

—Tenía dos —vociferó la rubia, poniéndose de pie, irguiendo la cabeza y adoptando un franco tono de barricada que hizo que todos los presentes callaran y concentraran su atención en ella—. Tenía dos hermosos hijos que murieron como héroes en los inmundos pantanos de ese país de mierda. Pero por suerte y gracia del Señor me queda otro para regalar a la patria, y ojalá tuviera dos, cinco, siete más . . .

—¿No le importa sacrificar a sus hijos por veleidades políticas que nada tienen que ver con la verdadera justicia? —se enfureció Alicia, parándose frente a la otra como un gallo de riña.

—Quién sos vos, putita del carajo, para ponerte a opinar sobre las decisiones del pueblo más poderoso del mundo. Con razón tu país no existe ni en los mapas, cobardes igual que vos serán los otros pelotudos que viven . . .

Mientras el discurso delirante la arrojaba a un campo incierto de la comprensión, los muchachos, con David cuidando la retaguardia, la fueron conduciendo a la salida, abriendo camino antes de que otros «patriotas» de ideas parecidas intentaran estrenar su propia guerra emprendiéndola a golpes con los extranjeros.

Cuando finalmente Alicia logró soltarse de las manos de Marcos, ya estaban en la calle y la puerta del sótano se había cerrado como el sésamo mágico de las mil y una noches.

—No digas que no te lo había advertido —se regodeó Marcos—. Lástima que por tu culpa nos perdimos la segunda parte, y no creo que podamos volver otro día.

—La verdad —comentó Florencio —no entendí por qué tuvimos

que salir así. Las poieras siempre se pelean por huevadas y nosotros los machos les tenemos que salvar las pestañas.

—No eran huevadas —se indignó Alicia—. La guerra, la muerte, la soberbia con que estos se creen que las únicas fronteras legítimas son las de ellos son cosas muy serias. ¡Cómo me gustaría que ustedes, mis compatriotas provincianos, entendieran el idioma para poder escuchar antes de meterse a hablar!

—Pero si nosotros somos totalmente bilingües —terció Mario el Mendocino.

—¡No me digas! —se burló Esteban—. Hasta ahora lo venían disimulando muy bien.

—Bueno, andalo sabiendo. Hablamos castellano y estupideces.

La carcajada general disipó los nervios que todos trataban de disimular, y fue un grupo dicharachero y juguetón el que atravesó las puertas del Madison en busca del sueño a la espera del nuevo día.

XXII

Pidiendo en la conserjería las llaves de las respectivas habitaciones, en el camino hacia los ascensores fueron casi atropellados por el Maestro, que se les adelantó sin decir palabra, metiéndose en el primer ascensor y sin responder los saludos de sus acólitos. Su sobretodo desabrochado flotaba en un vaivén generado por los movimientos de los hombros que trataban en vano de sacudírselo de encima, y cuando mostró su rostro al volverse para pulsar el botón, los ojos vidriosos y el ceño fruncido presagiaban un humor de los mil diablos.

Habrían tenido el tiempo justo de colarse en el ascensor, pero un sentido de autopreservación los contuvo. Esperaron el siguiente, mirándose perplejos, preguntándose a quién iba destinada la ira del Supremo esta vez. Casi enseguida llegó Wilhelm, cabizbajo, con los puños apretados, y se detuvo a cierta distancia, marcando así la diferencia de territorios: les cedía el nuevo ascensor que abría sus puertas invitándolos a entrar, pero no tenía intención de compartirlo. Por una vez, Wilhelm renunciaba a ser el primero después del Primero.

—Wilhelm, ¿vos saliste con Hugo? —inquirió Karly, tanteando una disimulada inquisición sobre lo que todos se preguntaban.

—*Ja, Wir sind zussamen gewesen dieser Abend. Fragst Du nichts darüber, bitte. Gute Nacht.*

Los murmullos de «¿qué dijo? ¿QUÉ DIJO?» se estrellaron contra la mirada ausente de Wilhelm y el silencio pensativo de Karly. El intuía que, viniendo de Wilhelm, el uso del alemán en una situación de aparente calma subrayaba la necesidad de la discreción. Alguien más lo había comprendido: Alicia. Pero en la irrealidad de la escena, sintió que era mal momento para hacer lo que solía constituir parte de su trabajo: traducir.

***

Al terminar la entrevista con Kitty Mallory, más bien un duelo entre espadachines expertos en el que ella había tratado de hacerlo hablar de la situación política de la Argentina:

—Soy mal informante —había respondido el Maestro con una sonrisa angelical—. Paso muy poco tiempo en el país y, francamente, no me interesa la política.

Kitty había intentado hurgar en su vida privada, con iguales resultados:

—¿Qué hace su esposa, Maestro Kovaciuk, durante los largos períodos en que usted viaja solo?

—Si le parece que moverme por el mundo con una orquesta equivale a viajar solo, no quiero pensar cuál es su idea de viajar acompañado —había bromeado él—. De todos modos, no acostumbro hablar de mi vida privada. En público, y para el público, soy músico. Hablemos de música, de mi gente, de mis obras favoritas. En eso me va a encontrar muy locuaz; creo que hasta me va a pedir que me calle . . .

La pausa publicitaria le ahorró a Kitty el papelón de que su sonrojo hendiera la gruesa capa de maquillaje y llegara a los televidentes. También le permitió formularle una pregunta-insinuación que le llegaba desde el fondo de las entrañas ante ese ejemplar masculino de una belleza casi brutal disimulada por las maneras mundanas y la voz de terciopelo.

—¿Puedo invitarlo a cenar esta noche?

—¡No me diga que va a cocinar para mí! —se burló él, haciendo a un lado la máscara de la cortesía.

—No, en realidad. Más bien pensaba en ir a un lugarcito que abrieron hace poco en Chelsea.

Ante la expresión indecisa del Genio, agregó, tomándose la revancha:

—Puede venir con un amigo, y yo invito a alguien para completar las parejas. No tenga miedo, no me lo voy a comer; soy vegetariana. Prometo dejar afuera la política y la vida familiar. ¿Qué le parece? ¿Acepta?

Qué diablos, pensó él. Se olía la calentura rezumando por todos los poros del cuerpo de esta estúpida, y un polvo bien a fondo lo ayudaría a relajar tensiones. Desde que habían salido de Buenos Aires no se había presentado la oportunidad. ¿Pero llevar a un amigo? Los pocos que tenía estaban repartidos entre Buenos Aires e Italia; por otra parte, la sugerencia había llegado a modo de desafío, y él no iba a permitir que una boludita engreída —con un buen par de tetas, eso había que concedérselo— lo obligara a inventar excusas. Wilhelm. Muy por debajo del nivel de amigo, pero perro fiel y *bocca chiusa*; no sería la primera vez que lo había acompañado en andanzas parecidas, y jamás las había hablado, ni siquiera con él. Eso es. Wilhelm.

—Acepto. ¿Nos encontramos directamente en el lugarcito?

Kitty se había presentado puntualmente con Vilma, una muchacha cuidadosamente elegida para que no le hiciera sombra: una hippy del Village más interesada en la decoración surrealista del lugar que en esos dos tipos vestidos de traje, el uno, el que Kitty le había advertido «El moreno es para mí; no se toca», y el otro, un rubio impenetrable que hablaba poco pero que le dedicó una mirada nada amigable a su túnica suelta y a los seis collares de cuentas —artesanías que ella misma fabricaba y vendía— que le caían casi hasta las rodillas y se enredaban con los tirabuzones de su largo pelo teñido de rojo fuego.

La cena resultó un fiasco total. Vilma, indiferente al plato que Kitty había ordenado por ella, se reponía de los efectos de un mal «viaje» causado por haber fumado marihuana en un momento emocionalmente inoportuno, y el sólo ver la comida le producía náuseas. La única razón por la que había aceptado la invitación de Kitty —la orden, casi— era porque ésta le había prometido una entrevista con un productor que tal vez se avendría a producir la ópera rock que ella y sus amigos habían compuesto en protesta contra la guerra. No era tonta; sabía que al productor le importaba un rábano quién vivía y quién moría, pero sí le importaban los jugosos dólares que podía reportarle una obra controvertida en el momento en que el país entero se dividía entre pro-guerra y antibelicismo. Ella y sus amigos bien podían tragarse el desprecio que sentían por la calaña de los oportunistas —Kitty, el productor de marras— si lograban que su mensaje se subiera a un escenario en un paso posterior a la protesta callejera.

Mientras revolvía el contenido de su plato con el tenedor, desparramando los trozos de cerdo acaramelado para dar la impresión de que comía, sus oídos todavía adormecidos atrapaban palabras del remedo de conversación que se desarrollaba entre los otros tres.

— ... y una vuelta en auto por algunas callecitas maravillosas que los turistas no han descubierto ... —la voz de Kitty, invitando a la aventura.

—Mañana tenemos ensayo temprano, Hugo. (el rubio antipático ... ¿ensayo? ¿esos estirados también eran algún tipo de artista?)

—Ánimo, Wilhelm; una noche de farra para variar ...

Discretamente, Kitty se dirigió al toilette y pagó la cuenta en la caja. Ahora el Maestro estaba en deuda, y bien que pensaba hacérsela pagar, despacito, sorbo a sorbo, durante una larga noche erótica precedida de coqueteos, avances y retrocesos románticos al mejor estilo de la década pasada. Y quién sabe, con algo de suerte, quizás conseguiría en la práctica alguna información de cómo era al desnudo, en cuerpo y alma, este hombre enigmático al que ella no le creía una palabra más allá de sus hazañas en el campo de la música clásica.

Entre protestas porque no corresponde que las damas paguen las cuentas . . .

—Y menos cuando son tan jóvenes y bonitas —afirmó el Maestro, sosteniendo la puerta del lujoso Cadillac de Kitty para que ella se sentara al volante.

«Ya te tengo», reía ella para sus adentros.

Él se ubicó a su lado, dejando que Wilhelm y Vilma se acomodaran en el mullido asiento trasero. De pronto se le ocurrió que la homofonía de los nombres presagiaba algo. Estuvo tentado de hacerlos rabiar un poco, viéndolos por el espejito retrovisor, mohínos y silenciosos, sólidamente pertrechados en extremos tan opuestos como sus respectivas personalidades. Pero de pronto, se cansó de todo ello. En voz bien alta, esa voz profunda y sonora que corregía tempos alterados o detenía un arco en el aire, soltó:

—¿Y? ¿Se coge o no se coge?

Vilma despertó de su letargo mal contenido y se inclinó hacia delante. Kitty frenó de golpe, como si se le hubiera cruzado un camión con acoplado. Wilhelm miraba por la ventanilla, como si la grosería del exabrupto fuera parte del paisaje apenas iluminado por los faros de otros automóviles que pasaban.

—¿Cómo se atreve a usar ese lenguaje? ¿No sabe con quién está hablando? —Kitty increpó al Maestro con destellos de acero en los ojos, pero manteniendo un tono bajo, con la esperanza de que los del asiento de atrás no hubieran escuchado—. ¿Nadie le enseñó modales? ¡No se ría como si hubiera dicho algo gracioso! ¡No contamine el bello acto del amor con ese cinismo de Neanderthal en celo!

Y escondiendo la cara entre los brazos apoyados en el volante, lloró. Es decir, empezó por fingir que lloraba, pero a medida que la risa de él se alzaba, estentórea, en tanto el hipo le impedía hablar, las lágrimas se convirtieron en el producto verdadero de un sollozo que la laceraba, carne y alma —revelándole que todavía le quedaba un resto de eso que ella había creído vender al diablo hacía mucho tiempo.

Cuando el Maestro hubo reído cuanto quiso, le espetó:

—Fuera del canal, y sin libreto, no; no sé con quién estoy hablando: yo vine a coger, y bien que lo sabés. ¿Querés hacerte la estrecha? Allá vos; engañate con todas esas pelotudeces del «bello acto del amor» para disfrazar la postura ridícula en la que por suerte para ustedes, minas liberadas, no se ven porque nos tienen encima, venga por delante o por detrás. El «bello acto del amor» es muy otra cosa y, enterate, lo reservo para mi mujer. Todo lo demás es un meo en el mingitorio que me quede más a mano.

Y abriendo la portezuela, se bajó de un salto, ordenando:

—Vamos, Wilhelm. Me iba a hacer falta mucha imaginación para que se me parara en todo su esplendor con ésta, o se iba a quedar paralítica de lengua ella, y no iba a ser por hablar.

Obedientemente, Wilhelm descendió del auto y preguntó filosóficamente mientras caminaban a la pesca de un taxi:

—Maestro, ¿por qué no se consigue una buena profesional de ésas que mandan al hotel en vez de meterse con estas gatafloras? ¿No escarmienta nunca? ¿No se acuerda que en Córdoba se quiso fifar a una menor y por poco va a la cárcel si no lo salvaba el cónsul de Italia?

Pero el Maestro no estaba para reminiscencias. Le advirtió silencio, ahora y siempre, con el índice contra los labios, y el rechinar de sus dientes acompañó el ruido ahogado del motor del Cadillac que se alejaba en dirección opuesta.

El Maestro se había excusado de asistir a la sesión de jazz porque tenía un compromiso previo. Wilhelm odiaba las salidas en términos de igualdad.

XXIII

Finalmente, llega el gran día —o la gran noche— porque el día fue de pesadilla. La gran noche del concierto en el salón de la Embajada Argentina. La entrada era gratuita, pero como la capacidad del lugar tenía sus limitaciones, se había publicitado que quienes quisieran asistir debían retirar sus entradas con anticipación.

Alicia había sostenido interminables e irritantes reuniones con la Jefa de Protocolo y el encargado de mantenimiento, preguntándose si el público que solía concurrir a espectáculos de estas características imaginaba siquiera los vericuetos que era necesario sortear antes de que los artistas, relajados y sonrientes —por lo menos así se los veía— hicieran su entrada para deleitar los oídos en trance de los amantes de la música.

Antes de acudir a su primer encuentro con María de los Dolores Menéndez Luján, había recibido precisas instrucciones del Maestro:

—No se deje intimidar por esa pituca ignorante que debe su puesto a las relaciones políticas del marido. Tampoco discuta con ella. Expóngale las necesidades de la presentación, escuche lo que Dolores de Barriga le diga, y me lo comunica para que yo tome las decisiones. ¿Estamos?

El despacho de la Jefa de Protocolo tenía las dimensiones de un salón de baile, adornado por una mezcla curiosa pero no chocante de arte cuzqueño colonial y modernas esculturas de factura estadounidense. Muebles de palo de rosa formaban rincones íntimos dentro de la inmensidad del ambiente, y en un rincón, frente a un ventanal combado que daba sobre los jardines, un escritorio Luis XV separaba a la dama de aquellos a quienes graciosamente aceptaba recibir.

La señora de Menéndez Luján, vestida con el infaltable Chanel de las clases altas, perlas legítimas alrededor del cuello y pendiendo de sus diminutas orejas, alzó la vista de unos papeles en los que estaba absorta e indicó a Alicia que tomara asiento frente a ella en una preciosa pero incomodísima butaca tapizada de moaré con hilos de oro, en franco contraste con el imponente sillón Morris de cuero bordó sobre el que depositaba su propia delgada humanidad, coronada por el impecable rodete rubio con claritos, estilo banana, que constituía el sello de distinción de cientos de mujeres argentinas, indiferenciables unas de otras: la 'gente bien' de la alta sociedad compuesta por terratenientes poderosos o por militares influyentes.

Desde su lado del escritorio, el que la separaba de estos especímenes vulgares con los que ¡ay! no podía evitar tratar algunas veces, y omitiendo la civilidad del saludo, enumeró las condiciones necesarias para realizar el concierto.

—Veamos, señorita . . . —y sin disimular que consultaba el nombre en el libro de citas abierto ante sus ojos castaños y algo miopes, evidente en el modo de acercar el rostro a la hoja— Curi, ¿es así cómo se pronuncia?

Alicia asintió, ahogándose en el esfuerzo de silenciar la pregunta mordaz: *¿Le gustaría más si se pronunciara curry, en su afán de exotismo?*

—Bien, no niego que habría preferido que el Maestro hubiera tenido la deferencia de venir en persona, pero, en fin . . . hay que respetar los caprichos de los genios, supongo. Las condiciones para utilizar nuestras facilidades son las siguientes: de los ciento cincuenta lugares disponibles, se pondrán en circulación sólo cien. Los cincuenta restantes quedan a disposición de la Embajada que, como usted sabrá —y le dedicó una mirada dubitativa; ¿qué podía saber esta secretaria sin blasones acerca de las reglas no escritas del protocolo? — tiene que cumplir con innumerables obligaciones sociales en retribución a atenciones recibidas de organismos gubernamentales, otras representaciones diplomáticas, y demás. Por razones obvias, no está permitido ensayar dentro de las instalaciones salvo la tarde misma del concierto, y debe usted entregar lo antes posible una lista de las personas que forman parte del grupo, con fotografía y número de documento, para que los responsables de seguridad las cotejen con los nombres que nos ha enviado el Ministerio de Relaciones Exteriores. Alguien debe vigilar que las primeras cinco filas a los lados del pasillo central no sean ocupadas por quienes retiran entradas gratuitas, puesto que están exclusivamente destinadas a nuestros invitados especiales.

»El Maestro, o quien sea, debe preparar un sencillo discurso de agradecimiento al gobierno del General Onganía por la generosidad que demuestra al brindar suelo argentino en el exterior en pro de la difusión de la cultura; este discurso se leerá antes de iniciar la función. Al finalizar, el Embajador agradecerá a la orquesta y a los presentes el honor que nos han hecho y —esto es simplemente una sugerencia, pero sería muy amable de parte del Maestro aceptarla— antes de dar por terminada la velada, nos gustaría escuchar los compases del Himno Nacional. Necesito supervisar los programas con anticipación, para constatar que los agradecimientos incluyan los nombres de todos los que han hecho posible este evento . . . Veo que no está tomando nota . . . ¿Tiene tan buena memoria?

Sí, Alicia tenía excelente memoria, pero la razón por la cual no estaba tomando nota era que había quedado atontada ante la utilización política de un hecho artístico protagonizado por individuos que se mantenían al margen de la política. Más allá de sus voluntades, la política los empujaba a los fines que le convenía explotar, y ellos, de oído tan fino, no escuchaban los murmullos de advertencia.

—. . . y después me dijo que hablara con el encargado de mantenimiento, un tal González, sargento retirado, o algo así, que me llevó a ver la sala, y me advirtió que la mujer ésa estaba loca si creía que el piso iba a resistir el peso de ciento cincuenta sillas sumadas al peso de los asistentes, y que él no permitía más de ochenta, de determinadas medidas, que las tenía que conseguir yo alquilándolas a alguna casa que organiza casamientos y eventos —transmitió Alicia al Maestro durante la reunión que sostenían durante el desayuno cada mañana.

—Muy bien. Vamos a separar la paja del trigo, y esta vez sí anote —decidió él—. Todo lo que tiene que ver con seguridad, listados, nombres, fotos, se lo alcanza ya. No sé de qué tienen miedo, pero tampoco es mi problema. Del tal González se encarga diciéndole que quiero ver un informe firmado por un ingeniero afirmando que el piso no aguanta; de lo contrario, su jefe, o sea, yo, tiene las influencias necesarias para hacerle cambiar la vida de vago que lleva en Nueva York por un lindo puestito de barrido y limpieza en los boxes del Quinto Regimiento de Caballería en Palermo, Buenos Aires, Argentina. No poder ensayar antes por lo menos un día es un problema, principalmente por cuestiones de acústica, pero eso lo voy a aclarar en el discursito previo. Llévele también los programas, con todas las menciones que le pidió; al fin y al cabo, esos son los tipos, las instituciones y los organismos que nos sostienen económicamente. Del Himno, que se olvide: no es un acto oficial ni una celebración patria. Pero no se lo diga. Yo me habré «olvidado», y cuando se den cuenta ya estaremos en ropa de calle y con los instrumentos guardados.

Alicia apoyó el anotador y el lápiz sobre el mantel, y una leve sombra le oscureció la mirada.

—¿De qué me olvidé? —quiso saber él.

—No, yo me olvidé. Tendría que haber pedido que nos dejaran revisar el piano. No sabemos en qué estado está . . .

—Eso no es problema. Cuando lleve las cosas, vaya con Karly y deje que se encargue él. Nadie es capaz de negarle algo. Si está desafinado, busque a Schnitzel, el afinador que siempre nos atiende acá, y arregle para que lo deje en condiciones. Voy a estar en la sala de ensayos con los muchachos, pero no espero que me necesite —se despidió en tono de advertencia.

∗∗∗

Dando un chiflido digno de una cancha de fútbol, Lars llamó a Nino, que avanzaba hacia la habitación de ambos bailoteando una especie de pavana, tratando de que los pasos coincidieran con el estampado romboidal de la alfombra. El italiano hizo un gesto de «ya te oí» con la mano, sin dar vuelta la cabeza ni dejar de bailar.

—Estuvo bueno el concierto de esta noche, ¿no?

Nino metió la llave en la cerradura, abrió la puerta, y se encerró en el baño, sin responder al sueco, inusualmente parlanchín, que seguía hablando mientras se desvestía, colgando prolijamente las prendas en el placard.

—¡Tanta gente! ¡Y cómo aplaudieron! ¿Sabés que no me puedo acostumbrar a los aplausos? No sé, me parece tan natural lo que hacemos . . . Es como si nos premiaran por respirar. El solo de flauta de la Gorda estuvo sensacional . . .

La voz de Nino llegó amortiguada por el ruido de la ducha.

—Tiene una caja lo bastante amplia como para que le alcance el aire, creéme.

—Vamos, Tano, no seas mezquino. No es sólo cuestión de caja. Tiene técnica; tiene el don . . .

—Tiene que adelgazar por lo menos treinta kilos. Parecía un elefante enjaezado para que lo montara un sultán hindú, enfundada en ese vestido dorado que habrá llevado un rollo completo de tela.

—Yo creía que a los del sur de Italia, como vos, les gustaba la carne por kilo —bromeó a medias Lars, metiéndose en la cama.

—Es verdad —respondió Nino—. No dije que no me gusta. Pero no tiene nada que ver. Una cosa es la carne en la que te podés hundir, y muy otra la estética de un escenario. No entiendo cómo Hugo no la puso a régimen.

—Los padres —dijo Lars, ya comenzando a conciliar el sueño—. Karly me contó que los padres dieron la autorización para que viajara con la condición de que no la iban a hacer adelgazar.

Envuelto en una toalla, Nino salió del baño y apagó la luz.

—*Cosa?* ¿Los padres quieren que se mantenga gorda?

—Mmmsí . . . Tradición de familia. Parece que los padres pesan por lo menos el doble. Buenas noches.

Nino sacudió la cabeza y silenció la reflexión que le cruzaba por la mente. La familia de la Gorda no era pobre, pero funcionaba igual que muchos de los pobres en la Argentina, especialmente en las provincias, según había oído decir. Gordura es salud, creían. Estaba lleno de gordos pobres en los lugares del interior que él había recorrido con Hugo. Gordos a fuerza de pan y carnes grasientas, panzas hinchadas por el mate que no se sacaban de la boca; gordos que mantenían la ilusión de no ser pobres porque los pobres son raquíticos. ¡Qué país! Nunca entendería ese país. Mientras se deslizaba entre las sábanas calientes, desnudo, disfrutando el suave roce del lino, se dijo que era mucha pretensión siquiera intentarlo, cuando los mismos habitantes se veían en dificultades para explicar el país. Tampoco es que les preocupara mucho. Por lo que había recogido aquí y allá, los pobres, que conformaban la masa crítica de la Argentina, se regían por un calendario de cuatro fechas claves: antes de Perón; el largo período triunfal de Perón; después de Perón, y «cuando vuelva Perón». Lo demás era olvidable.

***

Enrique el Correntino, Florencio el Santiagueño y Mario el Mendocino se habían demorado un rato en el amplio salón de estar del entrepiso que separaba el área de recepción del restaurant del hotel. Despatarrados en sendos sillones, con los instrumentos a sus pies, no les faltaba ganas de quedarse a dormir allí mismo, y ahorrarse la subida hasta el piso 28 en ese ascensor que les sacaba el estómago por la boca cuando arrancaba y cuando se detenía. La caja de metal pulida y hermética los ponía francamente nerviosos, aunque sólo lo hablaban entre ellos, para no exponerse a las burlas de aquellos de sus compañeros que eran más «viajados».

—¿Estás arrepentido? —preguntó suavemente Enrique mientras hacía girar la llave en la cerradura de la habitación compartida.

—¿Arrepentido de qué? —se quiso escapar Florencio, tirándose sobre la cama sin tomarse el trabajo de desvestirse. —¿Vos sabés cuántos músicos, quizás mejores que nosotros, querrían estar en nuestro lugar? ¿Tenés idea de lo privilegiados que somos?

—Vamos, Floro; no me vengas con la declaración preparada que le endilgás a la prensa. Vos y yo nos conocimos cuando empezó esta aventura, y tenemos mucho en común. Para nosotros los únicos extraños no son los extranjeros, sino también los de la Capital; tenemos otras costumbres, otra vida... ¿No sentís que cuando volvamos vamos a ser sapos de ningún pozo?

Florencio hizo un largo silencio, repasando las imágenes de la amplia casona de Santiago del Estero donde había transcurrido una infancia y adolescencia en tiempos que parecían durar el doble de lo que marcaba el reloj. Comidas distendidas en la concurrida mesa familiar, donde a los padres y cinco hermanos que eran siempre se sumaba algún amigo, compañeros de estudio de unos y otros que golpeaban las manos para anunciarse y abrían la puerta sin más trámite, porque en la provincia nadie cerraba las puertas y los cerrajeros prácticamente se morían de hambre. Las caminatas al Conservatorio después de la larga siesta; las prácticas bajo la sombra de los árboles en el amplio patio de tierra apisonada; la vuelta por la plaza los domingos, echando miradas furtivas a las muchachas que se paseaban tomadas del brazo, exhibiendo sus mejores galas ante los «disponibles» que algún día se les acercarían para preguntarles si podían caminar con ellas, preludio inescapable del noviazgo que todas anhelaban y que ellos evitaban hasta que era hora de «sentar cabeza» y formar su propia familia.

Y las visitas a lo de la Turca —visitas «higiénicas», las llamaban— cuando unas faldas levantadas por una brisa traviesa o un escote que se abría al agacharse su dueña les irritaba la sangre y entonces iban a descargarse con las *chinitas* que la Turca (alguna vez habría tenido nombre; ahora, ni ella lo recordaba) regenteaba desde y para siempre al otro lado de la acequia que separaba la Casa Rosada —sí, igualito que la del Gobierno Nacional, se llamaba— de los fondos de la Iglesia de San Severino.

Claro que después del deslumbramiento de Buenos Aires y de Nueva York, el pago se iba quedando chico... no estaba seguro de querer volver, a pesar de haber firmado el documento de rigor en la Cancillería, en el que se comprometía «a regresar a su país de origen una vez finalizada la *tournée* artística». Pero quizá habría formas de encontrarle la vuelta, quizá consiguiera un contrato en alguna orquesta de Europa, lo más probable, porque ahí era donde más tiempo estarían...

Los dedos de Enrique chasqueando frente a su rostro lo devolvieron al presente.

—¿Decías?

—No, estaba esperando que vos dijeras, pero te lo mandaste todo para adentro. Lástima.

Y cuando el otro hizo ademán de enhebrar una respuesta, Enrique lo paró con la palma abierta.

—Dejá, ahora ya te preparaste un discursito. Yo quería una opinión espontánea. Soñá, nomás; soñá con la carrera internacional. Puede ser que la tengas... o que la tenga la Gorda, o Mario, o yo, por qué no. Los otros, los *pitucos* de la capital, los blancos, ya se la tienen asegurada. El problema es de nosotros, los Provincianos. Monos vestidos de seda, ¿no?

Florencio se rebeló ante lo que le parecía una injusticia verbal flagrante.

—¿Qué, acaso Marcos no es blanco, y de la capital? ¿Y dónde lo ves con ventaja?

—Ah, bueno, Marcos es un caso especial. No sé qué hace acá, ni entiendo por qué tiene que ensayar todo como si le fueran a crecer alas de solista —y mirá que es bueno el pibe— y después no toca ni en los bises. Los que saben qué se esconde son el Maestro y Alicia, pero andá a sacarles algo... —Enrique meneó la cabeza con la certidumbre de lo imposible.

—Al Maestro ni se me ocurriría preguntarle, pero Alicia es bastante amistosa... ¿Si lo habláramos con ella? De curiosidad, nomás —Florencio parecía creer que a través de ella se iba a develar lo que se le antojaba «un misterio».

—Decime, Floro, vos, ¿tenés ojos en la cara? ¿No has visto que ella sí los tiene, y que le falta poco para quedar bizca de cómo los estira para donde esté el Marcos? Si a veces parece lechuza, de cómo te da miedo de que el cuello le dé la vuelta completa.

Florencio dibujó una sonrisa pícara, y terminó diciendo en una franca carcajada:

—¡Pero si él ni le habla casi! Dos cosas he visto con estos ojos que vos dudás que existan: una, que él casi, casi la odia. La maltrata todo lo que puede; con el silencio la mata. Y la otra es el diario ése que anda sobando, el que nos contó que escribe para leerlo con la novia cuando vuelva. Yo la vi a la novia, en un ensayo en Buenos Aires. El pibe se podría tirar a la que quisiera, y mirá lo que se fue a enganchar. No es que Alicia sea para tirarse pedos de colores, pero cuando se viste y se maquilla, está buena... ¿No, Mario?

Le respondió un sonoro ronquido muy poco musical.

—Dejalo, ¿no te diste cuenta de que se durmió antes de terminar de apoyar la cola? A nosotros los santiagueños nos cargan por vagos y dormilones, pero si todos los mendocinos son como éste, no sé quién gana. Volviendo: si te parece buena, ¿por qué no le metés vos para adelante, en vez de elegirle novias al Marcos? —retrucó Enrique.

—Porque no soy estúpido, chango. Yo sé pa'dónde dispara la yegüita . . . derechito al pibe.

—Y otra cosa que no entiendo de esta conversación: ¿qué tanto llamarlo «pibe», si debemos tener la misma edad? —se asombró al final Enrique, cuando cayó en la cuenta de que parecían dos tíos calaveras buscándole minas a un sobrino menor.

—Porque mucha capital, mucha novia, pero al Marcos le falta esquina. ¿O no te habías dado cuenta? Lo que yo aprendí en lo de la Turca no aparece en los libros de música, ni te lo enseñan las Señoritas Piernas Cruzadas que la juegan de novias.

Era el turno de que Enrique se descosiera de risa.

—¿Vos sabés lo que me enseñaron a mí las Amigas de los Músicos, con sus aires de grandes señoras? Un tratado se podría escribir, te juro . . .

Florencio sacudió la cabeza con desaprobación.

—Las señoras, Enrique, ya descruzaron las piernas en la santidad de su cama matrimonial tantas veces, que se mueren por probar fruta fresca y, además, los caballeros no hablan de las señoras con las que se acuestan. Es de pésimo gusto.

—¿Y entonces por qué la Señora Solanas de la Sierra le recomendó tanto mis cualidades . . . acrobáticas, digamos, a la de Los Pinos? —preguntó Florencio, perplejo.

—Yo no dije que «ellas» no hablan. Dije que «nosotros» no hablamos.

—¿Y qué estuvimos haciendo hasta ahorita? ¿Rezando? —inquirió Florencio, totalmente confundido.

—Sí, Floro —respondió Enrique.— Rezando, pero con otro rosario. Rosario de carne blanca entre las cuentas morenas que amasamos en las provincias como si estuvieran hechas de la tierra misma. Las cuentas blancas son frías, no sirven para la sangre caliente de medio indios como nosotros.

—¿Y de ahí? —quiso seguir Florencio.

—De ahí nada. Que nos vamos a dormir al tope del palomar éste, y que mañana será otro día, y así hasta que volvamos al pago, con nuestras bien ganadas medallas, a casarnos con una morena de miel y soles, y a quedarnos en nuestra modesta orquesta de ciudad chica, enseñando en nuestro único conservatorio, y hablando las grandezas que aprendimos en este viaje extraordinario.

Juntando los bártulos, Florencio todavía apuntó una pregunta más:

—¿Qué tiene de extraordinario, aparte de estar saltando como langosta al son de los caprichos del Maestro, o de Wilhelm?

Y ya desde su cama, arrebujado en las frazadas, Enrique lo ilumina:

—Todavía no lo vimos, pero ya nos vamos a dar cuenta. Algo tendrá, digo —Y terminó el ascenso silbando unos acordes de "New York, New York". Si hubiera comprendido algo de esa letra que le resultaba tan elusiva, tal vez habría podido pensar que lo extraordinario había sido ser arrancado del pozo de mediocridad en el que había desarrollado su talento único para que sus zapatos vagabundos lo arrastraran hasta el centro del mundo moderno.

XXIV

Dándole un feroz empellón a la hoja más cercana de la puerta giratoria del Madison, la hermosa cabeza inclinada sobre el pecho, escondido el rictus de furia que le deformaba los labios, el Maestro hizo retroceder a una Alicia apresurada que ya se dirigía hacia la calle con el brazo extendido hacia el primer *yellow cab* que pasara.

—¿Adónde va a estas horas? —quiso saber el Amo—. ¿No pensaba esperarme?

Y tomándola de la manga del sencillo abrigo verde hoja, la volvió a arrastrar hacia adentro.

—Vamos, infórmeme.

Ella se encogió de hombros y se quitó los guantes para abrir su bolso y sacar la libreta de anotaciones. Con violencia, él volvió la libreta al bolso y le clavó sus ojos hoy oscuros como un mar de tormentas.

—¿Necesita libreto para contestarme? Ya; no tengo toda la mañana para esperar que se ordene. Supongo que si salía con tanta prisa sabía a dónde se dirigía, ¿no?

Alicia suspiró, resignada e imperceptiblemente. En momentos así, el Maestro se sentía insultado hasta por los sonidos más esenciales, como los de la respiración.

—¿Quiere que nos sentemos? —y ante la mirada de extrañeza de él, puesto que era él quién decidía cuándo sentarse o cuándo saltar, intentó aclarar—. Es que son varias cosas.

—No van a ser menos porque nos sentemos —respondió él con su lógica extraña—. Le sugiero que empiece. Yo decidiré luego si hace falta sentarse.

Entonces ella le habló de las dificultades que estaba encontrando para que el consulado argentino le entregara el cheque con el que debía abonar los pasajes a París. Hacía días que la llevaban de la nariz, de una dependencia a otra, de un «no estamos enterados del asunto» a «sí, claro, el dinero está, pero no hay firma». Ella tenía reservados pasajes en todas las aerolíneas, y se le iban venciendo los plazos de reserva mientras le caía encima la fecha del concierto de París, pero se estrellaba contra funcionarios entre divertidos e indiferentes, que se la sacudían como a una mota de polvo con un «Vuelva mañana», repetido en cada día de su desesperación.

—Creo que sí nos vamos a sentar —sugirió él, con el ceño sombrío de sus peores días—. No —le advirtió al ver que ella iba a proseguir—. Limítese a responder lo que le pregunto. ¿Se comunicó con Buenos Aires para enterarlos de la situación?

—Sí —respondió Alicia, y aguardó.

—¿Se lo voy a tener que arrancar con sacacorchos? Sí ¿qué más? ¡No me vuelva loco!

«¿Más loco todavía?», pensó ella. Si hacía días que el Maestro recorría toda la escala de la locura, desde la manía falsamente alegre hasta los largos silencios que lo consumían en ausencias rápidamente salvadas por Wilhelm al momento de tener que precisar indicaciones operativas. Pero él de eso no hablaba, y no se le hablaba de lo que evidentemente deseaba mantener en reserva. Se le volvió a escapar un suspiro, fuertemente censurado en silencio por esa mirada de fuego y hielo, y le contó.

—En Buenos Aires me pasearon por Tinta Verde, Tic Nervioso, y Cuello Duro. Todos se mostraron muy amables, muy comprensivos. Me dijeron que eso ya no dependía de ellos; ellos hicieron los arreglos con el Ministerio en su momento, y ahora todo depende de los funcionarios de acá. También me pidieron que no gastara tanto dinero en comunicaciones costosas, porque el problema estaba en otro lado.

El Maestro iba absorbiendo cada palabra, podría decirse que clavándola con una chinche en un mapa imaginario.

—Exactamente, ¿cuándo tenemos que estar en París? —preguntó.

—En no más de una semana. Pero si no me dan el cheque y no puedo hacer el pago en alguna de las compañías que reservé, no vamos a tener lugar. Somos muchos; necesitamos mucho espacio de bodega y los aviones son chicos . . .

—Basta. Me está aturdiendo. Ahora subimos a mi habitación y llama a la Embajada desde allí. Quiero escuchar la conversación. Y entre paréntesis, ¿por qué me entero de este embrollo recién ahora, cuando estamos con la soga al cuello?

—Porque recibí precisas instrucciones de usted mismo de no molestarlo con temas administrativos propios de la secretaria —respondió ella en voz baja, con un poco de miedo al darse cuenta de que, de alguna manera retorcida, más que angustiarla, la situación en cierto modo la divertía. ¿Qué iba a hacer el Maestro ante la muralla impenetrable erigida por estos servidores del Estado en complicidad, no cabía la menor duda, con los Popes de la Fundación, a quienes les vendría muy bien un resonante fracaso organizativo para meterse el Arte en el bolsillo (en última instancia, ya habían sacado gruesa tajada de él) y pasar a actividades más lucrativas, librándose de paso de este personaje molesto y su séquito de adoradores?

Pasando por delante de Alicia, el Maestro abrió la puerta de su cuarto, cruzó rápidamente hacia la mesa de luz donde se encontraba el teléfono, estiró el cable, y le alcanzó el auricular.

—Yo marco —dijo—. Déme el número.

Mientras ella repetía mecánicamente el número que ya se sabía de memoria, no pudo dejar de echarle una ojeada al caótico desorden que cubría muebles y alfombra, como si un ladrón apurado hubiera sido sorprendido en medio de su búsqueda de valores y huido precipitadamente. Si el estado del cuarto reflejaba el estado de su mente . . .

—Sí, por favor con el Dr. De Zaldívat y Arellano —dijo educadamente a la voz que le anunciaba haberse comunicado con el Consulado Argentino.

—De parte de Alicia Curi, por el cheque para el traslado de la . . . ¿Cómo que no está? Si él me aseguró que iba a estar solucionado hace unos días, y no dejo de llamar desde . . . Bueno, usted no estará al tanto, pero alguien tiene que saber qué pasa con estos fondos . . . Que no hay firma ya me dijeron un montón de veces . . . No, no puedo esperar hasta mañana. ¿Sabe cuántos «mañanas» pasaron desde que empecé el trámite? No es un asunto particular, es una orden del Ministerio; se las mostré tantas veces a los que me fueron atendiendo por turno que ya parece trapo . . . No, no le grito, le explico. Este grupo tiene que salir a París *ya*, por orden del Ministerio en Buenos Aires, a ver si me entiende . . . No, no me vuelva a decir «mañana». Para colmo, mañana es sábado; no me diga que trabajan . . . Ya veo . . . Y ¿dónde se ha ido a pasar el fin de semana el Dr. De Zaldívat? Claro, por seguridad. Gracias. Adiós.

Alicia se dejó caer sobre una ropas —total, ya estaban arrugadas— debajo de las cuales se adivinaba una butaca.

—De Zaldívat se fue a pasar el fin de semana «afuera» y no pueden dar más datos por seguridad —recitó ante la mirada interrogadora de su jefe.

El Maestro dijo bruscamente:

—Ocúpese de que todos vayan al ensayo; programa de París; Wilhelm y Karly se hacen cargo. Ya vengo. Usted espéreme en su cuarto.

—Hay otra cosita —se atrevió a terciar ella.

—¿Ahora no me va a decir que alguno de los muchachos fue

arrestado por error en los quilombos de Columbia, no? —le espetó él mientras volaba al pasillo, sin darle tiempo a responder.

***

Mientras se dirigía al Consulado Argentino en uno de los taxis especiales que el hotel ponía a disposición de los huéspedes, más parecidos a autos particulares con chofer que a otra cosa, pues carecían de los distintivos del gremio, Hugo Kovaciuk aprovechó el trayecto para volver a ensimismarse en los negros pensamientos que venía masticando cuando fue bruscamente arrancado de ellos por el malhadado encuentro con su secretaria. La negrura de sus ideas dimanaba de las exactamente sesenta y ocho palabras que había tragado junto con el desayuno; las sesenta y ocho palabras escritas con elegantes trazos longilíneos que imitaban la figura regia de quien las firmaba.

Hugo:
Lo he pensado bien, y no me parece conveniente reunirme contigo en Nueva York. Además de que en esta época del año la ciudad me deprime, me he enterado de que te las arreglas muy bien sin mí. De modo que ci vediamo a Parigi, caro... a menos que persistas en conductas que me vuelvan a hacer cambiar de idea. Felice state. La tua sempre rispetuosa moglie.

Se agolparon en su mente las venenosas palabras que le dirigiera a Kitty en aquella noche tan mal parida, otras ocasiones en las que había dado rienda suelta a su instinto de macho sin complicación alguna, mujeres que su esposa miraba con conmiseración, sabiendo, pero sabiendo también que ella era *su* mujer, como se lo recordaba tan elegantemente al final de la misiva, recordándole también que él no debía olvidarlo, y que era su obligación respetarla en las formas, así como ella lo respetaba a él en fondo y forma, de eso no había duda. Ahora Hugo quería saber cómo le había llegado el chisme a Isabella. Habría sido, seguro, la concha fría de Kitty, pero ¿cómo? Bueno, no importaba cómo. Nadie le daba disgustos gratis; no, a él, no.

Reflexionando aún sobre la herida abierta de que no faltaba tan poco para reunirse con su mujer, apenas si escuchó el sobrio *Argentinean Embassy* con el que el discreto chofer lo depositó frente al magnífico palacete.

Se dirigió a paso vivo hacia el cuerpo de guardia, y exhibió displicentemente la credencial ministerial que le abría todas las puertas de la burocracia. Pronto se encontró ante una solícita recepcionista que no podía creer que ése que le sonreía como un ángel era el famosísimo Maestro, preguntando por el Dr. De Zaldívat y Arellano.

¡Qué pena! El Dr. estaría fuera de la ciudad hasta el lunes o martes de la semana siguiente; ¡cuánto iba a sentir no haberlo podido recibir! Pero claro, había otros funcionarios que estarían encantados de atenderlo, si sólo le permitía ausentarse un momento para anunciarlo. Póngase cómodo, Maestro. Enseguida estoy con usted.

***

Confinada a su habitación, y como si el ¿chiste? de un arresto por error relacionado con los disturbios de Columbia hubiera presionado un estímulo que disparaba un reflejo condicionado, Alicia se dirigió automáticamente al televisor y lo encendió. Paseó errática por los canales hasta encontrar 24, un programa de noticias permanentes, y la violencia de la pantalla le produjo una sensación casi física, como de una trompada en el estómago. No había modo de confundir quién era quién: la policía, uniformada con extraños protectores y escudos que no había visto en las calles, y menos en su propio país, arremetía sin asco contra los estudiantes, arrinconándolos, arrancándoles las pancartas de las manos, jalándolos por los cabellos o por cualquier parte del cuerpo que pudieran asir, en medio de gritos ensordecedores que imposibilitaban toda comprensión verbal. Los que gritaban eran los estudiantes; se oía confusamente la voz de algún periodista que cubría la escena; la policía se comunicaba a golpes de bastón y escudos, marcando un ritmo siniestro que se hacía entender muy bien sin palabras.

Ella tenía una muy vaga idea del conflicto; de los periódicos, sólo leía las secciones de música; sus compañeros de viaje no leían periódicos ni acá —por las consabidas limitaciones idiomáticas— ni en casa, dado que, para todos ellos —Alicia no se exceptuaba a sí misma— un periódico era una sumatoria de noticias desagradables y perturbadoras, manipuladas por el sesgo político de sus dueños, con muy poco espacio dedicado a otra cosa que no fuera la publicidad de productos, gracias a cuyas jugosas rentas los periódicos —o sus propietarios— engrosaban la bolsa.

Ella no había oído hablar de problemas estudiantiles que ganaran las calles en esta ciudad tan civilizada y, sin embargo, ahí los tenía ante su vista, envueltos en el humo de los gases lacrimógenos y en el hedor casi palpable de los vómitos provocados por estos y tal vez también bombas de olor, arrojadas por la misma policía, o los estudiantes, o ambos. Sí había escuchado, por casualidad, que había un cordón policial impidiendo el paso desde y hacia Morningside Heights, establecido con el propósito de impedir que el revuelo se expandiera por otras zonas de la ciudad, pero no habría podido explicar el por qué del problema, ni ahora tampoco, salvo que de las entrecortadas sílabas rescatadas al aparato parecía que se mezclaban dos problemas diferentes: la maldita guerra, y una protesta contra la utilización de unos terrenos que quedaban hacia el lado de Harlem, lo cual suponía invadir la territorialidad tácita de las minorías negras.

En su cabeza, todo se confundía. La guerra no le hacía ascos al color de los efectivos que embarcaba a un destino incierto; por otra parte, ¿eran los negros los que se oponían al uso de los terrenos, eran los blancos quienes no deseaban invadir territorio ajeno, eran los mismos blancos quienes se sentían 'disminuidos' por tener que extenderse hacia «abajo» —hacia la clase despreciada? Pero, si supuestamente estos blancos se declaraban hermanos de los negros, ¿cómo se empezaba a desembrollar este nudo? Nudo para ella y sus compañeros, ignorantes hasta de lo que sucedía a diez centímetros de sus narices. Quizá preguntándole a un norteamericano . . . y entonces le volvió a la mente la terrible escena del club de jazz. No, mejor no. En todo caso, tratar de seguir los acontecimientos desde afuera, por curiosidad, simplemente; a ella —a ellos— no les interesaba la política interna de un país que tenía tantas caras como facciones lo habitaban. Eso sí: no se podía negar que era la gran democracia del mundo. En ningún otro lugar convivían lado a lado —era una manera de decir— ideas tan opuestas. Acá sí que se juntaban la Biblia y el calefón, como en el tango de Discépolo. *Siglo veinte cambalache problemático y febril* . . . Acá medraba todavía el Klan en las ciudades de mala muerte y pueblos del interior; una ensoberbecida y pujante clase media negra, con honrosas excepciones, apoyaba los reclamos de King pero no se mezclaba con los sudorosos «hermanos» que todavía estaban sumidos en la esclavitud mal disimulada de la ignorancia; los neonazis buscaban pretextos para volver al sueño de purificar la raza, y mientras tanto despuntaban el vicio haciendo puré con puertorriqueños o mexicanos o cualquiera de tez morena y pocos medios; los irlandeses seguían peleándose con los italianos; los italianos infiltraban sus organizaciones mafiosas hasta lo más profundo de los gobiernos, los indios visibles tomaban parte en espectáculos circenses, y los invisibles . . . *The land of the free and the home of the brave*? Y bueno. No era su problema. Como tampoco las noticias perturbadoras que llegaban desde la Argentina. Su problema era llevar adelante este grupo de músicos por encima de las mezquinas diferencias de cualquier política. Las políticas mueren. El arte no.

Ensimismada en estos pensamientos tan elevados, sintiéndose transportada hasta las nubes de un mundo donde todo aquello se veía tan pequeño, tan ridículo, tuvo un sobresalto cuando, tras un leve toque, la puerta se abrió y el Maestro, sin quitarse el sombrero inclinado hacia delante, sobre la ceja izquierda, levantada en un gesto burlón, pero casi tierno, le extendió un sobre alargado.

—¿Qué es esto? ¿No me diga que . . . —inquirió, aunque ya el gesto de él había respondido la pregunta inconclusa.

—Por supuesto —condescendió él—. Ahora puede pagar los pasajes en la compañía que más le guste.

Y meneando la cabeza, agregó, aún sosteniendo el pomo de la puerta, pues ya se iba—: Para algunas cosas se necesita un hombre, Alicia de Las No Maravillas.

Ella, boquiabierta, no sabía si reír o llorar. Pero necesitaba preguntar cómo, en este caso, el hombre había podido más que la mujer, y más, de dónde había sacado el Maestro el nombre mágico con el que la había bautizado Vincenzi.

Él se adelantó, como siempre que sentía que le estaban haciendo perder su precioso tiempo.

—Simplemente, desde mi considerable altura, tomé al mequetrefe que se intitula pomposamente «Secretario del Consulado» por las solapas de su costosísimo traje, lo levanté en vilo, y le dije que si no me entregaba el cheque, iba a arrojar su miserable humanidad por la ventana. Considere que estábamos en el cuarto piso, y quién sabe, algo en mi voz, tal vez, lo habrá persuadido de que hablaba en serio. Sólo lo solté para que firmara, porque el muy caradura sí tenía la firma autorizada.

Y como todavía leía una pregunta en los ojos de ellas, rió con cierta picardía.

—No pensará que Vincenzi me ahorró un sermón sobre las indignidades a las que la someto, según él. Me dio una detallada versión de su visita al día siguiente, entre espagueti y un buen tinto que él ya no puede costear, pero yo sí. Cualquier cosa por un amigo, siempre. ¡Lo que nos hemos reído con Nino —sí, también compartió nuestro almuerzo— del caballero andante que se ha echado! Pero en fin, si eso la deja contenta, ya hemos resuelto sus fechas de visita. Hasta luego.

—¿Y cuándo pensaba decírmelo? ¿Sabe la mala sangre que me hice pensando que tenía que volver sobre el tema con usted? —se animó a reprocharle ella.

—Francamente, no sé. Quizá nunca. Quizá, si no hubiera surgido espontáneamente ahora, me habría divertido observando su mala sangre. Es que me hace gracia su transparencia, sabe. Casi, casi, igual a la de Marcos . . .

Y ahí cerró la puerta suavemente, dejándola sumida en un marasmo de pensamientos confusos.

Interludio en Buenos Aires

En el salón de conferencias, sentados frente a sendos cafés, Cuello Duro, Tic Nervioso, Tinta Verde y Lentes Gruesos observaban atentamente algunos papeles que, retirados de la prolija carpeta rotulada GIRA que había preparado la inefable Elda, circulaban ahora de mano en mano, cubiertos los márgenes de apretadas notas que cada uno iba agregando mientras leía.

—Casi todo lo que no queríamos que pasara, pasó —suspiró Cuello Duro—. No podría ser peor.

—Repasemos, a ver —Tinta Verde comenzó a enumerar las calamidades, apoyándose en los dedos, que iba extendiendo como si se tratara de subrayar titulares—. Lo más grave, las quejas de nuestra Embajada: la malhadada secretaria le faltó el respeto a la Sra. De Menéndez Luján; el Maestro se rehusó a ejecutar el Himno Nacional al final del concierto; el Dr. De Zaldívat y Arellano ha presentado una queja formal por extremo maltrato físico a uno de sus colaboradores . . .

—No me queda claro . . . —interrumpió Tic Nervioso—. ¿Exactamente en qué consistió la falta de respeto en la que supuestamente incurrió la secretaria? ¿No le hizo una reverencia, la insultó, o qué?

—No da para bromas, querido amigo —lo fulminó Tinta Verde con severidad de mandamás—. Según consta en el informe que todos hemos visto, la señorita Curi se dirigió a la Sra. De Menéndez Luján de igual a igual, e hizo caso omiso de las instrucciones que ésta le diera respecto del desarrollo del evento, ignorando la diferencia de clases sociales que las separa. Fíjese un momento de quién estamos hablando: de una dama perteneciente a la más rancia prosapia de nuestras familias patricias, teniendo que tolerar la insolencia de una cualquiera. Vamos a tener que redactar una nota de disculpas, además de advertirle a esa señorita, a través de su jefe, que no vamos a permitir que se propase una sola vez más.

—Pero si el jefe no se ha quedado atrás . . . La negativa a tocar el Himno es una bofetada al gobierno del General Onganía, eso es evidente. Y la cuestión de la violencia física nos va a traer un sinfín de problemas. Yo voto porque los hagamos volver, antes de que las cosas pasen a mayores y esta gira de buena voluntad termine en un escándalo mayúsculo que nos puede perjudicar muy seriamente.

—No sé si recuerdan —terció suavemente Lentes Gruesos —que yo planteé la posibilidad de que se encontraran con dificultades económicas al momento de cobrar el cheque. Y que ustedes dijeron: «Que se arreglen». Bueno, se han arreglado. Ya sabemos por los desesperados llamados de la secretaria que había poca disposición a pagar. Lo que no consiguieron con buenos modales, lo obtuvieron con violencia. Es normal.

—¿La violencia es normal, estimado colega? —se horrorizó Cuello Duro—. No sabía que contábamos con subversivos en la Comisión. La violencia, repito, es elección de los autodenominados «guerrilleros»: nuestros militares combaten, no ejercen la violencia. Faltaría más, caramba.

Gobierno de mano dura; 13 muertos en Córdoba; centenares de heridos; razzias en lugares públicos, jóvenes de barba y cabello largo arrastrados a las comisarías y rapados con navajas sucias y desafiladas, tirados luego a la calle con la cabeza sangrante; prohibición del uso de minifaldas y pantalones para las mujeres; el estudiante Cabral asesinado de dos balazos en el pecho en Rosario por protestar contra las condiciones del comedor universitario; mujeres de disidentes acechadas y violadas por policías y miembros de bajo rango de las Fuerzas Armadas «para que aprendan».

—El Maestro tendrá que avenirse al juego, porque interrumpir ahora la gira daría la sensación de que nos maneja el Ejecutivo, y semejante mentira le haría enorme daño al país —concluyó Tic Nervioso.

—Pero, ¿es que alguien alguna vez le explicó el juego? —inquirió Lentes Gruesos.

—No sea ingenuo, hombre —se indignó Tinta Verde—. El Maestro es como un chico grande: los únicos juegos que le interesan son los musicales. Si se lo explicáramos, se nos pondría en contra, de pura rebeldía infantil nomás. Hay que buscar la forma, pero no puede ser directa. Él tiene que seguir creyendo en la misión cultural y la buena voluntad sin fronteras del arte. Para lo demás estamos nosotros.

—Por lo que veo acá —comentó Tic Nervioso—, también le interesan otros juegos más escabrosos. ¿Han leído la descripción del incidente con la periodista norteamericana? Ya me parece un milagro que no esté circulando por los diarios amarillistas.

—Bueno, ella se dirige a nosotros . . . cómo es que dice . . . —Cuello Duro pasó las hojas del informe hasta encontrar la carta que les había escrito Kitty Mallory—: Acá está: «Quiero que sepan que la actitud del Maestro Kovaciuk me ofendió en mi pudor de mujer», y da vueltas sobre lo mismo, pero mucho no aclara . . . Ah, dice que también le ha enviado una nota a Madame Kovaciuk. ¡Pero qué puterío!

—Madame Kovaciuk sabrá qué hacer, ella no me preocupa. Mientras no llegue a los oídos equivocados, no nos importa —afirmó tajantemente Tinta Verde—. Me parece que esa señora, o señorita, no debe tener el pudor muy limpio, o habría armado otro tipo de escándalo. Me suena a mordedura de víbora, por si cuaja.

—Es que tiene que cuajar —sentenció Tic Nervioso—. El hombre no puede andar por ahí molestando a personas que después pueden dificultarnos las cosas. Lo malo es que no se le puede hablar; yo, por lo menos, nunca pude. Sólo escucha, si tiene ganas, al italiano y a Wilhelm, pero los temas son estrictamente musicales. Parece que lo hiciera a propósito, para marcar las distancias entre ellos, los artistas, y nosotros, los que desprecia porque hablamos otro lenguaje. El ingrato no se entera de que sin nosotros y la bien aceitada maquinaria que le armamos, sería un Don Nadie, por más Maestro que lo llamen los adulones.

—Entonces es hora de que se vaya enterando de que es perro con collar, y que la punta de la traílla la tenemos nosotros —decidió Tinta Verde, mientras los otros asentían con murmullos de aprobación. E inclinándose sobre el intercomunicador, ladró—: Elda, comuníqueme con Igor Olevsky. ¿Cómo que quién es? Bueno, en realidad no le importa. Limítese a buscar el número en la Agenda de la Fundación y le dice que el Dr. Llanos le quiere hablar. Para hoy, ¿sí?

***

—Mami, ayudame con las valijas, que seguro me estoy olvidando la mitad de las cosas —pide Leni, corriendo de una punta de la casa a la otra, con los brazos llenos de ropa para todas las estaciones.

—¿Estás muy segura, hijita? ¿No te parece mejor esperar a que Karly vuelva? Si te quiere . . . —la madre, mujerona sencilla que no entiende de dónde le ha salido esta hija violinista, a ella, que casi ni sabe leer letras; a ella, que se pasó la vida fregando, cocinando, y cosiendo para sus cinco retoños, viendo cómo pasaban los años y cada uno ocupaba su lugar en la estructura familiar, privada del padre desde aquel día espantoso en que se accidentó en la fábrica para terminar muriendo en el hospital de alguna infección que los médicos no se tomaron el trabajo de explicarle.

Leni, la más chica, solía quedar al cuidado de una vecina, ex integrante de la Sinfónica del Colón. Claudia Schiff, una vez retirada, no dejaba pasar un día sin ejercitar su violín, mientras se hacía cargo durante un rato de los pequeños vecinos cuando las madres necesitaban espacio para otras actividades domésticas. A Leni el violín de Claudia la había fascinado desde que lo vio por primera vez, y ni qué decir de la emoción que la embargó cuando Claudia se lo puso en las manitas diminutas; comparados los tamaños de la niña y el instrumento, parecía que sostuviera un cello de través. Nunca más lo soltó. Claudia le enseñó los primeros secretos del arco y las cuerdas, pero Leni era una «natural»: jamás hubo que corregirle la posición de la barbilla, ni la curva de la espalda; jamás tocó uno sola nota desafinada, aún antes de saber sus nombres. Claudia la inscribió en el Conservatorio, la acompañó a los concursos para becas, y le auguró un gran futuro, ante la desesperación de la madre, que sospechaba que tanto pájaro en la cabeza —tanta música— la llevaba derechito a morirse de hambre.

Con el tiempo, los temores habían sido borrados por la realidad concreta de la práctica; ahora, la madre sentía que otra vez perdía pie, al ver a su hijita embarcarse —literalmente, puesto que había conseguido integrar la pequeña orquesta de un transatlántico de lujo— rumbo a la incertidumbre de un encuentro que ella presumía imposible o catastrófico.

—No te preocupes, mami —la consoló la muchacha, menuda, vivaz, con ese pelo negro de gitana casi cubriéndole los ojazos oscuros—. Todo va a estar muy bien. Es la única forma de llegar a Italia . . . y a Karly.

—Pero, ¿por lo menos le escribiste? ¿sabe que vas? —se preocupó la madre.

—Yo le prometí que nos encontrábamos en Italia. Y él sabe . . . aunque no quiera saber. No, no le escribí todavía. Voy a pensar durante el viaje, si le doy la sorpresa o le pido que me busque en el puerto.

—¿En qué puerto, hijita?

—En cualquiera. En el que yo decida. Karly es mío, mamá. Mío en todos los continentes; mío en todos los puertos —la voz suave, baja, cálida, arrojaba su hechizo sobre las aguas que lo separaban de ella.

La madre se encogió de hombros, derrotada. ¿Quién puede razonar contra un amor capaz de caminar las aguas del mundo? Ay Stella Maris Benedetta protege a tu sierva que no sabe lo que hace.

Ay San Antonio adorado no permitas que le hagan daño a mi chiquita no permitas que ese Karly hereje le haga daño por qué por qué tengo tanto miedo de que el daño la destroce Ave María Purísima protectora de los tuyos condúcela a salvo por mar y por tierra y no la dejes sola en su momento de necesidad.

—¿Qué estás mascullando, mamá? —rió Leni, divertida ante la cara de angustia que su madre no lograba disimular—. No tengas miedo, bonita. Si alguien se va a comer a alguien, en este cuento el Lobo soy yo —y rió otra vez, desnudando sus afilados dientecillos en una carcajada tierna y generosa.

***

XXV

En un bar sucio y maloliente del barrio puertorriqueño en el Bronx, un rubio de fríos ojos azules, cubierto el rostro hasta la nariz por una fina bufanda de pelo de camello, hablaba en un castellano claro, pero con marcado acento extranjero, con dos morenos que intercambiaban miradas de entendimiento mutuo antes de asentir con la cabeza a lo que escuchaban. Un puñado de dólares cambió de manos y desapareció en los profundos bolsillos de los idénticos chaquetones de jean que apenas los protegían del viento helado que se colaba por las puertas en el ininterrumpido ir y venir de parroquianos. El rubio era objeto de miradas sorprendidas e inamistosas; no pertenecía. Sin embargo, sus dos compañeros de mesa le proporcionaban un pase de legitimidad; estaba claro que cerraban un negocio. Si alguien, fuera de ellos, hubiera podido escuchar lo que decía en medio del barullo infernal de la música centroamericana a todo volumen y las risotadas de los habitués, tal vez habría distinguido las palabras «que parezca un robo con violencia; ni se les ocurra propasarse, porque seguro van a dejar rastros que no nos convienen a ninguno; lo que le saquen, se lo quedan», y «lo que más me interesa es la fractura completa de la mano derecha; no se vayan a pasar de la raya». A lo que uno de los compadres respondió: «Por esa plata, tampoco conseguirías más».

XXVI

PARIS

El aeropuerto de Orly, en pequeña escala, les regaló un anticipo de cómo sería su estada en París. El personal de Inmigración, carilargo y fastidiado, deseaba despachar rápidamente a la invasión de bárbaros que venían —según su sentir— a mancillar la belleza sin par de la ciudad, a hollar con sus pisadas irrespetuosas los palacios, jardines, y museos que reunían las formas más sublimes del arte de los tiempos, a devorar sin paladear las exquisiteces de su cocina, a mirar a sus hembras con pensamientos lascivos los hombres y con envidia infinita las mujeres. Pero la prisa por empujarlos fuera, por desparramarlos por las calles en la ilusoria creencia de que cuanto antes tuvieran acceso a las maravillas que allí se atesoraban, antes partirían, se contradecía con la cantidad de obstáculos que ese mismo personal creaba a cada paso del sencillo trámite de sellar un pasaporte.

Para empezar, estos funcionarios apostados en un aeropuerto internacional no hablaban sino francés, en su variedad parisina únicamente, y no comprendían —ni se esforzaban por comprender— ninguna otra lengua, y ni siquiera la propia en boca de los bárbaros, balbuceada con silabeos titubeantes, producto de los famosos cursos de quince días de duración que ofrecen algunas academias de idiomas, o pronunciada a la perfección, como si se estuviera recitando a Racine o a Verlaine. *Mais non.* Los funcionarios sólo comprendían el francés cuando lo hablaban compatriotas, y así lo hacían notar con suspiros de impaciencia, con ojos en blanco de resignación, y con mil maneras sutiles de venganza ejercida sobre los desprevenidos viajeros que se preguntaban de dónde habría salido el mito de que ésta era la tierra de las maneras corteses *par excellence.*

A Alicia le costó exactamente una hora y cuarto de discusiones lograr desprenderse de la burocracia que le ponía peros a las visas emitidas por el Consulado Francés en Buenos Aires: *que est-ce qu'il dit ici? C'est pas clair, vous savez . . .* , al permiso de viaje de la Gorda, a que los instrumentos pasaran sin pagar impuestos, porque 'ellos' insistían en que era una importación. En medio de las protestas airadas de la larguísima cola de pasajeros que se había formado mientras se desarrollaba esta discusión exasperante, los músicos, como criaturas maleducadas, se arremolinaban alrededor de ella, tirándole de la manga, del cinturón, de los botones del impermeable que se había echado encima cuando ya no le alcanzaban manos y brazos para desplegar papeles, preguntando su cantilena: *¿Falta mucho? ¿No? ¿Entonces falta poco?* hasta que pudo sacudírselos de encima y arriarlos hasta las puertas de salida donde los esperaba una camioneta que ella había contratado desde Nueva York, no sin antes quedar enganchada en un molinete y tener que soportar comentarios sobre su torpeza emitidos por los locales, que no hicieron el menor intento por ayudarla a zafar. Los músicos, en su desesperación de lanzarse sobre la ciudad, habían pasado primero, y Marcos, quién sabe por qué, volvió la cabeza y la vio. Sin decir palabra rehizo sus pasos, empujando la marea humana a contracorriente, accionó el molinete, y la liberó. Sin decir palabra.

Por supuesto, el Maestro no estaba con ellos. Había pasado del avión directamente a la sala VIP, y de ahí, resueltos sus trámites por interpósita persona, se había dirigido al alquiler de automóviles, tomado un Volvo último modelo, y desaparecido con rumbo desconocido.

***

El conductor de la camioneta que por gentileza de la Embajada Argentina debía trasladarlos hasta el hotel parecía haber sido elegido adrede para colmar la ya desgastada paciencia de Alicia. No había forma de hacerle entender que parte de sus pasajeros tenían otro destino, más cercano a Orly, donde recogerían un par de automóviles de los que dispondrían durante el tiempo que pasarían en Francia, mientras que los demás debían ser conducidos directamente al hotel de cuya reserva se había ocupado Alicia a través del Agregado de Cultura de la Embajada Argentina en Estados Unidos.

—Por favor, coloque atrás el equipaje de los que bajan últimos, y más a mano el de los que bajan primero —le había pedido ella en un francés correcto.

—*Je comprends pas* —había respondido lacónicamente el individuo, de pie frente a las puertas posteriores abiertas, cruzados sus brazos cubiertos de tatuajes sobre el pecho musculoso, y decidido a dificultar el intercambio verbal.

—¿Qué es lo que no comprende ? ¿Lo que le indico o mi francés ? —inquirió ella, haciendo equilibrio entre las maletas y los músicos para acercarse hasta casi rozar el cuerpo transpirado del hombre.

Él se encogió de hombros, barrió un mechón del largo cabello oscuro que le cubría un ojo hacia atrás de la oreja, y comenzó a acomodar los equipajes exactamente al revés.

Alicia repitió las instrucciones de tres maneras diferentes, sin que el individuo se diera por enterado de que le hablaba a él. Entonces, exasperada, se metió en la camioneta y comenzó a descargar con gran esfuerzo las pesadas maletas que habían sido incrustadas bien al fondo, contra el respaldo de la última fila de asientos. Los músicos parecían no enterarse de lo que sucedía, perdidos en la contemplación del panorama circundante y en ajustar las lentes de las cámaras fotográficas (adquiridas en los increíbles negocios de *gadgets* de Broadway, recorrida de punta a punta durante sus momentos libres en Nueva York) que documentaban esta instancia del periplo y que luego serían incorporadas a los álbumes con los que pensaban deslumbrar a sus familias y amigos. Sin embargo, Karly y Enrique notaron que algo estaba mal, y acudieron en su ayuda, acomodando ellos mismos las maletas en el orden correcto, inmunes a las groserías proferidas por el conductor, puesto que eran ajenos al idioma.

Aseguraron las puertas, hicieron subir a los demás a la camioneta, y ellos se instalaron en los asientos de adelante.

—Vení, Alicia; subí y sentate —le dijeron—. Cuando nos vea a todos adentro, es probable que decida arrancar.

Ella asintió con la cabeza, se sentó muy a disgusto en la butaca próxima al lugar del conductor, quien en efecto tomó su lugar y encendió el motor, y le ordenó en tono seco:

—*Portez-nous aux Invalides. Lorsque que nous ayons descendu, portez les autres a l'hôtel.*

Con un encogimiento de hombros, el hombre maniobró el vehículo y se internó en el tránsito infernal de la carretera hacia el lugar que se le había indicado.

Wilhelm, quien hasta ese momento se había mantenido convenientemente al margen, se hizo escuchar junto al cuello de Alicia.

—¿Estás segura de que no vamos a ir a parar a cualquier parte?

—Lo vamos a saber cuando lleguemos —respondió ella con fastidio, y se encerró en un silencio airado durante el resto del trayecto. El Prusiano no se había tomado la molestia de abrir la boca para ayudarla en su (in)comunicación con ese bruto, a pesar de que él sí hablaba francés. Es claro que si acertaba con su comentario intencionado, un comentario que implicaba que tal vez ella no se había hecho entender, no tardaría en verter veneno en los oídos del

Maestro, echándole toda la culpa de la evidente mala voluntad de este ... simio.

El trayecto les pareció interminable.

—Igualito a Buenos Aires —se entusiasmó la Gorda—. Quince minutos por cuadra, bocinazos, este tipo que no sé qué dice pero seguro debe estar puteando. Lo bueno es que te da tiempo de mirar las vidrieras ... ¿Vieron qué cosas bárbaras venden acá?

Florencio la miró casi con lástima.

—Estas «cosas bárbaras que venden acá» no las podríamos comprar con lo que nos pagan. París es una de las ciudades más caras del mundo, y si estás pensando en ropa, olvidate. No hay talles grandes, aparte del cambio que no nos favorece.

La Gorda abrió sus ojos inmensos al límite de lo que permitían sus párpados.

—¿Y vos cómo sabés?

—¿Lo del cambio? —inquirió Florencio.

—No, me parece que ahí estás equivocado. Nosotros cobramos en dólares, ¿qué nos importa el cambio? Lo de los talles grandes, digo.

Esteban, el único que se mantenía atento a este intercambio insólito —los demás estaban absortos en las calles atestadas, o repasando partituras, o simplemente sumidos en sus propios pensamientos— intervino antes de que la Gorda fuera víctima de la cruda franqueza del Santiagueño.

—Los modistos de París han idealizado un cuerpo de mujer que, en la vida real, sólo se adapta a unas pocas afortunadas. La mayoría de los modelos tienen que ser adaptados a otras medidas; no es tan sencillo.

—Claro, ya entiendo. Por ejemplo, Alicia se podría comprar lo que quisiera sin problemas, ¿no?

Al oir su nombre, Alicia giró la cabeza. No estaba prestando atención a la conversación, la vista concentrada en el plano de la ciudad y en los carteles indicadores de las calles para asegurarse de que el bruto que manejaba no se desviara hacia quién sabe dónde.

—¿Yo qué cosa? —quiso saber.

Y la respuesta le vino, dura, de otra sinceridad provinciana, la de Enrique el Correntino:

—Que vos, como sos una tabla, te podrías comprar el modelo que se te antoje.

Ninguno pudo contener la risa ante un supuesto cumplido que encerraba también una ofensa. La voz cantarina había sacado a los distraídos de su mundo interno. Quien reía con más ganas era Wilhelm. Pero uno, sólo uno, se cortó en seco y frunció el ceño.

Querido Marcos.

Antes de que Alicia pudiera decidir si tenía que responder, la camioneta frenó abruptamente, desarticulando el equilibrio de los cuerpos.

—*Les Invalides* —anunció escuetamente el conductor, y descendió, entre gruñidos y suspiros, para abrir la puerta trasera y bajar los equipajes de Alicia y Wilhelm, que eran quienes debían esperar allí a los automóviles asignados.

Y ahí se quedó, parado, inmóvil, como un muñeco al que se le acabó la cuerda.

—*Qu'est ce que vous attendez? Allez, portez les autres a l'hôtel* —le indicó ella en tono seco.

—*Le pourboire, mam'selle* —respondió él, con un tono maligno que indicaba a las claras que ella era quien asumía una actitud de patán.

La voz metálica de Wilhelm lo detuvo en seco.

—*Bien sûr. Quand les autres seront arrivés sans péril à l'hôtel, peut-être que vous aurez votre pourboire. Mais pas maintenant et pas ici. Allez!*

El individuo se encogió de hombros, les lanzó una mirada asesina, y volvió a subir a la camioneta. Arrancó con violencia, haciendo chirriar los neumáticos sobre el pavimento y, en segundos, Alicia y Wilhelm quedaron solos, sentados sobre sus maletas, en la explanada del impresionante conjunto de edificios que alguna vez había sido concebido como hospital de soldados y ahora albergaba tumbas y museos varios.

Él tenía la mirada clavada en el tránsito, intentando adivinar la llegada de los automóviles que les serían entregados allí. Ella tendía los ojos hacia la entrada principal, con una sed intolerable de ver los tesoros detrás de los muros, las reliquias de Napoleón, los suntuosos decorados de las cúpulas inalcanzables en su majestuosidad recordatoria de los tiempos en que los reyes y emperadores construían a su imagen y semejanza, a la imagen que habían construido de sí mismos, mejor dicho.

—Otro día, *mam'selle* —se burló Wilhelm, casi afectuosamente—. Hoy estamos trabajando.

Y en ese momento se detuvo frente a ellos un Volkswagen «sapo», rojo, de dos puertas, y una voz que a Alicia le sonó familiar por lo española, dijo:

—¿Sois los de la orquesta, verdad? ¿Querríais mostrarme vuestros pasaportes, así os dejo las llaves y los documentos del transporte?

—¿Dónde está el otro?—inquirió Wilhelm—. Entiendo que la señorita Curi, aquí presente *ay otra vez el reproche encubierto, Dios mío, con este tipo no se puede estar en paz cinco minutos* hizo arreglos por DOS vehículos.

—Pues yo de eso nada sé. Tendréis que aclararlo con la agencia. A mí me ordenaron traer uno.

Y ante la vacilación de Alicia, que en verdad no había hecho los arreglos en persona, sino a través del Consulado, el chofer, un joven moreno, de negro cabello rizado, prosiguió:

—Hála, que si no lo queréis me lo llevo por donde vine, y tan contentos.

—No, está bien. Nos quedamos con éste y luego buscaremos el segundo. Es una confusión, pero tiene arreglo —se apresuró a responder ella, alargándole su pasaporte—. ¿Basta con el mío, verdad?

—Supongo. Aquí la orden dice «Alicia Curi y otro». Vaya qué cosa extraña. Es el nombre del señor el que debería figurar, y usted debería ser la «y otra». Pero bueno, cada país con sus costumbres, digo yo. Tenga usted —y habiendo controlado los datos, le devolvió el pasaporte con los papeles del automóvil adentro—. Las llaves las dejo puestas. Que tengáis buenos días.

Y se marchó en dirección al puente Alexandre III, las manos en los bolsillos de la chaqueta ajustada, canturreando *La hija de Don Juan Alba dicen que quiere meterse a monjaaa . . .*

De todos modos, hubo que quitar las llaves para poder abrir el baúl y acomodar el equipaje. Lo hicieron entre los dos, en un silencio ominoso que Alicia cortó con un grito al ver que Wilhelm se dirigía a la puerta del acompañante.

—¡No pretenderás que maneje yo! —La protesta furibunda se estrelló ante el semblante impasible del Prusiano.

—Yo soy «otro», ¿no ? Así que no se supone que maneje.

—«Otro» habilita a usar el auto indistintamente. Y si creés que voy a manejar un auto que no conozco en una ciudad que no conozco, estás loco. Vos estás acostumbrado a toda clase de autos, y sé muy bien que no es tu primera vez en París. O te ponés al volante, o nos quedamos acá hasta que nos busquen con la policía.

Nunca lo había enfrentado con ese coraje. Si Wilhelm estaba sorprendido, Alicia no lo estaba menos. *¿Le estaré perdiendo el miedo o será el miedo mismo lo que me ayuda?*

—¿Y si hubieran traído los dos autos? ¿Habrías pedido que te llevara a remolque?—sugirió él incisivamente, pero ya vencido. No iba a hacer esperar al Maestro por darse el placer de ver qué hacía la muchacha si él se empeñaba en el no.

—Habrías ido adelante, y yo te habría seguido. Ya vámonos, Prusiano.

En un último movimiento hacia la libertad en la ciudad donde la libertad había costado tanta sangre, Alicia le tiró a la cara el apodo no por murmurado a sus espaldas y en su ausencia desconocido por él.

XXVII

En una de las oficinas de la Cité des Arts, de pie frente a un ventanal que ofrecía una vista maravillosa de la Isla de San Luís, el Maestro esperaba impaciente la llegada del Director del Théâtre de la Reine. Una secretaria obsequiosa —tan distinta a la suya, pero claro, cómo comparar a una francesita educada para agradar con ese manojo incomprensible de eficiencia y sensiblería llamado Alicia— le había ofrecido un café y disculpas por la tardanza de Monsieur Dupinet, «seguramente demorado en el lento tránsito de la carretera que une Versailles con París».

Él había rehusado amablemente el café, y trataba de relajarse pensando en el reencuentro con su esposa, cuyo vuelo la depositaría en Orly en unas pocas horas más.

Al igual que todos los aspectos de su vida, su matrimonio no se regía por las costumbres compartidas por la mayoría. Ocho años atrás, al finalizar una actuación solista como estrella de un programa organizado por la Asociación Romana de Música de Cámara, una joven alta y delgada, cuyo porte de princesa y delicadas facciones revelaban su ascendencia aristocrática, se le había acercado para pedirle su autógrafo. Él, con esos ojos a menudo entrecerrados a los que no se les escapaba detalle, había notado que el numeroso público que pugnaba por llegar hasta su persona para felicitarlo y llevarse un pedacito del Maestro en tinta fresca, se apartaba para abrirle paso, como si reconociera que la nobleza de la joven era mucho más antigua y auténtica que la que ellos, nobles empobrecidos, burgueses enriquecidos, podían esgrimir. Él, que jamás alentaba una conversación en tales circunstancias, que sólo se limitaba a garabatear su firma como el trueque obligado del grande que se debe a su público, pero sólo hasta un límite, muy estrecho por cierto, se había sentido traspasado por la mirada de esos serenos ojos castaños con brillos verdosos, y le había preguntado: «¿A nombre de quién?»

Y ella, sin dejar de hundirse en sus ojos por un segundo, había respondido con una voz de plata y cristal, de bronce y de la tierra de los olivares: «Isabella».

El rechazó suavemente el tríptico de papel glaseado y, tomándola del brazo, la condujo hacia la abertura lateral que daba a los camarines.

—Me cambio en un segundo. Por favor, no se vaya, Isabella.

Mientras se quitaba apresuradamente el frac y se ponía su traje de calle, por momentos creía escuchar la respiración de ella al otro lado de la puerta, y por momentos lo invadían los sonidos del silencio que indicaban que nadie —ella— lo esperaba. Pero cuando salió, con el estuche del violín prolongando naturalmente su mano izquierda, Isabella estaba apoyada contra la pared opuesta, erguida y pálida, con los brazos cruzados sobre el pecho, como las figuras de mármol que, esculpidas sobre las tumbas de las damas de antaño, recordaban a las bellezas que allí dormían su sueño eterno, o tal vez como una mujer de carne y hueso que protegía un corazón que quería saltársele del pecho. Él la tomó suavemente por la cintura, separándola del muro, y juntos se retiraron de la sala de conciertos por la salida de artistas. Él ya se sabía su dueño; a ella, su orgullo de casta legítima no le bastaba para que no le temblaran las piernas. Seis meses más tarde, desafiando los peores pronósticos de sus celosos padres, Isabella, contessa Valenti, había pronunciado los votos matrimoniales para convertirse en la esposa de Hugo Kovaciuk. Ocho años . . .

Las verborrágicas explicaciones que se colaron en la amplia sala de recepción junto con la presencia sólida y material de Auguste Dupinet lo arrancaron de su recorrido por una de las partes más felices de su vida como hombre.

—No sabe usted cuánto siento haberlo hecho esperar, *mon cher Maestró* —se excusó el director, intentando estrecharle ambas manos, que Hugo rápidamente escamoteó detrás de la espalda—. Es este maldito tránsito que nadie parece saber cómo ordenar, pero, en fin, aquí estoy, y dispongo de todo el tiempo que usted esté dispuesto a concederme. *Asseillez-vous, s'il vous plait.* Donde guste. Dígame que puedo hacer por usted.

Y Monsieur Dupinet, dechado de urbanidad y modales, esperó a que el Maestro escogiera un sillón, y luego se ubicó frente a él, tamborileando las puntas de sus dedos regordetes unas contra otras, adelantando su vientre demasiado bien alimentado y dibujando una sonrisa con unos labios delgados rematados por un bigotito sospechosamente renegrido, a juzgar por los ralos mechones plateados que dejaban entrever una calvicie más que incipiente.

—Me parece que, por el contrario, Monsieur, se trata de lo que *yo* puedo hacer por *usted* —replicó el Maestro, revolviendo dentro de los bolsillos de su saco de tweed hasta tantear un papelucho arrugado que extrajo y desplegó para resumir su contenido al obsequioso director—. Acá tengo una carta firmada por usted, dirigida a mí a cargo del Consulado Argentino en Nueva York para que me fuera entregada, donde dice, y leo: «Favor de entregar al Maestro Kovaciuk, cuya dirección en Nueva York desconozco, a fin de concertar una entrevista tan pronto se produzca su arribo a París». Esta carta fue recogida por mi secretaria, quien hizo los arreglos para este encuentro. De modo que usted dirá.

Ciertamente, Dupinet tenía bastante que decir, pero había pensado que sería sencillo hacerlo, pues nunca había visto personalmente al Maestro hasta ese momento, y si bien le habían llegado las habladurías sobre el carácter impredecible del genio (pero los genios son proclamados y defenestrados según el capricho del público, como lo había comprobado en sus largos años al frente de diversos teatros), había algo en éste que lo ponía francamente nervioso. No sabía si era la calma tensa que emanaba, lista a explotar en el momento menos pensado, o la actitud a medias afable, a medias indiferente, que traslucía la voz mesurada. Que la carta que había compuesto con tanto cuidado acabara hecha una piltrafa en el bolsillo del Maestro no contribuía para nada a animarlo a hablar. Sin embargo, Kovaciuk tenía razón. Él lo había citado, y le correspondía abrir el fuego . . . y que Dios lo protegiera.

Respirando hondo, comenzó el discursito ensayado una y otra vez frente al espejo de su tocador, un discursito firme pero no agresivo; una declaración de principios en nombre de *la France* ante la aparente incomprensión del extranjero.

—Verá usted, Maestró Kovaciuk. Por encontrarme de viaje por la Provenza cuando llegó su programa para el concierto, no tuve oportunidad de verlo yo mismo, y se aprobó automáticamente con la firma de mi asistente, el director interino a cargo del teatro en mi ausencia. El caso es que . . .

—¿Es que . . . ? —lo alentó, o lo desafió a proseguir el Maestro, que ya había pescado al vuelo por dónde venía el tiro.

—Es que el programa que usted propone no es precisamente el que va a despertar el entusiasmo de los amantes de la música que pagarían lo que no tienen por escucharlo a usted y a sus jóvenes músicos. Se presenta nada menos que con Telemann . . . Espere —rogó Dupinet, presintiendo que iba a ser interrumpido con brusquedad—, es cierto, con los Seis Cuartetos de París, pero al fin y al cabo obra de un alemán, de un hijo de un país que no amamos y que tanto daño nos ha causado. Prosigue con dos italianos cuya música, tan apreciada por los entendidos, no llega al corazón del francés medio, y cierra con Haydn, un austríaco, nada menos, que suena a un insulto casi peor que el alemán. Con todo respeto, me veo obligado a pedirle que modifique su repertorio para esta ocasión.

Secándose la transpiración que le había provocado la necesidad de plantear el asunto con un pañuelo que todavía exhalaba un leve olor a la lavanda con la que había sido rociado por la mañana, Monsieur Dupinet aguardó la reacción violenta que la leyenda narraba cuando se contradecían las decisiones del Maestro entre Maestros.

Pero no fue así como sucedió. Hugo Kovaciuk estiró sus largas piernas, apoyó laxamente la magnífica espalda sobre el bello tapizado del sillón que ocupaba, e inquirió, en tono conciliador:

—¿Y qué piensa usted que habría resultado más apropiado para la sensibilidad de su público?

Aliviado —porque no había prestado atención al modo del verbo («habría resultado»), Dupinet respondió:

—Los Preludios de Couperin, por ejemplo.

Y ahora sí, la tormenta se descargó con granizo, truenos, y relámpagos, «preludiada» por una suave llovizna desde un tono medido que fue cobrando ímpetu hasta culminar en un gran estallido a toda orquesta.

Poniéndose de pie, el Maestro lo encaró desde una estatura que a Dupinet le resultó formidable.

—Estimado Monsieur Dupinet, Couperin es uno de mis compositores favoritos, y qué mejor que regalarles sus Preludios a sus compatriotas . . . si el teatro que usted . . . administra, más que dirige, contara con un clave que no hubiera sido pasto de las polillas, según he sido informado. Scarlatti y Boccherini, estos italianos que usted objeta, llegan al corazón de todas las personas sensibles en cualquier parte del mundo. Si no ocurre así con «el francés medio», no habla nada bien de sus compatriotas. ¿Tal vez apreciarían más unos souvenirs de las tiendas de via Véneto, a las que son tan aficionados durante sus excursiones de compras a Roma? Y para terminar, tiene usted una confusión histórica que me haría reír si no fuera tan lamentable. Telemann murió mucho antes de los pequeños y grandes . . . tropiezos, digamos, en los que ustedes los franceses fueron enredándose, y se apoderó del verdadero espíritu musical francés mejor que muchos de los nativos del país. En cuanto a Haydn, un austríaco defensor de la monarquía, es la elección perfecta para el Teatro de la Reina, en tanto María Antonieta, me permito recordarle, princesa austríaca, fue quien lo hizo construir y fue tanto actriz como espectadora en ese edificio maravilloso. Que usted pretenda comparar a estos genios de la música con los asesinos que arrasaron su país hace veintipico de años y, me permito recordarle, con algo de ayuda por parte de algunos funcionarios de su gobierno de entonces y de su «francés medio», ¡ME RESULTA REPULSIVO E INDIGNANTE!

Rebuscando nuevamente en sus bolsillos frente a un Dupinet encogido como si temiera ser abofeteado, el Maestro produjo otra hoja maltrecha y puntualizó:

—El programa se compone, tal como fue anunciado, de la Sonata en C.K. 159 para oboe y cuerdas de Scarlatti, los Seis Cuartetos de París de Telemann, el Concierto No. 3 para cello y orquesta de Boccherini, y el Concierto No. 1 de Haydn, en el orden que se me antoje, o se suspende por ignorancia musical del mal elegido director del teatro.

Y arrojándole la hoja sobre el voluminoso vientre, el Maestro cruzó la habitación de tres zancadas, y se retiró dando un portazo que hizo retemblar los ventanales y sumió a Monsieur Dupinet en lo que él creía había sido el día más negro de su vida.

XXVIII

Sin mayores inconvenientes, la camioneta depositó a los músicos en el hotel, un antiguo edificio situado en el corazón del 8ème arrondissement, a corta distancia de la bellísima église de La Madeleine. A pesar de los efectos del jet lag, que se hacían sentir bajo la sensación de fatiga y de una jaqueca persistente, el contraste con el ultramoderno Madison no les podría haber resultado más chocante. Los muros externos del Lutèce —así se llamaba— lucían tan grises y desgastados como si el lugar en verdad datara de la época en que París era conocida bajo la forma afrancesada de Lutetia, nombre que le había sido dado por Julio César en el año 52 AC., durante la conquista de la Galia. Se decía que el término elegido por el conquistador estaba relacionado con una antigua denominación indoeuropea relacionada con la idea de fango, referida a los pantanos que rodeaban la zona, y que los romanos evitaban por la pestilencia portadora de enfermedades que tal vez diezmara sus legiones. Tanto el fango como los pantanos se habían borrado de la memoria colectiva, aunque las verdes manchas de moho que, aquí y allá, salpicaban la fachada, constituían un recordatorio de la historia . . . para quien la conociera, que no era el caso de los recién llegados. Ingresando por la estrecha puerta, arrastrando sus maletas e instrumentos como mejor podían, puesto que no había un botones a disposición de los huéspedes, quedaron muy mal impresionados por la vetustez del interior y por una mezcla de estilos que no por irreconocibles desde la ignorancia supina de todo arte fuera de la música no dejaba de producirles malestar. Instintivamente, tal como podían identificar la disonancia en una mala ejecución instrumental, sentían en las tripas que se enfrentaban a un equivalente en la extraña decoración del vestíbulo.

Sobre unos veinte centímetros de boiserie, las paredes estaban tapizadas de seda decorada con flores que apenas se adivinaban a través del desgaste de los años. Una media docena de butacas desvencijadas, muestrario de diversas épocas pasadas, ya que nunca habían sido parte de un juego, se desparramaban por el ambiente, haciendo imposible todo intento de conversación entre quienes eligieran sentarse en ellas, tan distantes se encontraban las unas de las otras. Hacia el costado derecho, el mostrador del recepcionista, que parecía sacado del remate apresurado de una tienda en quiebra, los separaba de un hombre de mediana edad y gesto torvo, detrás de quien se entreveían los toscos casilleros de madera con las llaves de las habitaciones colgadas de oxidados ganchos de metal y correspondencia apilada para entregar a los pasajeros.

Las alfombras raídas no alcanzaban a cubrir por completo el desgastado piso de alfajía, y los músicos, amuchados cerca de la entrada, vacilaban en acercarse al mostrador e iniciar su vida en esta contracara de una ciudad que los había fascinado durante el trayecto desde al aeropuerto. Además de la desilusión provocada por el aspecto del lugar, se sentían perdidos sin Alicia. ¿Cómo comunicarse con ese individuo cuya cara de pocos amigos no los alentaba a presentarse y pedir sus habitaciones?

Por otra parte, al individuo no le causaba gracia esa muchedumbre indecisa que, en un santiamén, había desparramado sus pertenencias en el vestíbulo.

—*Oui?* —inquirió, sin abandonar su lugar.

Karly respiró hondo y decidió hacer el intento, en inglés. Después de todo, éste era un hotel de turismo, y el encargado, o quien fuese, tenía la obligación de manejar el idioma internacional.

—Tenemos reservaciones a nombre de la Orquesta de la Fundación Argentina por la Cultura.

—*Je n'aime pas l'anglais, et ne le comprends pas* —respondió lacónicamente el individuo.

—En ese caso —respondió Karly, con toda calma —nos quedaremos aquí hasta que llegue nuestra secretaria, que se lo podrá explicar en francés. Eso sí, no sabemos cuánto va a demorarse. Pueden ser horas.

Y volviendo a reunirse con el grupo, les sugirió que se pusieran cómodos.

Al recepcionista encargado se le pusieron los pelos de punta cuando, de pronto, vio que los extranjeros habían tomado posesión de los sillones, sentándose también sobre los frágiles brazos, y apoyando los estuches de los instrumentos parte sobre la boiserie y parte sobre la reliquia de seda. Diríase que, como por milagro, de pronto «comprendió» esa lengua que se enorgullecía de ignorar.

Revolviendo unos papeles que tomó de un cajón, se dirigió a Karly.

—*Monsieur, je crois avoir trouvé votre réservation... Ce sont toutes les chambres du sixième étage. Voici les clés* —y le extendió un manojo de llaves carcomidas por la herrumbre.

Los números en relieve sobre la parte superior de las llaves respondían a la nomenclatura internacional: 601, 602 . . . Estaba perfectamente claro que el primer número correspondía al piso, y los otros a la habitación.

En un intento por recomponer una relación que había comenzado mal, y que tendrían que sobrellevar lo mejor posible durante su estadía —corta, por suerte— pensó Karly, le agradeció con un internacional *«Merci»*. No surtió gran efecto. El hombre, que resultó llevar el paradójico nombre de Ange, según se enteraron porque en ese mismo momento sonó el teléfono, que él respondió con la frase: *«Lutèce. Ici Ange»*, hizo un movimiento casi imperceptible con su cabeza cana y no les prestó más atención.

El grupo se dirigió al único ascensor, ubicado en la parte posterior del vestíbulo, y allí se encontró con otra sorpresa desagradable. Junto al artefacto, un bello ejemplar de los modelos jaula del siglo XIX con capacidad para un máximo de tres personas delgadas, había un enorme cartel de porcelana blanca impreso con letras azules: DÉFENSE DE MONTER PAR L'ASCENSEUR. El significado del cartel les escapaba, pero lo que sí veían era que el tamaño de la jaula permitía que subieran dos con instrumentos pequeños, pero que los cellos y el contrabajo no podían ir acompañados.

Mientras intentaban resolver el problema, llegaron Alicia y Wilhelm. Entonces todos comenzaron a hablarles al mismo tiempo, en una cascada de protestas que no dejaba lugar a dar respuesta. Wilhelm se corrió discretamente a un costado: no era su problema.

—¿Cómo vinimos a parar a esta pocilga?

—¿Qué quiere decir el cartel ése?

—Si el vestíbulo es así, ¿cómo serán los cuartos?

—¿Por qué no reservaste en un hotel como la gente?

—¿Estás segura de que no vamos a tener que dormir de a cuatro?

Alicia tenía respuestas para algunas de las preguntas, pero prefirió formular primero una pregunta ella, antes de encararse directamente con el recepcionista.

—¿Se registraron?

¡Para qué! En una confusión de voces muy poco armónicas, se enteró de la escena que había precedido su arribo. En suma, el individuo no les había indicado que se registraran ni por señas, y si lo había hecho verbalmente, no lo habían entendido.

Entonces sí recogió los pasaportes de todos, se dirigió al mostrador, exhibió la confirmación de la reserva, y pidió el libro de registros. Los hizo firmar, y les aclaró que debían subir por la escalera porque, según le había explicado Monsieur Ange, el estado del ascensor sólo permitía descender en él. Y les aseguró que, como siempre, los cuartos eran para dos personas. Respecto de la categoría del establecimiento, había sido una indicación personal del Maestro que, por alguna razón, se había encaprichado en alojarse allí, y los quería a todos consigo.

Y allá fueron, resoplando, escaleras arriba, operación que tuvieron que repetir varias veces, puesto que era imposible cargar los equipajes y los instrumentos a la vez.

Los rellanos desembocaban en el extremo de un angosto corredor. Llegados al sexto piso, notaron que también el corredor conservaba los vestigios de algo que alguna vez había sido una alfombra. Pero una vez en las habitaciones, descubrieron que eran amplias y luminosas, amobladas con camas y mesas de noche pasadas de moda pero acogedoras, y que disponían de un pequeño escritorio con su correspondiente butaca y de unos roperos de doble cuerpo cuyo frente estaba recubierto de espejos biselados. No estaba tan mal . . . hasta que descubrieron el pequeño lavabo que había pasado inadvertido por estar amurado sobre el costado que quedaba oculto al abrirse la puerta.

Esteban, el primero en notarlo, buscó el baño. No lo había. Fue tocando puerta por puerta, y no había baños en ninguna habitación. Llegado a la de Alicia y la Gorda, ocupadas en acomodar su ropa, encendió la pipa y esperó.

—¿Necesitás algo? —preguntó Alicia, distraída, pensando que todas las prendas necesitaban una buena repasada de plancha.

—Sí. El concepto de «habitación con baño privado» —respondió Esteban, acomodándose de espaldas al ventanal.

—¡Oh, me olvidé de avisarles! Estos hoteles tan antiguos tienen un baño por piso, por eso hay lavabos en los cuartos. Vamos a tener que compartir.

—¡Qué asco! —chilló la Gorda—. Y encima, si tenés un apuro, ¿hay que hacer cola?

—Bueno, Graciela, en China los baños se comparten entre familias enteras, y en los conventillos de Buenos Aires, también. No es para tanto.

—¡Pero yo no soy china y gracias a Dios no vivo en Buenos Aires! ¿Qué me querés vender?

Esteban terció filosóficamente:

—No te quiere vender nada. Está tratando de explicarte que algunas cosas se parecen en extremos opuestos del planeta. Yo agrego: nos la vamos a tener que aguantar así, salvo que se lo quieras plantear vos al Maestro cuando llegue.

Alicia se sonrió y agradeció mentalmente el apoyo. La Gorda, con sus ocurrencias infantiles y esa risa con la que respondía a todo lo que le era extraño —a excepción de esta vez —era incapaz de reclamarle al Maestro, nada menos. Así quedaba zanjada la cuestión.

—¿Por qué no descansan un rato, o se van a dar una vuelta? Hoy es día libre; el Maestro se va a reunir con su esposa en el aeropuerto y no dejó indicado ensayo hasta mañana —propuso Alicia.

—Voy a ver que dicen los demás. Si decidimos salir, ¿vos venís? —le preguntó Esteban.

—No creo. Tengo una pila de cartas que contestar.

—¿Pero nunca te tomás un tiempo de respiro? Dale, animate. ¿O a vos sí te dejó instrucciones?

—No, es mi correspondencia personal la que está atrasada. Pero seguro Graciela va a querer ir si salen.

—¿Por qué no decís directamente que te querés quedar sola? —preguntó la Gorda, sin malicia alguna.

Discretamente, Esteban las dejó, diciendo:

—Si hacemos algo, te aviso.

Regresando a su habitación —suya y de Karly— no pudo menos que reconocer que aún las mujeres más estúpidas poseían un sentido de la intuición que las hacía peligrosas.

**

Los altoparlantes de Orly anunciaron el arribo del vuelo 453 de Alitalia procedente de Roma. Frente a la salida correspondiente, el Maestro buscaba la figura esbelta de su mujer. En el tiempo muerto que le había quedado entre el final de su entrevista con Monsieur Dupinet y la hora en que debía llegar al aeropuerto, había hecho una incursión por Cartier, en la rue de la Paix, y le había comprado un pequeño broche de solapa, una delicada roseta compuesta por cuatro círculos de oro entrelazados y unidos en el centro por una discreta esmeralda.

Isabella amaba las joyas, aunque las usaba muy raramente, y a él le causaba inmenso placer sorprenderla con una nueva pieza que no respondiera a las fechas que parecen obligar a los regalos, como los cumpleaños, los aniversarios, y las Navidades.

Le había costado mucho decidir qué comprarle esta vez, porque algo demasiado caro habría constituido una admisión de culpa por la falta que ella le había reprochado sin explicitarla cuando pospuso el reencuentro hasta París, y una baratija tal vez habría sido entendida como un insulto.

Atento al corto desfile de pasajeros que atravesaban la salida de la zona restringida, le costó convencerse de que ninguno era ella. El lugar quedó desierto, y el Maestro, estrujando el estuche de raso dentro de su exquisita envoltura, tuvo que hacer un enorme esfuerzo para no dar un tremendo puñetazo de impotencia contra una de las columnas del hall. Sus manos de un cuarto de millón de dólares no estaban aseguradas por daños autoinfligidos. Sumido en una mezcla de rabia y angustia, se dirigió a una cabina telefónica.

—Residencia Valenti —respondió la voz inconfundible del ama de llaves.

Esto contribuyó no poco a irritarlo, a punto tal que el enojo barrió con la angustia. No había forma de convencer a esa vieja testaruda, que había sido niñera de Isabella y ahora supervisaba a la niñera de sus propios hijos, que, en todo caso, era la Residencia Kovaciuk. Frau Zindlich, una belga políglota que había dedicado su vida a la familia Valenti, y aún así había encontrado tiempo para casarse, parir sus propios hijos, y enviudar a una edad convenientemente temprana, manejaba todas las cuestiones domésticas, y no se avenía a que el Palazzo Valenti cambiara de nombre sólo porque a la niña de la casa se le había ocurrido maridarse con ese extranjero estrambótico que pasaba más tiempo afuera que en el hogar.

—Con mi mujer, Frau Zindlich —exigió él perentoriamente.

—No sé si podrá atenderlo, Herr Hugo. Está . . .

—No me dé excusas para que la reemplace y la envíe a su merecido descanso, Frau Zindlich. *(¡como si se pudiera!)* Que venga al teléfono, ahora mismo.

Minutos después, que le parecieron una eternidad, la voz de Isabella lo saludaba mimosamente.

—*Ciao, caro. Volevi parlare con me?*

—¿Qué pasó, Isabella? Estoy en el aeropuerto. ¿Por qué no viniste? Y si no pensabas venir, ¿por qué no me avisaste?

—Es que fue muy repentino. Orietta se despertó con una fiebre altísima, y yo no quería irme hasta saber que decía el médico, y cuando vino ya era tarde para el avión y no sabía dónde avisarte . . . Si ni siquiera me dijiste dónde te alojabas. Intenté en el Ritz, pero me dijeron que no estabas ahí ni te esperaban.

Orietta, de cinco años, era la hija menor y la consentida del padre. La ansiedad volvió a inundarlo.

—¿Qué dijo el médico?

—Nada importante. Que puede estar incubando alguna típica enfermedad infantil, y que hay que esperar un poco y bajarle la fiebre.

—¿Esperar cuánto? ¿Vas a venir en un par de días?

—*Non ci credo, caro.* No vale la pena; no te vas a quedar mucho tiempo; a lo sumo, en una semana estarás en casa. *Anche,* ocupado con los ensayos y tus propias obligaciones, no vas a tener ni un minuto para mí. Y como la mayor parte de mis amigos de París no están, me voy a aburrir mucho . . .

—Me estás castigando, Isabella. Te pido por favor que vengas. Necesitamos hablar; por teléfono no se puede.

—No seas injusto, *caro mio.* Me ocupo de mi hija; soy una buena madre. Ya vamos a hablar de todo lo que quieras, tranquilos, *a casa nostra,* sin todo ese montón de acólitos que no te dejan ni a sol ni a sombra.

—¡Estás celosa de mis músicos! No puedo creer lo que oigo.

El Maestro estaba totalmente desconcertado. Le parecía sostener una conversación delirante, en la que se mezclaban la salud de su hija —que al parecer no estaba lo que se dice enferma— unos celos de mujer respecto de otras mujeres que él habría comprendido, y un ¿reproche? porque dedicaba tiempo a sus músicos en un proyecto que Isabella había alentado desde el primer día. Inútil insistir.

—Te haré saber cuándo llego. Un beso a los chicos.

—*Ti voglio benissimo, caro, e ti aspetto. Arrivederci.*

En el salón blanco del Palazzo Valenti, Isabella abandonó el papel de coqueta que jugaba frente a un marido que, según ella lo veía, necesitaba alicientes para seguir siéndolo, y se echó, sollozando, en los brazos de su primo Stefano, principe Gualteri, sentado frente a ella en un sofá que le había sugerido retapizar con un diseño op art que rompiera la solemnidad de cuero blanco y caoba del mobiliario.

En el aeropuerto, el Maestro se dirigió adonde había estacionado el Volvo y condujo a velocidad no permitida hacia el distrito de la Madeleine.

***

Él había querido obsequiarle una joya, pero le tenía preparada una sorpresa más preciada: el regreso, después de ocho años, al hotel en el que habían pasado las noches más apasionadas de esa relación que había comenzado bajo el mutuo dominio que ejercían el uno sobre el otro. *Ella lo encadenaba con la liviana fuerza de sus profundos ojos castaños con brillos dorados, con el perfil de medalla romana que destacaba recogiendo sus largos cabellos café con reflejos rojizos para descubrir su largo cuello gentil, con los brazos perfectos y las manos que aleteaban como frágiles pájaros en sus momentos de entrega, con su voz hechicera cuando entonaba viejas canciones del romancero medieval acompañándose con el laúd. Ella se había entregado como esclava y odalisca, como esposa y compañera, enjugándole la frente durante las pesadillas que a menudo lo torturaban por las noches, y arrastrándolo a las cimas del goce en esas otras noches en las que él se rehusaba a dormir para evitar las pesadillas.*

Él la poseía por la fuerza desmedida de su pasión por ella, por la magia de su música, que lo había elevado desde los márgenes de la pobreza hasta las alturas de las elites, sin por ello alterar su sentido de los valores, por no cejar nunca hasta conseguir lo que quería, y porque lo que quería, salvo ella, no era algo que quisiera guardar para sí, sino compartir con otros, talentosos también, pero menos afortunados.

Cuando se casaron, él ya era el Maestro, pero no tenía dinero —y tampoco lo tenía ahora, puesto que creía firmemente en que el dinero sirve para gastarlo— y le había propuesto una modesta luna de miel en París, temiendo, casi, que ella, que sí era rica, ofreciera costear un viaje más acorde con el tipo de vida al que estaba acostumbrada.

Enorme fue su alivio y agradecimiento interior cuando ella se plegó a su propuesta. Fueron, entonces, a París, a ese hotelito sin pretensiones, tan sumergidos el uno en el otro que ni siquiera se daban cuenta de lo que los rodeaba.

Después . . . después él había aceptado el Palazzo Valenti como su hogar cuando los padres de Isabella decidieron retirarse a su finca en el campo, había aceptado que la fortuna de ella les pertenecía a los dos por igual, había retomado su ritmo de trotamundos, casi siempre solo, porque ella empezó a quedarse en casa cuando nació Carlo, el primogénito, y él, después . . . puso en práctica el dicho criollo "cualquier agujero es un poncho" cuando la urgencia del apetito sexual lo reclamaba.

Pero ella era la única, la que amaba, aquella junto a quien quería envejecer y morir; sí, sobre todo, morir primero, para no sufrir la tortura de vivir sin ella, aunque pasaba cada vez menos tiempo con ella.

Era una etapa nueva la que quería inaugurar regresando con ella al Lutèce, y ahí proponerle que lo acompañara, no como su sombra, sino con brillo propio, ahora que los hijos pasaban todo el día en el colegio y eran celosamente supervisados por la intolerable aunque imprescindible Frau Zindlich.

Claro, ella no podía saberlo. Embargado por un instinto ciego de que podía perderla, el curso que tomaron sus pensamientos se le hizo insoportable. Deliberadamente la borró de su mente, y con ella se esfumaron sus hijos, su casa, y todo lo que no fuera parte de la fibra encarnada de la música.

***

Cuando lo vio atravesar el umbral, Monsieur Ange sumó dos más dos y se sintió muy mal. Monsieur Kovaciuk no había cambiado un ápice en ocho años, amén de que su fotografía aparecía con frecuencia en diarios y revistas, ya fuera o no que tocara en París. Cierto que en las innumerables ocasiones en que había ofrecido conciertos en la ciudad no se había alojado más que en el Ritz, razón por la cual a Monsieur Ange no se le había cruzado ni por un segundo la idea de que esos músicos arrumbados en el último piso tuvieran que ver con él. Supuso ahora que el Maestro venía a cerciorarse de que todo estaba en orden para volverse a su hotel de superlujo.

—*Bonsoir, Maestró! Quel plaisir de vous revoir* —se apresuró a saludarlo, teniendo la deferencia de cruzar al otro lado del mostrador—. Ya están aquí sus muchachos, en perfecto estado. ¿Se los llamo?

—¡Qué buena memoria, Ange! Para mí también es un gusto verlo. No, no los llame. Déme la llave de mi habitación. Voy a lavarme un poco y los busco yo mismo.

Ange palideció y comenzó a tartamudear.

—Pero Maestró . . . no creo que se haya previsto una habitación para usted. Mademoiselle Curí se llevó todas las llaves, y como todos los cuartos son dobles, pensé que tal vez ella y alguna otra persona iba a retener uno sin compañero . . .

—No se preocupe, Ange. El que va a retener uno sin compañero, así como lo pone usted de manera tan original, soy yo, además de mi segundo. Mademoiselle debe tener mi llave, y seguramente habrá dejado allí mi equipaje. Ahora subo y se la pido. ¿En qué piso está?

En un susurro inaudible, Monsieur Ange se atragantó con el número.

—¿En el último? Y supongo que el ascensor sigue igual ¿no? ¿Sólo para bajar?

El otro inclinó la cabeza.

—Ah, Ange, usted nos quiere obligar a hacer gimnasia, *n'est-ce pas?* No está mal, pasamos mucho tiempo sentados, o parados. Nos vemos.

Y Hugo Kovaciuk trepó las escaleras, riendo para sus adentros. Como no pensaba dar explicaciones sobre el por qué de su elección, los muchachos estarían pensando que lo había hecho por el solo gusto de fastidiarlos. Y eso, en cierto modo, lo divertía.

XXIX

Alicia estaba pasando la lengua por la parte engomada de la solapa del último sobre cuando, tras un golpecito de compromiso, el picaporte giró y la majestuosa figura de su jefe se detuvo por un instante en el umbral.

Ante la mirada inquisitiva —él quería ser informado de todo lo que hacían y pensaban los suyos; en todo caso, si no le interesaba el tema, acallaba a quien fuese con un gesto de ausencia, mirando a través del otro como si fuera un cristal, pero era *su* decisión escuchar o no; ellos no tenían derecho a ocultarle nada— le explicó que había estado respondiendo cartas de sus tías y amigos que venía acumulando desde Nueva York.

—¿Y qué fabulosas novedades le han contado? —preguntó él en tono burlón—. ¿Sus tías descubrieron una receta nueva? ¿Sus amigos se han hecho hippies y viven en comunidades?

Pero qué le importa no puedo creer cómo este virtuoso ante quien el mundo se pone de rodillas llegue a la vulgaridad de meterse en la vida cotidiana de gente como yo que ni le va ni le viene lo que se reiría si le dijera que dos de mis amigas se casan este mes, y que otras dos anuncian su compromiso qué va a quedar de nuestro grupo todo se va a volver pañales y mamaderas hasta Hernán dice que le llegó la hora de sentar cabeza y yo yo viajo por el mundo y me siguen envidiando esto era viajar por el mundo si parece que en el mundo no encuentro mi lugar, ¿cuál es mi lugar?

—¿Su esposa necesita ayuda? —respondió ella, pregunta por pregunta.

El dio un paso atrás, frunció el ceño, y sus ojos perdieron toda expresión.

—Mi esposa no ha venido porque mi hija está enferma y hay que cuidarla.

¿Existe la esposa? ¿Es un cuento para no comprometerse con otras mujeres? Pero Wilhelm la conoce o dice que la conoce y es capaz de inventar lo que él le pida.

—¡Oh! ¿Es algo grave?

—No sabemos todavía. En todo caso, no estoy aquí para hablar de mi familia. Primero, necesito la llave de mi habitación. Gracias —dijo, recibiéndola con la palma abierta—. Segundo, quiero saber quién está con quién y los números de los cuartos . . . Ah, veo que va aprendiendo —comentó cuando ella, sin decir palabra, le alargó una planilla—. Tercero, quiero que hable con el director del teatro y le avise que vamos a ir mañana para probar la acústica.

Y sin más, el Maestro se retiró, sin tomarse la molestia de cerrar la puerta.

***

Por una vez, los muchachos salieron a caminar todos juntos y se llevaron a la Gorda consigo. Los Europeos iban dispuestos a hacer gala de su familiaridad con París, oficiando de guías de los boquiabiertos Argentinos.

Buscando en su agenda el número del teatro, Alicia recordó que no había llamado a la agencia para reclamar el segundo automóvil. Gracias al respeto, rayano en la veneración, que el Maestro inspiraba a Monsieur Ange, consiguió que la comunicara con relativa rapidez.

Le prometieron entregarle un Peugeot 504 en una hora. No era quizás el vehículo más indicado para las circunstancias pero, al fin y al cabo, tendría que conducirlo ella, y era un modelo que conocía bien —Hernán le había enseñado a manejar en el suyo y, en cuanto ella logró deshacerse del nerviosismo propio del principiante, aprendió a disfrutar de la sensación del poder del humano sobre la máquina. Lanzada por las amplias avenidas de Buenos Aires, eran los momentos en los que se sentía genuinamente libre. Pocos, por desgracia. Pero suficientes para permitirle tolerar la estrechez de su vida gris hasta que se le había abierto la oportunidad de trotar el mundo. «Bueno», pensó «yo también me la gané, y ahora no estoy tan segura de que valiera la pena». Frases como «ídolos de pies de barro», «tigres de papel», «no hay gran hombre para su valet», se entremezclaban en su mente al compás de un latir en las sienes y una sensación de pérdida de noción de la hora, síntomas adicionales del jet lag que se confundían con los ramalazos de un autoexamen que no podía explicar. El aura del Maestro iba perdiendo brillo en las pequeñeces de la vida cotidiana, y la asaltaba una visión extraña que lo escindía en dos: el Genio y el Hombre. El Hombre parecía complacerse en subrayar cuán lejos se encontraba Alicia de ganarse su respeto. La consideraba un engranaje más, en ocasiones defectuoso, en ocasiones útil, y más allá de algunas asperezas verbales, ella casi podía adivinar las bromas a su costa que compartiría con Wilhelm, quien parecía haber recibido el expreso encargo de hacerle las cosas difíciles.

Como fuera, estaba decidida a no permitir que nadie le objetara *su* 504. Con él no tendría que dividir la atención entre el tránsito y el manual de instrucciones para no equivocar los comandos o malinterpretar los indicadores del tablero.

Resuelto este problema, y haciendo un enorme esfuerza por limpiar su cabeza de pensamientos que le hacían daño, pidió el llamado al teatro.

—No, Monsieur Dupinet no regresará hasta mañana . . . Se siente indispuesto . . . Lo siento, su asistente también se ha retirado . . . Bajo ningún concepto me está permitido dar su número particular . . . Comprendo que es urgente, pero son las reglas . . . Sí, eso puedo hacerlo. ¿Cuál es el mensaje? Disculpe, no le entiendo. ¿Acústica? No entiendo el resto. ¿Cómo dice? Sigo sin entender. ¿No hay alguien con usted que hable francés? ¿Que usted me está hablando en francés? Puede ser, hasta un punto . . . Bien, haré lo posible por transmitirle a Monsieur Dupinet lo que pueda. De nada. Adiós.

Cretino desgraciado de mierda.

El cúmulo de insultos que se agolpaban en su mente fue interrumpido por la súbita aparición de Marcos.

Desde el umbral, se pasaba los dedos de una mano por el rebelde cabello que tendía a caerle sobre la frente, y en la otra sostenía un objeto inidentificable.

—¿Estás ocupada? —preguntó amablemente.

A ella le latía el estómago; no, más abajo aún, con una intensidad que, mezclada con el malestar agravado por la conversación que acababa de sostener, le impedía levantarse de la butaca por miedo a caer redonda al suelo.

¿La habría perdonado finalmente? ¿Querría charlar un rato? Lo que fuese, con tal de acabar con la tensión que él erigía como una barrera infranqueable aún en las ocasiones en que la había socorrido.

—Creí que habías salido con los demás.

—Era mi intención. Bueno, si estás ocupada, vuelvo en otro momento.

—No, ya terminé lo más urgente. ¿Necesitás algo?

Casi sin mirarla, él le tendió el objeto.

—Este es el pantalón que me iba a poner para salir. No sé que pasó, si tiré demasiado, o es de mala calidad. Fijate cómo se descosió. Yo, la verdad, no usé una aguja en mi vida. ¿Podrías arreglarlo?

Con cara de nada, Alicia examinó el daño. La entrepierna se había separado desde la bragueta hasta la parte trasera de la cintura.

Las relaciones suelen comenzar por el romanticismo y terminar con las rutinas de la cotidianeidad. Esta llegó al final sin haber empezado nunca . . .

—No sé si tengo hilo azul tan oscuro, pero si lo trabajo desde adentro, no se va a notar. Dejámelo. Te lo alcanzo cuando esté listo.

—Gracias —respondió él en tono ausente, y dejó libre el umbral.

Nuevamente, la puerta volvió a quedar abierta.

¿Quién soy yo acá? Todos creen tener el derecho de entrar y salir como se les antoje me titulan Secretaria y hago de niñera, de chica de los mandados, de práctica de tiro de Wilhelm, de robot de Hugo, y ahora de costurera qué precio para ver un mundo que se me aparece mezclado en los miles de piezas de un rompecabezas y la suerte decide cuáles serán las pocas que me está permitido reconocer quiero irme a casa no es cierto que home is where the heart is mi corazón no está en ninguna parte porque no es aceptado donde quiere estar casa es igual en Buenos Aires que en un cuarto de hotel todo es ajeno mañana le digo al Maestro que me vuelvo . . . mañana.

✳✳✳

Esa noche salieron también juntos a cenar, prestando poca atención a la arquitectura maravillosa que los rodeaba —unos, por conocida; otros, porque se habían indigestado con lo demasiado que habían visto durante la caminata vespertina— y mucha a planificar la cena.

El Maestro no los acompañó, pretextando una revisión a las partituras. Alicia, en cambio, se dio cuenta de que no había probado bocado en todo el día.

Instalados en un bistrot sobre la rue Royale, ella los ayudó a elegir los platos.

Las comidas de estos tipos son una pesadilla tienen hambre todo el tiempo el Maestro el primero tiene grabada la pregunta dónde comemos en el instante mismo en que termina un concierto.

—Alicia, tenés un brillo raro en los ojos —observó Nino de pronto.

—Yo no le noto nada de particular —comentó Lars, sin soltar la copa en la que ya había vaciado dos botellas de vino.

—Será el cansancio —sentenció la Gorda, mirando con desconfianza su quiche Lorraine—. ¿Qué es esta porquería?

—Esta «porquería», como la llamás, es una exquisitez del país —le aclaró Wilhelm—. Y te cuento que el cansancio opaca los ojos, no les da brillo.

—Entonces, Wilhelm, ¿vos también lo notaste? —quiso confirmar Nino.

—No. Será por cómo le da la luz desde donde vos estás sentado.

—Y vos, Alicia, ¿no decís nada? —terció Mario el Mendocino—. ¿Tenés un espejo para mirarte?

—Nunca lleva espejo —sentenció Marcos, hundiendo la cuchara en su cuenco de sopa de cebollas.

—¿Y vos como sabés? —indagó Enrique—. ¿La tenés vigilada?

Ante la fuerte patada que recibió en el tobillo, se volvió hacia Florencio, entre indignado y asombrado—: ¿Por qué me pateás? ¿Qué dije de malo?

La sensibilidad de Karly lo llevó a intervenir antes de que el brillo que él también había notado se transformara en lágrimas.

Él y Esteban le debían muchos favores a Alicia, resumidos en la discreción que acompañaba implícitamente la asignación de cuartos sin jamás insinuar un comentario.

—Más importante que si a Alicia le brillan o no los ojos es empezar a mentalizarnos para el ensayo de mañana. La obra de Boccherini no la tocamos nunca como parte del programa; a lo sumo el primer movimiento, en algún bis. No va a ser fácil.

—Te recuerdo —tronó Wilhelm —que el concertino soy yo. Y yo no creo en la «mentalización», creo en la práctica.

La conversación giró trescientos sesenta grados a la noción personal que cada uno tenía del mejor modo de conjugar la técnica con el arte.

Lars se empeñaba en convencerlos de la imposibilidad de transmitir emoción si el músico mismo no estaba atravesado por ella; Nino creía que el músico era sólo un puente que permitía el pasaje de la emoción puesta por el compositor en las notas para que fuera absorbida por la subjetividad del oyente.

—No, no, y no —porfiaba Wilhelm—. La emoción no es problema nuestro. Nos compete reproducir la partitura tal cual fue concebida, lo que vemos escrito, lo que escuchamos al mismo tiempo que leemos, porque leemos con los oídos, a ver si se entiende.

—Y si es así, ¿a qué viene todo lo que nos ha venido machacando el Maestro con que no hay que quedarse con la ur-melodie? —lo toreó Enrique.

—No entendiste nada, Correntino. En todo caso, el que se tiene que preocupar es Lars. Todo el peso de la obra cae sobre el cello —Wilhelm acentuó esta última oración con un fraseo casi musical—.

Y está más que preparado para salir airoso, si ustedes no meten la pata.

—¿Entonces queda el cello? —se sorprendió la Gorda—. Yo tenía entendido que el mismísimo Boccherini había trasladado la parte del cello al violín solista . . .

Entre la confusión de voces que se interrumpían unas a otras, Esteban, que no deseaba tomar parte en esta discusión, le susurró a Alicia:

—¿Estás más tranquila?

Ella asintió con un leve movimiento de cabeza. Por un instante sintió el impulso de decirle «Sí, ahora que decidí que me vuelvo a casa». Pero un sentido de lealtad a la jerarquía le indicó que no era Esteban quien debía enterarse primero.

***

El amanecer del día siguiente se presentó plomizo y lúgubre. Levantada desde las seis, de pie junto a la ventana, Alicia veía cómo edificios y niebla se fundían en un gris con apariencia de solidez tangible. A las siete menos cuarto, bajó a desayunar. En el pequeño salón, decorado en el mismo estilo-no-estilo que la recepción, las mesitas cuadradas habían sido primorosamente puestas para cuatro personas cada una, con alegres manteles a cuadros azules y celestes e impecable vajilla de loza blanca, pero sólo una estaba ocupada. El hombre sentado frente a una taza de café negro tenía la cabeza inclinada hacia adelante, las sienes asidas con ambas manos, y estaba tan absorto en sus pensamientos que por un momento Alicia dudó en acercársele. No más de un momento. Luego avanzó con decisión, tomó la silla a la derecha del Maestro, y lo saludó.

—Buenos días, Maestro. Necesito hablarle.

Entonces él alzó el rostro para mirarla, y ella quedó espantada. En el tiempo que llevaban juntos, lo había visto malhumorado, prepotente, enojado, impaciente, irónico, cortés cuando era necesario; en ocasiones —raras, en verdad— amable y bondadoso. Pero hoy parecía que sus rasgos no encajaran unos con otros, y sus ojos estaban inyectados en sangre, como si se hubiera emborrachado al límite de la cordura, o hubiera llorado hasta quedar sin lágrimas, o ambas cosas a la vez. Tal fue el sobresalto que instintivamente hizo la silla hacia atrás y se dispuso a levantarse.

—Quizá no sea oportuno. Vuelvo . . .

El la interrumpió, acomodándose el pelo revuelto y apartando la taza. La voz era la de costumbre: acero y terciopelo, con ese tonito zumbón que la traspasaba hasta lo indecible.

—De ninguna manera. Quédese. Vamos a pedir su desayuno, con esos brioches deliciosos que hacen aquí, y me va a decir lo que vino a decirme.

Y gritando hacia una puerta de vaivén que comunicaba con la cocina, ordenó:

—*Mademoiselle, un autre petit dejeuner, s'il vous plait.* Ahora, Alicia, antes que nada, permítame que le haga una pregunta.

No esperó su consentimiento, claro. Él tenía derecho.

—¿Quién se murió?

La tomó tan de sorpresa que Alicia tuvo que afirmarse sobre la silla y aferrar los bordes del mantel. ¿Se había vuelto loco... más loco?

—¿De qué habla, Maestro?

El la miró muy seriamente, y en una especie de susurro, como si quisiera mantener la conversación en secreto, aunque no había allí nadie más, puesto que la camarera había dejado el desayuno de Alicia sobre la mesa junto con una estela de colonia barata que se mecía en el aire cuando la muchacha ya había desaparecido, dijo:

—¿Se ha dado cuenta de que va vestida de luto? Negro de pies a cabeza, a una hora del día en que el negro no es el color indicado, señorita secretaria. Toda de negro, y es primavera en París. Por lo tanto, alguien ha muerto. Dígame de quién se trata.

—No fue intencional. Supongo que me vestí sin pensar. Pero de verdad, lo otro puede esperar.

—Odio jugar al gato y al ratón, Alicia —le advirtió él, ya con el ceño fruncido.

—Está bien, Maestro; como quiera. Me vuelvo a Buenos Aires.

El se echó a reír, con una carcajada franca, como apreciando un gran chiste.

—¿En serio? ¿La señorita secretaria deja todo plantado y se va? ¡Pero qué gracioso! ¿La señorita secretaria no sabe que hay una figura jurídica que se llama «abandono de trabajo» y que puede arruinarle el resto de su vida? Ahora, y con toda la coherencia de que sea capaz, ¿va a explicarme qué le pasa? ¿Alguien le ha faltado el respeto —además de mí, pero ya se sabe que yo le falto el respeto a todo el mundo, o yo no sería yo— ¿se siente enferma? ¿Venían malas noticias en esas cartas que estuvo contestando?

Alicia no tuvo más remedio que responder. El Maestro no era

capaz de entenderla, pero había que ofrecerle una explicación. La verdadera.

—Me siento muy desdichada. No creo que pueda tolerar más —musitó, casi hablando para sí—. Es algo que me viene de muy adentro, que me corta el alma. Así no le sirvo a nadie. Y no puedo más... Sí, ya sé, a usted eso no le importa, ni tiene por qué. Usted es famoso, rico, no tiene más problemas que elegir programas y corregir a sus músicos, y ni eso, porque todos son perfectos... o así dicen las críticas...

De pronto, calló, la mirada perdida en el vacío. Y agregó una frase más, en un intento desesperado de despertar la piedad del hombre.

—Déjeme ir, Maestro, por favor.

El hizo algo insólito, por primera y última vez. Con suavidad infinita, una de sus manos poderosas y cálidas separó las de ella del borde de la mesa y las retuvo, mientras la otra la tomaba de la barbilla, obligándola a mirarlo.

—Vamos por partes. Eso que le corta el alma, se llama amor. Amor por Marcos, para ser específico. ¿Piensa que no nos hemos dado cuenta? Si lo lleva escrito en la frente, como la marca de Caín.

Ella quiso sacudir la cabeza, en un no horrorizado por la vergüenza, pero la mano del Maestro seguía firme sobre su barbilla, impidiéndole todo movimiento.

—Para su consuelo —o desconsuelo— él también se ha dado cuenta, y algo debe sentir, porque la odia por la historieta de la carta del papá; eso de matar al mensajero, ¿le suena familiar? y al mismo tiempo quiere ser leal a esa novia que dejó allá, y por eso la evita como a la peste. Permítame recordarle que allá lejos, y no hace tanto tiempo, le advertí que no tolero asuntitos entre los miembros de mi orquesta. *Usted*, le guste o no, es tan miembro de mi orquesta como él. Por otra parte, él no vale la pena; su pena. Algún día va a conocer un buen muchacho sin tanta rosca en la cabeza, se va a casar, va a tener hijos, y se va a reír de este dramón de cuarta que ahora le parece el fin de la vida.

A ella le rodaban enormes lagrimones por las mejillas. *Las que se casan son las otras.* La humillación de su transparencia, puesta en palabras, era demasiado dura de sobrellevar. Ahora él la soltó, pero continuó hablando.

—Respecto de mí, no podría estar más equivocada. Vamos a compartir un secreto; éste no es de los que se llevan sobre la manga, como el suyo. Mi mujer me está dejando. No lo dice, pero yo lo intuyo. Es mi culpa ... en parte, pero no quiero discutir cuál parte. Para mí la fama, la admiración, y el dinero no valen nada sin mi mujer. Es lo que me da vida para que mi música suene como suena. Y la estoy perdiendo.

Ella recordó la pesadilla del incendio, donde él salvaba su violín. No su mujer, ni sus hijos; su violín. Y se la recordó.

—Ah, sí. Mi violín. Pero, sabe, Alicia, mi violín es la continuación de mi Isabella; mi Isabella es la continuación de mi violín. Vibran los dos a un tiempo. Como veo la situación hoy, estoy absolutamente solo ... con mi violín. Olvídese de que tiene obligaciones contractuales conmigo; que puedo obligarla a que se quede. Olvídese de las estupideces. Le pido que se quede; le pido que no me deje solo, ahora que le di la llave de mi secreto. Quédese hasta que lleguemos a Italia. Le prometo que si todavía quiere volverse cuando estemos en Italia, yo mismo la llevo al aeropuerto, con mi bendición.

¿Quién podría contra semejante catarata de pasión y sinceridad, de desvalimiento y de desnudez?

Alicia asintió en silencio, y enfiló hacia las escaleras, a cambiarse de ropa. Pero el dolor no se quitaba con la ropa. El Maestro vivía su propio infierno, y a ella *Querido Marcos* la desollaba hasta dejarla en carne viva.

XXX

Cuando todos estuvieron listos para partir rumbo a Versailles, el Maestro resolvió que no hacía falta que Alicia los acompañara. Al fin y al cabo, probar la acústica era una cuestión estrictamente musical; ella tenía el día libre para hacer lo que se le antojara pero, eso sí, se llevaban todos los autos.

—Para recorrer la ciudad, que me imagino es lo que harás, te conviene caminar. Ya viste lo que es el tránsito —Wilhelm le guiñó un ojo al tiempo que extendía la mano para tomar las llaves del Peugeot.

¿Este es mi premio consuelo por quedarme? Ah, pero yo sé algo que vos ni te imaginás, Prusiano . . . Te voy llevando ventaja; lo que escuché hace un rato, Él no te lo va a contar nunca . . .

¿Adónde ir primero? En la cabeza de Alicia se agolpaban sin ton ni son los nombres de los lugares que había leído en las novelas de Alejandro Dumas. Casi todos seguían allí, construcciones opresivas de piedra gris inmunes al paso de los tiempos. Las maravillas que atesoraban serían una fiesta para los sentidos, pero el espíritu romántico, las aventuras, la intriga, sólo vivían en las hojas amarillentas de aquellos libros que había devorado en la temprana adolescencia. La diferencia entre las dimensiones de los palacios y catedrales y la pequeñez de la vida moderna resaltaba en un contraste chocante; podría decirse que ella vivía una aventura; podría pensarse que las envidias silenciadas por la cantidad de veces en que cada músico tocaría como solista, o que los amores no correspondidos y los enconos ampliamente retribuidos eran intrigas, pero tan mezquinas, tan a imagen y semejanza del tamaño mínimo de sus jóvenes protagonistas de carne y hueso que la majestuosidad de los grandes monumentos se disolvía en el polvo, como la estatua de Ozymandias, King of Kings.

Caminando al azar, tratando de recordar el poema, sus pasos la llevaron a recorrer el Quai des Orfèvres. Se preguntó si Shelley habría creído, como ella, que fue el hombre quien creó a Dios para no sentirse perdido en la inmensidad del Universo. Que lo creó inmenso y omnipotente, erigiéndole iglesias cuyas cúpulas y agujas pretendían recordarle al hombre la distancia que mediaba entre la pobre criatura de barro —o de hueso y sangre y piel y músculo, lo mismo daba— y la morada del Todopoderoso inalcanzable, el que confundió las lenguas en Babel en señal de advertencia a sus criaturas.

No supo cómo terminó en la Place du Parvis, de pie ante Notre-Dame de Paris. ¿Tal vez ésa era la respuesta? ¿Por qué se había construido donde en tiempos remotos los romanos emplazaron un templo dedicado a Júpiter? Se sentía tironeada entre el impulso de pasar de largo o entrar. Lo primero equivalía a darle la espalda al centro histórico, religioso, y arquitectónico que dominaba la ciudad. Lo segundo era una especie de vulgaridad; era seguir la ruta obligada de los turistas y sus infaltables cámaras fotográficas. ¿Cuántas veces había visto fotografías de la catedral; cuántas veces sus amigos «viajados» le habían enviado postales del rosetón frontal? Estiró el cuello para ver las esculturas exteriores, consciente de que probablemente eran reproducciones, dado que la mayor parte de las originales había sido destruida durante la Revolución, y los fragmentos que se pudieron rescatar se exhibían ahora en el Musée de Cluny.

Cuando su mirada se topó con una de las gárgolas —tampoco las genuinas— la recorrió un estremecimiento de angustia que la decidió a entrar sin pensarlo más. No era la grotesca forma de quimera —esa combinación imposible de león, cabra, y serpiente, que en última instancia no era más que una representación del año en épocas en que todavía no se había agregado una cuarta estación al calendario— lo que le cerraba la garganta, sino la metáfora quimera-ilusión; la sensación intolerable de que su vida, las vidas de los otros, la materia misma, cohesionada por las fuerzas intermoleculares, no eran reales, y que, más que convertirse en polvo, iban a disolverse en el aire por el capricho de un soplido irritado o de un bostezo aburrido del Dios que no existía sí existía.

Apenas si había llegado a encaminarse hacia una de las naves laterales cuando la atropelló un contingente de visitantes norteamericanos, organizados como un pelotón de combate trotando detrás del guía que, fiel a la imagen que daban, vociferaba, con aires de teniente y sin solución de continuidad, una más que sucinta explicación de lo que posiblemente no veían. Así dieron la vuelta completa, de derecha a izquierda y, en menos de diez minutos, pilares, capillas, y naves se recuperaron del ventarrón de los bárbaros. *¡Los bárbaros, Francia!* *¡Los bárbaros, cara Lutecia!* Cuando el hombre mancillaba la obra del hombre, venía al rescate la voz portentosa de los poetas.

***

Exhausta después de haber recorrido la Ile de la Cité, y de haberse perdido no pocas veces sin obtener una sola respuestas de los transeúntes a quienes pidió indicaciones *Excusez-moi, Monsieur... Madame...* y que apretaban su andar presuroso como si temieran que fuera a agredirlos; no, mentira; no querían ser molestados, interrumpidos, detenidos, regresó al Lutèce pasada la media tarde. Enterada por el ahora más tratable Monsieur Ange de que el grupo todavía no había vuelto, pidió su llave y la del cuarto que Marcos compartía con Mario el Mendocino, para dejarle el pantalón zurcido. El recepcionista levantó las cejas y le lanzó una mirada de escandalizada desaprobación, pero no hizo preguntas, ni ella se molestó en explicar. Bastante le iba a costar tramitar las interminables escaleras, y lo único que le daba fuerza para no dejarse caer en uno de los silloncitos de la planta baja era el deseo imperioso de tomar una ducha caliente y tirarse en la cama hasta que la reclamara su jefe.

Sin quitarse el abrigo ni dejar la cartera, recogió el pantalón de su habitación, cruzó el pasillo, y entró en el cuarto de Marcos. Mecánicamente, extendió el brazo para abrir el ropero y colgarlo en una percha. De pronto, se sintió en falta. No era correcto meterse en dormitorios ajenos sin invitación; ¿acaso ella no se había resentido al borde de la exasperación con las irrupciones del día anterior, cuando todo el mundo —y había sido un mundo de dos solamente— entraba y salía de *su* cuarto como Pedro por su casa? ¿Y no era el colmo de la indiscreción abrir un mueble que guardaba las pertenencias de otros? Paralizada por un instante, con el pantalón en la mano, escuchó el bullicioso tropel que se acercaba. Así, perdida en su propia conciencia, la vio Marcos, que venía solo.

—¿Y Mario? —atinó a decir ella, rogando, en un ataque de infantilismo total, poder desaparecer como el gato de Cheshire de la Alicia que no era, aún a riesgo de dejar en el ambiente la sonrisa forzada que entreabría sus labios.

—Están reunidos en lo de Nino, discutiendo no sé qué despelote que parece que tiene a esta ciudad muy nerviosa. Justamente te venía a buscar, a ver si vos, que sabés todo —*cruel remedo del Maestro, que cada vez que quería sacárselos de encima les decía: «Pregúntenle a Alicia; ella sabe todo»*— estabas enterada, pero mirá dónde te vengo a encontrar. ¿Se puede saber que hacés acá?

El tono era neutro, pero los ojos de Marcos escudriñaban cada rincón del cuarto, y volvían con frecuencia a la mesa de luz, sobre la que una lámpara de noche proyectaba su pantalla de pergamino decorado con una escena de figuras chinas.

—El pantalón —balbuceó Alicia—. Quería dejártelo antes de...

129

—Claro. Gracias. Yo lo guardo —y lo tomó sin rozarle los dedos.

—De nada. ¿Vamos a juntarnos con los demás, entonces? —preguntó ella, aliviada de que su intrusión no pasara a mayores.

—Andá vos. Yo . . . tengo algo que hacer primero, pero en seguida voy. Y la invitó a salir, abriéndole la puerta y no sin asegurarse de que la llave estaba a la vista. En el minuto en que traspuso el umbral, Alicia escuchó la doble vuelta en la cerradura y se dio una palmada en la frente. *¡El diario! Tanto mirar la mesa de luz era porque ahí guarda el diario. ¿Pero cómo se le puede cruzar por la cabeza que voy a revolver sus cosas? ¿Tan mal piensa de mí?*

Amargada por la certidumbre de que de eso se trataba, pensó en obviar la ducha e irse directamente a la cama. Un grito estentóreo la hizo volverse.

—¡Alicia! *Vieni qua,* a ver si entre todos desculamos lo que está pasando.

—¿El Maestro está con ustedes? —inquirió ella, sin decidirse a compartir la conversación.

—No, qué va a estar. Dijo que no entendía ni le interesaba, y se fue a encontrar con no sé qué personaje en el bar del Crillon. Que lo llamemos, me corrijo, que lo llames ahí en una hora. *Dai, vieni.*

Los Europeos, Karly, y Esteban estaban sentados en el piso, como era su costumbre, tal vez por la práctica de yoga a la que solían dedicar algún tiempo cada día en beneficio de la sensación consciente de su musculatura. Los Argentinos, que optaban por la gimnasia localizada, se amontonaban en las dos camas disponibles. Por lo que parecía, la discusión se había originado cuando, al regreso de Versailles, se habían encontrado con una cantidad de calles cortadas por la policía. A silbato limpio, y con cara de pocos amigos, los *flics* desviaban el tránsito sin dar explicaciones. Atorados en el cuello de botella resultante, los conductores abrían las ventanillas y se hablaban de auto a auto. Eso había permitido a Wilhelm enterarse, por un lado, de «que era un escándalo que se hubiera establecido un cordón de seguridad alrededor de Montmartre, y que hasta los propios habitantes del distrito tenían dificultades para circular» y, por el otro, «que los estudiantes eran unos vagos capaces de agarrarse de cualquier cosa con tal de no estudiar».

Como los integrantes de la orquesta no leían los periódicos —ni, con honrosas excepciones, habrían comprendido las noticias— estaban en la luna respecto del caldero humeante en el que París se había estado convirtiendo desde antes de su llegada.

—Que alguien baje y pida un periódico —sugirió Alicia—. Yo estuve hoy casi todo el día en la calle, pero no vi nada raro.

En pocos minutos, Enrique estuvo de vuelta con *Le Monde*. Wilhelm se lo arrebató sin ceremonias, no sin antes preguntarle cómo se las había arreglado para que el uníglota Monsieur Ange entendiera lo que quería. Enrique lo miró con sorna mal disimulada, y respondió:

—No hizo falta. Estaba arriba de una mesita, y antes de que preguntes por qué no traje más, te voy avisando que era el único que había. Y por si te sorprende cómo sabía que eso era lo que buscaba, te informo que en las provincias también tenemos diarios. Lo reconocí por el formato, ¿viste qué inteligente soy?

Wilhelm no recogió el guante. Le dio una rápida hojeada y se lo pasó a Alicia.

—A ver si entre los dos sacamos algo en limpio.

A ella le llevó un poco más de tiempo revisarlo, a fuer de meticulosa, pero se apresuró a hablar en cuanto se dio cuenta de que los otros estaban perdiendo interés y habían pasado a comentar los detalles técnicos del teatro.

—Bueno —empezó Alicia—. Por lo que dice acá, unos días antes de nuestra llegada hubo una protesta en la Sorbona por el cierre de la Universidad de Nanterre, después de choques violentos entre la ultraderecha y estudiantes activistas que manifestaban contra la guerra de Vietnam. La protesta terminó en una refriega en la que terminaron heridos setenta y dos policías y no sé cuántos estudiantes. Al final, seiscientos estudiantes fueron en cana.

—¡Pero qué estupidez! —saltó la Gorda—. ¿Qué les importa que cierren la universidad de Nan-no-sé-qué, si deben de tener un montón? ¿Y por qué tanto lío por unos cuantos estudiantes presos? De casa me escriben que eso pasa todos los días; es normal, ¿no?

—Ay, Graciela, menos mal que para tocar la flauta no tenés que usar el cerebro —la sermoneó Esteban—. ¿No te das cuenta de la gravedad del problema? ¿No te das cuenta de que la revuelta socio-política se extiende como un reguero de pólvora y nos persigue a donde nos movamos? En Estados Unidos pasó Columbia mientras se mataban en y por Vietnam; acá nos sigue el conflicto, y Vietnam pasó a ser una declaración de principios.

—No te gastes, Esteban. Es inútil. A nosotros igual no nos interesa; ni somos estudiantes ni nos vamos a ir a hacer matar por una posición o por la otra. Pero para entender por qué lo mejor que nos puede pasar es dar nuestro concierto y pasar a Italia, resumo lo que vino después. Parece que hace poquitos días, se juntaron unas veinte mil personas en la Place Denfert-Rochereau, y avanzaron hacia la Sorbona, gritando que no eran un grupúsculo y que repudiaban la represión y los arrestos. La policía venía detrás, y cuando la manifestación entró en la rue St. Jacques, se encontró cercada entre los *flics* que los seguían y otros que les cerraban el paso en St. Jacques. Ahí los molieron a palos; los de la marcha, que ya no eran sólo estudiantes, sino obreros, ciudadanos comunes, y gente de todo tipo, arrancaron los adoquines de la calle y le tiraron a la policía con todo lo que servía de proyectil. La policía usó gases y golpes, y de ahí siguieron más arrestos y el aislamiento del distrito y el corte de calles que nos reventó la vuelta —explicó Wilhelm.

—¿Con Flit? —se horrorizó la Gorda—. Pero eso es para tirarles a los mosquitos . . .

Mario empezó a abrir la boca, pero lo pensó mejor y la cerró. Esta chica no tenía cura. Cualquiera pondría la palabra desconocida en su contexto correcto; ella ni siquiera sabía que contexto y con texto eran dos cosas diferentes.

—Lo que no entiendo es por qué no nos agarró a la ida —se preguntó Mario, en lugar de intentar ilustrar a la Gorda.

—Porque fuimos por otro camino —le contestó Karly.

Lars escuchaba como si hablaran de Marte.

—Esto en mi país es impensable. Nosotros nos hemos ocupado siempre de nuestros propios asuntos. ¿Por qué no pueden los demás hacer lo mismo?

Alicia se sintió tentada de recordarle que, como vikingos, habían desastrado cantidad de territorios, que se habían visto envueltos en numerosas guerras, que le habían tenido que ceder Finlandia a Rusia y que, para colmo, cuando se extinguió la dinastía de los Vasa, habían tenido que ir a buscar un rey a Francia, de donde se llevaron a Bernadotte, uno de los mejores mariscales de Napoleón. Pero se calló. Se suponía que Lars había estudiado la historia nacional en la escuela, y que lo único que había aprovechado eran los conocimientos de música que lo llevaron de cabeza a destacarse con el cello.

—Una cosa no entiendo —intervino Florencio—. Si el lío es tan grande, ¿por qué no declaran el estado de sitio? En la Argentina lo hacen por mucho menos.

—Este es un país civilizado, Florencio —lo amonestó Wilhelm—. Acá no se toma el estado de sitio a la ligera. Y te cuento que todavía, en términos relativos, no pasó nada. Se va a poner mucho peor. Pero cuando pase, ya no vamos a estar acá, por suerte.

—Yo lo único que digo —remató Mario —, es que todas estas boludeces perturban la vida normal, y a ver si encima nos cancelan el concierto.

—No, viejo; el francés medio, el burgués, mete la cabeza en un hoyo, como el avestruz, y sigue su vida normal, a las puteadas contra estos comunistas —todos los que no son burgueses son comunistas, ¿entendés? Y mirá si será así que todo funciona, a pesar de lo que se les viene encima, y para probártelo, esta noche incursionamos por Pigalle —anunció Wilhelm.

—¿Y eso qué es? —quiso saber la Gorda.

Karly le contestó con un dejo de lástima.

—Es el barrio de la joda escandalosa, pero lamentablemente vos no podés venir porque sos menor de edad.

La Gorda puso trompa y cara de víctima a la vez, y Alicia cayó en la cuenta de que se le había pasado la hora de llamar al Maestro, y de que Marcos no había aparecido.

XXXI

El Hotel Crillon, situado en el extremo norte de la Place de la Concorde, era una de las residencias más señoriales de París, y probablemente la más antigua.

Acostumbrado a huéspedes ilustres, desde María Antonieta, quien tomaba allí clases de música, hasta los miembros notables y notorios del jet-set y del mundo del espectáculo, el personal era el epítome de la dignidad y, sobre todo, de la discreción. No todos los que allí se alojaban o se detenían a tomar una copa se encontraban a su altura pero, a diferencia de muchos tradicionales clubes ingleses *for gentlemen only*, el hotel seguía la política de *money talks* —con ciertas exclusiones de clase, naturalmente— y había manejado prudentemente varios escándalos provocados por algunos clientes temperamentales.

En esta noche de mayo, Hugo Kovaciuk, a quien todos pretendían no reconocer, por respeto a la privacidad, y Stefano, príncipe Gualteri, a quien saludaban con un leve movimiento de cabeza, se encontraban enfrascados en una conversación que, por diferentes razones, resultaba vital a ambos por igual.

Al Maestro no le sorprendía que Gualteri le hubiera dejado un mensaje en el Lutèce, a pesar de no haberle comunicado a Isabella dónde se alojaba. Stefano tenía acceso a fuentes de información en el mundo entero, y seguramente se habría comunicado con la Fundación en Buenos Aires, que sí sabía dónde encontrarlo en todo momento. Diplomático retirado hacía pocos meses, conservaba todas sus influencias y, por si esto no bastara, su título nobiliario le franqueaba puertas insospechadas. A los cuarenta y cinco años, habitante del magnífico Palazzo familiar en Roma, carcomido por el aburrimiento, pero poco dispuesto a emprender alguna actividad útil —consideraba que ya había cumplido ampliamente con el deber de trabajar mientras estuvo al frente de diversas Embajadas en países exóticos —había decidido tomar bajo su protección a su prima Isabella, con pleno consentimiento de ella, claro, pues Isabella sufría, y había hecho de Stefano su confidente, dado que, en su círculo, ciertos temas podían hablarse con miembros de la misma sangre, y bajo ningún concepto con extraños, por más amigos que fueran. La sangre más cercana eran sus padres, pero ella no quería escuchar el «te lo advertimos» que la mantenía alejada de ellos, pretextando que la finca rural quedaba demasiado lejos de Roma. Así, pues, una rara mezcla de confidencias por parte de Isabella y de consejos por parte de Stefano se había convertido en complicidad por la causa «matrimonio de Isabella».

Cuando Hugo se presentó a la cita, se sentó sin ceremonias a la mesa donde Stefano ya paladeaba un whisky añejo.

—Ciao, Hugo. ¿Te pido lo mismo? —ofreció Stefano, jovial y despreocupado.

—No, gracias. No tomo cuando trabajo.

—Pero muchacho, si no estás trabajando. Has venido a charlar con tu primo, a distenderte un poco de tus obligaciones como Director de esa orquesta tan ... sui generis, por decirlo de algún modo —la actitud de Stefano era encantadora y conciliatoria; no deseaba una confrontación abierta si podía evitarla.

Hugo no sentía la menor simpatía por el correveidile de su mujer. Al principio no comprendía cómo este primo, a quien había visto una sola vez, en el día de su casamiento, de pronto aparecía en la Residencia Valenti a cualquier hora sin hacerse anunciar, y aprovechaba cualquier oportunidad para cuchichear con Isabella o —lo que era peor— con Frau Zindlich, excluyéndolo en su propio hogar. Sus celos por lo que consideraba suyo y, por tanto, inaccesible a los demás sin su consentimiento, hicieron que le comunicara formalmente a Isabella que Stefano no era bienvenido, por lo menos no como si se tratara de un apéndice de la familia que habían formado. Ella lo hizo desaparecer, como esposa devota que era, aunque luego no faltó quien le dijera que en los períodos que él pasaba fuera del país, Stefano era huésped asiduo, y hacía las veces de columna de chismes.

—Quiero aclararte —dijo con firmeza, interrumpiéndose para ordenar un agua Perrier—, que ser primo de mi mujer no te hace primo mío. Segundo, no te voy a permitir el desprecio implícito en tu calificación de mi orquesta. No me hace gracia caer en el mal gusto de recordarte las veces que has coronado tus espléndidas comidas pidiéndome entradas para vos y tus invitados a fin de regalarlos con la música que producen.

—*Scusatemi, caro*, pero ahí estás confundido. En esa época eras solista; no hemos tenido todavía el honor de que nos ofrecieras un concierto con tu orquesta. Pero será pronto, *certo?*

Lo que decía era la estricta verdad, lo cual no contribuyó a mejorar el humor de Hugo.

—En resumidas cuentas, ¿viniste a París a hablar de mi orquesta?

—No, Hugo —suspiró Stefano—. Vine a hablarte de Isabella.

—Entonces acá se termina la conversación.

Y sin embargo había acudido a la cita. ¿Acaso no sabía que el tema no podría ser otro? ¿No era precisamente esa certeza la que lo había traído al Crillon?

—No discuto nuestra vida privada con nadie.

Hugo hizo ademán de levantarse, pero el otro presionó ligeramente su brazo, empujándolo suavemente sobre el mullido sillón de raso.

—Si se termina la conversación, mucho me temo que se termine tu matrimonio. Isabella se siente muy desdichada, y es demasiado señora para llorar y reprochar como una plebeya. ¿Has hecho la cuenta del tiempo que la dejaste sola desde que nació Carlo? Yo hice lo imposible por entretenerla con mil frivolidades, y a veces me sigue el tren y parece contentarse. Otras veces se encierra y llora, y también llora en mi hombro y me pregunta qué hacer para retroceder el reloj y volver a la felicidad de los primeros tiempos.

—Y supongo que le dirás que esa felicidad la puede reencontrar con alguien de su clase... vos, pongamos por caso —Hugo pasó al ataque.

Stefano esbozó una mueca de pesar.

—Te confieso que es exactamente lo que le diría... si las cosas no fueran como son. No puedo creer que no te hayas dado cuenta, si bien es mérito mío ser discreto. ¿Por qué creés que, a mi edad, no me casé? ¿Porque Isabella era mi amor imposible?

Hugo se encogió de hombros. Podía significar «qué sé yo», «a quién le importa», «no es asunto mío», «porque ella me eligió a mí».

—La razón por la que la entiendo tan bien es mi propia naturaleza femenina, Hugo. No me obligues a decir más.

Vaya. Mucho adquiría sentido ahora. Hugo aflojó la tensión. No le concernía la sexualidad de los otros. Por una vez en su vida, se avino a escuchar una opinión, sin revelar los preparativos que había hecho para volver al principio ahí donde alguna vez fuera el principio.

—Según vos, ¿qué la haría feliz?

—Que estés con ella y tus hijos. Que te asientes en Roma. Que dejes de rodar por el mundo rescatando genios anónimos. Y otros hábitos tuyos, personales, que no voy a mencionar por delicadeza.

Que me conforme con ella y mi violín; con mi violín y ella. Que vuelva a ser el virtuoso solitario de antes de este proyecto maravilloso que permite sacar a luz a la que yo considero la próxima generación de Maestros. El mismo proyecto que ella impulsó, ahora lo quiere hacer abortar porque no soporta que los muchachos sean mis hijos partenogenéticos. Elija lo que elija, es una victoria a lo Pirro.

Un camarero se acercó, ceremonioso, portando un teléfono que conectó a un enchufe empotrado en el zócalo.

—Maestro Kovaciuk, su secretaria.

El príncipe Gualteri le dirigió una larga mirada pensativa mientras su primo político daba instrucciones precisas y cortantes a una secretaria que —él ya lo había averiguado— no era precisamente quien representaba un peligro para la familia Kovaciuk-Valenti.

***

Una atmósfera de excitación reinaba en casi todas las habitaciones del sexto piso del Lutèce. Respetando rigurosamente las prioridades establecidas por categoría de nacionalidad —para sus adentros, «de racismo», mascullaba Marcos— los músicos tomaron su ducha en la antigua bañera revestida de porcelana y sostenida en equilibrio inestable por cuatro patas de bronce imitando garras de león sobre el damero gastado del piso, alguna vez blanco y negro, ahora ocre y gris desvaído. De uno en uno, pasaron Wilhelm, Lars, y Nino; Karly, Esteban, y Marcos, por ser de Buenos Aires, la Reina del Plata; Mario, Enrique, y Florencio el último por venir de la provincia más pobre. Cuando le tocó el turno a Alicia, el lugar se había convertido en un verdadero chiquero: toallas empapadas tiradas sobre verdaderas lagunas, olores confusos a talcos y colonias varias que, en la mezcla, producían una sensación de mareo semejante al principio de la borrachera. Evidentemente, Florencio se había tomado el trabajo de secar el minúsculo espejo ovalado atado con piolín sobre una de las descascaradas paredes; pero la humedad persistía, encerrada en el baño cuya única ventilación consistía en una claraboya ubicada en el centro de un cielorraso demasiado alto, operada por medio de una cadena tan oxidada que no servía más que de pintoresco aditamento, puesto que era imposible abrirla o cerrarla a voluntad. Así, en esa inhóspita primavera de París, lluviosa a veces, fría como un otoño destemplado, el ambiente era un congelador para el cuerpo desnudo de la muchacha, quizá porque a ella no la inflamaban los ardores que bullían en —no todos— los que la habían precedido en el primer paso del ritual para el que se preparaban.

Esta salida extraordinaria al distrito de las luces rojas había tenido sus bemoles, y no precisamente musicales, en el pasillo.

—Dice el Maestro que los quiere frescos y atentos mañana a las ocho para el ensayo —les había comunicado Alicia luego del llamado al Crillon.

—¿Y vos no le habrás alcahueteado que íbamos a Pigalle, o sí? —indagó Enrique el Correntino.

—Él preguntó si tenían planes para esta noche —se escabulló ella.

—¿Si «tenían» planes? ¿Vos te hiciste la opa y te dejaste afuera? ¿O no pensás venir? —insistió Enrique.

—Muchas ganas no tengo . . . —concedió ella, defendiéndose del reproche—. Me da no sé qué dejarla sola a Graciela.

Los otros, con los brazos cruzados, observaban el insólito match de box verbal mientras sus pensamientos los guiaban ora a intervenir, ora a callarse. Enrique verbalizaba lo que Florencio y Mario sentían sin atreverse a decir para no ser tildados de pajueranos. Por provincianos que fueran, Pigalle y Moulin Rouge se les aparecían como un saber legendario, un diploma de hombres de mundo del que se jactaban sus coprovincianos adinerados con quienes en alguna oportunidad habían hablado de París, siempre subrayado por el «oh la la» que dejaba entrever goces indescriptibles e innombrables.

Mujeres desnudas . . . Vaya novedad. En Suecia no hay necesidad de tanto preparativo, cualquier mujer, joven o vieja, linda o fea, se desnuda sin tanta alharaca. ¿Cómo puede ser que estos tipos no entiendan que la desnudez es algo natural, que lo artificial es taparse?, discurría la mente de Lars.

A mí no me interesa otra mujer desnuda que no sea mi Dora, mi colchón mullido con las cuatro almohadas maravillosas de sus tetas increíbles, su vientre hinchado que se hunde y se expande bajo mi peso, sus nalgas de nácar bordeando la raja perfecta que las divide, protestaba internamente Marcos, pero de ninguna manera deseaba extrañarse del grupo que lo amparaba sin escarbar en su condición de eterno suplente que no llegaba a suplir.

Karly y Esteban trataban de no mirarse. Ambos sabían lo que el otro pensaba de las mujeres, vestidas o desnudas, y sabían también que el más mínimo comentario podría delatar su relación vergonzante y convertirlos en los leprosos de la orquesta; no en vano «dime con quien andas . . . »

Finalmente, Wilhelm zanjó la cuestión con unas pocas palabras.

—No vamos de putas, y menos con la señorita secretaria aquí presente —sentenció—. Vamos a ver un aspecto de la vida de esta ciudad que no tiene nada que ver con los monumentos históricos y los museos que recorrimos ayer, aunque algunos . . .

—Lo llaman un arte —remató Nino, con esa picardía inconfundible de *scugnizzo* que lo hacía tan simpático—, y yo estoy completamente de acuerdo. Ya te quisieras vos ponerte en bolas con la sensualidad de estas mujeres. No, perdón. Me parece que ni siquiera sabés el significado de «sensualidad» en tu propio idioma.

Y guiñando un ojo a nadie en particular, entró a su cuarto para elegir una corbata que hiciera juego con su elegante traje verde oscuro.

A Alicia lo de «señorita secretaria» se le quedó atravesado en la garganta, dejándola casi sin respiración. La mismísima expresión que había utilizado el Maestro cuando le había planteado sus pesares antes de que él le confiara los suyos. Entonces, ¿Wilhelm sabía? Y si sabía, ¿sólo lo de ella, o también lo demás?

***

En las proximidades de Place Pigalle, habiendo estacionado los autos donde mejor pudieron, a los Provincianos se les vino el alma al suelo cuando se enteraron de que, después de todo, el Moulin Rouge estaba muy lejos de lo que Wilhelm tenía en mente.

—Muy famoso, muy *for export*, y demasiado prefabricado en el afán de satisfacer las fantasías que pueblan los sueños del turista típico —lo enterró Wilhelm—. Vamos a un lugarcito preferido por los parisinos, donde nada ha sido hibridizado: lo que es, es; y no hay artificios ni engaños de vista para satisfacer las fantasías de los tontos.

Enfiló decididamente hacia la rue André Antoine, con los otros siguiéndolo como majada de ovejas. Tuvieron que caminar por el empedrado desigual de la calzada, puesto que la acera parecía el patio trasero de los piringundines casi invisibles salvo por las luces de neón ubicadas verticalmente sobre las jambas, ostentando titilantes anuncios de STRIP TEASE en brillantes letras de colores y, más abajo, como si en realidad careciera de importancia, el nombre opacado de los locales. En cada puerta, y extendiéndose hasta el cordón, las trabajadoras del sexo discutían animadamente precios y servicios con los potenciales clientes. No todas eran artistas de strip tease; las había de todos los pelajes e infinidad de habilidades, muchachas —algunas no tan jóvenes— que aprovechaban el apetito carnal insatisfecho de los espectadores a la salida de los espectáculos para proporcionarles una vía de escape, presionando sobre el deseo para obtener el mejor provecho.

Finalmente, Wilhelm se detuvo ante una boca de lobo custodiada por un fornido individuo provisto de una linterna vuelta boca abajo, el rostro envuelto en la negrura de la noche. Echando una rápida mirada para asegurarse de que éste era el lugar —*Le désir des hommes*— dedicó al guardián un saludo de circunstancias, y pidió una mesa para nueve.

Guiándolos con el pálido haz de luz, los instalaron en primera fila. La penumbra no les permitía ver las dimensiones de la sala, ni cuántos otros espectadores habrían de acompañarlos en este viaje pasivo por los laberintos de lo pecaminoso. Eso sí lo sentían en los huesos aquellos que más se habían entusiasmado con la excursión a París de noche.

Los tres Provincianos habían completado su educación formal en colegios católicos —tradición del interior de la Argentina— y sentían que, de algún modo, ir a los burdeles respondiendo a la urgencia de la naturaleza del macho o fifarse a las Amigas de los Músicos no entraba en la misma categoría de pecado que observar sexo explícito con frialdad clínica (creían ellos), sexo de mujeres consumado sobre cuerpos femeninos; lo sentían antinatural y rebuscaban en su memoria el nombre adecuado que los curas le habían dado a semejante iniquidad. Hasta que, cada uno por su lado, se percató de que el tema jamás había sido mencionado, tal vez basado en la creencia de que, como en tantos otros casos —no todos asociados a la religión— callar conjura la inexistencia de los hechos.

Mientras la embocadura del escenario permanecía cubierta por un telón carmesí de seda barato, un camarero indolente, en una mala imitación del atuendo de los años veinte, se acercó para tomar el pedido.

—Corresponde hacerla completa, *vero?* —Nino buscó la aprobación de sus camaradas—. Champaña *per tutti!*

Lars lanzó una carcajada, a la que pronto hicieron eco todos menos Alicia, Marcos, Karly y Esteban. La risa cantarina de los Provincianos entremezclaba delicia infantil con sentido de travesura consciente; en cambio, la de Lars y Wilhelm esparcía una oleada de cinismo experto.

—Derechito a la trampa, vas. La champaña, aquí, además de ser intomable, es más cara que en el Ritz. Pidamos pernod; no puede ser malo. Eso sí, es bebida fuerte, pero ya hemos tenido experiencias parecidas, ¿eh, Lars? —y Wilhelm le dio una palmada en la espalda al Sueco, recordándole algunas maratones alcohólicas en las que él había participado muy sobriamente, cediendo la gloria de las cantidades al que mejor las toleraba.

—No sé... ¿tal vez un buen vodka? —propuso Lars, esperanzado.

—Lo mismo que la champaña, y kerosene en lugar de buen alcohol —desdeñó Wilhelm—. ¿Qué quieren ustedes, tan calladitos? Les advierto que aquí no sirven sodas ni café.

—Pedí lo que te parezca —respondió un coro desanimado. Y Esteban agregó—: Pedir hay que pedir, y si lo tomamos o no, es cosa nuestra. Pero apuremos, que el camarero en cualquier momento se nos cae dormido.

En efecto, el susodicho, con la redonda bandeja de latón firmemente asentada sobre un extremo de la mesa, se había acodado sobre ella en actitud de sonámbulo.

—Pernod, entonces —ordenó Wilhelm, y el camarero se marchó impertérrito, dejándolos en la duda de si traería la bebida o simplemente había recordado que tenía otros asuntos que atender.

La suave música arrastrada e insinuante que los había acompañado desde la entrada fue fundiéndose lentamente en un piano que desgranaba una melodía lenta, sin agudos, y el telón se descorrió, dejando expuesta a una mujer parada de espaldas, con las piernas abiertas y empinadas sobre zapatos de charol negros y altos tacones, los brazos en jarras, el estilizado cuello echado hacia atrás de modo que la rubia cabellera ondulada y envolvente alcanzaba su cintura. Vestía lo que parecía un conjunto de chaqueta y *hot pants* negros cubierto de lentejuelas, y se mantenía inmóvil bajo un único foco de luz cegadora que se concentraba por completo en ella, dejando piano y ejecutante en el anonimato de los contornos inciertos que sellan al desdichado que jamás será otra cosa que acompañante al servicio de la estrella.

Respondiendo a la provocación de las notas —un arreglo lentificado y apenas reconocible de *My Heart Belongs to Daddy*— la mujer se fue despojando de la chaqueta, revoloteando aleteos de cisne con las largas y blancas manos de uñas esmaltadas en rojo vivo, desnudando en una eternidad suspendida entre el cielo y el infierno sus brazos nacarinos, su espalda perfecta, cruzada por las tiras filigranadas de un corpiño negro. Con sincronización impecable, desprendió el corpiño, arrojó la chaqueta a un costado y comenzó a cimbrar la cintura y las caderas para deslizar los *hot pants* hacia los tobillos, juntando las piernas y cruzando los brazos, ahora cubiertos por largos guantes negros con los que se acariciaba el cuello, la espalda, la cintura, y cada centímetro de piel que iba quedando a la vista. La destreza de las manos sobre su piel daban la ilusión de que las caricias provenían de algún amante invisible parado frente a ella y oculto al público. En el instante en que los *hot pants* bajaron sinuosamente por sus nalgas generosas y llegaron al piso, se deshizo de ellos alzando apenas los tacos. Dio dos pasos hacia atrás, y un cambio de luces ocultó la parte superior de su cuerpo, concentrándose en el breve triángulo que sostenía un portaligas y un par de finas medias de malla panal de abeja tensadas al máximo de lo que permitía el tejido.

Dos notas dramáticas martilladas en los graves del piano devolvieron el haz de luz al cuerpo entero, ahora sentado en tres cuartos de perfil sobre un alto banquillo oculto hasta entonces a los ojos de los espectadores. La mujer echó su cabellera sobre su hombro derecho mediante una torsión de cuello y cabeza, y comenzó a juguetear con uno y otro bretel, descubriendo y volviendo a cubrir unos senos descomunales. A la vez que iba exponiendo unos centímetros más de piel, su lengua lasciva acariciaba sus labios. Finalmente, cuando según su cálculo, verificado noche a noche, había llevado al público al límite de la exasperación por verlo todo, se quitó el corpiño, giró el torso, tomó entre las manos sus senos, y trabajó sobre los pezones, rodeados por inmensas aureolas oscuras, hasta que adquirieron una condición eréctil que le permitió apretarlos entre índice y pulgar de cada mano y aún así sobresalían un par de centímetros.

En este punto, Alicia, quien hacía rato intentaba no mirarla, inútilmente, puesto que la fascinación de sus propias fantasías, fantasías que la avergonzaban tanto que hasta las escondía de sí misma, aunque las de ella no se referían a una excitación autoprovocada sino a responder al deseo de un hombre, un hombre que despertara genuinamente las reacciones de su cuerpo que la otra ¿fingía? tan bien sin *partenaire*, clavó los ojos febriles en esos pechos desvergonzados, y percibió, en una mirada absorta de femineidad subestimada —y por ello vengativa— que la tersura de los senos envidiados estaba afeada por bultos groseros que rompían la ilusión de perfección en los breves instantes en que la mujer bajaba las manos hacia el vientre para comenzar a desprender la prenda inferior. La extrañeza y la respuesta se dispararon en su mente con un mismo y único latir de sus venas afiebradas. ¡Parafina! La *perdición de los hombres*, la *yo soy ésa*, se había hecho inyectar parafina, algo en lo que, a juzgar por las exclamaciones de ¡ahh! y ¡ohh! emitidas por machos y hembras ubicados en otras mesas, nadie parecía reparar. Sus propios compañeros guardaban silencio, inclinados hacia delante, absortos, perdidos en la carne incluida en el precio del pernod. Ella creyó que aquí llegaba el fin de su propia tensión envidiosa, y esbozó una sonrisa. Todo aquello era un juego de engaños. Bienaventurados los que se conformaban con ello.

Ya relajada, dispuesta a beber otro sorbo de la bebida que no le disgustaba, el siguiente paso del espectáculo la tomó completamente desprevenida. La *stripper* se hallaba ahora en el centro del escenario, de frente al público, desnuda salvo las medias sostenidas por el portaligas, y hacía correr ligeramente por su cuerpo una ancha y sutil boa de plumas. Durante un instante, la mantuvo sobre la vagina que se insinuaba entre los muslos firmemente apretados; luego abrió las piernas, echó hacia delante las caderas, exponiendo la totalidad de su sexo afeitado, exhibiendo un pequeño clítoris rosado como su lengua y, tomando la boa por las puntas, comenzó a masturbarse con ella. Ya no era posible discernir si el ritmo de la frotación coreaba el *accelerando* del piano, o al revés; la exhibición terminó en múltiples espasmos con un crescendo de gemidos, la cabellera desmelenada esparcida por el torso, los labios vaginales inflamados y el clítoris, triplicado su tamaño, sostenido orgullosamente con ambas manos.

Otra mano, cálida y seca, tomó la de Alicia, quien había quedado catatónica, y una voz que tardó unos instantes en reconocer dijo:

—¿Querés que nos vayamos?

Ella, muda, asintió. Oyó sin oír cuchicheos alrededor suyo, sillas que se movían; sintió que la tomaban del brazo, y de pronto se encontró sentada en el auto. Mecánicamente se dispuso a arrancar; la voz le indicó que estaba sentada en el asiento del acompañante, que abriera su ventanilla para tomar aire y limpiarse del humo de los cigarrillos que habían envuelto *Le désir des hommes* en una nebulosa irreal, que él, el dueño de la voz, iba a conducir, y que le pedía disculpas en nombre de todos por haberla incluido en la salida nocturna como a un camarada más.

Querido Marcos.

***

Bebiendo un último trago de su petaca particular, Lars comentó:

—Nos quedan suficientes horas de sueño para un buen descanso antes del ensayo.

El comentario iba dirigido a Wilhelm, pero quedó sin respuesta. Mientras colgaba metódicamente su ropa, la mente del Prusiano anudaba puntadas entre su supuesta ignorancia del significado de «sensualidad» que Nino había sacado a relucir antes de la salida a Pigalle y un sentimiento que escondía en el lugar más recóndito de su alma, un sentimiento que nadie debía descubrir, un sentimiento que, sobre todo, no debía ser sospechado jamás por el Maestro, un sentimiento que lo carcomía desde que . . . bueno, el cuándo no importaba.

Él me eligió como su mano derecha yo me considero su sucesor quiero todo lo que él tiene la fama la adoración de quienes no conocen más que sus virtudes la quiero a ella los escalofríos que me recorren la espina dorsal y los temblores de agonía que me despierta su presencia ella es sensualidad pura irradiante luminosa no esa vaca que los llevé a ver para demostrarles que a unos pocos metros de donde se desarrollaba la batalla campal entre activistas y policías la vida de los burgueses seguía su curso para reírme de la cara que ponían los provincianitos y la pacata estirada de nuestra secretaria no existe nada tan sensual en el mundo como el simple respirar de Isabella Valenti los hijos de puta estos los que me apodan el Prusiano inclusive Nino no entienden nada creen que soy una máquina de precisión recubierta con una capa de piel sintética confunden sensualidad con calentura sensualidad es sinónimo de Isabella Isabella es intocable porque le pertenece.

* * *

—¿Y? ¿Me vas a contar? —demandó la Gorda ni bien Alicia entró de puntillas en la habitación, pensándola dormida. Ilusiones . . . distintas de las que le habían causado una mezcla de repugnancia y preguntas sobre sí misma que no se atrevía a formular, pero ilusiones al fin. La Gorda estaba bien despierta, arrebujada entre las cobijas, con los cachetes brillantes y sus grandes ojos expectantes muy abiertos para absorber la pintura verbal que comenzó a esperar desde el momento en que los «grandes» partieron.

—No hay mucho que contar —respondió Alicia, disponiéndose a cepillarse los dientes con la esperanza de que, barriendo con el regusto del pernod, podría también barrer con las imágenes que se le habían clavado en las pupilas.

—Bueno, contame poco, entonces, pero contame algo, o te juro que me levanto a practicar y no dejo dormir a nadie.

Ante la amenaza de una flauta destemplada, cuyos agudos ponían los pelos de punta, puesto que si la práctica era de dedos la afinación no importaba, Alicia cedió.

—Un lugar donde para verte la punta de la nariz tenés que prender el encendedor; minas que se sacan la ropa con fondo musical, y tipos, supongo, porque me imagino que a eso lleva, haciéndose la paja con el mayor disimulo posible. ¿Te alcanza así?

—¡Pero qué guaranga! —se escandalizó la Gorda—. ¡Nunca te habría creído capaz de usar ese lenguaje!

—Vos preguntaste. No existe otro lenguaje para describirlo, a menos que nos pongamos a hablar en términos de sexología.

—¿Y eso qué es? No, no me lo digas, no me quiero quemar la cabeza con palabras difíciles.

—Entonces, ¿listo? ¿Ya te das una idea de cómo fue? —más que una pregunta, era un «basta, nena; no molestes más».

—Mmm sí . . . Alicia, ¿los muchachos también . . . ? —La Gorda dejó la frase flotando en el aire.

—¿Nuestros muchachos? ¿Pero con quiénes pensás que estamos? Nuestros muchachos son ARTISTAS. Seguro que mañana se van a pasar el día criticando al pobre que aporreaba el piano.

—Lo decís como si los artistas no fuéramos humanos; como si no tuviéramos cuerpo —se enfurruñó la Gorda, ofendida en sus noventa kilos.

—No, para nada. Lo que pasa es que sobresalen tanto en las partes del cuerpo con las que ejercitan su arte que las demás pasan desapercibidas, *aunque no es tu caso* —fue la última parte de la respuesta conciliadora que Alicia guardó para sí antes de apagar el velador.

XXXII

En el ajetreado ir y venir de la mañana del día en que, por fin, tendría lugar el majestuoso concierto en el Théâtre de la Reine, el llamado perentorio del Maestro condujo los pasos de Alicia hacia el dormitorio que ocupaba el Supremo. Salvo por la ausencia de añejos y malolientes restos de comida, el lugar, al que nunca antes había tenido acceso, se parecía mucho al apartamento del Maestro Vincenzi. Papeles personales y laborales tapizaban el piso, pilas inestables de partituras garabateadas en lápiz ahí donde el Maestro había dejado asentadas sus propias notaciones se mantenían en equilibrio precario sobre la mesa de luz, y cama, silla, y escritorio se hallaban sepultados bajo ropas y calzado para todas las ocasiones. Casi no quedaba un centímetro libre para pisar, de modo que Alicia se limitó a esperar instrucciones desde el umbral.

El Maestro revolvía frenéticamente entre las prendas, al tiempo que gritaba como un desaforado.

—¡Seis camisas para usar con el frac, y las seis hechas un trapo!— aulló, arrojándoselas a ella, que apenas logró abarajarlas en montón antes de que volaran hacia el pasillo—. ¡Esto no sucedía cuando vajaba con Isabella! Ella se ocupaba de mi ropa, o hacía que alguien se ocupara . . . ¡Es inconcebible tanto desorden, Alicia!

Alicia exhaló un largo suspiro.

—Maestro, ¿cuánto hace que su esposa no lo acompaña? Sin embargo, desde que nos conocemos, nunca le faltaron camisas, y es evidente que usted se ocupaba de ello, porque a mí no me pidió hacerlo. No entiendo por qué de repente se ha quedado sin camisas, pero puedo salir a comprar una nueva, si usted me indica . . .

—¡De ninguna manera!—saltó él—. Al margen de que hoy es domingo, mis camisas se hacen en Roma, a medida, y no voy a hacer el papelón de usar una que ni siquiera me puedo probar, dado que no tengo tiempo material de ir de compras. No, vamos a hacer algo mejor. El concierto es a las siete; hay tiempo de sobra para que usted lave una, la seque como pueda, y la planche con almidón. Puede pedir ayuda a alguna de las mucamas del hotel. En cuanto esté lista, la cuelga en esta percha —y le alcanzó una de hombros redondeados y protegidos con almohadillas para no marcar la tela—, la mete en una bolsa de nylon, y se toma el tren a Versailles. Es una media hora de viaje; le sobra el tiempo.

—¿El tren? ¿Para qué tengo el auto? —atinó a protestar ella, aturdida por la nueva distinción que le tocaba en gracia: lavandera y planchadora.

—No, lo siento; el auto lo necesitamos nosotros. Vamos, llévese una camisa enseguida; las otras se lavarán en mi casa, donde por suerte pienso dormir mañana.

Con un suave empujón la quitó de en medio y cerró la puerta.

***

Alicia se tropezó por las escaleras con los músicos que subían y bajaban apresuradamente con los respectivos instrumentos en una mano y las fundas protectoras de sus fracs en la otra. No repararon en que no los acompañaba cuando se montaron en los veloces automóviles y enfilaron hacia la carretera. En verdad, porque siempre se encontraba donde se la necesitaba, ya fuera para enderezarles el moño que cerraba el elegante cuello palomita de sus trajes de etiqueta, o abotonarles un broche rebelde, o alcanzarles un refrescante vaso de agua que les calmaba la sed en los breves intervalos, asumían que estaba, inclusive si no la veían. Sabían que se presentaría en el momento oportuno, susurrando el *merde* de buen augurio antes de que salieran a escena, secándoles la transpiración de la frente con pañuelos que emergían de sus manos como palomas de un prestidigitador.

En este día, ella estaba . . . estaba en el hotel, enterándose de que, por ser domingo, el personal tenía franco , a excepción del benemérito Monsieur Ange —quien nada sabía de menesteres mujeriles tales como lavar y planchar una camisa— y de una maritornes malhumorada a cuyo cargo había quedado un somero tendido de camas y un quitapolvos general, lo que provocaba una letanía de rezongos porque ella reinaba en la cocina, y la superficial fregatina de los cuartos la sublevaba en sus derechos de obrera gastronómica.

De más está decir que no había tintorerías de turno, y que Alicia no había lavado una camisa en su vida. Como pudo, con espuma de jabón de tocador disuelta en el pequeño lavabo de su habitación, remojó la prenda sin frotarla, por temor a deshacer el fino tableado de la pechera, la enjuagó lo mejor que pudo, y consiguió que la gruñona guardiana de la dudosa higiene del día le prestara un puñado de almidón en polvo bajo la solemne promesa de devolución en cuanto abrieran los comercios a la mañana siguiente. Colgó la chorreante camisa protegida por una toalla blanca y asegurada por medio de dos broches a la parte superior y exterior de la ventana, y mientras esperaba que el viento y el pálido sol que pujaba por abrirse paso entre las nubes la secaran lo suficiente como para intentar el planchado, bajó al vestíbulo a tratar de averiguar cómo llegar a Versailles por tren.

Pero Monsieur Ange pasaba por un momento más taciturno que de costumbre. Escuchó las preguntas sin pestañear, y por toda respuesta le alcanzó una guía ferroviaria.

A ella le llevó su tiempo descifrar los jeroglíficos que los autores de la guía habían desparramado en mapas cubiertos de los símbolos internacionales comprensibles para cualquiera ... que supiera interpretarlos. No era éste el caso. Presa de la desesperación, Alicia se obligó a recurrir al conserje-encargado, desentendido de la recepción: no había a quién recibir; era domingo, y el hombre estaba absorto en un concienzudo estudio de las carreras de Neuilly, tomando notas y barajando posibles ganadores.

—Monsieur Ange, no entiendo jota de esto. ¿Tendría usted la amabilidad de guiarme?

—¿Qué quiere saber, *Mam'selle?* —preguntó Ange, con resignación y un gran esfuerzo por mostrarse cordial.

—Cómo llegar a Versailles en tren, y los horarios de partida y llegada, por favor.

Él tomó la guía, consultó uno de los índices, y anotó en un trozo de papel:

GARE MONTPARNASSE: TRENES A VERSAILLES, SALIDA
    CADA HORA
DURACION DEL VIAJE: ENTRE 30 y 40 MINUTOS

Al extendérselo, le advirtió: —Fíjese que el indicador debe aclarar *Rive Gauche*, o irá a parar al otro lado del palacio.

Y antes de que ella siguiera importunándolo, se retiró por una puerta diminuta, disimulada entre los casilleros de la correspondencia.

A las tres de la tarde, la malhadada camisa estaba razonablemente húmeda como para intentar plancharla. Estirando una frazada y una sábana sobre el escritorio, Alicia tomó su plancha de viaje y comenzó el arduo trabajo de alisar tablas y arrugas, y de repasar una y otra vez el cuello y los puños que, al fin y al cabo, eran las partes que, junto con la pechera, atraían la mayor atención. Sus nervios habían cedido bastante; si lograba salir a las cuatro, alcanzaría el tren de las cinco, estaría en la estación de Versalles a las seis menos veinte como tarde, y a las seis, en el teatro, lo que dejaba al Maestro una hora para cambiarse. Y como no solía hacerlo sino unos quince minutos antes de la función, todos felices.

Se apresuró a componer su atuendo personal, y nuevas complicaciones devoraron minutos y segundos. No podía viajar en tren con ropas de gala; sin embargo, tenía entendido que la función era paquetísima, y que las autoridades del Municipio de Versailles ofrecerían un cocktail al finalizar. Eso la iluminó. Ropa de cocktail, bajo un tapado liviano que disimulara los brillos, y el calzado haciendo juego en una bolsita, para poder usar mocasines cómodos que le permitieran apurar el paso. Quitándose apresuradamente los ruleros —prefería pasar sus pocas horas libres deambulando por la ciudad que fuera antes que perder el tiempo en el salón de belleza, a pesar de los sarcásticos comentarios del Maestro, quien no se privaba de comentar que lo que ella llamaba sus peinados más bien parecían el producto de una ilustración alienígena sobre la rara especie que poblaba el planeta— recogió su cabello hacia atrás en dos torzadas sujetas por una hebilla de marfil, preciado recuerdo de su madre.

Habiendo acondicionado la camisa y asegurándose de que no olvidaba nada, se lanzó a la calle en busca de un taxi. A la calle desierta: era domingo. Llegó casi sin aliento al boulevard de La Madeleine; en respuesta a sus silenciosas plegarias, divisó un taxi que se deslizaba perezosamente en dirección a ella, y elevó el brazo cargado para detenerlo. El conductor vendría, quizás, pensando en otra cosa, puesto que no dio señales de modificar su velocidad crucero. Decidida a ser aplastada antes que perder el vehículo-salvación (también razonó por un instante que ser atropellada tenía que ser excusa válida para no llegar), se plantó en el medio de la calzada, de modo que el conductor no tuvo más remedio que clavar los frenos, además de asomar su grasienta cabeza por la ventanilla e increparla:

—*Est-ce que vous êtes folle? Est-ce que vous voulez vous suicider et n'avais pas le courage de le faire sans aide?*

—No, no es eso; es que tenía la sensación de que no iba a detenerse, y necesito desesperadamente llegar a la Gare Montparnasse o pierdo un tren . . .

—*Montez, alors.* Cuanto más tiempo tarde en dar explicaciones que no me conciernen, más tarde se le va a hacer. A la Gare Montparnasse —repitió, con Alicia ya instalada en el asiento trasero—. No es lejos, pero con el cruce de los puentes no vamos a llegar muy rápido.

—Por favor apúrese todo lo que pueda. La propina será generosa, se lo aseguro.

Fue lo peor que se le pudo ocurrir. El conductor detuvo el vehículo, se dio vuelta, y la encaró con expresión ofendida remarcada por el énfasis de su decir.

—No me estará usted pidiendo que infrinja las leyes de tránsito porque no tuvo en cuenta el tiempo suficiente. ¡Vaya con estos extranjeros! Siempre apurados, y que el vecino se haga cargo.

Sin dejar de refunfuñar, el hombre volvió a arrancar, depositándola finalmente a las puertas de la estación.

Alicia consultó su reloj pulsera, un sencillo artefacto de acero extensible, y vio que eran las cinco menos diez. Apenas contaba con el tiempo de comprar su boleto y correr hacia el andén. A pocos metros de la entrada, inmensas carteleras adosadas a la parte superior de los muros indicaban los horarios de partida y de llegada de los trenes que recorrían el pintoresco abanico de los alrededores de París. El corazón de Alicia dio un vuelco al no encontrar el suyo. En cambio, en blancas letras destacadas sobre el fondo oscuro se leía: «París–Versailles Départ: 18.15 / Arrivée: 18.50».

En el hall central, un mostrador ostentaba una placa de bronce que anunciaba « Informations». Atropelladamente, Alicia preguntó por qué no figuraba el tren de las cinco a Versailles. Una atenta empleada le comunicó que no existía tal tren.

—¡Pero si estaba en la guía ferroviaria! ¿Cómo puede ser?

—Probablemente haya consultado usted una guía anterior. Los horarios se modificaron hará unos dos meses, y al mismo tiempo se imprimió y distribuyó la guía nueva.

El objeto de consulta que le había proporcionado Monsieur Ange, del cual él en persona había copiado los datos, tenía las páginas manoseadas, delatando un exceso de uso. Alicia maldijo mentalmente al hotel de mala muerte que no se había molestado en actualizar la guía, a la empresa ferroviaria que no se había asegurado de que la nueva información se divulgara eficientemente, a la desidia del Maestro —dado que si ella no hubiera tenido que ocuparse de la camisa no se vería en este brete y, sobre todo, a su mala estrella, que le dificultaba algo aparentemente tan sencillo como abordar un tren.

—¿Hay alguna otra manera de llegar más rápido? —preguntó, sin demasiada esperanza.

—*Oui, bien sûr. Le métro;* alquilar un auto . . .

Nada de esto le servía. Ella se perdía en todas las redes subterráneas, y no era raro que también se perdiera sobre la superficie, por lo cual jamás viajaba sola en subte. No es que esta falencia la avergonzara; después de todo, si Lenin había admitido que sufría de cretinismo topográfico (una complicada manera de confesar que carecía del más mínimo sentido de la orientación), ella no era quién para pretender superarlo. Y alquilar un auto —¡y van . . . !— presentaba dos inconvenientes graves: aunque había resentido que se llevaran el Peugeot, desconocía el camino, con lo que igual iría a dar a cualquier parte y, además, no llevaba consigo el dinero suficiente.

Vencida, agradeció a la muchacha y partió a comprar su boleto para el único tren posible.

***

A las seis de la tarde, en los camarines del Théâtre de la Reine comenzaba a elevarse la temperatura, presagiando una descarga eléctrica de muy alto voltaje.

—¿Dónde se ha metido esta mujer? ¡La necesito ya, y la señorita se hace desear! ¡Me va a volver loco! ¡Que alguien llame por teléfono a París y averigüe qué cuernos pasó! —gritaba el Maestro, rojo de ira.

—Si es por la camisa —intercedió Karly—, usted no se va a vestir todavía . . . Pero si necesita alguna otra cosa, cualquiera de nosotros puede ayudar —y se permitió un chiste—. Estamos todos acá, y algunos, de florero. Hoy no tocan todos los instrumentos en todas las obras. Hasta puede entretenernos hacer una tarea diferente . . .

—¡Es por la camisa, que el diablo sabe si la quemó, la perdió, o la olvidó con esa cabeza errática que tiene, pero también es por una cuestión de disciplina! ¡No puede ir y venir a su antojo! ¡Faltaría más!

—Disculpe, Maestro —intervino Esteban—. No es justo acusarla de errática. La pobre se ha venido esforzando muchísimo en sacar las cosas adelante, y tan mal no nos ha ido, sobre todo considerando . . .

—¿Considerando que yo doy órdenes y contraórdenes? ¿A eso te referís? ¿Se puede saber quién te ha dado vela en este entierro? ¿O ahora resulta que han formado el Frente Común En Defensa De La Secretaria?

Era evidente que el Maestro necesitaba descargar adrenalina sin importar quién recibiera el chubasco, ya que el objeto de su ira no se encontraba presente. Recibió algún apoyo de Wilhelm, encendida su mecha particular por el término «disciplina».

—Lo que pasa, Hugo, es que los argentinos no tienen disciplina. Debe ser genético. Pensá que la mayoría desciende de una mezcla indefinida de españoles, que también pasan de largo por lo que a disciplina se refiere, e indios varios en un estado de incivilización nada comparable a los grandes pueblos aborígenes del resto del continente americano. ¡Si no hay mayor canto a la falta de disciplina que el Martín Fierro, su poema nacional! Y el tipo encima se quejaba de sus desgracias, que jamás le habrían ocurrido si hubiera obedecido las reglas . . .

El discursito produjo un efecto totalmente contrario al que Wilhelm pretendía causar. Los músicos no acordaban en absoluto con su interpretación prusiana del Martín Fierro, pero veían con claridad meridiana que no eran ellos los llamados a poner las cosas en su lugar. Con voz de hielo, el Maestro dijo:

—¿Te olvidás de que yo soy argentino?

—No, pero es distinto —Wilhelm intentó recomponer la *gaffe*, pero el Maestro no se lo permitió; lo atropelló como un Panzer, y cada una de las palabras que salieron de su boca sibilante fueron acompañadas por un coro de cabezas que asentían a la par que presentían que, si Alicia se había metido en problemas —vaya a saber qué le habría ocurrido— la cólera estaba por dividirse en dos, con lo cual la parte que le tocaba a ella necesariamente tendría que disminuir su potencia.

—Los que estamos acá, a excepción de Nino, Lars, y vos, somos argentinos. Algunos por accidente; somos hijos de refugiados europeos que llegaron al país escapando del hambre, de la guerra, o de ambas cosas. Esos seríamos yo, Karly y Marcos: argentinos de primera generación. Otros, como Esteban, Graciela, y la misma Alicia, son nietos de inmigrantes italianos cuyos hijos se casaron con los hijos de otros inmigrantes italianos. Son argentinos de segunda generación. En cuanto al resto —y el amplio gesto de su brazo envolvió a Enrique el Correntino, Florencio el Santiagueño, y Mario el Mendocino, son el producto de un crisol de razas que no se puede rastrear, seguramente iniciado por españoles e indios, y matizado en las vueltas y revueltas de la historia por gente de muchísimos otros países. Tu apreciación sobre los españoles, aparte de ser muy discutible, no es bienvenida. ¿O creés que construyeron su imperio rasgueando el cantejondo en las guitarras? Y ya veo que, en tu muy compartimentada división de las culturas, olvidaste lo brutos que fueron tus propios antepasados —si es que sabés de dónde venís, por no hablar de un pasado menos lejano que no me gusta recordar.

Wilhelm quiso decir que él no era anti... razas inferiores; se mordió la lengua a tiempo.

Así se inclinó el favor del Maestro nuevamente hacia Karly.

Estos arranques no le duran mucho la balanza se va a volver a inclinar hacia mí en cualquier momento jamás se atrevería a pedirle a ese pusilánime las cosas que me ha encargado a mí ni el judío desea su todo su aura su Ella.

—¡Maestró, son las siete, y usted ni siquiera está vestido! Tenemos la sala llena; no es costumbre del Teatro convocar a una hora y demorar el comienzo del espectáculo. ¡El público nos va a hacer pedazos! —clamó un desesperado Monsieur Dupinet desde algún lugar, retorciéndose las manos sudorosas y percatándose de que, contra lo que había creído al retirarse descompuesto luego de su primera entrevista con este hombre fatal, ahora sí había llegado el día más negro de su vida.

***

El tren arribó a horario. En la estación le informaron a Alicia que el Palacio distaba unos quince minutos a pie. ¿No era más expeditivo tomar un taxi? Tal vez, le respondieron, pero normalmente un solo taxista se acercaba a recoger pasajeros los domingos a esa hora, y acababa de partir, ocupado, mientras ella hacía sus averiguaciones. Claro, volvería por el resto, pero había unas cinco personas esperando. ¿Compartir? De ninguna manera. Los franceses no compartían taxis con desconocidos. ¿Que en Perú era costumbre? La señorita, ¿era peruana? ¿No? Entonces quizás alguien le había...

Alicia dejó al Jefe de Estación con la frase a medio terminar y echó a correr en la dirección que le habían indicado. Su mente confundida y aterrada le dio un pequeño reposo cuando divisó los edificios del complejo, pero pronto volvió a sumirse en la desesperación. ¿Cuál de aquellos era el Teatro? ¿Cómo reconocerlo? ¡Estúpida! Estúpida ella; inconsciente su jefe, que asumía que el *Alicia sabe todo* con que se sacudía las preguntas molestas incluían la real obligación de saber. Perpleja ante los diversos senderos del parque, un hombrecillo grueso que se paseaba como fiera enjaulada frente a ella vino a sacarla de su estupor.

—*Mademoiselle Curí? Oui?* Acompáñeme; su jefe está furioso; yo, por mi parte, en mi calidad de director, estoy desolado; nos ha hecho un grave daño su tardanza, *Mademoiselle,* puedo perder mi reputación...

Ella no lo escuchaba; lo seguía en la velocidad de viento que Dupinet había desarrollado desde el fondo de la catástrofe que lo amenazaba, hasta que penetraron juntos en un pabellón semioculto por el follaje, bajaron unas escaleras caracol, él se hizo a un lado, y ella, muda y jadeante, le extendió la percha a un Maestro Kovaciuk que la miró como si viera a un fantasma, a un espíritu del mal, a su némesis. La figura majestuosa lucía ridícula: llevaba puestos los pantalones del frac, el corbatín, y el brillante calzado a juego, con el torso desnudo, penando por recibir su camisa. Alicia hizo ademán de ayudarlo a terminar de vestirse; quiso explicarle las circunstancias, pero él la rechazó con violencia casi física. Completado hasta el último detalle de su vestimenta en un abrir y cerrar de ojos, tomó violín y arco de la delicada felpa en la que lo aguardaban, y se volvió hacia ella ya de salida hacia el escenario, sin duda para dejarla bañada en lágrimas con una de sus frases lapidarias. Pero de la boca que se abrió en el rostro cerúleo, desanguinado, salió un sonido ahogado, gutural, infrahumano; un estertor que el Maestro no consiguió convertir en lenguaje, ni aún cuando lo intentó una segunda vez. Una última vez, pues se irguió en toda su estatura y lideró el éxodo hacia el escenario, respirando muy hondo a fin de recobrar la compostura antes de mostrarse al público. Karly, el último en atravesar el cortinado que los llevaba a los focos, le susurró cariñosamente, con un dejo de pena:

—Te aconsejo que desaparezcas de su vista por un tiempo. Por poco le da un infarto. Andá, sentate en la sala, lo más atrás posible. Ya veremos después cómo te sacamos de ésta.

***

Nadie creería que es posible escuchar el silencio. Sin embargo, antes de los aplausos atronadores y los «¡Bravó!» que habían henchido la sala al final de cada una de las tres primeras obras, un silencio espeso, agobiante y agobiado por emociones inefables había precedido el reconocimiento brindado a los virtuosos.

Hundida en una butaca de la última fila, Alicia se dijo que nunca hasta entonces había tenido oportunidad de prestar atención a la magia de esa orquesta que también ella integraba, aunque su rol no se tradujera en arte. Sí había presenciado incontables ensayos, plagados de indicaciones, interrupciones, da capos, porque alguien no daba en la nota justa, o ése no era el espíritu de, o la flauta se adelantaba al tempo, o . . . Para ella, espectadora pasiva, los ensayos significaban calambres en el cuerpo, que le reprochaba así la inmovilidad absoluta que se le requería para no distraer la concentración ajena y propia, puesto que necesitaba pescar al vuelo las frases que le concernían, volcadas en notas apresuradas de lo que le correspondía conseguir, comprar, remediar, entremezcladas con las que instruían a los músicos sobre trémolos, posición de las muñecas, curvatura de los brazos. Llegado el momento de los conciertos, ella estaba detrás de los telones, atenta a lo periférico, u ocupándose de lo que harían después, mañana; preparando citas con periodistas, haciendo llamados telefónicos, redactando los informes exigidos por la Fundación, confeccionando las rendiciones de cuentas: todo aquello que el movimiento continuo del conjunto y de los individuos iba aplazando hasta que se desprendían de ella, dejándola fuera del escenario compartido y de los escenarios personales, para atraparla nuevamente y sin respiro cuando terminaba la función.

Esta noche, por primera vez, desterrada de sus obligaciones, recibió un regalo. Un regalo que la angustia no le permitió reconocer hasta que sonaron los primeros compases de la última composición, el Concierto No. 3 en Sol Mayor de Boccherini. Las tres piezas anteriores se habían perdido en el anonadamiento de no saber qué hacer, en las lágrimas que pugnaban por cegarla; sorda a todo lo que no fuera sus voces interiores, sólo había escuchado, sorprendida e incrédula, el silencio. Y cuando las palmas se acallaron la tercera vez, la sobresaltó el *Allegro moderato* que no esperaba. Intuía que la alteración en el orden del programa apuntaba a finalizar con la composición más compleja, a fin de llevar a un público descontento por la falta de respeto demostrada en el corrimiento sin explicaciones de la hora de comienzo a caer paulatinamente en el hechizo del sonido y en la catártica riqueza temática del último movimiento, la combinación de las formas del minuetto, la sonata, y el rondó que evocaban un clímax poco frecuente en los finales de la música de cámara. La reflexión sobre la estructura la ayudó a calmarse. Así se liberaron sus sentidos, y pudo experimentar los sonidos profundos del cello que seguían vibrando por sobre los violines y las violas que hacían fondo a los solos. El lento y majestuoso *Adagio* transportaba a un tiempo fuera del tiempo, y la fusión perfecta de las partes permitía el milagro de separar y reunir las notas, de abstraer un sentido más allá del lenguaje, un sentido que más bien trascendía lo imposible del lenguaje, fraseando en lo sublime de la música aquello que, no pudiendo ser inscripto en el lenguaje, lo atravesaba para grabarse directamente en un otro lugar del que muchos descreían. Sacudida por un estremecimiento que comprometía nervios y músculos, Alicia comprendió, de una vez y para siempre, que la razón de ser de la música era afirmar la existencia del alma negada por los adoradores de la Razón.

Interludio en Buenos Aires

Exultante, Igor Olevsky canturreaba el coro de la Novena Sinfonía de Beethoven mientras iba de vidrieras por la calle Florida. Necesitaba un guardarropas completo y flamante para llevar a cabo la misión que le había sido encomendada por la Comisión Directiva de la Fundación por la Cultura. *Freude, Freude!* Alegría era lo que le sobraba; después de siglos de lo que él calificaba de «injusta mala suerte», por fin la vida le sonreía. Si triunfaba en esta empresa, habrían acabado los años de vacas flacas, el intolerable anonimato, el mendigar favores políticos en pos de un puestito mal pagado que le permitiera sobrevivir. No era nada fácil lo que le habían pedido, pero él se tenía confianza. Desde que recalara en la Argentina, veinte años atrás, había construido un personaje creíble y sin fisuras: prueba de ello, su inmediata promoción a los estamentos superiores del verticalismo peronista, un ascenso vertiginoso que lo acercó a la cúpula del poder, y que vino acompañado de generosas retribuciones adosadas a nombramientos de fuste en las estructuras culturales de los gobiernos de provincia. Naturalmente, al igual que algunos de sus colegas, Igor traficaba influencias a elevados precios, y estaba seguro de que la bonanza duraría lo que durara Perón al frente del país; es decir, hasta el fin de los tiempos. El golpe militar de 1955 lo devolvió a una realidad tan desagradable cuan peligrosa. Él, que cobraba por hacer la vista gorda a lo que en épocas posteriores se dio en llamar 'desprolijidades' —un bello eufemismo que encubría las estafas, los negocios sucios, los documentos falsos otorgados a criminales de guerra, ayudándolos a escapar de la justicia— tuvo que pagar, exprimiendo sus bolsillos al punto de dejarlos vacíos, para poder quedarse en el país y fuera de prisión bajo la Revolución Libertadora. Lo consiguió gracias a que los uniformes no constituyen antídoto contra la corrupción. Además, pasados los primeros fervores patrióticos de la administración militar, resurgieron los «corchos», esos ejemplares que se mantienen a flote en las aguas más fangosas, con muchos de los cuales había tratado en su época de gloria. Lamentablemente, los corchos flotaban pero no podían alzar vuelo, y de ninguna manera deseaban un lastre —él— que los hundiera por mero efecto de ruptura del equilibrio establecido por el principio de Arquímedes. Así, en el momento que les pareció oportuno, cuando ya no le quedaba *ni fe, ni yerba de ayer/secán-*

dose al sol, los menos egoístas, los que no le negaban el saludo, lo insertaron allí donde su presencia no atrajera indagaciones comprometedoras, rotándolo al vaivén de sus propias circunstancias, y sin privarse de someterlo a largas antesalas seguidas de todas las variantes del «por favor te lo pido» antes de arrojarle un hueso —el puestito de mala muerte.

La construcción impecable de Igor Olevsky, narrada por él mismo con una convicción que despertaba la inmediata empatía del oyente, lo pintaba como hijo de nobles rusos escapados de la furia asesina de los bolcheviques gracias a la abnegada fidelidad de sus antiguos criados. El nacimiento del hijo les hizo ver que, aunque no les importaba la condición miserable a la que habían quedado reducidos, no había futuro para su Igor en la madre patria, lo que los decidió a lanzarse a la riesgosa aventura de llegar a Francia, donde residían parientes y amigos arrancados de sus hogares por la oleada salvaje de la revolución. Allí fueron socorridos y restablecidos a su lugar en la sociedad; el barón Olevsky, quien había administrado sus tierras en persona, haciéndolas rendir hasta la hectárea más remota, se empleó como supervisor de campos agrícolas, y proporcionó a su hijo una educación de primera. Notando la temprana inclinación del muchacho por la música, logró que un eximio compatriota lo moldeara violinista, pero no permitió su incorporación a una orquesta, porque Igor, al decir del barón, poseía un raro talento que debía ser explotado en el lugar del solista. El profesor se obstinaba en la necesidad de que el joven no saltara etapas; el padre lo relevó de su tutela artística. La invasión alemana arrasó la nueva vida que el barón Olevsky había construido para su familia, y el esforzado ruso sufrió un derrame cerebral que le provocó la muerte. Igor, empeñado en preservar a su madre, a quien describía como una delicada flor en estado de fragilidad extrema, se vio obligado a tocar para el enemigo, cuyo entusiasmo por la música culta era bien conocido. Desarrolló cuidadosamente un repertorio que no ofendiera los oídos arios puros. Sin embargo, cometió un error —la inclusión de una obra de Kreisler— que le costó la expulsión de los salones de concierto y lo obligó a convertirse en músico callejero hasta la liberación de París en agosto de 1944. Fallecida su madre a causa de su corazón literalmente partido, Igor era un apátrida en una ciudad que lo perseguía por colaboracionista. Incomprendido y rebosando rencor, se embarcó en un buque carguero hacia la Argentina. «Aquí nos quedamos a cargar cereal», le dijo el capitán en el puerto de Rosario. «Buena suerte, muchacho».

Y ahí anclaron Igor y su violín, desgranando una historia de desdichas tangueras por los boliches de la capital santafesina. En 1945, quiso el azar que un grupo de porteños que andaban reclutando voluntarios para la marcha del 17 de octubre lo escuchara tocar en El Comercial, cafetín con pretensiones de confitería clase A. Lo llamaron a su mesa con intención de darle una propina, y quedaron embobados por la planta señorial de su figura, a pesar de la desventaja imbatible del traje barato y mal cortado.

—Venite con nosotros, pibe —lo animó un petiso morocho y retacón que en dos años habría de convertirse en Ministro—. Lo menos que podemos conseguirte es un puesto en la Filarmónica que tenemos pensado fundar cuando seamos gobierno. Mientras tanto, podemos arreglarte algunos conciertos privados. Te va a ir mejor que acá, seguro.

Igor barrió toda expresión de sus ojos negrísimos y profundos. Rápidamente hizo una evaluación mental de las probabilidades de que el Coronel Perón se transformara en el Presidente Perón. Y sí, daba ganador, a juzgar por las características de un país tan contradictorio en sus contrastes inentendibles.

—Acepto —dijo, en un castellano dificultoso con fuerte acento francés y fricativas propias de la lengua natal de sus padres—. Pero cuando tengan el poder, preferiría dedicarme a la cultura en general.

—¿Qué, vas a colgar la viola? —lo zarandeó un «compañero descamisado», señalando el instrumento con el dedo índice de la mano izquierda, tintineando un brazalete de pesada cadenilla de oro.

—No es una viola; es un violín —lo instruyó Igor.

Los dirigentes políticos rompieron en risa incontenible. Entre hipos, uno lo instruyó a él:

—Avivate, pibe. Acá viola le decimos a la guitarra. Y si te venís con nosotros, vas a tener que aprender a ser piola.

Los otros festejaron el juego de palabras. Igor volvió a velar sus ojos, ya decidido a aferrarse a la autobiografía que le daba cartas de superioridad para jugarlas en el momento preciso.

***

Persona es sinónimo de máscara, de personaje, de rol; por algún extraño capricho de la distorsión de los significados, el idioma español llama persona a un todo que comprende el verdadero yo, aquel que Karly quería ocultar a cualquier costo. Karly conocía —otra distor-

sión del idioma español— a Igor Olevsky; se lo habían presentado fugazmente en una reunión social, una de las muchas a las que Igor asistía invocando una invitación inexistente con la esperanza de cambiar su suerte. Circulaban rumores de que el Maestro le tenía afecto y que había tratado de ayudarlo a reanudar su carrera musical, estrellándose siempre contra el veto de los mecenas y la advertencia de los que manejaban los complejos hilos de la trama en el mundillo del espectáculo: un concierto que incluyera a un notorio ex funcionario peronista era, amén de una invitación a no concurrir, una mancha de sospecha sobre su propia reputación apolítica.

El verdadero yo Igor Olevsky se llamaba, en efecto, Igor. Ciertamente, había nacido en Rusia, y tocaba pasablemente el violín al descender del carguero en la ciudad de Rosario. Hijo de un mujik que se deslomaba arando las tierras del estéril Barón Olevsky a cambio de unos mendrugos secos y latigazos en la espalda cada vez que el mal humor del starosta lo inducía a pensar que le robaba grano, fue un genuino hijo de la revolución a la que su padre adhirió, de hecho uniéndose al grupo de campesinos que prendió fuego a la mansión rural donde el Barón descansaba luego de haber reunido y arengado a los hombres contra los peligros de quedar librados al destino incierto y caótico que les proponían los traidores bolcheviques. Muerto su padre en un confuso episodio ocurrido durante la redistribución poblacional, Igor Ivanovich, de catorce años de edad, huérfano de madre a los pocos meses de su nacimiento, se convirtió en hijo del Estado. Violinista improvisado al caerle en las manos un instrumento producto del saqueo a una isba abandonada, el don del oído absoluto lo condujo al Conservatorio de Moscú, pero la férrea estructura de la Escuela de Música no se condecía con sus ansias de placeres menos espirituales. La guerra produjo una distracción mínima en el Gran Ojo, una brecha casi imperceptible por la que Igor se deslizó, arriesgando la vida —¿pero qué vida era ésa?— y cruzando fronteras a la manera de las serpientes: reptando. Reptando se introdujo en Francia, y reptando se coló en los círculos de los emigrados rusos, donde nadie podía asegurar quién era auténtico y quién advenedizo. Tomó el apellido Olevsky, desafiando las murmuraciones de incredulidad con un gesto desdeñoso de su altiva cabeza, pues en verdad la naturaleza lo había dotado de un aire aristocrático que ya quisieran muchos de los que ostentaban blasones por derecho. Renegrida cabellera lánguida que enmarcaba un rostro anguloso en el que se destacaba la bella nariz aguileña, las mujeres morían por él, y los hombres se le acercaban para recoger

las que él rechazaba. «Tiene los labios finos; la señal del traidor»,
se escuchaba aquí y allá. «Calumnias de la envidia», replicaban
los que habían caído bajo su ensalmo. El arribo de los nazis a París
no lo afectó. Indiferente a los aspectos infames de la ocupación, Igor
hizo amigos entre los militares de alto rango, proporcionándoles
entretenimiento refinado y no tanto, en ese remedo de normalidad
—más bien en esa triste realidad esquizofrénica, él era consciente
de ello— que caracterizó el período. No delató ni protegió ni juzgó
ni se horrorizó ni aprobó: vivió. La entrada de los Aliados en París
le fue igualmente indiferente; sin embargo, él no le fue indiferente
a la Policía Militar frente a una denuncia anónima sobre una em-
boscada pro-nazi a una patrulla que ¿por mera coincidencia? había
sido guiada al sitio fatídico por un extranjero que respondía a la
descripción de Igor. ¿Por mera coincidencia? Igor partió esa noche
a Marsella rasurado como un monje budista, los ojos cubiertos por
gafas oscuras, y portando un bastón de ciego y un viejo estuche de
violín, y con esa traza pactó su transporte a Sudamérica. El capitán
del carguero, por fortuna, sentía que los Aliados también habían
perpetrado una invasión.

✳✳✳

Terminada la adquisición de vestimenta a su entera satisfacción,
Igor Olevsky pasó por las oficinas de la Fundación a retirar su pasaje
a Roma, gentileza de Alfredo Llanos, un corcho que había sabido
mantenerse bajo la superficie el tiempo suficiente, un hombre prudente que se había hecho humo mucho antes del golpe del 16 de
septiembre y que, pasados cuatro gobiernos, había emergido renovado
y arrepentido de su antigua militancia. Eligió, como hombre inteligente que era, reaparecer enseguida de la asunción del Presidente
Illia. Como hombre inteligente que era, no se tragó el anzuelo del
cese de la proscripción que pesaba sobre el peronismo; su matemá-
tica política le avisaba que la endeblez de la práctica democrática
era campo propicio para un nuevo golpe, y que pronto volvería a
sonar la canción que instaba a llevar *En alto la mirada/luchemos*
por la patria redimida/El arma sobre el brazo/la voz de la espe-
ranza amanecida, etc., etc. De modo que se insertó en el campo
de la cultura, el más sospechado por los milicos, y cuando llegó el
momento, hizo la venia y postró la totalidad de la organización a
los pies de la dictadura militar, aprovechando que los artistas —al
menos los que la Fundación manejaba— no se interesaban por otras

metas fuera de su desarrollo. Alfredo Llanos y demás miembros de la Comisión Directiva habían dado a Igor instrucciones muy precisas acerca del qué, dejando a su criterio el cómo. La persona Igor Olevsky no abrigaba sentimientos negativos hacia Hugo Kovaciuk; muy al contrario. Pero el verdadero yo Igor Olevsky no desaprobaba, no juzgaba, no defendía, no condenaba: vivía.

XXXIII

ROMA

El Castello di Santa Chiara, imponente construcción de dos plantas rodeada de treinta hectáreas de parque y distante una hora, minutos más o menos, de Roma en dirección al sur, resentía, con el crujir de los pisos y de las fallebas de los antiguos ventanales, la impiadosa invasión de un ejército de personal de servicio y mantenimiento a las órdenes del Signor Buccardini, asistente personal del Gobernador de la Provincia de Latina; es decir, chofer, guardaespaldas, y encargado de todos aquellos asuntos que debían resultar perfectos de principio a fin.

Alto, musculoso, de aspecto marcial, cabello plateado cortado al estilo militar, e impasibles ojos celeste agua, il Signor Buccardini, por razones diferentes a las de Tinta Verde —*no, llámeme doctor; no me llame doctor*— insistía en ser llamado Signor por sus subordinados, mientras que hacía un punto de honor en que sus pares y superiores utilizaran solamente su apellido. Modelo de orden y eficiencia, explicaba a estos últimos —puesto que a los primeros sólo se limitaba a dar instrucciones— que, combatiendo como soldado raso en una de las unidades que intervinieron en la defensa de la Italia continental, había tenido el honor de ser capturado por los ingleses. A la muda interrogación que invariablemente despertaba la curiosa frase, Buccardini se apresuraba a explicar que durante el tiempo (bastante largo, por cierto) que había pasado en el campo de prisioneros, había aprendido inglés, a comportarse como un caballero, y sus guardianes le habían inculcado hábitos de higiene, organización, y responsabilidad que le habían servido, al ser liberado, para competir con ventaja con otros compatriotas menos afortunados: los que se habían visto privados del privilegio de convivir con el enemigo.

Su fino sentido de la observación había tomado nota mental de las estrategias de mando de los oficiales a cargo de las instalaciones. Llegado su turno de comandar un batallón —bien que de características muy diferentes— aplicaba al pie de la letra lo aprendido, con resultados espectaculares.

Promediando el mes de mayo, su labor consistía en dejar *a posto* el antiquísimo Castello, sede de grupos artísticos provenientes del mundo entero, y segundo hogar, a partir de este 1968, de la Orquesta de Cámara fundada por el Maestro Hugo Kovaciuk, gloria de Italia en la apreciación personal de Buccardini, y amigo personal del Gobernador.

—*Senti, Buccardini* —le había dicho su jefe un día, revisando la correspondencia en su despacho del Palacio de Gobierno—, ¿has estado controlando el mantenimiento de la antigua villa de caza de los Colonna?

Al asistente le llevó unos segundos recordar la historia pasada del Castello, pero su pensamiento veloz asoció de inmediato el antes con el presente.

—Por supuesto. Aunque recordará usted, Señor Gobernador, que le dejé una lista por triplicado de las reparaciones necesarias, y todavía no se han asignado las partidas correspondientes. *Purtroppo, senza soldi . . .*

—Ya. Mañana dispondrás del dinero. Quiero que el lugar luzca impecable y acogedor a la llegada del Maestro. Dice acá que trae una secretaria que se ocupa también de las cuestiones domésticas, por lo que tendrás que trabajar con ella mientras vivan allí, manteniendo el equilibrio en las relaciones, *hai capito?*

Buccardini hizo una mueca de desagrado.

—Las mujeres no entienden de estas cosas. Con mujeres en el medio, todo se complica —protestó.

—Bueno, pues trata de manejarlo. Te las has visto peores, y aquí dice el Maestro —se calzó las gafas para encontrar el párrafo— que *«la signorina non parla italiano»*. Esto puede ser una ventaja. Tú le haces de intérprete, y generosamente la liberas del trato directo con el personal. En otras palabras, manejas las cosas como mejor te parezca, sin ofender a nadie.

—*Siòr sì* —respondió Buccardini, entrechocando los talones como siempre que presentía que la conversación con el Onorevole había terminado, y se retiró a desenterrar de sus propios cajones el cuadruplicado de la lista que había conservado para cotejar con las copias que el Gobernador habría distribuido al Jefe de Compras y al Contador que guardaba celosamente las llaves de acceso a los dineros de la Provincia.

La estructura interna del Castello debió soportar el ataque masivo de las fregonas traídas desde las casuchas esparcidas en las laderas de los cercanos Montes Lepini. A fuerza de agua, jabón, desinfectantes, lampazos, y cera, las muchachas, de rodillas, los cabellos sujetos por coloridos pañuelos, iban frotando las superficies con sus fuertes brazos habituados al trabajo pesado hasta que cada capa visible lucía como un espejo. Todas se esforzaban al máximo, dado que se las había incentivado diciéndoles que las mejores cinco habrían de permanecer en calidad de mucamas permanentes durante la temporada que se preparaba.

Diferente era el caso de la cocinera: Margherita Carletti no tenía rival cuando se trataba de cocinar diariamente para muchas personas. Junto a Grazia y Mina, sus dos hijas adolescentes, entrenadas desde pequeñas en los secretos de la cocina típica de la zona, aguardaba tranquilamente el llamado del Signor Buccardini para descender, ella también, de las montañas, y reinar en la amplia cocina, sin interferencias ni obstáculos a sus decisiones culinarias.

Mientras los jardineros podaban el césped de los jardines y estilizaban las glorietas que, aquí y allá, ofrecían sombra y cómodos bancos a quienes desearan disfrutar del aire libre protegidos del sol y del viento, los plomeros, buscados en la capital provincial, instalaban en las bañeras recientemente empotradas canillas mezcladoras de agua fría y caliente, adosándoles luego modernos duchadores de acero inoxidable provistos de caños flexibles para comodidad de los extranjeros —los que esperaban ahora y los que pasarían cortos períodos como invitados de los provisorios dueños de casa. Al Signor Buccardini no le cerraba el significado de «provisorios»: si el Castello iba a convertirse en la residencia de la orquesta del Maestro en Italia, ¿no era ésta una condición permanente, aunque sus compromisos la llevaran a tocar en otras ciudades? En fin; así los había calificado el Gobernador, y él, gracias a su estancia en el campo inglés, había aprendido a escuchar y callar, así como los años que llevaba junto al Onorevole le habían mostrado que los *affari politiche* se dan vuelta como tortillas, y que el protegido de hoy puede ser el paria de mañana.

XXXIV

La partida de Alicia de París tuvo, en realidad, las características de una huida. La noche fatídica de Versailles, entretenido el Maestro en dispensar toda la atención de la que se sentía capaz a los concurrentes al cocktail post-concierto, Karly y Esteban se habían escabullido del atestado salón de recepciones y la habían escamoteado del Teatro, no sin primero encargarle a Mario que le avisara al Maestro, si preguntaba por ellos, que se volvían a París con los instrumentos más voluminosos para evitar la demora implícita de tener que acondicionarlos, ya que seguramente desearían irse lo más pronto posible, cumplidos los intercambios de rigor entre músicos e invitados. Al retirar subrepticiamente las llaves del Peugeot del bolsillo del traje de calle de Wilhelm, rogaban para sus adentros que el Maestro, inmerso en el esfuerzo de poner cara de circunstancias a pesar de la tensión que todavía se notaba en los músculos del cuello, no se preguntara cómo dos personas que no sabían conducir se habían llevado un auto, infringiendo las leyes de tránsito en una ciudad que multaba severamente las infracciones, por leves que fueran.

—Maestro —llamó Wilhelm, habiendo rebuscado sin éxito las llaves en todo sitio imaginable —no encuentro . . .

—Ni las busques. Acá me ha dicho Mario que Karly y Esteban se fueron enseguida para ahorrarnos tiempo y trabajo.

Una sonrisa maligna se dibujó apenas en los labios del Prusiano.

—¿No se le ha ocurrido que esos dos no saben conducir ni un autito de juguete?

—¡Puta madre! —se iluminó el Maestro. —¡La que maneja es Alicia! ¡La muy idiota se ha ido con ellos!

—O ellos con ella, tanto da. Por un lado, Maestro, le han hecho un favor quitándola del medio. Por otro lado, ¿no sería hora de despedirla? Se ha pasado de la raya tantas veces, por comisión u omisión, que le ha dado sobrados motivos, creo.

El Maestro se sintió tentado a dejarse llevar por el impulso fácil que Wilhelm le proponía. En el tira y afloja de la ira desbocada y el razonamiento frío de lo que más convenía a los intereses de la Orquesta, decidió que enviar a la secretaria de regreso a Buenos Aires actuaría a modo de boomerang. Los cogotudos que regían los destinos de la Fundación y, por ende, de la Orquesta, lo culparían por haber elegido mal, y de ahí a propagar que el resto de sus elecciones habían sido igualmente erróneas no había más que un paso. Y eso de ninguna manera lo podía permitir. Asimismo, tomar una decisión tan drástica a instancias de su concertino le concedía a éste un poder que la ambición —bien conocía el Maestro lo ilimitado de sus pretensiones por igualarlo— lo incitaría a llevar a extremos que dañarían el equilibrio inestable, pero equilibrio al fin, en el que se venían desenvolviendo las relaciones entre ese grupo destinado a convivir largo tiempo. Esta gira era sólo el principio; luego vendría Asia, Africa, América Latina, los sellos discográficos, la fama mundial de una unidad musical integrada y estable como jamás lo había logrado nada mayor que un quinteto.

—No es el momento todavía. Quiero que me la saques de encima hasta que pueda hablarle sin querer ahorcarla. Ocupate de eso sin hacer demasiado ruido; y por lo que respecta a Karly y Esteban, hacete el tonto. A cada chancho le llega su San Martín.

Dirigiéndose a los otros, que esperaban pacientemente la indicación de arrancar, les señaló la salida, y no pronunció una palabra más hasta el «Que descansen» previo a encerrarse en su cuarto.

Bueno, no está del todo mal. Haciéndome el tonto, como dice él, le voy a dar un lindo empujoncito a esta irresponsable —se regodeó Wilhelm.

***

A las cinco en punto de la madrugada, en bata y pantuflas, se inclinaba sobre la cama de Marcos, sacudiéndolo por los hombros, y arrancándolo de una pesadilla en la que su padre le hacía el amor a Dora, vestida con las mismas ropas que la *stripper* de Pigalle, y en su propia presencia. Clavado al piso, con los miembros inertes, Marcos sólo atinaba a gritar «¡No! ¡No!» Ellos lo ignoraban, perdidos el uno en el otro, los rostros lascivos reflejando la sabiduría de las carnes encendidas.

—¿No qué? —preguntó Wilhelm, sentándose sobre un costado de la cama—. Si todavía no sabés lo que te vine a decir . . .

Marcos se incorporó a medias, se frotó los ojos semicerrados, y en parte agradeció haber sido arrancado de una visión tan dolorosa como repugnante.

—¿Qué hora es? —preguntó—. No me digas que me quedé dormido y que me están esperando para irnos.

—Tranquilo. Te sobra tiempo. Pero hubo un . . . pequeño cambio de planes. En lugar de irnos todos en tren, como estaba arreglado, vos te vas con Alicia en auto, derechito a Priverno ... al Castello de Santa Chiara, nuestro alojamiento —aclaró, ante el gesto de incomprensión del viola suplente—. Los muchachos y yo tomamos el tren, y el Maestro vuela a Roma para pasar por su casa antes de reunirse con nosotros. Lo que te pido, como un favor especial, es que se lo comuniques a Alicia. Ya viste lo que pasó ayer. Hay que darle al Maestro aire para calmarse ...

—Eso lo entiendo. Pero, ¿por qué no hablás vos con Alicia? ¿No te parece demasiado rebuscado que yo le diga que vos dijiste que él dijo? Me suena como un juego de chismosas de barrio.

Marcos despertó del todo y se puso en guardia.

—Mirá, entre vos y yo, a mí también me afectó muchísimo los nervios la historieta de la camisa. ¿No te diste cuenta de que en el Haydn entré dos compases tarde? Por eso prefiero no hablarle hasta que se me pase. ¿Quedamos así, entonces? Yo les aviso a los demás, y vos te arreglás con ella.

Dándole una palmadita en el hombro, Wilhelm se retiró tan silenciosamente como había entrado, dejando a Marcos sumido en demasiados interrogantes que se tornaban más extraños a medida que les buscaba respuesta. Lo que peor le olía era la mentira flagrante de la entrada tardía de Wilhelm. Él había estado escuchando atentamente, como de costumbre, y Wilhelm había estado impecable, también como de costumbre. Eso de mandarlo solo con Alicia, cuando a nadie se le escapaba que, salvo casos de fuerza mayor —los pantalones descosidos había sido uno— él le hablaba lo mínimo indispensable, aunque desconocían el por qué, lo sometía a una tensión de horas encerrado con ella, dejándole la alternativa de obligarlo a fingir que dormía o a tratar de mostrarse amistoso, lo cual seguramente le iba a costar un esfuerzo ímprobo. Inclusive, cualquier error que cometiera la muchacha se extendería a él, en la serie interminable de «¿por qué permitiste que ... ?» lo que fuera, disminuyendo las probabilidades de que en Italia sí tocara, como se lo había prometido el Maestro no hacía mucho, en una de esas frases que tiraba al pasar: «En Italia va a llegar tu momento».

¿Y cómo iba a reaccionar ella, recibiendo la noticia de boca de él, nada menos? Cuanto más pronto se lo dijera, mejor. Dando vueltas a las dificultades en su mente, se borró la imagen vívida de la asquerosidad encarnada en los dos seres que más amaba en el mundo torturando su última noche en París.

***

En medio del ajetreo familiar de pagar la cuenta del hotel, controlar que nada relacionado con las actividades de la orquesta permaneciera-desapareciera olvidado en el Lutèce, telefonear a la agencia de automóviles para advertirles que el arrendamiento del Peugeot se extendería dos días más y sería devuelto a la sucursal de Roma, haciéndose cargo de los costos de traslado al país de origen, por supuesto; entregar los billetes de tren a Wilhelm, Alicia se sintió aliviada de poder conservar su invisibilidad a los ojos persecutorios del Maestro (en realidad, era él quien no había bajado esa mañana) y casi feliz de gozar de una independencia lado a lado con Marcos, a pesar de la incomodidad que presagiaba el telegráfico anuncio que le había transmitido a través de la puerta cerrada, hacia la que ella se precipitó al escuchar su voz, sin llegar a ver siquiera el rastro de la figura que se había apresurado a desaparecer con una velocidad inusitada en una persona de movimiento pausado, tal y como ella lo . . . ¿conocía?

Los músicos, seguramente aleccionados por Wilhelm, no hicieron mayores comentarios. Karly y Esteban se limitaron a estrecharla en un fuerte abrazo y a desearle buen viaje; y los demás manifestaron que allá se encontrarían, «en el castillo de la princesa encantada», bromeó Mario, a quien todavía le faltaba aprender que *castello* y castillo no son precisamente lo mismo.

El obstáculo se presentó bajo los grititos desilusionados de la Gorda.

—¿Por qué yo no puedo ir en el auto con ellos? Si lugar sobra . . .

—Porque tenés pasaje en el tren —respondió irreflexivamente Wilhelm.

—Ellos también, y da lo mismo perder dos pasajes que tres. No es lógico lo que me estás diciendo. Además, yo en los trenes me mareo y vomito. Si íbamos todos, ni se me habría ocurrido pedir avión, por ejemplo, como el Maestro, pero habiendo un auto, no entiendo por qué no me dejan viajar cómoda.

—Decisión de arriba —le advirtió Enrique, esperando que la Gorda, por una vez, entendiera lo sobreentendido. El milagro se produjo, pero al verbalizar su monólogo interior, la Gorda puso en evidencia lo que todos trataban de tapar hasta que se suturaran las heridas. Haciendo gala de lo que ella consideraba una inteligencia brillante, el estuche de la flauta bajo el brazo como paraguas en día de sol, soltó:

—¡Ah, ya entiendo! El Maestro está enojadísimo con Alicia y no la quiere cerca para evitarse otro ataque; aparte, con un poco de suerte, a lo mejor ella choca en la autopista y termina vendada y muda como una momia egipcia; anulada para molestarlo de nuevo, bah. Y como Marcos no es importante, porque es suplente —y nunca se me aclaró por qué, pero él sabrá— y además hay algo en el aire entre ellos; no sé si se odian o se quieren, van a tener bastante tiempo de resolverlo. Digo, si se odian, no les envidio el viaje; y si se quieren, rompen las reglas, y el Maestro se deshace de los dos y resuelve el problema. Pero, claro, si voy yo también, le estropeo el plan; digo, que se le accidente la flautista solista menor de edad sería un desastre, y ellos no van a hablar nada personal delante de mí, ¿no? ¿Acerté?

Había integrado en una las intenciones francas del Maestro y las inconfesas de Wilhelm; sin embargo, en líneas generales, había acertado. Tanta candidez apabulló a los músicos, que no sabían dónde meterse ante semejante claridad cegadora.

Las mujeres más estúpidas poseen un sentido de la intuición que las hace peligrosas.

—Me parece que vos ves mucha televisión, y no de la mejor calidad —la amonestó Wilhelm, impávido—. Ya te inventaste una telenovela de una simple decisión administrativa. Andá, juntá tus bártulos que nos vamos. Dejamos las cosas en el guardaequipajes de la estación, damos una vuelta por ahí, y volvemos a la hora que sale el tren. Va a ser divertido pasar la noche en un camarote; te va a encantar.

Wilhelm se despidió de Alicia —pálida, perdida nuevamente en el tembladeral de las incertidumbres— con una recomendación:

—Vos vas a llegar bastante antes. Espero que todo esté listo y en estado de uso inmediato, y tené cuidado con el tano Buccardini. No lo dejes hacer lo que no nos conviene.

Y así se marchó el grueso del contingente, dejando a Monsieur Ange muy intrigado sobre ese mitín que se había desarrollado bajo sus narices y del que no había captado palabra, aunque las expresiones de los rostros trasuntaban significados bastante obvios.

***

El Maestro tomó un taxi en Fiumicino, el aeropuerto internacional de Roma, y no dedicó una sola mirada a las avenidas, calles y parques que lo acercaban a su hogar. El Palazzo Valenti se alzaba frente a la Piazza Montanara. La fachada se había reconstituido de modo de conservar el diseño original del siglo XVI; sobre la amplia escalinata de mármol, el imponente portal de dos hojas con sus leones rampantes enfrentados ofrecía un juego de aldabas de bronce reluciente que resonaban con ecos reverberantes en el interior, protegido de las miradas indiscretas por angostas aberturas empostigadas que se recortaban de la piedra grisada, únicamente en el segundo piso. Desde el exterior, la formidable construcción impresionaba triste y lóbrega, trayendo a la imaginación del viandante el deseo urgente de alejarse hacia las callejuelas cercanas, con sus edificios modestos que permitían el libre paso de la luz. La planta baja, recargada de gobelinos, tapices exóticos, y severos retratos de generaciones olvidadas, iluminaba con arañas de fino cristal las armaduras que alguna vez vistieran los hombres de carne y hueso que parecían vigilarlas desde los lienzos donde se habían perpetuado sus formas terrenales. Sin embargo, sorteando la atmósfera sobrecogedora de la inmensa sala y llegando a un bien disimulado ascensor oculto tras una de las cuatro columnas pulidas que rompían los ángulos bruscos de la unión entre paredes, se accedía a la vivienda propiamente dicha, remodelada a nuevo con todas las comodidades del mundo moderno, y bañada de sol a través de una sucesión de puertas-ventana que se abrían sobre uno de los más bellos jardines privados de Roma, decorado con fuentes cantarinas, instaladas, según los Valenti actuales, para traer agua potable desde la campaña cuando la peste devastó la ciudad. A nadie escapaba que las fechas no coincidían, ¿pero qué caso tenía destruir la romántica leyenda en beneficio de una verdad intrascendente? A este maravilloso jardín corrió Hugo Kovaciuk en busca de su mujer y sus hijos, cuyos nombres venía llamando desde el ascensor. Le respondía el canto de los pájaros; no había nadie en casa. Él no se resignaba, y en vano repetía:

—*¡Isabella! ¡Carletto! ¡Orietta! Finalmente sono arrivato; venite a darmi un bacino, su!*

Desde la sala de calderas, allá lejos, en las entrañas del Palazzo, vino la respuesta casi inaudible.

—*Vengo subito!*

Los pasos se acercaron hacia un extremo del corredor paralelo a los jardines; y la figura rotunda de Frau Zindlich se le plantó delante con expresión severa.

—Lo ha vuelto a hacer, Herr Hugo.

—Explíquese. ¿Quién ha vuelto a hacer qué? —ordenó imploró se extrañó él.

—Usted. Usted olvidó avisar cuándo llegaba.

Esto era el colmo de la ignominia. Reprendido como una criatura por el ama de llaves.

—No pretenderá que la tenga al tanto a *usted* de mis idas y venidas, Frau Zindlich.

Ella lo miró con lástima, de pie allí, no sabiendo afrontar su desamparo y adoptando actitudes de patrón a punto de dar una lección a una criada insolente.

—Claro que no, Herr Hugo. Conozco mi lugar. Pero la contessa no tenía idea de cuándo esperarlo, así que hoy temprano llevó a los chicos a visitar a los abuelos. Dijo que pensaba pasar un par de días en la finca. Puede llamarla por teléfono; ¿le pido larga distancia?

¿Para qué? Ella me reprocha mi ausencia, y cuando me acerco se aleja. De pronto se sintió vencido por la fatiga de la incomprensión mutua, y otra fatiga le fue ganando el cuerpo y la voluntad. Que Isabella viniera a él; pronto; nunca; a su antojo; él no le seguiría el juego, y por mucho que su corazón sangrara por ella, había obligaciones que cumplir, y era responsable por un grupo de jóvenes talentos que no podían quedar expuestos a los vaivenes de su sufrimiento personal.

—No, gracias. Voy a dormir unas horas, y después tengo asuntos que atender en otra parte. Mi equipaje quedó abajo. Haga que lo suban y vea que se ocupen de la ropa. Prepáreme otra maleta con lo necesario para una semana; sport solamente, y no me despierte. Dígale a Luiggi que me deje el Mustang en la puerta, con el tanque lleno. Después disponga de su tiempo. No necesito nada más hoy.

***

En las afueras de Priverno, una carretera angosta y sinuosa se abría hacia un sendero de grava roja que desembocaba en la entrada principal del Castello di Santa Chiara. Los muros, cubiertos de plantas trepadoras, se mimetizaban con la frondosa vegetación del parque, destacando la boca oscura del vano, abierto para dar la bienvenida a los nuevos habitantes. El Peugeot se detuvo suavemente, evitando que las ruedas tocaran el embaldosado trapezoidal que marcaba el límite entre la naturaleza rediseñada según las reglas del arte y la maciza construcción ordenada por los Colonna para ejercitar su habilidad con el arco en el coto de caza, cobrando presas para matar el tedio que los carcomía en los intervalos entre guerras. Aquellos hombres recios, intrépidos, despiadados tal vez —*¿cómo darían las estadísticas si se compararan con los soldados de la «civilización»?*— ya no existían, ni tampoco se escuchaban los cascos ligeros de los descendientes de corzas y venados que otrora pastaban en sus tierras y morían bajo las flechas certeras de los señores del lugar. En la noche profunda, sólo respiraba la vida vegetal, exhalando una variedad de perfumes intensos que penetraron por las ventanillas abiertas del auto, dando a Alicia y Marcos la certeza de una nueva diferencia entre dos tiempos de su estar-no estar el uno con el otro; una diferencia instalada —precariamente, pensaban ambos— en las catorce horas que habían pasado a solas, y en lo que había acontecido durante esas catorce horas.

Ninguno inició el acto lógico de abrir la portezuela y bajar. Implícitamente, temían romper el hechizo que los protegía de sí mismos en el espacio propicio del automóvil. Fue un desconocido, salido de la nada, quien los sacó de su parálisis y del vehículo, saludándolos con un vozarrón bienhumorado aunque admonitorio.

—*La signorina Alicia, vero? Piacere di fare vostra conoscenza; Buccardini, al vostro servizio. Vedo que non siete venuta sola; comunque, non vi aspettavo così tardi . . .*

El torrente se cortó abruptamente. Recomenzando en inglés, Buccardini se disculpó:

—Lo siento, olvidé que no habla italiano. Traduzco . . .

Ella lo interrumpió rápidamente.

—Mucho gusto. En cierto sentido, eso de que no hablo italiano es una broma del Maestro Kovaciuk; como mi italiano dista mucho de ser perfecto, él hace de cuenta que no existe. Espero mejorarlo aquí, pero no se preocupe por repetir; ha estado muy claro. Los demás llegan en tren. Le presento a Marcos Kronenberg, viola de la orquesta. Nos hemos venido turnando en el manejo para evitar paradas largas en el camino, pero aún así, es un largo viaje.

Los hombres se estrecharon las manos, sintiendo el intercambio de una corriente de simpatía. En parte, esto consoló a Buccardini del disgusto de descubrir que la signorina no iba a hacerse a un lado tan fácilmente, pues no estaba impedida por el idioma.

—Permítanme ayudarlos con las valijas. Las habitaciones están prontas, y si desean comer o beber algo, puedo ofrecerles . . .

—No, gracias —rechazó Alicia—. Al menos yo quisiera acostarme lo antes posible. Estoy cansadísima, y mañana será un largo día. No sé si Marcos querrá . . .

—No; no se moleste por mí. Yo también estoy rendido.

Buccardini cargó las valijas, y Alicia y Marcos se dividieron el pesado portafolio repleto de papeles y la máquina de escribir portátil. El anfitrión fue encendiendo luces a su paso; atravesaron un vestíbulo interminable que conducía al salón principal, a cuyos fondos se encontraba la escalera que llevaba a los dormitorios. Los recién llegados no tenían energía para detenerse a mirar la maravilla de cuento de hadas en la que residirían los próximos meses; prácticamente caminaban dormidos. Ya en el piso superior, el señor Buccardini depositó las valijas en los respectivos cuartos y les deseó un buen descanso.

—Buenas noches —le respondió Alicia—. Alrededor de las ocho, antes de que lleguen los otros, vamos a controlar la distribución de los espacios y los horarios, si le parece bien.

Marcos cerró su puerta con una sonrisa. El signor Buccardini se retiró al estudio provisto de un sofá cama que utilizaba cuando se veía obligado a pasar la noche en Santa Chiara, perturbado por la idea del fin de su despotismo absoluto.

¿Qué puede saber de organización esta ragazzina arrogante y sin experiencia?, se preguntó obsesivamente, hasta que los ronquidos le cerraron los párpados y lo hundieron en la compasiva inconsciencia del sueño.

***

La Termini de Roma no difería gran cosa de las grandes estaciones ferroviarias de otras capitales occidentales. Sobre todo, los Argentinos le encontraron un inesperado aire familiar, que Wilhelm, oficiando de enciclopedia ambulante, quiso atribuir a la mayoritaria inmigración italiana que había desembarcado en Buenos Aires entre los siglos XIX y XX, llegando a conformar el 12 y pico por ciento de la población del país alrededor de 1914.

—No, nada que ver —le refutó Karly—. No es porque estemos acostumbrados a convivir con los italianos; por lo menos, no nuestra generación. Es más bien este hormiguero de gente que se mueve en todas direcciones...

—Y que nos va a tirar al suelo si no nos salimos del medio del andén —completó Esteban, comenzando a mover su equipaje hacia el hall central.

Los demás lo siguieron, pues a quién sino a ellos se le podría haber ocurrido formar un círculo, como cuando ensayaban, alrededor de los bultos apilados que contenían sus pertenencias, y ponerse a filosofar, expuestos a los empellones, codazos, y pisotones de la marea humana que pugnaba por bajar del tren y se veía impedida por una segunda oleada que intentaba subir, dado que los carteles «París-Roma» colocados en la parte externa de los vagones ya habían sido reemplazados por otro que rezaban «Roma-París», y todos gritaban por sobre el rugido de las maniobras necesarias para reubicar las locomotoras.

—Es el olor —afirmó la Gorda—. Parecido al que sentí la primera vez que llegué a Retiro.

—No sé cómo te queda olfato, *poveretta*, con lo descompuesta que estuviste toda la noche —se condolió Nino—. No era cuento que te hacía mal viajar en tren. Te pido perdón por haber sido mal pensado; creía que exagerabas para salirte con la tuya y disfrutar del auto.

Ella le dedicó una dolida mirada de reproche, y se encogió de hombros. Ya se había acostumbrado a que la respetaran sólo cuando ejecutaba su instrumento, cosechando admiración por la extraordinaria limpidez y belleza de sus trinos.

—Ese olor —prosiguió Nino—: es lo que llamamos la *spuzza*. Mejor que se acostumbren. Se les va a meter por la narices en el transporte público, en las aglomeraciones, los lugares cerrados, los tapizados de los autos particulares o de alquiler, percudidos sin remedio. No es el caso en los círculos educados, *però*.

—También hay mugre en el suelo —observó Mario—. Igualito que nosotros, tiran los boletos, las envolturas de los caramelos . . .

—Sí, bueno; me alegro que se sientan *como a casa vostra*. Pero si no buscamos rápido la combinación a Priverno, vamos a quedarnos a vivir en la estación. Tenemos que tomar algo que vaya al sur y haga paradas intermedias. Directo, hay un solo *trenino* que vuelve a las siete de la tarde; es demasiado. Espérenme aquí. Yo voy hasta las boleterías, saco los pasajes, y vuelvo.

—¿Por qué no sacó Alicia los pasajes? —quiso saber Wilhelm.

—Porque no le vendían para traslados internos, mono sabio —respondió Nino—. La verdad es que te conozco hace años y siempre nos hemos llevado bien, pero a veces te ponés francamente pesado. ¿No la podés dejar en paz ni siquiera cuando no está?

No esperó la respuesta y buscó la cola correspondiente. También las colas bulliciosas y desordenadas, con los «vivos» que se hacían los distraídos para pasar los primeros eran igualitas a las que había visto en Buenos Aires, donde había que hacer cola hasta para mear.

***

Al haber cubierto el trayecto hasta Roma en coches-cama, los Argentinos se sorprendieron de la extraña disposición del vagón que les tocó en suerte, y más aún cuando se enteraron de que era la única posible. En lugar de filas de asientos separados por un pasillo, se encontraron con compartimentos para ocho personas, munidos de banquetas sin apoyabrazos adosadas a las particiones, para cuatro, enfrentadas, de modo que los desafortunados que no habían conseguido una ventanilla no tenían más remedio que estirar el cuello para ver el paisaje, o mirar al frente, con cuidado de no parecer que escrutaban los rostros de la compañía ocasional. La única puerta del compartimento daba a un largo y estrecho pasillo donde se alineaban los equivalentes a la ventanilla del lado opuesto. Muchos viajeros preferían permanecer aquí, lo que dificultaba la circulación a los baños y la tarea del guarda, consistente en controlar los *biglietti* y anunciar el próximo lugar donde se detendría el tren. Ocho personas. Ellos eran nueve.

Nino, en su papel de dueño de casa, acomodó sus cosas en un compartimento vecino, pero tuvo que resignarse a viajar en el pasillo, pues no había lugar para mantener el contrabajo en la posición correcta. Solidarios, los otros se turnaban para salir a darle conversación, pero tuvo que aguantarse más de una puteada de quienes pasaban presurosos y se encontraban con la vía bloqueada por el hombre sosteniendo firmemente el instrumento, protegiéndolo, resguardándolo de la indiferencia de pasajeros para quienes se trataba de una mole «que tendría que haber ido en el furgón de carga, *a mannaggia . . .* »

—Priverno-Fossanova —anticipó Nino en cuanto dejaron atrás Frosinone—. Vamos preparándonos para bajar.

—No entiendo —la Gorda puso cara de incomprensión—. ¿Es un nombre compuesto?

—No, Graciela. Es una estación para dos pueblos distintos. En algún momento iremos; entiendo que vamos a dar un concierto en la Abadía.

—Pero debe ser mínimo, si ni siquiera tiene estación propia —objetó la Gorda—. La Abadía, ¿no es un nombre pomposo, de ustedes los tanos, que exageran todo, con perdón de Nino?

—En la Abadía de Fossanova descansan los restos de Santo Tomás de Aquino —la ilustró Karly, ayudándola a bajar su maleta del portaequipaje.

¿Y vos como sabés, si sos judío?, se guardó ella, en una de las contadas ocasiones en que se le activaba la función inhibitoria de las cuerdas vocales.

Descendidos en el andén desierto, cruzaron al otro lado, esperando encontrar una parada de coches de alquiler o de ómnibus. No la había.

—¿Nos vendrán a buscar? —preguntó Lars, esperanzado.

—*Mi dispiace,* pero la respuesta es no —dijo Nino. Y entre las protestas de indignación e incredulidad, se apresuró a explicar—: Dejamos lo más pesado en la oficina del ferrocarril, *facciamo una bella passeggiata* por la carretera hasta el Castello, y alguien se va a encargar de que nos juntemos con nuestras cosas.

—¿Y por qué «alguien» no se encargó, sabiendo que llegábamos? ¿No podemos llamar por teléfono? —insistió la Gorda, que odiaba caminar.

Nino se echó a reír.

—No sabían cuál combinación íbamos a tomar. Y acá no hay teléfonos, salvo en el pueblo propiamente dicho. No nos queda de paso, pero si tenés ganas de hacer ejercicio de más . . .

✳✳✳

El signor Buccardini había defendido palmo a palmo el esquema de organización que, según él, mejor se adaptaba a las actividades de la orquesta, y había sido derrotado en todos los frentes por la *ragazzina.* En su fuero interno, el adjetivo «obstinada» se sumó a los de «inexperta» y «arrogante» que le había endilgado la noche anterior.

—No me sirve este horario de comidas —había dicho Alicia, mientras bebía una taza de té por todo desayuno, sentada junto a él en un extremo de la mesa de madera rústica con capacidad para treinta comensales—. A las doce, la hora que usted propone para el almuerzo, todavía no han terminado de ensayar o practicar, y si les da de cenar a las ocho, como acostumbran acostarse tarde, a medianoche van a estar muertos de hambre. No ha contemplado una merienda y, por lo poco que he visto, para comprar un simple paquete de galletas hay que ir a Priverno.

—Esto *es* Priverno, signorina —le recordó él, feliz de pescarla en un *faux pas.*

—Muy gracioso. Sabe bien que me refiero al pueblo, no al

municipio. Lo que me lleva a preguntarle si ha pensado que somos maratonistas. Ya me enteré por la cocinera que no hay transporte público en la zona. *¡Qué horror! Habló con Margherita sin esperar a ser presentada formalmente. Los jóvenes de hoy, vengan de donde vengan, no respetan las formas; son todos hippies, todos, aunque no vistan túnicas.* A juzgar por el mapa ése —y señaló un póster a sus espaldas—, no queda cerca. ¿Disponemos de autos? ¿De bicicletas? ¿O tenemos que quedarnos encerrados aquí salvo cuando nos lleven y nos traigan en la temporada de conciertos?

—Bueno, tienen el Peugeot en el que vinieron —razonó Buccardini—, y se pueden turnar para usarlo. No imagino que vayan a salir todos juntos de excursión.

—Ahí se equivoca usted. Por cierto, no solemos salir todos juntos, aunque a veces nos gusta hacerlo. Pero el Peugeot vuelve a París; hace un rato se lo ha llevado Marcos a la sucursal de la agencia en Roma. ¿Entonces?

—El Maestro tiene tres autos —propuso Buccardini—. Estoy seguro de que con gusto dejará por lo menos uno a su disposición. Aunque nadie antes se ha quejado de las distancias; francamente, signorina, sus preocupaciones me asombran.

—Signor Buccardini . . . —reinició ella.

—Buccardini es suficiente.

—Muy bien. Buccardini, o como prefiera, ¿se acuerda de lo que me dijo anoche, al salir a recibirnos?

¿Qué le habré dicho fuera de saludarlos?, se devanaba los sesos él.

—«Al vostro servizio» —Alicia se permitió imitar el vozarrón—. Yo lo tomé al pie de la letra; es más, me sonó exagerado; me bastaba con un poco de buena voluntad. Retomando, lo que el Maestro haga o deje de hacer con sus autos es asunto suyo. No le puedo pedir uno, y me aterra la idea de lo que puede pasar si, en efecto, decide dejar un auto y se nos descompone a nosotros; ni hablar de un accidente. ¿Entonces? —insistió.

—Ya encontraré una solución. Le aclaro que no tengo inconveniente en llevarlos yo mismo a donde quieran, en mi propio automóvil.

—Muy gentil de su parte, pero tendrá otras cosas que hacer; no es razonable estorbarnos mutuamente.

Y así pasaron las horas, y desfilaron la calidad y cantidad de almohadas y cobertores, la frecuencia del cambio de ropa blanca, la necesidad de no aparecerse con personajes ávidos de conocer a los músicos sin consultar si era oportuno, y muchísimo más.

Baste decir que a Buccardini, a un paso de la apoplejía, lo alegró la llegada del grupo, e inclusive bendijo el aluvión de protestas porque, aunque el blanco era él, se tamizaron a través de Alicia, el referente conocido.

XXXV

Tranquilizados los ánimos merced a ciertas promesas temerarias hechas por Alicia, entre la espada y la pared, con riesgo de protagonizar el rol de chivo expiatorio en la huelga de brazos caídos con que amenazaron los músicos si no se resolvía rápidamente lo que ellos llamaban de la sartén a las brasas —del encierro forzado a la interminable caminata hasta el pueblo— cada uno se dirigió a su respectivo alojamiento, no sin antes escuchar la solemne confirmación de Buccardini de que en menos de media hora se reunirían con los objetos que habían quedado en custodia en la estación.

Las frases tranquilizadoras que Alicia utilizó fueron acompañadas de una significativa mirada a Buccardini, un llamado de atención a lo que se había comprometido a resolver. Él no comprendía el español, pero los pocos términos que guardaban semejanza con el italiano le permitían seguir el hilo del discursito, y ella iluminaba su comprensión señalando con la punta del lápiz las anotaciones donde su muy preciado esquema hacía agua. A pesar de la inquina que le venía tomando, agradeció en su interior la presentación respetuosa que hizo de él ante los músicos, agregado al hecho de que omitió toda mención al duro entredicho que había inaugurado la mañana.

El descontento asistente partió a ocuparse de lo que parecía el problema principal. Manejando con la cabeza en otra parte, al llegar al empalme con la ruta, una maniobra producto de un reflejo condicionado —puesto que su mente estaba muy lejos de sus acciones— le evitó un desastroso choque frontal con el Mustang rojo que ingresó en el sendero como una tromba, levantando polvo y grava que lo ocultaban de la vista. Cuando la máquina desapareció en un recodo del sendero, y sólo el ruido lejano del escape libre aseveraba que, en verdad, no era una ilusión óptica, Buccardini cayó en la cuenta de que había llegado el Maestro. Detenido a un costado del camino, temblando tardíamente por las consecuencias nefastas que había evitado gracias a la sabiduría de sus manos y pies, se sintió tentado de volver al Castello y hablar con Hugo Kovaciuk antes de que la signorina le proporcionara una versión aumentada y corregida de los hechos. Sopesó cómo influiría esta conducta sobre su imagen. Pero no le faltaban pretextos plausibles en el disfraz de la intención de fondo, de modo que hizo un giro en U, y manejó dignamente de regreso.

El Maestro no había entrado todavía. Parado junto al auto, devoraba con los ojos la inmensidad del parque, como queriendo adueñarse de él en la creación de un «pastito interior» que mantuviera lejos las tensiones que tanto le costaba dominar.

—*Ciao*, Buccardini. Ya me preguntaba por qué no habías venido corriendo a recibirme —lo saludó con una mueca forzada que quería ser sonrisa.

—*Benvenuto*, Maestro. Iba de salida al servicio de usted. Casi me atropella, sabe.

—Pues no, no sé. No recuerdo haberte visto. ¿Ibas en eso? —y apuntó la mano al Mercedes negro, flamante, con matrícula oficial.

—Claro. Un auto de la Gobernación, gentileza del Onorevole a la difusión de la cultura musical que usted representa.

—¿Y has pegado la vuelta sólo para saludarme? ¿Para hacerme notar que por poco tu adhesión «a la cultura musical que yo represento» te manda al hospital? ¿Por algún otro motivo que no puede esperar? —lo aguijoneó el Maestro.

—Saludarlo es siempre un placer —Buccardini tomó una tangente—. Pero me urgía hablarle de su secretaria, y me dije que más vale pronto que tarde. La signorina Alicia . . .

Y ahí desgranó la sarta de pretensiones con las que la signorina se había descolgado, poniendo patas arriba preparativos que *siempre*, recalcó, habían resultado altamente satisfactorios.

A medida que Buccardini enumeraba las exigencias y objeciones que había tenido que escuchar con toda la paciencia de su largo entrenamiento, observaba con indisimulada satisfacción las profundas líneas que comenzaban a surcar el ceño del Maestro.

Es mío. Ahora le va a pegar cuatro gritos a la ragazzina, y todo queda como lo planifiqué.

—*Sai*, Buccardini, todo esto que me dices habla muy bien de mi secretaria. En confianza, te cuento que no la despedí en París por un pelo. Sin embargo, que te haya puesto en tu lugar, peleando por el bienestar de los muchachos y no dejándose avasallar por tu modo intimidatorio, me indica que no me equivoqué al conservarla. Sin duda, no voy a revocar ninguno de sus pedidos. Arréglate para complacerlos de inmediato; ya perdiste tiempo viniéndome con cuentos que corresponden a la esfera de ella, no a la mía.

La cabeza gacha y las puños apretados del otro le inspiraron una chispa de generosidad.

—Te puedo ayudar prestándoles el Mustang. Cuando vayamos al pueblo hablaré a casa para que Luiggi me traiga la Lancia. Eso sí —agregó, acariciando el brillante capot—, aunque se compró nuevo, en el '64, tiene problemas de radiador que nunca se pudieron reparar del todo, por eso prefiero manejarlo yo, que le conozco las mañas. Tú los pones al tanto, y les recomiendas cuidado. Vete. Cuanto más demores, más expuesto estás a la lengua filosa de ese ogro —a este punto apenas si lograba contener la risa—, que tengo por secretaria.

***

Desde que el Gobernador Caromio —apellido que le acarreaba no pocos disgustos— alzara las banderas de la protección a los emprendimientos educativos y culturales, las ciudades de la Provincia soportaron una pegatina tras otra de anuncios que conminaban a los ciudadanos a asistir a los eventos, ofrecidos en forma gratuita por una administración interesada en el desarrollo de los valores espirituales a través del contacto con el arte.

Al tratar de indagar en la historia de Latina y relacionarla con los nombres que se le iban haciendo familiares a fuer de repetidos —Priverno, Fossanova, Terracina, Sermoneta, Roccagorga, Roccaseca— Alicia encontraba relatos dispares, fragmentarios, como si se hubiera armado un ramillete de flores silvestres cuyos orígenes verdaderos, ya fuera por ignorancia o por confusión, se habían recubierto con datos que permitían rellenar el vacío de información, siempre perturbador.

La versión oficial de los '60 afirmaba que Latina había sido fundada por Mussolini en 1932 bajo el nombre de Littoria, y edificada sobre antiguas cisternas romanas. Sin embargo, los fascistas —habría sido una puerilidad creer que la ideología había desaparecido junto con el líder— afirmaban que Mussolini había triunfado en la tarea hercúlea de disecar las ciénagas en la región que luego pobló con nativos de la comunidad del Friuli y de la Emilia. Pero una tercera variante advertía que la ciudad había sido fruto de un visionario del Partido, y que Mussolini se había limitado a concurrir a la inauguración y a contribuir, cuando sus otras ocupaciones se lo permitían, a su expansión agrícola. Todos acordaban que el nombre actual reemplazó al primitivo en 1946, y que la ciudad capital era chata y fea, tal vez por tratarse de un engendro moderno impuesto sobre antiquísimos territorios ricos en sangre derramada y arquitectura medieval.

Las primitivas callejuelas de Priverno, adoquinadas y desprovistas de aceras, se enroscaban en pendiente hasta el corazón del pueblo.

Las casas que las orillaban mantenían sus puertas abiertas, facilitando las visitas improvisadas de las comadres que intercambiaban habladurías junto con recetas y tazas de azúcar prestadas. Llegando al centro, era inevitable detenerse a contemplar el enorme cartel que anunciaba la sastrería fina de Roberto Caromio, hermano del Gobernador, doblemente orgulloso de que un hijo del *paese* hubiera alcanzada tan elevada posición, y de no haber abandonado su oficio sartoril ni su hogar ancestral para ascender los peldaños de la política que había coronado la persistencia del Gobernador con un nombramiento de primera categoría.

Más allá, se exhibía la sofisticación máxima del pueblo: una mezcla de bar, quiosco, cigarrería, y trattoria cuyo dueño había adquirido a gran costo un par de *flippers* importados de los Estados Unidos. A instancias de los Provincianos y de Nino, que solían pasar sus horas de ocio turnándose para operar las perillas en un afán caprichoso por lograr más *bonus* a partir de la suma de puntos, Alicia los acompañó una tarde. Tuvieron que dejar el Mustang abajo, porque los espacios angostos que separaban los números pares de los impares sólo permitían el acceso de vehículos de dos ruedas; los muchachones del lugar atestaban los alrededores de la hermosísima plazoleta con sus Ducati o Benelli, pavoneándose en poses de James Dean, desafiando la calculada indiferencia de los menos afortunados.

Saludaron familiarmente a los músicos, pero la presencia de Alicia despertó cuchicheos sofocados seguidos de groseras risotadas y largos hiatos dedicados a radiografiar sus jeans y su blusa modestamente escotada. Nino se les acercó y les susurró algo también incomprensible para ella, quizá por lo fugaz de la frase y porque había utilizado el dialecto local, del que Alicia reconoció la palabra *mai*, que allí había reemplazado al *mani* del italiano standard. Nino se mostraba disgustado e inquieto, y trató de apurar el juego, a pesar de que Alicia parecía estar pasándolo muy bien. Pretextando que llegarían tarde a cenar, se negó a empezar otra partida, y fue empujando a sus renuentes compañeros hacia afuera, metiéndolos en el auto sin romper el mutismo que lo había asaltado desde que se sentara al volante.

—¿Qué mosca te pico? —quiso saber Florencio el Santiagueño—. Si a vos te gusta jugar con las maquinitas tanto o más que a nosotros.

Ambas manos sobre el volante; sin comentarios.

—¿Te estabas por agarrar a trompadas con esos vagos? ¿Es eso? —se hizo notar la perspicacia de Enrique el Correntino—. ¿Y qué problema había? Flor de paliza les habríamos dado entre los cuatro.

—Dale, Nino; largá. Te conozco; lo vas a terminar diciendo donde haya orejas que no lo tienen que escuchar. Orejas equivocadas, ¿me entendés? —lo apretó Mario el Mendocino.

Una mano sobre el volante; la otra, tamborileando sobre su pierna izquierda.

Alicia no preguntó. Sospechaba que ella tenía algo que ver, pero no le importaba. Todas las mujeres alguna vez eran objeto de expresiones crudas por parte de los machos en celo; mientras no pasaran a mayores, la cosa no era importante.

A Nino lo impresionó la frase «orejas equivocadas». Si se le escapaba la bronca delante del Maestro, peligraría la programación centralizada desde Latina.

—*Fa schifo.* Resulta que desde que llegamos se rumorea en el pueblo que una docena de tipos sin moral —nosotros, ya que según estos desgraciados ningún artista tiene moral, o se dedicaría a otra cosa— viven orgías desenfrenadas en el Castello con un par de minas igualmente degeneradas. Muchos no lo creían del todo: *magari*, pensaban. No lo creían porque nadie había visto ninguna mujer; sólo a nosotros ... como las chicas nunca vinieron al pueblo ... hasta hoy. Cuando apareció Alicia, en pantalones, nada menos, reíte del marqués de Sade. Ya estaban anotándose en una lista de voluntarios para caer en el Castello de noche y tener su parte de farra. También creen que hemos llevado a las hijas de Margherita por mal camino. Decí que no saben en qué parte del monte viven, y que la madre viene a hacer las compras al pueblo cuando estos cretinos todavía duermen.

—Pero, Nino, esto es peligroso. A alguien hay que decírselo; a Buccardini; él sabrá qué hacer —rogó Alicia.

—No; lo único que sabe hacer Buccardini cuando hay quilombo es meter a la gente en cana. Mucho no los pueden retener por hablar, y después te la regalo. Mejor sería hablar con el Raggionere Tebaldi. Es discreto, y sabe manejar a este tipo de gente.

—¿Es amigo tuyo? —preguntó Mario.

—No especialmente; él y otros tipos son íntimos del Gobernador, y amigotes del Maestro. A veces se juntan a tomar y a hablar de minas.

—¿Te estás escuchando? —se horrorizó Alicia—. ¿Vas a confiar en un tipo que hace lo mismo que le vas a pedir que arregle?

—No es lo mismo, Ali. Dejame a mí. Vos no lo entenderías nunca. Sos mujer, ¿no?

***

Hacía sólo una semana que estaban en Italia, y a Karly le parecía que había transcurrido una eternidad. Pudiendo apartarse de los demás sin ser notados, dado que el Castello y su parque eran inmensos y nadie esperaba andarse tropezando con los otros a cada rato, Esteban y él, cumplidos los ensayos y ocupando puntualmente su lugar a la hora de las comidas, daban largos paseos sin abandonar el predio, tomados de la mano o de los hombros; se recostaban en las hamacas acogedoras de las glorietas lejanas, leyendo en voz alta sus poetas favoritos; o se dormían al tibio sol de primavera sobre una lomada de césped, entrelazados los cuerpos. Esteban había perdido la modalidad amarga y sarcástica que les arruinara tantos momentos en un pasado cercano; *qué extraño*, pensaba Karly, *tan cercano, y mi sensación es que fue en otra vida.*

Una suerte de pereza se había apoderado de todos y cada uno de los músicos. Por supuesto, dedicaban horas al estudio, acudían a los ensayos, y continuaban enzarzándose en las habituales discusiones acerca de la superioridad de este o aquel compositor. Pero fuera del entusiasmo de algunos por la novedad de las «maquinitas» —en Argentina no las había— no sentían el menor deseo de abandonar la paradisíaca quietud del Castello. Ahí estaban, esperándolos, los vehículos que Buccardini les había procurado: un Volvo y una Giuletta, estacionados junto al Mustang, el único que sacaban, por ser el preferido de Nino, los que iban con él al pueblo. La costumbre rápidamente adquirida de jugar partidas de *flippers* conllevaba una especie de obligación moral de comprar a los autorecluídos golosinas, aspirinas, cigarrillos, o cualquier otro pedido anotado a toda prisa en trocitos de papel cuando anunciaban el paseo «al centro».

Buccardini no perdía ocasión de fastidiar a Alicia por el estado de inercia soñolienta que se había adueñado de los músicos.

—Veo que estos autos pronto van a necesitar un service. Es increíble la cantidad de kilómetros que han hecho —le decía, con aires de inocencia.

—Ya los harán, Buccardini; los muchachos se están adaptando; nunca tuvieron una experiencia como ésta.

—¿Y usted, signorina? ¿Cómo es que no ha salido, por lo menos a Roma? ¿No le interesa ver la cuna del mundo? —proseguía él.

—Claro que me interesa. Pero no quiero ir sola.

—Ah! Me cuesta creer que no pueda convencer a alguno que la acompañe.

—Bueno, por ahora, nadie quiere. No va a durar mucho. Un buen día se van a despertar con ímpetu de aventura; hay que saber esperar —respondía ella.

Lo que no sabés ni te importa viejo socarrón es que sí tengo con quién ir pero nos pondríamos en evidencia bastante nos cuesta evitar mirarnos no gritar lo que sentimos qué bueno fue que tuviéramos esas catorce horas de confesión de comunión no podría explicar cómo nos fuimos acercando pero no tengo que explicar nada sólo recordar que nos abrimos como un fruto maduro los brazos de él rodeando mi cintura tenés novia le dije no me contestó sí me contestó con caricias con besos con las horas furtivas que robamos en su cuarto cuando Mario se va al pueblo conteniendo el deseo demorando el placer dolor miedo tengo miedo del dolor del placer.

—¿Acepta, signorina Alicia? —repitió Buccardini, impaciente.

—¿Qué se supone que tengo que aceptar? —replicó Alicia, vuelta a la realidad, culpable de haberse evadido a una felicidad nueva que le estaba vedado revelar.

—Acompañarme a Roma. Le estaba explicando que no le vendría mal dar una vuelta por la ciudad, sobre todo considerando que el Maestro seguramente le encargará diligencias allí. Necesita un guía, al menos la primera vez. Después se le hará costumbre.

La primera vez... Después se me hará costumbre... La costumbre es la negación del amor...

—Déjeme consultar con el Maestro primero.

***

El Maestro se comportaba de manera extraña. Extraña a su naturaleza, comentaban los músicos, preocupados por el cambio. Ausente, dejaba a Wilhelm la responsabilidad de las actividades, postergaba su aquiescencia a las fechas de visita de ilustres colegas que enriquecerían con su sabiduría la formación de los jóvenes, partía en la Lancia de improviso, y —lo más inquietante— parecía haber perdido el placer de atormentar a la víctima de turno.

—¿No ha visitado Roma todavía? —exclamó, incrédulo, cuando Alicia reclamó su permiso para tomarse un día libre.

—Pero, Maestro, si yo no desaparezco sin asegurarme que no me necesita...

Entonces, ¿no tenía registro de los que se movían a su alrededor?

Había que atreverse a preguntar . . . sin preguntar.

—Entiendo que es un sí. ¿Quiere que pase por su casa y le traiga un recambio de ropa? ¿Otra cosa?

Alicia respiró hondo. Estaba dicho. De la respuesta vendría la confirmación —o no— de lo que su instinto femenino y aquel diálogo del alma sostenido frente a las tazas del desayuno la obligaban a callar ante la pregunta que se había convertido en el leit motif de todas las sobremesas: ¿Qué Le pasa?

—Mi ropa y usted producen un efecto desastroso cuando se juntan. No me haga acordar. Lo que quiero de mi casa . . . no se puede traer. En realidad, yo planeaba volver a casa en estos días . . . Hay algo que puede hacer. Le agradecería que llevara un mensaje a mi casa.

¿Me agradecería? Pero si jamás me ha dado las gracias. Está realmente muy mal.

—¿Lo dejo en el buzón?

—Es un mensaje verbal. Dígale a quien encuentre que espero cenar con mi familia el viernes.

—¿Acá? ¿Allá? ¿No me pedirán que les aclare?

—La destinataria final del mensaje es mi esposa, Alicia. Ella entenderá.

***

Bajo la experta conducción de Buccardini, el Mercedes se deslizaba a lo largo de un ramal secundario en dirección a la Via Appia. Los excelentes amortiguadores permitían el máximo de velocidad, burlándose del empedrado milenario, irregular, desgastado, que debía sentir como una afrenta el ininterrumpido rodar de los automóviles sobre una ruta que narraba la expansión y los avatares del Imperio con mayor vividez que cualquier material impreso.

Los diversos tramos, reparados y mantenidos en todas las épocas, siguiendo el trazado original de Appio Claudio y reformado por el Emperador Trajano, inspiraban fantasías de legiones, siluetas de caballos briosos, evocaciones de las águilas orgullosas enarboladas por sus portadores, el poderío de Roma extendiéndose hacia la conquista. La magia de las piedras exhalaba una pócima del olvido; al fijar la vista en ellas, una espesa nube arrebataba el andar cansino de la ralea, los carromatos cargados de provisiones enviadas a la ciudad privilegiada desde los campos, los gemidos de los heridos en batallas perdidas, las hordas salvajes que hollaron el acceso —no el único, sino el más recordado— al núcleo sagrado. El efecto hipnótico de las piedras sólo permitía anticipar, en retrospectiva, la gloria de Roma, purificada de sus desgracias.

—Estos monumentos que se alzan a los costados son tumbas, mausoleos, y ruinas irreconocibles que se dice fueron villas o templos en los días antiguos —comenzó a disertar Buccardini, atento a la lenta disolución del estado de enajenación que se había apoderado de Alicia—. Las guías turísticas reconocidas las identifican por su nombre, e inclusive las más completas historizan su origen y detallan la genealogía de las familias patricias que enterraron a sus muertos en ellas. Yo podría nombrárselas también, pero no creo que sirva de mucho. Prefiero que sepa lo que ninguna publicación respetable menciona: estos hitos augustos brindan hoy una utilidad pedestre, vulgar, y deleznable. Detrás de ellos se estacionan autos con parejas heterosexuales u homosexuales —otra aberración de la modernidad— para consumar actos indignos.

—La información es interesante, pero lo que usted llama «actos indignos», y su condena a la homosexualidad, ¿no son un tanto . . . cavernícolas? Me han dicho que actos por el estilo, corregidos y mejorados, pueden verse en los frescos de Pompeya. Al margen de lo cual, los antiguos romanos hicieron un culto de la homosexualidad sin ser apartados de la sociedad por ello. ¿Qué tiene usted contra el mundo moderno? ¿No vive en él, acaso?

Impertérrito, el signor B. mantenía la mirada en el camino; lo monótono de su tono evocaba una cinta grabada por un pronosticador del tiempo.

—Usted es demasiado joven para comprender el deterioro moral en el que se debate mi generación. La postura de ustedes, los jóvenes, de tolerancia a lo que contradice el mandato de Jesús, empolla el huevo de la serpiente. En la madurez, probablemente se den cuenta del terrible error que han cometido, pero será muy tarde para enmendarlo. En fin; lo que le he dicho simplemente viene a cuento de futuras invitaciones que pueda usted recibir, signorina, a «pasear por la Via Appia». Recuerde que será un eufemismo, y que nadie va a socorrerla si se encuentra en apuros.

Feliz de haber cumplido con su meta didáctica, recobró su voz normal y anunció:

—Vamos a llegar hasta las murallas de Aurelio, el punto de inicio original. Luego le mostraré algunos lugares interesantes, aunque no nos detendremos; ya tendrá ocasión de recorrerlos cuando sus muchachos terminen de . . . ¿cómo fue que me dijo? Ah, sí, «adaptarse». En cambio, nos dedicaremos a admirar Piazza Navona, donde la convidaré con un rico helado como nunca los habrá comido usted, servido en el interior de una cáscara de naranja perfectamente vaciada, jugosa però, y perfumada.

***

Querido Hernán:

¿Cómo estás? Me emocionó mucho tu descripción de los casamientos de Ana y Norma; casi me parecía estar viéndolas frente al altar, con los largos vestidos blancos y las tocas con tules. Gracias por incluirme en el regalo; por supuesto que pagaré mi parte al regreso.

Hoy estuve en uno de los lugares que tanto te gustan. Lo conocés a ojos cerrados; por eso mismo quiero compartir con vos lo que sentí, sin necesidad de entrar en descripciones que no me salen muy bien y que serían redundantes en este caso.

El individuo que se ocupa del funcionamiento del Castello di Santa Chiara, la villa donde vivimos, grosso modo a una hora al sur de Roma y dos al norte de Nápoles, un individuo que no termino de comprender —a veces parece que me hace la guerra de la mañana a la noche, y otras se porta como un padre— me llevó a conocer Piazza Navona, adonde llegamos partiendo de la muralla de Aurelio, tomando el Corso Vittorio Emanuele II (no podía creer la cantidad y refinamiento de las tiendas, ¡y cuántas librerías bien surtidas!) y pasando por la via Marmorata (nunca se me habría ocurrido que el nombre tenía que ver con canteras de donde sacaban material natural para las construcciones) y la via Arenula, donde dejamos el auto y seguimos a pie.

Recorriendo la Piazza, me impactaron dos cosas. Por favor no te rías: pensá que estuve metida en pleno campo una semana entera. El granito rojo del que están construidos la mayor parte de los edificios de la zona transmiten una sensación de calidez que llega al fondo del corazón. La otra cosa es que, hacia el anochecer, descubrí que el cielo no se oscurece a negro, sino que alcanza un punto increíble de azul brillante. No vi un cielo parecido en ninguna otra parte, ni creo que lo haya. Estoy convencida de que es una de las bendiciones de Roma derramadas sobre los afortunados que no tienen más que elevar la mirada para curarse del acecho de la angustia.

Muchas veces me hablaste de las fuentes y de las iglesias que bordean la Piazza; de la incompatibilidad entre Bernini y Borromini. Yo encontré —quizás por ignorancia— una armonía de formas y de líneas que me impedía distinguir entre las obras del uno y del otro.

Con algo de ingenuidad, y sin pudor, hablándote a vos, mi amigo de la infancia, te cuento que a pesar de todas las fotos que me mostraste de la Fontana dei Quattro Fiume (acá le dicen Fontana dei Fiume, sin especificar número), recién hoy me enteré que los ríos esculpidos en representaciones antropomórficas son el Danubio, el Ganges, el Nilo... ¡y nuestro Río de la Plata!, que ojalá luciera tan bello; tuve que hacer un gran esfuerzo para separarlo en mi mente de las aguas marrones y poco invitantes que corren por nuestra Costanera, para no hablar de las piletas del río a las que iba con las tías en verano, donde si no tenías cuidado nadabas derechito a una bigornia flotante.

Antes de volver al Castello, habiendo saboreado un helado delicioso en uno de los tantos carritos que son una tentación para la gula y un peligro para los kilos, pasamos por la casa del Maestro —casa es una manera de decir, se llama Palazzo Valenti, y por fuera impresiona como una rara mezcla de prisión y fortaleza— donde la persona que me atendió a través de la puerta (el Maestro me había encargado que dejara un mensaje) no se identificó ni me preguntó quién era yo, no sé si de bruta o de maleducada.

Tengo un notición para que se pongan contentos los que me quieren y revienten de envidia los que me criticaban a mis espaldas, pensando que soy tan tonta que no me daba cuenta: ¡¡¡ESTOY ENAMORADA!!! Todavía es pronto para contarte quién es él; sólo te digo que es el premio a todos esos años que viví de afuera los romances de ustedes, llena de escepticismo, creyendo los vaticinios agoreros de mis tías, que ya me condenaban a una soltería a imagen y semejanza de la que ellas supieron forjarse.

Bueno, corto porque es hora de bajar a comer.

Un beso, y en tu próxima dame las novedades de Buenos Aires. Acá no existe; no salen noticias en los diarios, y a veces pienso que se desvaneció del mapa. Vos y los demás que escriben restringen todo a lo personal; parece que vivieran en un árbol. Yo les conté cosas que vimos en New York y París de las que ustedes sabían poco y nada gracias a la censura. No seas amarrete de tinta: explayate.

Cariños,
Alicia

***

—¿Eso fue todo? —Isabella temía que el poder de síntesis de Frau Zindlich hubiera podado el escueto mensaje.

—Todo —corroboró el ama de llaves, guardándose lo que se moría por decir.

—Muy bien. El viernes haces preparar una cena formal, para cuatro, servida en el comedor pequeño. «Servida» significa que la entrada esté esperando a los comensales frente a sus sillas, que el plato caliente quede sobre el brasero de base de plata, en el aparador, igual que el postre, y que las bebidas se dispongan en el *trolley* junto a la cabecera que ocupará el señor. Luego tú y el resto del personal se retiran a sus habitaciones, van al cine, o lo que sea. No quiero verlos merodeando cerca nuestro.

—Pero, contessina —protestó Frau Zindlich, apelando al diminutivo con el que la llamaba cuando era una niña —si la cena es formal, es una ruptura de protocolo que se sirva en el comedor pequeño y que no esté presente el mucamo de comedor. Y además, los niños sólo se sientan a la mesa con ustedes en las comidas informales. ¿Qué se le ha dado por introducir tanta innovación de golpe?

Frau Zindlich no lograba manejar su decepción. El cuadro ideal que había proyectado sobre el cielorraso de su dormitorio en una noche insomne se componía de una Isabella cuya expresión severa hacía honor a los retratos de sus antepasados que adornaban la planta baja, apretando los labios en un no sin concesiones. El colmo de la dicha habría sido un cambio de cerraduras y empacar las pertenencias del advenedizo, enviándoselas por intermedio de Luiggi sin explicación alguna.

Una variante menos satisfactoria, aunque lógica, incluía al príncipe Gualteri como quinto comensal. Un comensal que excediera su bienvenida, bebiendo en exceso, y viéndose forzado a pasar la noche en uno de los cuartos de huéspedes ni bien consiguieran levantarlo, tambaleándose, del sofá que él mismo había aconsejado retapizar.

Una tercera posibilidad era excluir a los niños. Esto predispondría muy negativamente a Herr Hugo, pues había declarado expresamente «con mi familia». Cuando Herr Hugo perdía los estribos, todo se hacía trizas sin esperanzas de reparación. No permitirle reunirse con los niños habría sido una ofensa de las que no se perdonan.

—Frau Zindlich —Isabella la devolvió al presente—. Lo he reflexionado largamente. Esta familia necesita una oportunidad; yo también he hecho lo mío para estropear las cosas. Le pido como un favor personal que deje de tratar a Herr Hugo como si fuera un visitante indeseable. No, no me diga que no es eso lo que hace; la conozco demasiado. Es verdad que yo la alenté; ahora, se acabó. Herr Hugo es mi esposo. No soy ciega a sus defectos, pero mis votos son sagrados por respeto a mí misma. Mis amigas se están divorciando con la misma ligereza con que se tiñen el pelo, a pesar de que el divorcio a la americana es ilegal en Italia; no importa; está de moda. Yo voy a hacer todo lo posible por salvar mi matrimonio, y usted va a colaborar. ¿Entendido?

—Herr Hugo se mandó a mudar la semana pasada sin tener la deferencia de llamarla a lo de sus padres. No le envió ni dos líneas por Luiggi cuando le llevó la Lancia. De la nada, apareció una ilustre desconocida con un mensaje que sonaba a orden. Por no ir más atrás. ¿Dónde perdió el orgullo de los Valenti, contessina? —enumeró Frau Zindlich, en un último intento de preservar a Isabella de nuevos y peores malos tratos.

—El orgullo es mal compañero de cama y pésimo amante, Frau Zindlich —respondió ella, retirándose al jardín donde la esperaban sus hijos.

XXXVI

Esa era la noche. Marcos dispondría del cuarto para él solo; los muchachos habían aceptado una invitación a presenciar un concierto coral a realizarse en la ciudad de Latina, seguido de una recepción en el Palacio del Gobernador, quien les había sugerido que aceptaran la hospitalidad de sus cómodas recámaras hasta el día siguiente, pues «es nuestra costumbre catar los variados licores de la región, y no quisiera tener que culparme por un accidente».

Esa era la noche. Isabella tomó un largo baño de espuma y sales perfumadas, ungió su cuerpo con un delicado aceite de hierbas aromáticas, y trenzó diminutas flores en sus cabellos. Los aromas esparcirían un llamado implícito al lecho conyugal; los cabellos sueltos y adornados a la manera de las ninfas propondrían los juegos del amor y la entrega de la doncellez —una doncellez renovada en tantas lágrimas derramadas que podrían haber colmado las fuentes donde las diosas recuperaban la virginidad.

A la hora de los espíritus, Alicia abandonó subrepticiamente su habitación, vestida, y caminó de puntillas en la oscuridad, tanteando las paredes, hasta la habitación de Marcos. Escurriéndose por la puerta entreabierta, lo encontró recostado sobre la cama angosta, también vestido, esperándola, con el rostro vuelto hacia la negrura del pasillo, en un conjuro impaciente que reclamaba su presencia.

A la hora de los espíritus, después de una cena alegre, realzada por el deleite de los niños ante los mimos que su padre les prodigaba y el permiso de quedarse levantados y jugar a su antojo, hasta que, vencidos por el cansancio, fueron llevados a la cama en brazos, y se durmieron al son de una antigua nana pulsada en el violín mágico, Hugo e Isabella, mirándose a los ojos, rozándose apenas, se detuvieron a los pies del amplio lecho que parecía invitarlos a dejarse caer en él; a dejarse llevar por él, el lecho sabio, testigo y actor de sus encuentros amorosos.

En la quietud de la noche, encubiertas las figuras por una vela que dibujaba dimensiones fantásticas con la pluma humeante de su llama, Marcos atrajo a Alicia a sus brazos y comenzó a besar suavemente sus párpados, su cuello, las comisuras de sus labios, mientras sus manos se deslizaban por el cuerpo tenso de la muchacha, sin desvestirla. Las manos, oprimiendo y abarcando, le pedían confianza, y las manos de ella respondieron con pequeños movimientos circulares, descendiendo desde el cuello hasta las nalgas musculosas. Él le quitó el vestido y se encontró con la sorpresa de su cuerpo desnudo. Se apartó por un instante para deshacerse de sus propias ropas, y volvió a tomarla con la boca ávida, recorriendo cada pliegue de la piel, sin decir palabra.

En la quietud de la noche, el lecho iluminado a giorno, cantando al goce de mirar el cuerpo amado, Hugo e Isabella se entrelazaron en un ser único y armónico que respiraba al unísono. Él la penetró lenta, profundamente, adueñándose de cada espacio que la membrana hambrienta iba cediendo; enseñoréandose al mismo tiempo de su voluntad, obligándola a una sumisión que ella pedía en las bruscas convulsiones que lo retenían dentro de ella. Amos y esclavos, ambos, sujetos por el sutil e indestructible nudo de un amor que rehuía las palabras. *Las palabras mancillan el amor* —cruzó como una epifanía la mente adormecida de Isabella.

Esa noche, no se consumó el amor en otro lecho. Alicia, ardiendo entre los fuegos del cielo y del infierno, quedó sumida en la incomprensión y la vergüenza cuando Marcos se hizo bruscamente a un lado, liberándola del peso de sus miembros, y susurrando, desde una posición casi fetal:

—No puedo. Perdoname. Por favor, perdoname.

Ella se vistió en silencio. No podía perdonar; no quería preguntar. Había caído desde demasiada altura. *Esto jamás pasó. No estuve aquí* —su mente intentó defenderla del colapso emocional. Al día siguiente amaneció con una fiebre de origen ignoto para el médico personal del Gobernador. Todo lo que pudo aconsejarle fue que se cuidara del agua.

* * *

—¿Justo ahora se le ocurre enfermarse? —se despachó el Maestro, sentándose en una silla junto a la cabecera. Recobrados los bríos, volvía a la carga—. ¿Quién va a recibir al Maestro Vincenzi en el aeropuerto? ¿Qué demonios le pasa? El doctor D'Angelo dice que no le encuentra síntomas . . .

Alicia se incorporó débilmente sobre las almohadas.

—La fiebre *es* un síntoma. ¿Usted cree que me enfermé por el gusto de fastidiarlo?

—Escuchando semejante insolencia, no me extrañaría. Bueno, por lo menos ayude con una idea.

—Buccardini. Él puede ir a buscar al Maestro Vincenzi, y las clases que organizamos empiezan recién el lunes. Si alguien lo presenta a los muchachos, y usted hace los honores de dueño de casa, se mantendrá entretenido. Yo no soy la persona con quien el Maestro tiene interés de conversar.

—A mí me parece que sí . . . No exclusivamente, claro; pero hay que ver los elogios que le ha dispensado . . . ¡Vaya pretendiente que se ha echado! —se burló él.

A Alicia se le humedecieron los ojos. Vincenzi la había tratado con afecto sin conocerla, y a pesar de estarse retirando de la vida. No como *otros*, pensó.

—¿Por lo menos va a clasificar la correspondencia?

—Me voy a levantar dentro de un rato. Tomé dos aspirinas; no es suficiente para manejar a Fiumicino, pero si no me muevo mucho, puedo hacer unas cuantas cosas.

—Perfecto. Hay papeleo para entretenerse. Y cúrese rápido; la licencia por enfermedad no está contemplada en el contrato —dijo él, dejándola sola.

***

Alicia durmió hasta el mediodía. Despertó con una desagradable sensación de rigidez en las articulaciones. Haciendo un esfuerzo enorme, y con la asistencia de la Gorda, vuelta del ensayo matinal, logró vestirse más o menos decentemente. La Gorda le fue alcanzando la ropa, tratando de acercarse lo menos posible. Esa fiebre que el médico era incapaz de asociar al nombre de una enfermedad le provocaba una aprensión que apenas disimulaba; temía el contagio. *La solidaridad está muy bien* —pensaba— *pero no a riesgo de la salud.*

—Ali, ¿vos arreglarías que me den otro cuarto por unos días? —sugirió—. Hay un montón desocupados, y sería sólo hasta que te sientas mejor. Es para no molestarte entrando y saliendo; aparte, sabés que yo practico acá, y ya me dijiste varias veces que la flauta te taladra los oídos. Si te pasa eso cuando estás sana, no quiero imaginarme las consecuencias así debilucha como te sentís.

Alicia la leía más allá de la mal armada excusa, pero al mismo tiempo no le disgustaba quedarse sola —más sola— hasta que el cuerpo cesara de hacerse eco de la *malattia* del alma.

—El lunes llegan los becarios del seminario que va a dictar el Maestro Vincenzi, y no van a quedar cuartos libres. Puedo arreglar que te preparen uno por el fin de semana. Igual, Graciela, no tengo nada peligroso. Es cansancio; ya viste lo que dijo el médico.

—Seguro, será cansancio. Trabajás mucho . . . Pero el doctor, la verdad, no dijo nada.

—No debe ser buen médico. No me gustaría ser su paciente en caso de algo grave. No me auscultó como los nuestros; ni siquiera me tomó la presión. Andá a saber de dónde salen estos médicos de provincia. No me extrañaría que fueran veterinarios.

—¡Eh, que yo también vivo en una provincia, y los médicos son de lo mejor! —se ofendió la Gorda.

Alicia ya estaba lista para bajar, un poco mareada, con dificultad para poner un pie delante del otro.

—Los buenos médicos de nuestras provincias se forman en la Universidad de Buenos Aires o de La Plata, reconocidas mundialmente.

—Ustedes los porteños no aceptan que hay calidad fuera de la capital. No es justo —planteó la Gorda.

—No es cierto, Graciela. La Universidad de La Plata está en la provincia, y si no reconociéramos la calidad sin fijarnos en el origen, vos no estarías en la orquesta.

—La Plata está en la provincia . . . de Buenos Aires, y yo tuve que viajar a Buenos Aires para dar las pruebas —refunfuñó la Gorda—. Mucho «país federal» en los discursitos; en los hechos, vivimos atados a Buenos Aires.

Razón no le faltaba. Alicia reconoció el clamor de las veintidós provincias sometidas a las políticas pergeñadas en Buenos Aires. No tenía argumentos para discutir. Dejándola desahogarse con Bach y el Concierto para Flauta y Orquesta, bajó a ocuparse de la correspondencia.

***

De paso hacia el escritorio, entró en la cocina a saludar a Margherita y las muchachas. Encontró a la cocinera parada frente a una gran olla, esperando pacientemente que hirviera un litro y pico de aceite de oliva.

—*Buon giorno*, Margherita. ¿Dónde están Grazia y Mina?

—*Buon giorno, signorina. Sta meglio, vero?*

—*Abbastanza bene, grazie.* ¿Y las chicas?

—Mina, apurándose a terminar la limpieza antes de que vuelva *il signor* Buccardini, y Grazia poniendo la mesa *per il pranzo.*

—¿Qué tenemos de rico hoy? —preguntó Alicia, intrigada porque el único indicio de que se preparaba el almuerzo era la olla, que comenzaba a despedir el olor característico de la fritura.

—Todavía no sé. Me estoy inspirando.

—Si no sabe, ¿qué sentido tiene hervir aceite?

Margherita la miró con lástima. Las jóvenes de las grandes ciudades, por muy buena educación que hubieran recibido, lo ignoraban todo acerca del arte de cocinar.

—Una buena comida, sustanciosa, siempre es a base de aceite. *Hai visto como ti sei ingrassata, signorina?* Cuando llegó al Castello, era piel y huesos. Ahora se la ve saludable, por obra del aceite.

A Alicia le causó gracia la mezcla del tuteo con el respetuoso «signorina»; esa combinación de registros la había escuchado de las mucamas paraguayas que abundaban en Argentina. Menos gracia le causó la observación de que había engordado, aunque no era novedad. De un día para el otro, encontraba cada vez más difícil abrocharse pantalones y polleras.

—¿Podrías hacerme un caldito liviano? No tengo muchas ganas de comer.

—Tiene que comer para ponerse fuerte. Le voy a hacer el caldito, y se lo va a tomar mientras trabaja. Grazia se lo lleva, ¿sí?

***

Las cartas venían en un fajo encintado para evitar que se desparramaran. Alicia prefería repartir primero las que los muchachos esperaban ansiosamente, y luego separar las que necesitaban respuestas dictadas por el Maestro y las que ella podía responder con su propia firma.

Cuando Grazia entró con el tazón de caldo, le pidió que les avisara que pasaran a buscarlas; ella no estaba en condiciones de repartirlas. Le llamaron la atención dos sobres con idéntica letra, uno dirigido a Karly y el otro, a ella. No tenían remitente. Apartó el suyo, y esperó que fueran asomándose los músicos. Le hacía bien ver la felicidad con que se apresuraban a abrirlas, hambrientos de noticias de la patria lejana.

Esteban vino el último.

—Hola. ¿Se te pasó? —la saludó.

—Un poco. No es nada.

—Ya lo creo que no es «nada». Es algo, y me gustaría saber qué. No queremos que te enfermes sin los cuidados apropiados.

—En serio, no es nada. Tomá; éstas son para vos —y le extendió cuatro piezas.

—Dame las de Karly también. Yo se las alcanzo.

—Para él hay una sola.

No mencionó la coincidencia de la letra en la que le estaba dirigida a ella, todavía cerrada junto con las que leería después. Alguna cosa rara escondía esa letra, porque Esteban palideció y la sostuvo con la punta de los dedos, como si fuera un objeto venenoso.

***

—Acá tenés un regalito.

Esteban arrojó la carta sobre el escritorio, se sentó en una butaca baja, y se concentró en limpiar metódicamente la pipa antes de llenarla con tabaco fresco.

—¿De quién es? —preguntó Karly, abstraído en el sendero. Esperaba con impaciencia la llegada del Maestro Vincenzi. Quería tener la oportunidad de conversar con él antes de que comenzaran las clases grupales. Sabía por Alicia que era un tanto excéntrico, y que tal vez el deseo de conversar fuera unilateral, pero no por eso dejaría de intentarlo.

—No trae remitente. Si mirás la letra del sobre, te vas a dar cuenta enseguida —respondió Esteban, con un tono neutro que no presagiaba nada fuera de lo corriente.

Fue el tono neutro, precisamente, lo que puso en guardia a Karly. Esteban no era neutro. Irritable, cariñoso, reflexivo, persuasivo, enojado, irónico, pero neutro no. Neutro ondeaba una bandera roja de peligro inminente. En el tiempo transcurrido fuera de la Argentina, y a excepción del intercambio suscitado por la presencia de David Tremayne en la sala de ensayos neoyorquina, Karly no pensó una sola vez en la persona que, para Esteban, representaba una traición a la honestidad de la relación que los unía. *cuando estoy con otra gente no me acuerdo de vos para nada, es como si no existieras... salvo, claro, cuando Esteban me pregunta, y entonces le cuento...* Aquellos pensamientos no mentían. Abrió la carta y leyó. Luego la volvió a plegar, la guardó en un cajón del escritorio, y se echó en la cama, los brazos cruzados bajo la cabeza.

—¿Me vas a contar qué dice, o adivino? —lo presionó Esteban.

Al no recibir respuesta, prosiguió—: Te advertí que iba a venir nadando si no podía componérselas de otra manera. ¿Qué pensás hacer?

Karly dibujó un gesto de impotencia.

—Dice que llega al puerto de Nápoles en tres semanas y que la vaya a buscar.

—Bueno, no vino nadando, pero casi, casi. Me imagino que también dirá otras cosas.

—Sí. No supongo que te interese enterarte. El contenido . . . sentimental, por llamarlo de algún modo, suele ponerte de un humor insoportable. Y quisiera tener la fiesta en paz, si no te importa.

Al demonio el tono neutro.

—¿Vos querés tener la fiesta en paz? Que ella, gracias a tu habilidad para dejar que los problemas se resuelvan solos, venga a interponerse entre nosotros, ¿es una fiesta? Sí que tenés unas ideas muy raras de la diversión. Lo vas a pasar espléndido mientras ella y yo nos sacamos chispas por un minuto de tu atención. Te aviso, por si lo olvidaste, que no pienso cederle el lugar . . . salvo que me lo pidas.

—Por favor, Esteban, no te estoy pidiendo eso. Faltan tres semanas. Hay tiempo.

—Lamento desilusionarte; mirá el matasellos. La carta fue despachada hace una semana desde algún puerto de escala. ¿Tiempo para qué? ¿La vas a ir a buscar, sí o no? —exigió Esteban.

—Sí, pero no solo. En dos semanas empiezan nuestras vacaciones, ¿te acordás? No planeamos qué hacer. Sería hora de armar un tour en grupo. Así matamos dos pájaros de un tiro, y es más fácil manejar la situación.

—¿Más fácil teniendo que sostener la comedia también durante las vacaciones? Definitivamente, la fiebre de Alicia es contagiosa. Ella, por lo menos, no delira —gritó Esteban, golpeteando la pipa contra el canto del apoyabrazos.

—Justamente con ella voy a hablar ahora mismo. El Maestro me prometió que si Leni resolvía la cuestión del viaje por su cuenta, él le daría alojamiento aquí.

Escapando de una discusión sin salida, Karly salió como una flecha antes de que Esteban pudiera detenerlo. Quería terminar con un tema que lo incomodaba hasta cierto punto, que lo hacía feliz hasta cierto punto *sí que estás linda hoy cuando estoy con vos me siento tan bien* para poder aprovechar al máximo lo que pudiera aprender del Maestro Vincenzi.

***

Karly encontró a Alicia trabajando con la contabilidad, perpleja ante un dilema relacionado con una suma de dinero que había sobrado de la remesa recibida en París. El encargado de la asignación de fondos había enviado, sin duda por error, quinientos dólares de más. Ella se lo hizo notar en el momento oportuno, sin obtener respuesta. Entonces decidió girar el dinero a Buenos Aires, acompañándolo con una nota referida a su comunicación anterior. La desconcertante respuesta con la que tenía que lidiar ahora era un nuevo cheque por los quinientos dólares, abrochado a un memo sumamente descortés, con copia a la Comisión Directiva, en la que el firmante le comunicaba que el correspondiente asiento de salida ya figuraba en los libros, y que volver a ingresar el dinero le significaba un dolor de cabeza mayúsculo, por lo cual le ordenaba gastar los dólares «como mejor le parezca» y enviar los recibos. Al margen de la inmoralidad implícita en utilizar, con total desaprensión, dinero que probablemente podría servir a otros propósitos más claros, se devanaba los sesos pensando en un destino lógico. La frasecita «como mejor le parezca» le resonaba a trampa cazabobos; un as en la manga para jugarlo en su contra —o en la del Maestro, que no se inmiscuía con los números— en el futuro.

No notó la presencia de Karly hasta que él silbó el primer compás del Concerto Grosso en Sol Menor de Torelli, uno de sus favoritos. La complació sosteniendo la nota final de la primera barra.

—¿Podemos charlar un ratito? —inquirió, sentándose descuidadamente sobre la mesa sobre los papeles desparramados.

—Siempre que no me abolles los documentos . . . —accedió ella, haciéndolo levantar—. Hay sillas de sobra.

Alicia le tenía un afecto especial, incrementado porque se había jugado por ella en el desdichado episodio de Versalles. En realidad, Esteban también había arriesgado lo suyo, pero no permitía el acercamiento emotivo con la misma naturalidad que Karly. Era él quien se acercaba o distanciaba a voluntad. Karly, en cambio, cobijaba —metafóricamente— a todo ser viviente en sus brazos generosos. La reconvención por su descuido había querido ser simpática; él encontró una arista de dureza que su fino oído no había registrado en otras ocasiones. Restándole trascendencia, pensando que la pobre debería estar haciendo reposo en lugar de cumplir con sus tareas habituales como un día cualquiera, le espetó:

—Recibí carta de Leni.

Por toda respuesta, ella le mostró una hoja membretada «Eugenio C».

—Yo también. ¿Querés leerla?

—¿Para qué? Supongo que, salvo las líneas atinentes a nuestro noviazgo, debe decir más o menos lo mismo.

—A mí me pide que le recuerde al Maestro su promesa de alojarla, y me dice que vos la vas a ir a buscar a Nápoles.

—De eso te quería hablar. No puedo ni quiero dejarla plantada en Nápoles, y Esteban ya está insoportable. Tampoco quiero pelearme con él; los amo a los dos.

—Ay, Karly, no se puede repicar y andar en la procesión, ¿sabías? En un mundo ideal, o en una comunidad de «paz y amor» de las que tanto hemos escuchado, se amarían los tres. Ninguno de nosotros comulga con ese aspecto del amor libre; Esteban no la tolera, y ella ni siquiera sabe en qué andan ustedes dos. Estás entre la espada y la pared. Vas a tener que optar, y optar siempre es a pérdida.

—Es que no tiene por qué ser necesariamente así —la contradijo Karly—. Escuchá lo que se me ocurrió. Nuestras vacaciones coinciden con la fecha en que llega el barco. Nos compramos un autito, una Cinqueccento, que es lo más barato, entre Esteban, vos, Marcos, y yo, para ahorrarnos problemas estropeando coches prestados. La recogemos en Nápoles, y seguimos viaje por la costa. En Reggio cruzamos a Sicilia, bordeamos la isla, y volvemos justo a tiempo para los dos próximos conciertos. Como no nos sobra el dinero, nos vamos turnando para dormir tres en un albergo y dos en el auto. Ella no se entera de nada, y si Esteban me quiere como creo, va a estar de acuerdo, mientras no tenga que ser testigo de ciertas escenas. ¿Qué te parece?

Alicia sintió que la fiebre que venía controlando a fuerza de aspirina subía sin control. No le importaba quién durmiera con quién; la mención de Marcos, una alusión explícita a que formaban una pareja, disparó escalofríos en su estómago.

—Un disparate.

Otra vez la arista tajante. ¿Qué le pasa? La pregunta que se habían hecho sobre el Maestro, ¿había que multiplicarla por el número total de jóvenes que convivían creyendo haber llegado a conocerse? ¿Todos ocultaban secretos? Su propio secreto, tan celosamente guardado, ¿iría a descubrirse por chocar con los secretos de los otros?

—Calculo que Esteban no ha tomado parte en urdir estas vacaciones tan . . . descabelladas. ¿Y qué tiene que ver Marcos? ¿Por qué no Mario, o Lars? —opuso ella.

—Necesitaba contar con tu acuerdo antes de hablar con Esteban. Aunque no se note *sí se nota, Karly; por eso mismo* él te respeta mucho y aprecia tu compañía. Todos los demás han hecho sus preparativos; Nino invitó a Lars a su casa, Wilhelm viaja a Alemania, el resto va a visitar parientes; algunos van al norte. Además, no te engañes pensando que no nos dimos cuenta de que Marcos y vos . . . se llevan mejor, digamos. Dale, decí que sí. Yo me encargo de todo.

La inesperada entrada de Marcos la salvó de contestar. Su expresión no mostraba rastros de incomodidad.

—¿Hay cartas para mí? —preguntó.

Alicia rebuscó entre el desorden y le extendió un sobre.

—¿No pensabas dármela? —dijo él, en tono de broma.

—Sí, claro. ¿No sabías que hoy tenían que venir ustedes a buscar lo que trajo el cartero?

¿Por qué lo trata así?

—No. ¿Qué cambió hoy?

Karly empezó a charlatanear sobre la misteriosa fiebre de Alicia. Ella aprovechó para retirarse a su habitación, salteando el almuerzo, a pesar de los consejos de Margherita. No quería ser testigo del diálogo entre ellos dos; sobre todo, no quería verles las caras, y menos que Karly y Marcos vieran la de ella.

XXXVII

Al Maestro le interesaba sobremanera que Karly tuviera amplia oportunidad de establecer una sólida relación con Vincenzi. Por otra parte, deseaba regresar a Roma lo antes posible para pasar el fin de semana con Isabella y los niños.

El anciano Maestro fue presentado a todos, informalmente, dado que su fama era bien conocida y lo habían estado esperando con ansiedad. Inclusive los ejecutantes de otros instrumentos se interesaban por su conceptualización de la música barroca y renacentista y, aunque no asistirían a su seminario, dedicado exclusivamente a la función del piano, no resistían el impulso de incitarlo a que disertara sobre armonía, un tema apasionante para cualquier músico serio.

Al término de una comida regada con abundante vino blanco, regalo especial de los viñedos Valenti, y matizada por un incidente absurdo que Vincenzi festejó entre risas cortadas por un severo ataque de hipo que no cesó hasta los postres, el Maestro puso a Karly a su disposición.

—Nuestro pianista hará las veces de cicerone, a menos que prefieras recostarte un rato. Si quieres dar una vuelta por los alrededores, tu amiga Alicia se alegrará de mostrártelos. Yo te veré el lunes, antes de que lleguen los inscriptos en tu curso.

Vincenzi asentía, no se sabía bien a qué. El Maestro se llevó la Lancia, no sin recordarle a Karly que, si salían en auto, lo más seguro era usar el Volvo.

—Ahí no se les atascará —dijo, dirigiendo una mirada significativa al volumen de su huésped.

Informado por Buccardini de la indisposición de Alicia, a Vincenzi no le había extrañado no verla en el comedor, pero sí quedó perplejo de que la signorina enferma se sintiera con fuerzas para manejar.

—Es que le va y le viene —explicó Karly—. En todo caso, sería mejor esperar a mañana. Tendremos más tiempo de hacer un paseo largo por los alrededores, y de entrar a los pueblitos más cercanos.

—Me da igual —respondió Vincenzi, apoyándose pesadamente en Karly—. Yo nací en Viterbo, y me basta con los pueblitos que visité en mi juventud. Voy a dormir una siesta, no más de tres o cuatro horas. Pero antes quisiera felicitar a la cocinera. ¿Me llevas? —pidió, en un renovado amago de hipo.

Karly lo guió a la cocina, preguntándose cómo se generaban tales extravagancias. No era precisamente el día para felicitar a la cocinera, si bien los spaghetti a la carbonara habían estado espléndidos, y la *mozzarella di vera buffala*, dentro de su envoltorio chorreante de suero —que a él le daba náuseas de sólo verla—había hecho relamerse de gusto a Vincenzi. Éste no parecía haber reparado en el incidente, de modo que Karly se limitó a almacenarlo en el cajón «anécdotas del viaje».

Ningún plato se salvaba de una rociada salvaje de aceite de oliva. El día que llegó el Maestro Vincenzi, la entrada consistió en huevos duros cortados por la mitad, con pan negro, delicioso —también amasado con aceite de oliva. No se imaginan la alegría con que vimos que los huevos estaban secos. Estábamos a punto de servirnos, cuando Margherita y sus hijas entraron en el comedor como una tromba, y con mucho «Permesso, signori», nos sacaron las fuentes de las manos y desaparecieron. A los cinco minutos reaparecieron ceremoniosamente, con los huevos regados —qué digo; cubiertos —del maldito aceite. «Avevo dimenticato l'oglio», se disculpó Margherita, como si se tratara de un pecado mortal. ¡La queríamos matar!

✳✳✳

El atardecer encontró a Karly caminando despaciosamente por el parque junto al ya recuperado Maestro Vincenzi. Karly no se atrevía a romper el silencio; las preguntas sobre las posibilidades del pianista acompañante lo perseguían desde largo tiempo. Habían comenzado a tomar forma difusa cuando el Maestro lo tomó «prestado» de la Orquesta Juvenil de la Municipalidad, y la difusa incertidumbre se había agudizado la noche en que se había puesto, imaginariamente, en los zapatos del pianista de *Le désir des hommes*.

—¿Tú estás conforme con tu participación en la orquesta? —lo interrogó sin prolegómenos Vincenzi.

—Es un privilegio pertenecer —respondió diplomáticamente Karly.

—Vamos, muchacho; no estás hablando con un reportero. Según he sabido, antes de integrar este grupo eras un destacado solista precoz en una orquesta muy reconocida en tu país. No me digas que no te inquieta el haber pasado a un escalón que los pianistas, sin excepción, consideran inferior. Déjame hablar —ordenó con la autoridad de su experiencia, impidiendo que Karly incurriera en una negativa cuya falsedad resultaba evidente—, porque no suelo estar en vena de aconsejar pichones. Lo consideran inferior, sobre todo si no son esencialmente clavecinistas, porque asumen que su trabajo se pierde, o queda tapado, por las cuerdas y los vientos, según el caso. No se dan cuenta del rol fundamental del piano en las obras de cámara —la mayoría— que se apoyan en otros instrumentos. Sin el acompañamiento del bajo continuo, que requiere una sensibilidad especial para trabajar con la mano derecha, estas obras perderían la unidad armónica; no hay que olvidar que sus autores crearon los acordes que las componen en función del bajo. No es nada fácil lograr que el piano reemplace el clave o el contrabajo en la marcación del ritmo; la tentación de excederse en la duración del sonido o de adornar un poquito más es muy fuerte. Siempre que pienses que pasas desapercibido, recuerda que de no ser por ti, la obra carecería de base de sustentación. Agrego un par de reflexiones —para que reflexiones tú; yo ya pasé por Scilla y Charybdis, si comprendes a qué me refiero. Sólo un pianista excepcional puede proporcionar un buen bajo continuo sin sonar a martillo, y ese pianista excepcional no pierde la calidad ni la cualidad que le permite volver a los solos. Algunos compositores —Brahms, por ejemplo, aunque no creo estar diciéndote nada que no sepas— dan amplia oportunidad de lucimiento al piano, sin abandonar el género. Volvamos. Quiero escucharte tocar, a ver si las loas que Kovaciuk ha cantado acerca de ti se corresponden con tu talento.

***

—Tenemos que hablar.

Marcos la encontró hamacándose en una banda de cuero que los muchachos habían anudado a las ramas más bajas de dos árboles de nombre impronunciable.

—No.

Terminante, por terminado. Terminado sin terminar.

—Sí. Nos queda mucho tiempo juntos todavía, y no vamos a pasarlo evitándonos mutuamente, ni fingiendo que nada sucedió —Marcos se sentó a su lado, frenando la pendulación de la banda con los pies afirmados sobre el césped—. No tengo explicación para lo de anoche. Podemos ser amigos, o podemos intentar que florezcan los sentimientos que vos reconociste antes que yo. Es tu elección; te prometo plegarme a lo que decidas. Aunque sea para ahorrarme la culpa. Esa fiebre rara que tenés es exclusivamente mi culpa.

—¿Karly te comentó su plan de vacaciones?

Era una buena estrategia para cambiar de tema sin cambiar de tema.

—Sí. Es una gran idea. Y una gran oportunidad para nosotros.

—¿Te habló de *todo* lo que implica su plan?

—¿Qué es *todo*? Lo decís de un modo que suena a conspiración.

—¿Y qué otra cosa es?

—¡La fiebre es peor de lo que me contaron! ¿Dónde se lee la conspiración? Compramos un auto, vamos a Nápoles, Karly se reúne con su novia, seguimos viaje al sur, volvemos.

—Y nos turnamos para dormir en el auto. Se te olvidó eso.

—¿Eso es lo que te molesta? Yo te cedo mi lugar en el hotel en cada ciudad del recorrido. En todo caso, deberíamos «conspirar» para que Karly y Leni pasen las noches juntos, sea en un hotel o en el auto.

Él no le ha dicho la verdad yo no debo qué se hace con los secretos ajenos si ni siquiera me da para cargar con los míos cómo se puede ser tan ingenuo, Dios mío

—¿Esteban estará de acuerdo? —profundizó Alicia.

—No veo por qué no. Son íntimos amigos.

—Son amigos íntimos, Marcos.

—¿Qué me estás corrigiendo? ¿La posición de los adjetivos en la oración?

Ni así entiende. En algún momento se va a dar cuenta, y no sé a quién va a odiar más.

—No; digo pavadas. Si tomamos la decisión, somos dos para manejar. Muchos kilómetros, y camino de cornisa.

—¿Sabés una cosa? Me hacés acordar a los psicobolches.

—¿A quiénes? En castellano, *please.*

—Es perfecto castellano. Los boludos que viven en regios departamentos en Barrio Norte, gastan la guita de los viejos, y se cuestionan todo, cómodamente paralíticos en La Paz, buscando su identidad, porque su ideología es comunista y su estilo de vida, burgués.

—¿Y yo qué tengo que ver con ellos? No vivo en Barrio Norte, nunca entendí las contradicciones del comunismo, no me interesa la política —y a ustedes tampoco; ya lo conversamos muchas veces— y ni se me ocurriría pisar La Paz, que es un nido de bolches.

—De psicobolches. Los bolches no son giles; no se van a meter en el café más conspicuo de Buenos Aires, donde cae la cana noche por medio. Los bolches se están preparando para algo grande; no tienen problemas de identidad. Se identifican con el Che, con Mao, con Trotsky, con el blableta que les llena la cabeza. Los psico dan vueltas como perro que se quiere morder la cola. También tienen la cabeza llena ... de la duda metafísica, igual que vos ahora, con la diferencia de que ellos dudan de lo genuino de sus ideas, en la medida que no dejan el lujo para ir a compartir la problemática de los villeros, y vos hacés lo mismo alrededor de unas simples vacaciones.

—Es que no van a resultar tan simples ...

—Bueno, dame las razones.

—No puedo.

—Con una es suficiente. Dame una, fuera de la historieta de «somos dos para manejar», que ni vos te la creés.

—No puedo. Preguntale a Esteban.

—¿Y qué me va a decir Esteban que no me haya dicho Karly?

—No sé. Vos preguntale.

***

El Maestro Vincenzi declinó el ofrecimiento de incursionar por los alrededores el domingo. Pidió que le subieran una buena provisión de «ese vino delicioso» para acompañar la preparación del comienzo del seminario, junto con un listado de los nombres y antecedentes de los inscriptos. No había visto a Alicia hasta que ella le llevó los dossiers. So pretexto de la socorrida fiebre, Alicia tampoco había cenado en el comedor la noche anterior. Lo cierto es que no estaba preparada para enfrentarse a los interrogantes mudos de Karly, Esteban, y Marcos, independientemente de si se había destapado la olla o no.

—*Ciao*, Alicia de las No Maravillas —la saludó Vincenzi cariñosamente—. ¿Cómo va?

—Va, Maestro.

—Así que no me va a contar, ¿eh?

—¿Qué le gustaría que le contara? —Alicia se sonrió. En otro estilo, se parecía a sus tías.

—Para empezar, cuál es el milagro que la hace durar tanto al lado del loco de mi amigo y colega. Las secretarias que le conocí huían despavoridas a la semana, si no las despedía él primero.

—No sabía que tuvo otras secretarias —dijo Alicia, sorprendida.

—Claro; todavía no ha pasado «A Través del Espejo», *vero?*

—Maestro Vincenzi, me fascinan sus juegos de palabras, pero no lo sigo.

—No es a mí a quien tiene que seguir, cara; semiescondido en la sala de armaduras del Palazzo Valenti hay un espejo ...

Unos discretos golpecitos dejaron la explicación en suspenso.

—*Avanti!* —invitó Vincenzi.

Karly asomó sus ojos luminosos y se disculpó por interrumpir.

—Alicia, llegó alguien que quiere conocerte. ¿Podés venir?

—No esperamos a nadie . . . ¿Quién es? —desconfió ella. A pesar de la mirada límpida, ¿no sería una excusa para enredarla en la telaraña donde ya habían quedado atrapadas por lo menos dos moscas?

—Es un amigo del Maestro . . . Kovaciuk —se apresuró a agregar Karly, consciente de la mueca desaprobatoria de Vincenzi—. Un amigo que aprecia mucho; me consta.

Prometiendo reanudar la conversación trunca en cuanto los buenos modales se lo permitieran, Alicia bajó al salón de recepción. De espaldas a la escalera, un hombre de figura distinguida contemplaba absorto las tallas de madera del artesonado. Al oír a Karly pronunciar su nombre, se volvió de frente. Un mechón canoso de tinte azulino se destacaba en el abundante pelo que enmarcaba un rostro de pómulos marcados y rasgos definidos, como esculpidos a cincel. Los ojos negros, insondables. Un hombre que atraía y repelía. Una voz sin matices.

—Igor Olevsky.

Una mano impersonal. Una sonrisa impersonal.

—Alicia Curi. ¿Entiendo que viene a visitar al Maestro?

—Así es. Karly ya me dijo que está en Roma. Lástima. Esperaba encontrarlo acá.

El hombre se veía contrariado.

—¿No pasó usted por Roma antes de costearse hasta acá? —le preguntó Alicia, sin ofrecerle tomar asiento.

—No; es decir, sí; pero no entré a la ciudad. Debería haber recordado que es domingo, aunque el Hugo que yo conozco no se toma feriados . . .

—Por favor, sentate, Igor. Estarás cansado, supongo. ¿Algo de beber? —intervino Karly, lanzando un relámpago de reproche a Alicia—. ¿Vodka, si no cambiaste de hábitos?

El hombre se relajó y aceptó el trago. Casi a trasluz del vaso, Alicia reparó en las maletas.

—Señor Olevsky, ¿su visita es lo que comúnmente llamamos una visita o va usted a pasar una temporada con nosotros?

El negro de los ojos se veló.

—Si Hugo me lo permite, encantado. En realidad, tengo asuntos que atender en el norte, pero no son urgentes. ¿Me daría usted hospitalidad por esta noche?

Alicia no se decidía. Estaba claro que Karly deseaba que se quedara, lo cual probablemente refería a su conocimiento de la proferida amistad entre el Maestro y Olevsky. Sin embargo, ya había padecido las consecuencias de acercarle importunos por su cuenta, sin contar con que todavía no le había comunicado la próxima llegada de Leni. A pesar de haber prometido a Karly apoyo en Italia, a ella le había dicho algo diferente, y el carácter cambiante del Maestro no aseguraba que sus «sí» o sus «no» fueran confiables. Por otra parte, mandar al hombre al hotelito de Priverno podría no ser prudente: se arriesgaba a ser regañada por apartar a alguien que el Maestro deseaba agasajar. Finalmente, optó, a sabiendas, por una respuesta torpe.

—No sé si hay una habitación libre. El que se ocupa de esos menesteres es el Signor Buccardini... Y hoy no ha venido...

— ... porque es domingo —completó Igor, muy serio.

—Pero si vos llevás la planilla de... —empezó a decir Karly. Presentía un antagonismo inexplicable entre estas dos personas que acababan de ser presentadas.

—La planilla de los horarios —dijo ella, con sequedad inusual—. Voy a ver qué puedo hacer. Permiso.

Y se alejó por el pasillo en dirección a la sala de música, mientras Karly e Igor se entregaban a una animada charla en la que se mezclaban expresiones en ruso y risas de camaradería.

**

—Te ahogás en un vaso de agua —se burló Wilhelm—. Yo, bah; Nino, Lars, Karly, y yo, conocemos muy superficialmente a este tipo. Para Karly, cualquiera es un amigo. Que yo sepa, Hugo no tiene amigos, amigos de esos que ustedes dicen «como hermanos»; para eso hace falta tiempo, que no le sobra. Tiene «amigotes», y muchos. Éste podría ser uno. O no. Decile que lo alojamos esta noche, pero que mañana esperamos gente, lo cual es la estricta verdad: mañana vienen los pianistas de Vincenzi. Cuando llegue Hugo, si quiere que se quede, falló un huésped. Y si quiere que se vaya, estamos completos.

—Quedo como una despistada. Le dije que tenía la planilla de los horarios, no de las habitaciones...

—Encontraste una copia. Rectifico: te ahogás en un dedal.

En el dormitorio proporcionado por una noche, en principio, Igor enhebraba conclusiones. Su «error de apreciación» al dirigirse al Castello y no al Palazzo había sido premeditado: se sentía perfectamente capaz de manipular a Hugo Kovaciuk, pero necesitaba saber con quién más tendría que vérselas. La versión de Llanos sobre la secretaria no le había merecido confianza. Una «pobre chica con pájaros en la cabeza que antes fue empleada mía» no se condecía con alguien que, por los motivos que fueren, había sido elegida por el Maestro para una gira internacional, y no parecía encontrarse en equilibrio inestable. Como Vincenzi, él estaba al tanto de lo nada que duraban las secretarias del genio. Ésta, bajo su apariencia desmañada, no era endeble, y sí muy desconfiada. Igor resentía el maltrato pobremente disimulado con que lo había recibido. Necesitaba un trabajito fino; o quizás un apriete grueso. Era prematuro decidirlo ahora.

***

El Maestro llegó al alba, de excelente humor, y pidió una taza de chocolate liviano. Alicia, levantada también desde muy temprano, después de una noche desasosegada en la que había despertado varias veces, asaltada por la ansiedad que le provocaba su situación personal sumada a la incertidumbre de lo que Él resolvería cuando lo hiciera partícipe de las novedades, había hecho un gran esfuerzo por sosegarse mientras preparaba ella misma el chocolate y una taza de té de hierbas tranquilizantes para su propio consumo. Margherita y sus hijas no solían llegar hasta las ocho, a tiempo para el desayuno de los músicos. El moverse por la cómoda cocina y estar atenta a no quemar los brebajes con agua pasada del punto de hervor la distraía de los negros nubarrones que le habían arruinado el descanso.

—Aquí tiene, Maestro —dijo, colocando una bandeja individual primorosamente cubierta con un mantelito de algodón bordado y un delgado florero de Murano del que sobresalía una rosa roja.

Acomodó su propia bandeja frente a la de él, en la mesa del comedor, y sorbió su té en silencio, barajando por dónde empezar. Él se sentía relajado y pacífico, pero no por ello había perdido su agudo sentido de la percepción.

—¿Novedades? —inquirió, mirándola de lleno a la cara.

—El Maestro Vincenzi no quiso salir ayer . . .

—Novedades trascendentes, ¿sí? No me interesa lo que hizo o dejó de hacer Vincenzi; y usted ya debería saberlo. Que tome por ese camino y esta bandeja tan artística me indican que está juntando aliento para enterarme de cosas que podrían ser fuente de conflictos. Aproveche que hoy tengo un buen día.

Ojalá le dure.

—Leni Piavi avisó que su barco toca Nápoles en tres semanas, y que espera poder alojarse con nosotros y tomar parte en las actividades, según usted le prometió a Karly.

—No recuerdo haber prometido nada semejante —ya estaba cambiando el humor—. Lo que recuerdo perfectamente es que le dije a *usted* que arreglara el asunto con tacto, sin darle esperanzas, y evitándole perturbaciones a Karly para no incidir sobre su desempeño.

Alicia vació su taza, conteniendo la respiración hasta que vio el fondo blanco.

—Maestro, sólo tengo la palabra de Karly acerca de esa promesa. Como usted sabe, dice cosas distintas a distintas personas sobre los mismos temas, de acuerdo con . . . la inspiración del momento.

—Tiene razón. Karly es un poco distraído —admitió él.

—No, Maestro. Con todo respeto, usted es un poco distraído. Su memoria es selectiva, y más de una vez, cuando habla, su atención está en otra parte. Yo tengo presente lo que me dijo a mí, y lo que le transmití a ella. Pero no tengo modo de saber lo que le prometió a él más que lo que él mismo dice, y no acostumbra mentir.

Salvo la gran mentira de su doble vida . . .

—Ahora es un poco tarde para volverse atrás.

Pudo ver, en el crispamiento de los puños, que la cosa tomaba mal cariz. De todos modos, arriesgó:

—No es un gran costo, y no le causará molestias. Karly ha pensado . . .

Y le explicó el plan de incluir a Leni en las vacaciones, omitiendo los detalles escandalosos. Esto implícitamente comprometía su propia aceptación de acompañarlos, de lo cual se percató ni bien lo hubo dicho. El inconsciente le había jugado una mala pasada, o quizás lo que estaba destinado a suceder no aceptaba la oposición del sentido común.

—Entonces —prosiguió—, el tiempo de Leni aquí se reduce, Karly goza de una especie de luna de miel que lo mantendrá feliz, y usted no lo decepciona incumpliendo una promesa.

—Muy bien. Pero que quede claro que usted es responsable, logística, moral, y económicamente. Sobre todo económicamente, porque jamás se habló de una beca para ella.

Los quinientos dólares. No la podrían amonestar por invertirlos en una artista de calidad, y no había necesidad de inmiscuirlo a Él en el manejo de ese dinero que los de Buenos Aires se negaban a recibir y que a ella le quemaba como brasa ardiente.

—Hay otra cosa —recomenzó Alicia.

—¿Por qué se detiene? Cuando arranca y frena, me da mala espina.

—Ayer se apareció un tal Igor...

—¡Igor Olevsky! —exclamó él, excitadísimo—. Hace mucho que no sé nada de él. ¿Qué dijo? ¿Va a volver? Le tengo enorme simpatía; espero que le esté yendo muy bien. Es un buen violinista con poca suerte... ha pasado por circunstancias muy difíciles.

—Durmió acá. Yo no estaba a favor de dejarlo quedarse; no sabía cómo lo iba a tomar usted. Wilhelm me sugirió que una noche no hacía diferencia.

—Por suerte, alguien tiene sentido común. Hágale llevar el desayuno a la cama a una hora decente, y dígale que en cuanto dé la bienvenida a los estudiantes de Vincenzi, me voy a reunir con él.

* * *

—Estuve pensando —dijo Esteban a Karly en la intimidad de su cuarto—. Igual que a Alicia, tu idea de vacaciones me parece una atrocidad. Sin embargo, el lado positivo es que, a lo mejor, teniéndonos a los dos juntos, consigas darte cuenta de quién te importa más; de quién estás verdaderamente enamorado.

Sorprendido gratamente, Karly iba a dar rienda suelta a una demostración física de agradecimiento; Esteban rehuyó el abrazo, refugiándose en la pipa.

—No te equivoques. No esperes de mí una comedia; tené presente que no pienso fingir lo que no siento, y que es muy posible que mi cara larga haga el viaje poco placentero. También es posible que Leni me pregunte qué me pasa, y si lo hace, no le voy a mentir. Con estas condiciones, acepto. Ni yo me reconozco; estoy aceptando una locura. Pero también me estoy dando la chance de averiguar, de una vez por todas, qué valor me das.

Karly oyó estas palabras, pero no las escuchó. Eran ruido. Todo sucedería lo mejor posible en el mejor de los mundos posibles, pensó este moderno Pangloss, e inmediatamente se dedicó a buscar a Marcos y a Alicia para proponerles una excursión a Roma, donde ultimarían los detalles del itinerario lejos del bullicio que los pianistas del seminario diseminarían por todos los rincones del Castello.

—Recién puedo escaparme un rato a la tarde —le dijo Alicia, apresurándose hacia la entrada principal con un manojo de carpetas, seguida de cerca por il signor Buccardini, quien no cesaba de repetir una frasecita que la sacaba de quicio: *«Bisogna sistemare, signorina»*, como si ella tomara sus obligaciones a la ligera y todo se viniera abajo sin la *sistemazione* que él predicaba como el Evangelio.

—Justo hoy, el Maestro me asignó a tocar para ilustrar combinaciones de piano y viola en el seminario. No es gran cosa, pero es un comienzo —le dijo Marcos—. No voy a quedar libre hasta la tarde.

—A la tarde está bien. Nos da tiempo de visitar uno o dos sitios interesantes, y avisamos que cenamos fuera. Hay muy lindas trattorias en el Trastevere, tranquilas y baratas. Allí podremos hablar.

***

Pasando por las ruinas del Templo de Marte, dejándose llevar por la Via dell'Impero, y poniendo mucha imaginación para reconstruir la monumental estatua de Nerón de la cual sólo quedaba la base en pie, llegaron a las cercanías del Coliseo. Cruzar la rotonda circundante equivalía a arriesgar la vida; los automovilistas romanos tenían veleidades de pilotos de Fórmula 1, y no aminoraban la velocidad para dar paso a los infelices que pretendían llegar al otro lado sobre sus dos pies. Guía turística en mano, se enteraron de que el nombre que había perdurado en los siglos se debía en realidad a aquella estatua de la que había desaparecido todo vestigio; en realidad, el símbolo de Roma que ninguna película hollywoodense ambientada en la ciudad dejaba de mostrar se llamaba Anfiteatro Flavio. Películas y postales mostraban la curva mejor preservada; el orgullo del ombligo del mundo antiguo era ahora una ruina más, depredada por el tiempo y por los ladrones de piedras. Era necesario un gran esfuerzo para evocar el esplendor del anfiteatro; la arena ya no era tal, sino un descampado maltrecho a fuerza del empuje de las plantas silvestres que cubrían la vasta superficie plana y despuntaban entre las piedras milenarias.

Descendiendo al hipogeo, a las galerías subterráneas donde hombres y bestias habían esperado su turno de morir, Alicia fue presa de una sensación irreal; sin embargo, el hedor que la forzó a buscar rápidamente el cielo abierto era, para ella, la muestra palpable del terror y la desesperación —tal vez enmascarados de heroísmo; sólo tal vez— de los *Ave Cesar, morituri te salutant*, no menos que de los animales secuestrados de su habitat para ofrecer espectáculos macabros cuyo fin, a la larga o a la corta, era la muerte; siempre la muerte.

—Estás sensible, yo no huelo nada especial, salvo una humedad que te traspasa los huesos —dijo Marcos, haciéndola sentar sobre una grada baja de bordes mellados.

—No, ustedes son unos insensibles —explotó ella—. Todo esto les parece un cuento pintoresco, no ven la humanidad doliente bajo la cómoda señal de «referencia histórica». No ven que la calle por la que vinimos, la altisonante Via dell'Impero, no alude al imperio antiguo, sino que fue otra de las «genialidades» de Mussolini, en su afán por reimperializar la República Italiana, después de lo que costó unir los pedacitos.

—En este mapa la llaman Via dei Fori Imperiali —trató de tranquilizarla Karly.

—Son buenos los tanos para barrer la basura debajo de la alfombra, igual que nosotros —comentó Esteban.

—¿No era que no nos interesaba la política? ¿Y nos estamos peleando por política?

Karly se aburría con estas disquisiciones desconectadas del arte y la vida. El arte no tenía edad; la vida era el presente.

—Estás muy equivocado, angelito —repuso Alicia, más calmada—. No es política; es historia. El que se caga en la historia tampoco sabe en qué mundo vive; nuestro mundo es consecuencia de la historia.

—Nuestro mundo hierve a punto de rebalsar, y sin embargo *nuestro* mundo, el de gente joven como nosotros, con objetivos personales, muy lejos de los «iluminados» que pretenden resolver las desigualdades a punta de ametralladora, de los que se pararon en la vereda de enfrente y tiran bombas, y de los que trenzan collarcitos y andan repartiendo colgantes con el símbolo de la paz, no tiene nada que ver con ese mundo —se plantó Marcos—. Y vos, Esteban, ¿no decís nada?

—Nosotros no nos metemos en política, pero creer que la política no se mete con nosotros, escondiéndonos en una nube de pedo, es un infantilismo. Se lo deletreé bien clarito a Karly en Nueva York, ¿te acordás? —reflexionó Esteban, apuntando a Karly con la pipa.

—*El pueblo quiere saber de qué se trata.* —Marcos remedó la frase que todos los escolares argentinos aprenden en el 1er grado de la escuela primaria, inaugurando la Semana de Mayo.

—Lo malo es que el pueblo nunca supo de qué se trataba, ni

entonces, ni ahora —la amargura enronqueció la voz de Esteban—. Ningún pueblo. ¿Vamos yendo? Estamos para la foto, dando vueltas alrededor de temas sin solución en medio de la nada.

—¡Esperá! —lo detuvo Marcos—. Casi me olvido. Dejame sacar fotos; a ver . . . párense ahí, cerca del foso . . . whiskiii . . . Listo. Podemos irnos.

***

Aprisionados en el tránsito desordenado del anochecer, tuvieron que desviarse hacia el Ponte Garibaldi para cruzar al Trastevere. Marcos sorteaba ágilmente los autos cuyo único interés era avanzar, rompiendo todas las reglas que estos aspirantes a émulos de Alberto Ascari se habían comprometido a respetar al recibir el carnet de conductor, suponiendo que no existía diferencia entre el circuito de Monsa y las calles y avenidas de una ciudad superpoblada, donde el trazado vial moderno se atoraba en la irregularidad de las callejuelas surgidas de cualquier parte para satisfacer la extensión inevitable de la ciudad antigua en épocas pasadas, cuando la necesidad de expansión primaba sobre la racionalidad.

A su lado, Alicia, en un imaginario doble comando de automóviles destinados al aprendizaje del manejo, frenaba abruptamente, presionando con fuerza el pie derecho contra el piso. Los otros, ajenos a los accidentes que los acechaban metro a metro, sacaban las cabezas por las ventanillas, ansiosos por absorber las maravillas ofrecidas en cada esquina, en cada tramo, y manifestaban de viva voz su desilusión cuando los grandilocuentes relatos infaltables en las guías que se habían procurado descendían a la lamentable realidad de la decadencia que pasaba ante sus ojos.

—Si no estuviera marcado aquí —Marcos le mostró a Karly el nombre en la página—, habría confundido al Foro con una cancha de fútbol abandonada, o un basurero.

—Te sugiero que te aferres a las ilustraciones de sus días de esplendor —aconsejó Karly—. Hoy es un depósito de trastos, de condones usados, y quién sabe qué otras porquerías.

Inmersos en la contemplación de los monumentos que todavía se mantenían en pie, tardaron en percatarse de que el auto había detenido la marcha por completo.

—¿Por qué no avanzamos? —quiso saber Esteban.

—No tengo idea. Hay una fila interminable de automóviles detenidos delante nuestro, y no me animo a pasarlos por la derecha, como hacen estos inconscientes, y muchos menos a meterme a contramano. No quiero que terminemos como en *Il Sorpasso*.

—Pero esos eran locos, transfigurados al volante... —recordó Alicia.

—Estos también. Fijate las barbaridades que hacen. No sólo interrumpen el flujo normal del tránsito, sino que se bajan del auto y se insultan, amagando agarrarse a las piñas. Me imagino que más adelante, donde no llegamos a ver, hubo un accidente, o se cortó una calle por reparaciones. Escuchá los bocinazos; nos van a destrozar los oídos. Justo a nosotros nos tenía que pasar... —se lamentó Marcos.

—Ahí arrancan —lo alertó Alicia—. Tratá de pegarte al de adelante, o algún vivo se te va a meter en el medio.

***

Los lugares de comidas del Trastevere eran fuente de tentación irresistible, no sólo por la diversidad de los platos que apelaban a la gula sino por la atmósfera despreocupada de los parroquianos: degustando la excelente cocina, habían dejado fuera del reducto la difícil encrucijada económica que agrandaba la brecha entre ricos y pobres. Desde las primeras compras que hicieron, los miembros del grupo habían quedado espantados ante las sumas monstruosas que había que desembolsar para obtener los artículos más nimios. Un paquete de *Dana*, cigarrillos locales de pésima calidad, no costaba menos de cuatrocientas liras. Los precios de los restaurantes eran prohibitivos. Parapetados bajo una marquesina, especulando sobre la posibilidad de saltear la cena, fueron abordados por un transeúnte joven, mochila al hombro, e inconfundible aire nórdico.

—¿Son turistas? —indagó en inglés.

—Sí —respondió Karly—. Turistas desconcertados por los precios.

—Yo tuve la misma experiencia los primeros días. Les aconsejo probar un lugarcito en el Viale del Lungotevere, hacia allá —mostró, sonriente—. Le dicen L'Obitorio, bah, no sé si ése es el nombre real, pero así se lo conoce a causa de las mesas de mármol blanco y frío, muy distintas de las maderas rústicas o elegantes de los restaurantes de la zona. Es una pizzería excelente, y muy barata, a comparación de lo que deben haber visto.

—Muchísimas gracias por el dato —le retribuyó Alicia—. ¿Puedo hacerte una pregunta?

—Las que quieras.

—Mi italiano no es suficiente para conectar el material de las mesas con el nombre. ¿El término inglés sería . . . ?

—Morgue. Le dicen «La Morgue» —rió el interlocutor ocasional, perdiéndose entre el hormiguero de paseantes.

Los cuatro se miraron, indecisos.

—Ya me dan ganas de vomitar, y eso que tengo el estómago vacío. ¿Quién puede comer feliz asaltado por las imágenes de cadáveres destripados? —se quejó Alicia.

—Nosotros —replicó Karly, tomándola del brazo y obligándola a caminar, con los otros a la zaga—. Mientras no se trate de destripar la música, nuestras tripas resisten casi cualquier cosa. Además, tenemos tantas cosas que acomodar: la compra de la Cinqueccento, las fechas aproximadas del viaje, cuánto nos vamos a quedar en cada lugar . . . Vos ya le avisaste al Maestro, ¿no? Igual hay que insistirle; aunque las vacaciones están acordadas, es capaz de cambiar de idea. El tétrico nombre y sus connotaciones siniestras —dijo, tomándole el pelo— se te van a borrar, no lo dudes.

**

No esperaban encontrar a nadie levantado —es decir, a nadie levantado fuera de la intimidad de los dormitorios— a altas horas de la noche. Se llevaron una sorpresa mayúscula ante la escena, digna de *La Taberna* de Velázquez —multiplicados los personajes— que los saludó desde los fondos del comedor. Con el Maestro a la cabecera, flanqueado por Igor y el Gobernador, nada menos, se apiñaban los amigotes, festejando a risotada limpia las ocurrencias, sin duda procaces, que insinuaban los gestos nada sutiles con que adornaban el anecdotario.

Los recién llegados intentaron pasar desapercibidos y escurrirse hacia el piso superior. El llamado conjunto, aguardentoso, los hizo desandar peldaños, exponiéndolos a las pullas malignas del Maestro, coreadas por el resto en el dialecto local distorsionado por efecto de las bebidas varias y abundantes que habían trasegado, cuya muestra palpable eran las botellas vacías que, no cabiendo en la mesa, habían rodado al piso.

¿Qué hace el Maestro acá? No había faltado de su casa en Roma desde aquella primera semana en que había buscado refugio a su desazón en el Castello. Como si le leyera la mente, Igor habló con familiaridad:

—Buenas noches, *ragazzi*. Hemos convencido a Hugo de tomarse un respiro de sus agobiantes tareas en compañía de nosotros, sus buenos amigos. Justamente le preguntábamos por usted, signorina Alicia. Una bella muchacha alegra el espíritu. Sin contar con que el Maestro, que cuida tanto de todos ustedes, no quería oír hablar de retirarse a descansar hasta saber qué les había ocurrido.

Ignorando al entrometido, Alicia se dirigió al Maestro.

—Le avisamos a Buccardini que no nos esperaran a comer. Los cuatro terminamos nuestro trabajo antes de irnos. ¿Él no se lo comunicó?

—Oh, sí; con lujo de detalles —respondió él, con sorna—. La escapada de ustedes de hoy, sumada a esas vacaciones que Alicia se dignó explicarme en nuestra reunión de coordinación, me recuerda a las maquinaciones de la Mafia. Me parece que así los voy a llamar de ahora en adelante. ¿Qué opina acá la gente? —buscó la complicidad de sus compañeros de juerga alcohólica.

—No tiene desperdicio —aprobó el Gobernador Caromio—. Sólo te ruego que no imprimas el apelativo en los programas. Mis enemigos políticos . . .

—*Non preoccuparti*. Es para uso casero, nomás.

Razonando la inutilidad de involucrarse en los desbarres de un puñado de ebrios, Alicia se despidió de los *mafiosi* masculinos aduciendo que necesitaba respirar el vigorizante aire nocturno antes de dormir. Se había internado unos treinta pasos en la fronda cuando percibió una sombra proyectada por sobre la suya.

Alguno de los muchachos —pensó, sin inmutarse, y prosiguió su paseo sin prisa, iluminado por las estrellas fulgurantes de ese cielo que preanunciaba una aurora todavía lejana. El dueño de la sombra se le puso a la par. Era uno de los hombres que había visto sentado a la mesa; apuesto, cuarentón, luciendo una chaqueta de corderoy que destacaba la elegancia innata de su figura. Trocando la ruda entonación dialectal por el italiano propio de las personas educadas, inició una conversación, ajustando su paso al de ella.

—Signorina Alicia, sé que Nino le ha hablado de mí, aunque hasta ahora no habíamos tenido ocasión de conocernos.

Respondiendo a la muda interrogación de las cejas levantadas, prosiguió:

—Soy el Raggionere Tebaldi; quiero que sepa que el . . . problemita que la atemorizó en su visita a Priverno . . . digo, que puede volver a Priverno cuando lo desee, porque ya me he ocupado de los infelices que tomaban a usted y a la flautista por . . . *donne senza cappello*.

A ella le causó gracia la ocurrencia de resucitar una expresión fuera de uso a fin de evitar la crudeza explícita de *puttane*. Qué hombre encantador.

—¿Cómo se las compuso? —preguntó ella, curiosa.

—No hace falta que usted lo sepa. En estos lugares semisalvajes, a veces no tenemos más remedio que apelar a métodos acordes. Basta que sepa que se acabó.

Alicia comenzó a agradecerle su gentileza. De pronto, Tebaldi la tomó por el codo. Anticipándose al rechazo delatado por la rigidez que palpaba, la tranquilizó:

—La luz de las estrellas es engañosa. No me perdonaría que tropezara y se lastimara estando conmigo.

Qué hombre considerado. Un verdadero caballero.

Antes de que pudiera reaccionar, el hombre encantador, considerado, y verdadero caballero la había arrojado de espaldas sobre el césped mojado de rocío. Con una mano le tapaba la boca; con la otra tironeaba su falda para desnudarle los muslos, forzando una rodilla poderosa para abrirle las piernas que ella mantenía apretadas al límite de sus fuerzas. Acompañaba la acción con palabras deshilvanadas; susurros roncos en los que se repetía una y otra vez *ti faro godere*, hasta que en un movimiento diestro, su boca tomó el lugar de la mano, forzando un beso que la llenaba de asco, y la mano aprestó un pene enhiesto que sobresalía grotescamente por la bragueta abierta.

Un torrente de pensamientos que no terminaban de tomar forma la arrolló, pero no fueron los pensamientos los que guiaron sus actos, sino su instinto de independencia; el mismo instinto que la hizo abandonar la seguridad de un empleo sin horizontes para lanzarse a recorrer el mundo —ese mundo que se le venía cambiando de oro en oropel. Por un instante, dejó de oponer resistencia. Por un instante, él triunfaba. Entreabrió los dientes para permitir que la lengua de Tebaldi se adueñara de la suya. Entregado al serpentear de su juego, por un instante él aflojó la presión de la rodilla, seguro de que Alicia se abriría como una flor al calor de la pasión. Entonces ella lo golpeó con su propia rodilla en la entrepierna al tiempo que le clavaba los dientes a mitad de la lengua desprevenida. El reflejo llevó las manos de Tebaldi a sus testículos; presa de las contorsiones provocadas por el dolor, no pudo hacer nada por detener la loca carrera de Alicia en busca de la protección del Castello.

Antes de trasponer la puerta, ella emprolijó ropa y cabellos. El regusto de la sangre del hombre disuelta en su saliva operó en todo su ser un éxtasis hipnótico que la llevó en volandas hasta el lecho.

***

Sólo Igor había seguido atentamente el modo aparentemente casual en que el Raggionere Tebaldi se retiró de la reunión. Sus ojos de halcón registraron también el regreso de la muchacha, los pies que parecían no tocar el piso, la barbilla en alto, el porte de vencedora.

Lo buscó en el parque, al azar, llamándolo con epítetos en remplazo del nombre.

—*Dove sei, disgraziato?! Rispondi, maledetto! Dove ti nascondi, coglione?!*

Un gemido bronco lo condujo hasta el cuerpo desarticulado de Tebaldi. El violador fracasado restañaba la herida de su lengua con un pañuelo. Su sexo expuesto, encogido al mínimo, impresionaba como una segunda lengua deforme y bizarra.

Lejos de condolerse, Igor lo acribilló sin piedad.

—Sí que eres el rey de los idiotas. Te pedí que la conquistaras, que le pusieras un poco de romanticismo a esa existencia de monja laica para distraerla de su papel de perro guardián . . . con el tratamiento adecuado, te la habrías podido coger por donde se te diera la gana, y ella te habría adorado. En cambio, ahora no sabemos qué hará. Por suerte para mí, y para desgracia tuya, yo quedo fuera.

El desprecio fluyó libremente, atizado por el enojo de tener que recomenzar a socavar desde otro ángulo gracias a la falta de tino de este rústico famoso por sus dotes de Don Juan, a quien había reclutado para su causa con promesas envueltas en pompas de jabón.

—Mete esa cosa adentro, y vete antes de que los otros busquen sus autos. Están tan borrachos que ni se acordarán de ti, pero no tendría ninguna gracia que te encontraran en este estado. *Su, smettila* —agregó, harto de los lloriqueos que no cesaban.

Con inmensa dificultad, Tebaldi le hizo entender que si Alicia lo acusaba, él revelaría de quién había sido la idea.

—Ja, ja, ja. Tú, con tu mente de mosquito, redujiste una buena idea a una burrada. ¿Y a quién le van a creer, al Pito de Oro de Priverno o al respetable Igor Olevsky, apadrinado por el Maestro y respetuoso de las damas inclusive cuando ellas lo ofenden?

Rengueando, maldiciendo al ruso no menos que a su propia impetuosidad animal, Tebaldi se alejó en la oscuridad.

XXXVIII

Ojeras violáceas afeaban el bello rostro de Isabella; dos surcos profundos hendían su frente, y una transpiración nerviosa le humedecía las palmas de las manos. Desde la noche anterior, la noche en que su esposo no había regresado a casa, se negaba a probar bocado. Sin pronunciar una sílaba, apartaba platos, vasos, y tazas, dejando a Frau Zindlich la ingrata tarea de informar a los niños que «mamá no se siente bien», y que necesitaba reposo. Isabella había experimentado el sabor amargo de todos los estados de ánimo que provoca la espera, desde la impaciencia hasta la desesperanza total. A las seis de la madrugada había permitido que Frau Zindlich la acostara, pero rechazó el somnífero que la solícita ama de llaves la instaba a tomar.

—Quiero estar despierta cuando llegue —murmuró.

Quiere morirse de tristeza. Yo sabía que el idilio renovado no podía durar mucho; pero ella es terca, y yo soy sólo una sirvienta ... con privilegios, aunque sirvienta al fin.

—¿Llamo al Principe Stefano? —ofreció Frau Zindlich—. ¿Telefoneo a la Gobernación de Latina?

Isabella meneó la cabeza. Dos pensamientos se alternaban en su sinrazón: Hugo había sufrido un accidente fatal o Hugo había vuelto a las andadas. En cualquiera de los dos casos, ella perdía.

Hacia el mediodía, un desconocido hizo resonar con insistencia los aldabones de bronce. Al abrir la puerta, la mucama se encontró frente a un exótico arreglo floral traído por alguien imposible de confundir con un recadero.

—Un obsequio para la contessa Valenti —explicó el hombre—. Debo entregárselo personalmente. Aquí está mi tarjeta. ¿Tendría la amabilidad de pedirle que me reciba?

Viendo que la muchacha vacilaba, la tranquilizó.

—Espero acá. De ningún modo pretendo invadir la privacidad de la familia.

—Es que la contessa ... , es decir, el ama de llaves, ha dado órdenes estrictas de que no se reciben visitas.

—Comprendo. De todos modos, le agradecería que le entregue mi tarjeta. Si la respuesta es negativa, la acataré de buen grado —y un billete de quinientas liras envolvió la tarjeta.

Dando un rodeo para evitar a la omipresente Frau Zindlich, y poniendo a salvo el billete en su corpiño, la joven dio un golpecito y entró al cuarto de los señores. Isabella yacía inmóvil; no atreviéndose a hablarle, la muchacha depositó la tarjeta sobre una mano marmórea, indefensa, que sobresalía del cobertor. El áspero contacto de la cartulina ofendió la sensibilidad de la piel, abriendo las compuertas del desquite sobre la víctima ocasional.

—¿Cómo te atreves a entrar en mi recámara sin permiso? Date por despedida; que Frau Zindlich te pague lo que se te adeuda al día de hoy —y sacudió la mano con violencia, tirando sobre la alfombra el objeto indeseable que perturbara su semiinconsciencia.

La muchacha se echó a llorar, no sólo porque estos patrones eran quienes la habían tratado mejor desde que el desempleo que asolaba al país la había colocado en el mercado del servicio doméstico, único destino posible para una mujercita de catorce años, casi analfabeta, sino también porque, al empeorar la economía, la oferta excedía por mucho la demanda, y mujeres de clase media baja, mejor educadas que las campesinas como ella, llevaban las de ganar en la lucha sin cuartel por la supervivencia.

—Si vas a llorar, hazlo en otra parte. Me basta con mis propias lágrimas —la regañó Isabella.

Envalentonada por no tener nada que perder, la muchacha describió, sin tomar aliento, la escena por la cual había roto las reglas; eso sí, guardándose bien de mencionar el incentivo en metálico.

El absurdo relato impulsó a Isabella a pedirle que levantara la tarjeta. En cursiva elegante, de trazos largos y ascéticos, leyó que *Igor Olevsky, amigo del Maestro Kovaciuk, le rogaba unos minutos de atención en relación a los hechos de la noche pasada.*

¿Qué hechos? La extravagancia floral, ¿era una ocurrencia de un amigo de quién jamás había oído hablar, o una cobardía de marido culpable, o una ofrenda mortuoria que la preparaba para un funeral? Su dolor clamaba por respuestas.

—Hazlo pasar a la sala de estar principal. No tomes el ramo, y pídele que me espere.

***

Vestido de lino gris perla, sin mangas, calzado haciendo juego, el cabello recogido en un severo rodete bajo, sin otra joya que un delgado reloj de oro y minúsculos aretes de diamantes, Isabella se tomó unos minutos para observar al sedicente amigo de su marido a través de una abertura disimulada en la pared que separaba el salón de uno de los muchos pasillos que recorrían el Palazzo. Los Valenti que modernizaron la estructura interior en el siglo XIX se opusieron a la obturación de las mirillas, resabio de épocas antiguas y ahora «inútiles», al decir de los arquitectos. Agradeció mentalmente la sabiduría de sus bisabuelos. La ubicación de las mirillas no figuraba en los planos, sino que se transmitía de padres a hijos por medio de la práctica, quedando a criterio de los hijos el revelarla o no a sus cónyuges. Isabella tenía pensado hacerlo cuando sus padres descansaran en paz, dada la antipatía que los distanciaba del esposo que había elegido. Notó que el observado, bien parecido, distinguido, y algo mayor que Hugo, observaba a su vez. Los ojos negros, como al descuido, inventariaban el mobiliario, las obras de arte, las Bokhara que cubrían, estratégicamente combinadas, los pisos de roble cuyo pulido se entreveía entre una y otra, conformando un patrón de continentes unidos por el diseño artístico. Algo la alertó; esa actitud sumatoria estaba totalmente fuera de lugar. Algo la aletargó: el hombre era portador de la clave de su desvelo. Cubriendo la abertura con el Pisarro colgado sobre ella, despojándose de su condición de Isabella desgarrada, la contessa Valenti penetró en el salón.

Igor se puso de pie, le besó la mano, y se apresuró a ofrecer sus disculpas por la visita intempestiva.

—Considéreme un enviado del Maestro, a quien me unen muchos años de amistad, si bien nuestros caminos han sido divergentes. Le he traído estas flores en su nombre, ya que es absolutamente culpa mía que no haya regresado anoche. Le ruego me perdone por mi doble mala conducta; espero sinceramente que también usted me distinga con su amistad en un futuro no demasiado lejano.

Isabella no respondió. Hacerlo equivalía a soltar una riada de preguntas que enterarían al Sr. Olevsky de ciertas intimidades exclusivas de su matrimonio. *¿Por qué no le había enviado Hugo unas líneas junto con el ramo? ¿En qué consistía la culpa que este hombre se atribuía? ¿A qué se debía la arrogancia de pretender ganarse su amistad por el mero hecho de decirse amigo de su marido? En resumidas cuentas, ¿quién era este hombre? Su acento extranjero lo delataba sin dejar adivinar el país de origen; Hugo nunca lo había mencionado; por otra parte, Hugo no la hacía partícipe de todos los gatos de albañal a los que alimentaba, y éste, a pesar de su estampa y sus modales, podía ser uno de esos gatos haciéndose pasar por un visón de pedigree.*

—Agradezco su delicadeza, señor —dijo, haciendo sonar una campanilla para que fuera guiado a la salida.

—Ha sido un placer, contessa. Nos volveremos a ver; quizás en un momento más propicio podamos anudar la amistad a la que aspiro.

Con una reverencia y sin mirar atrás, Igor siguió al sirviente que acudió al llamado de la señora de la casa.

***

Interesante. Muy interesante. Isabella Valenti era inexpugnable. No era por ese lado donde iba a encontrar el flanco desprotegido que le permitiría distraer a Hugo Kovaciuk, justificando así la intervención de Buenos Aires, la destitución del Maestro, y la disolución de la Orquesta. Sin embargo... No había escapado a su escrutinio que la contessa no llevaba maquillaje. Y era un momento más que adecuado para enmascarar las huellas de una noche terrible. Ella las ostentaba como condecoraciones de guerra; a Igor no le cabía duda —tanto por su propia experiencia como por las historias que circulaban entre los amigotes— de que Isabella no estrenaba las cicatrices de la desdicha. Pecatto. Otro plan fallido. Enterado —era parte de su cometido sonsacar a los discretos— de que esta pareja peligraba al borde de un naufragio que, de producirse, dejaría al Maestro inerme a los embates del afuera, había puesto extremo cuidado en reunir a los farristas, Gobernador incluido, en una francachela de «hombres solos», haciendo correr la bebida y la ristra de hazañas sexuales y chanchullos políticos de modo que Kovaciuk, quien indudablemente era humano, a pesar de los rumores en contrario, se dejara arrastrar por unas horas al nivel del hombre común. Unas horas bastaban para engrillarlo en el lugar equivocado, en la ocasión equivocada; unas horas dañarían sin remedio el zurcido precario —sí, también de eso estaba enterado— de su felicidad personal reencontrada. Mientras tanto, Tebaldi debía iniciar el asedio a la secretaria avinagrada, y así el Amo y su ayudante apartarían sus pensamientos del orden establecido, dejándole a él un campo fértil para corromper la lealtad de los mocosos. Tebaldi, el muy bruto, no se había comportado a la altura de las circunstancias, y la farsa de las flores había fracasado miserablemente. Aunque... Igor se sonrió fugazmente, la sugerencia había partido del marido, lo cual era una buena pauta de que no conocía a su mujer. Había despertado cuando el Castello ya se encontraba en plena actividad, y no recordaba nada de la velada anterior. No podía confesar la rabia y los temores que lo consumían a otro que no fuera Igor, por la sencilla razón de que Igor no dependía de él ni giraba en su órbita; sí que era afortunado tenerlo cerca, reconstruir lo que había olvidado, y aceptar su mediación. Mala elección de palabra; pedir su mediación. Igor le había hecho notar —le había hecho tragar, junto con el café espeso que le había llevado para despejarlo— su falta de consideración al haberse ausentado de su hogar una noche entera sin avisar, y sin un motivo válido. Oh, claro; podía inventar cualquier excusa, pero para ello haría falta involucrar a otros en la mentira que decidiera inventar, y cuando muchos saben, alguien habla... ¿Qué le aconsejaba él? Nada; pero si le podía servir... Por supuesto, gran idea, llevaría las flores en persona. Por supuesto, le explicaría a Isabella que el anfitrión no podía partir antes que los invitados, y que los invitados, muy especialmente el Gobernador Caromio, acostumbraban pernoctar en sillas ajenas —o lechos ajenos, según el caso— sin despertar inquietud en sus sumisas esposas, preparadas desde la cuna a asentir a todo sin hacer preguntas. Por supuesto.

***

El Maestro asistía, como un alumno del montón, a la charla introductoria con que Vincenzi solía «precalentar» a los músicos antes de hacerlos revisar su técnica sobre el teclado.

—Todos ustedes abren la boca como tontos cuando se les habla de Mozart. No, no me digan que no es cierto. Se les dibuja en la cara, como carteles de neón, que era un genio, un superdotado, un tocado por la mano de Dios, y estupideces por el estilo. No estoy negando la cualidad del genio. Por otra parte, ignoro los mecanismos que diferencian al genio del buen ejecutante y, saben, prefiero ignorarlos: me temo que comprenden elementos de locura que, de no haber sido sublimados, habrían empaquetado a los llamados «genios» en sendos chalecos de fuerza. Con perdón del Maestro Kovaciuk *todas las cabezas se volvieron a mirarlo* que hoy, no sé por qué milagro, nos honra con su presencia, voy a ejemplificar esa noción deística y totalmente errada que tienen del genio. Se dice que el Maestro Kovaciuk es un genio del violín. En términos vulgares, es cierto. En términos estrictos, es un virtuoso. Ustedes tocan las obras de Mozart, pero no se conciben en sus zapatos, y ni siquiera suponen que hacen una transmisión acabada de la composición, porque no son genios. Dos cosas son importantes: la elegancia melódica y armónica de las combinaciones, y el hecho de que su música instrumental no pierde de vista la gracia natural de los italianos; no la sacrifica a la profundidad conceptual del pensamiento que hoy llamamos alemán, aunque no hay que perder de vista que su cuna fue Austria, un país que, haciéndose el distraído, y al revés de lo que se cree, inspiró a la Prusia de entonces y a la Alemania moderna. Ya me estoy yendo por las ramas. A lo que me refiero es a lo siguiente: ustedes, por formación, han adquirido la gracia, pero se obnubilan tanto con que no son genios que pierden profundidad. Yo pretendo que unan ambas cosas. Esto no asegura que se conviertan en virtuosos —eso lo discutiremos otro día— pero al menos se harán dignos de lo que ejecutan. Vamos a mostrar en el piano . . .

El Maestro salió abruptamente al encuentro de Igor *todas las cabezas se volvieron a mirarlo.*

* * *

—¿La viste? ¿Qué te dijo? —disparó sin preámbulos.

—¡Epa! Vamos por partes. Busquemos un lugar privado, donde no aparezca de sopetón esa secretaria tuya que no te deja ni a sol ni a sombra.

No era una frase inocente; así como Hugo se desesperaba por las noticias, Igor quería saber si Alicia había mencionado «el incidente» Tebaldi a su jefe. Concluyó que no, al menos todavía no, porque Hugo, lejos de desviarse por la tangente que el otro le proponía, lo condujo a un cuarto de trastos que había servido como calabozo en tiempos de los Colonna.

—Contame todo —exigió, apoyándose contra una parva de ramas secas.

—La vi. Me costó una propina y una espera considerable. Es muy bonita, a pesar de que obviamente no estaba en su mejor día. Unos cosméticos habrían ayudado, pero supongo que no estaba de ánimo.

—Isabella no usa cosméticos, ni yo se lo permitiría. Basta de pavadas, Igor. ¿Aceptó las flores? ¿Qué te dijo?

Interesante. Muy interesante.

—No me dijo nada. Como no me pidió que me llevara las flores, asumo que las aceptó. Me escuchó, me dio las gracias, y me hizo acompañar a la puerta.

Igor repitió al pie de la letra su monólogo.

—No preguntó nada, no envió ningún mensaje, no parpadeó.

—Sufría —resumió el Maestro.

—No sé. No es una mujer transparente. De acá en adelante, tomás la posta vos. Si puedo ayudarte en alguna otra cosa . . .

—Hablá con Wilhelm. Él queda a cargo de los ensayos cuando yo no estoy, pero es muy joven, y a veces demasiado duro con los muchachos, especialmente con los Argentinos. No vendría mal un ejemplo más sosegado.

—Me estás cargando. Wilhelm es mucho mejor violinista que yo.

—No se trata de una cuestión musical, sino diplomática. Algo que no puede aprender de mí. Hablá con Alicia también; fijate, con prudencia, que el papeleo esté al día. La tendría que supervisar yo, pero tampoco sirvo para eso. Me aburre, al margen de que no entiendo ni me interesa la contabilidad. Para colmo, las partidas nunca llegan a tiempo; he puesto un montón de dinero de mi bolsillo, y no estoy seguro de cuánto recuperé. Ojo, no digo que ella se guarde dinero; ni lo sueñes. El desordenado soy yo; no cuento lo que doy, ni lo que me devuelven. Me podés encarrilar a mí también, de paso.

Muy, pero muy interesante.

***

A Alicia le habría venido de maravillas poder rumiar a solas el episodio que por poco le cuesta la pérdida de la virginidad, pero la llegada de los pianistas devolvió a la Gorda a la habitación. Charlataneando sin cesar, la Gorda radiografiaba las anatomías de los nuevos estudiantes, y no cabía en sí de felicidad porque:

— . . . sabés, Alicia, ¡ellos también me miran con ganas! Nunca me habían mirado así; los muchachos nuestros me tratan como a una nena; estos, en cambio, bah, no todos, pero unos cuantos, me ven mujer, si hasta se me está curando el complejo de gorda bla bla bla . . .

—Mmm.

—¿Eso es todo lo que se te ocurre? ¿Mmm? ¿No te alegrás por mí?

Pobre Graciela. ¿Qué decirle sin herirla? ¿Que ella tenía sus propios problemas y que Graciela era la persona menos indicada para compartirlos? ¿Que era normal que admiraran sus formas, dado que en Italia, salvo en las grandes ciudades —Roma, Milán, donde reinaban las modas impuestas desde París y Nueva York, es decir, las figuras estilizadas, de una delgadez extrema; todas las mujeres ambicionaban convertirse en Twiggy— gordura era sinónimo de belleza? ¿Que el bozo y el vello corporal se exhibían como insignias de distinción, cuando en otras partes del mundo los salones de depilación no daban abasto, y no había mujer que no viviera con una pinza al alcance de la mano, lista a deshacerse del mínimo pelito indiscreto que creciera en un lugar visible?

—La verdad es que se me ocurren muchas cosas. Me preocupa que te miren así; estos tanos pueden llegar a ser bastante bestias, y no me gustaría que creyeran que les das alas y termines teniendo un disgusto mayúsculo. Tratá de pasar desapercibida *como si un elefante pudiera pasar desapercibido en un campo de frutillas* y aprendé a esperar. No te prendas del primero que te haga ojitos.

—¿Vos decís para evitarme una desilusión?

—Eso.

Para evitarte una violación, tonta. Y ella, ¿a quién se lo iba a decir? Acusar a Tebaldi con el Maestro ponía a éste en una situación insostenible. El hijo de su madre que la había atacado como un perro en celo pertenecía al entorno del Gobernador; era inevitable que el Maestro, quien seguramente le creería, armara un escándalo, y que el círculo del poder le saliera con que ella lo había provocado; ¿qué otra cosa esperaba, metiéndose en la soledad del parque oscuro a esas horas, con tantos hombres alzados por la lujuria? ¿Acaso la signorina no sabía que los hombres, cuando están entre hombres, hablan de mujeres, de lo que les hicieron, de lo que les harían, de que el no de las mujeres es un sí de su sexo hambriento? En el fondo, ella lo sabía. No tenía sentido exponer la estabilidad de la posición del Maestro por algo muy desagradable que no había pasado a mayores. Muy en el fondo, lo que más la perturbaba era su propia frialdad de análisis. Más que sentirse mancillada en «lo más precioso de una mujer» —¡ay, tías!— no toleraba que ese imbécil la hubiera creído un pedazo de carne a merced de su ridículo miembro hinchado. De todos modos, si no lo contaba, la realidad iba a mezclarse con aditamentos de fantasía, hasta que le fuera imposible discernir entre la una y la otra. Ella quería ser escuchada; de pronto, otra realidad la abofeteó, una que desencadenó las puntadas mal hilvanadas del aplomo que enarbolaba cuantas veces podía en su afán de demostrar que era digna del lugar que ocupaba: tenía allí muchos amigos, pero si no podía confiarse a ninguno, debía resignarse a aceptar que eran, como los del Maestro, solamente «amigotes». Marcos. Marcos le había ofrecido amistad en lugar del romance trunco que tanto daño le había causado. A ver si la proclamada amistad resistía esta prueba.

—¿Y entonces?

A todas luces, la Gorda no se había quedado conforme con el sermón y los monosílabos.

—Entonces nada. Esperá el amor; lo vas a reconocer.

—A vos ya te pasó, ¿no? No te veo muy contenta por haberlo reconocido —pinchó la Gorda.

—Graciela, el amor no es simple; no siempre, quiero decir. Hay enredos desdichados en los que A ama a B que ama a C que ama a D. No tiene por qué ser así para vos —se apresuró a agregar, ante la redonda cara de espanto de la Gorda—. Sos muy joven; dale tiempo.

—Vos hablás como si ya estuvieras de vuelta, y también sos muy joven —acotó la Gorda.

—Muy joven, sí. Pero viví más rápido; la Capital te hace crecer de otra manera. Da gracias que te criaste en otro ambiente. Ahora me tengo que ir; acordate de lo que te dije: ojo con los tanos.

***

Muy excitado, Karly llegó con un folleto en el que se ofrecían autos usados a precios accesibles. Haciendo lo de siempre —sentándose sobre el escritorio de Alicia sin apartar los papeles, le fue mostrando lo que le gustaría comprar.

—Pará; no me aturdas. Yo no entiendo nada de autos, sólo manejo. Mientras tengan nafta y se muevan, fantástico. Cuando aparecen inconvenientes, mecánicos o eléctricos, los dejo cerrados con llave donde se paren, y llamo al Automóvil Club. El que sabe de eso es Marcos; hay que ir a estos lugares con él y pedirle que los revise antes de poner plata en una batata bien pintada. Y tampoco estaría de más consultar con Buccardini. Aparte de saber de autos, conoce los negocios, y nos puede asesorar si son serios o cuevas para enganchar tontos.

—Bueno, arreglo con Marcos y los vamos a ver. No sé si señar el que nos convenga, o comprarlo directamente y traerlo.

—Si todos tenemos la plata, no estaría mal usarlo aquí unos días por si aparece algo que Marcos no vio antes de probarlo a fondo. Eso nos daría tiempo de reclamar antes del viaje.

Súbitamente, el optimismo de Karly se apagó, dando paso a una voz temblorosa, casi suplicante.

—¿Vos creés que va a salir bien?

—Vos no me estás preguntando; querés que te firme un cheque en blanco, ya que hablamos de plata. ¿Cómo puedo saber cómo va a salir? Ya te dije que me parecía un disparate, pero si Esteban aceptó, y mientras Leni no se oponga, probablemente saldrá bien, aunque a lo mejor tenemos ideas distintas de lo que significa «salir bien».

—Es que Leni no tiene que enterarse; pasa por ahí.

¿Este muchacho es o se hace? —pensó Alicia, meditando la respuesta apropiada para una situación que ni Valeria Conseja podría timonear con tino. El recuerdo de su propia consulta al Correo del Corazón le estiró los labios en una sonrisa sabia. ¡Cuánto le había enseñado la vida desde que pensara que una revista masiva iba a dar respuesta a su vacío!

—No le veo la gracia —se molestó Karly.

—Me estaba acordando de otra cosa. Tenés razón, no tiene pizca de gracia. Mirá, que Leni se entere no depende de que yo te deschave; digo *yo*, porque Marcos no tiene idea de lo que pasa en ese *menage à trois* tan . . . bizarro. Yo me pongo en el lugar de Leni: soy tu novia, hace meses que no te veo, ¿me voy a privar de abrazarte, de besarte, de tocarte delante de tus amigos, como si viviéramos en otro siglo? Aparte, no hay ningún extraño; según la definición actual, como los cinco nos «conocemos», todos somos amigos. El recato de los años cincuenta, exiliado al asiento trasero de los automóviles, se terminó cuando se achicaron los modelos y hubo que empezar a sacar las piernas por las ventanillas para chapar como la gente. ¿Vos creés que Esteban no va a reaccionar?

La lógica de Alicia era impecable. Sin embargo, agregando una mentira más al embrollo, quizás . . .

—¿El Maestro va a cumplir con lo que me prometió? —quiso asegurarse Karly.

—El Maestro no recuerda haberte prometido nada, pero yo lo convencí de que la inclusión de Leni, a estas alturas, no perjudica a nadie.

—Bueno, entonces vale la regla; esa regla que algunos no cumplimos —le echó una mirada de reojo—, de no involucrarnos sentimentalmente entre nosotros. A partir de su llegada, Leni se convierte en uno de nosotros, y vos le podés explicar la regla, y pedirle que la cumpla, al menos delante de los demás, explicándole que, si a alguno, en un momento de distracción, se le ocurre hacer un comentario inconveniente, nos deja a los dos afuera.

—Maquiavélico, si no fuera que el Maestro sabe que Leni es tu novia —le hizo notar Alicia.

—Entonces decile que cualquiera de ustedes ha tenido un gran desengaño amoroso últimamente, y que les hace daño presenciar escenas cuando las heridas siguen abiertas. Ella es sensible; lo va a entender.

—¿Y por qué no se lo planteás vos? ¿No es más razonable que vos le hables de nuestros supuestos desengaños, en lugar de hacerlo nosotros, que apenas la hemos visto unas pocas veces, y que nos arriesgamos bastante al compartir con ella veinticuatro horas de cada día sin haber pasado por un período de prueba menos incómodo? ¿No pensaste que a mí, por ejemplo, me debe tener poca simpatía, porque yo era el «monstruo» que le impedía el contacto directo con el Maestro? ¿Por qué tengo que mentirle yo? —lo arrinconó Alicia.

—Porque yo seré bueno para imitar al camaleón, pero vos mentís muy bien —la aplastó Karly, sin animosidad, sólo estableciendo un hecho objetivo—. Ya te vimos en acción.

Y terminó rápidamente, pues en verdad la apreciaba y sentía afecto por ella:

—No te estoy llamando mentirosa. Digo que has tenido que mentir tantas veces por encargo, que te sale natural. Y si no estás de acuerdo, lo vas a resolver de algún otro modo.

Sí, había dicho todas las mentiras que se esperaban de una secretaria eficiente, sumadas a algunas personales, y otras cuantas que se decía a sí misma. Pero esto la sublevaba. ¿Y si pateaba el tablero? ¿Si abría las compuertas de todas las verdades y la confianza reinante, con zonas precarias, es cierto, se disipaba en un hongo atómico? Ella también perdía... o no. ¿No le había rogado al Maestro que la dejara ir? ¿Y acaso, revelados los secretos laborales y personales, no sería la primera en ser embarcada con destino a Buenos Aires? ¿Perdía o ganaba?

El horizonte se corría; siempre se corría un poco más allá. El horizonte se componía de espejismos donde rutilaban paisajes que ella había construido trabajosamente a partir de sus lecturas; el horizonte la llamaba con nombres hechiceros, transformando la aridez de la letra impresa en olores y colores que no le darían una segunda oportunidad, a ella, tocada por la varita mágica que la había despojado de sus andrajos de Cenicienta. En algún momento, el ensalmo se disiparía. ¿Por qué no vivir el sueño agridulce mientras durara? ¿Qué importaba una mentira más, en un mundo que crucificaba la verdad?

***

Marcos afinaba su instrumento como de costumbre antes de las prácticas, dominado por una exultación inusual que maltrataba a las clavijas, habituadas a una manipulación más cuidadosa. La sala de música, desierta a esa hora, reverberaba con los agudos mal ajustados, haciendo rechinar los dientes de Alicia —lo mismo que le sucedía de niña cuando la tiza resbalaba de entre los dedos de la maestra y la larga uña barnizada de rojo rayaba la superficie del pizarrón.

—¿A qué se debe tanto nerviosismo? —preguntó Alicia, apoyando el folleto que le había dado Karly sobre un atril vacío.

—¿Te acordás que hoy damos un piccolo concierto en el Conservatorio de Latina? —empezó él, sin levantar la vista de la viola.

—Como no me voy a acordar, si la planificación la hice yo, y encima tengo que ir a sentarme en primera fila, en representación del Maestro, que ni toca ni va, por cambios de último momento. En realidad, te iba a pedir que te sentaras conmigo, para tener alguien conocido cerca.

—Entonces estás atrasada de noticias. Hoy toco yo —anunció Marcos, reventando de orgullo.

—¿Tres violas? No es eso lo que hice imprimir en el programa; aparecés como viola suplente, ninguna de las piezas requiere tres violas . . .

Marcos dejó de maniobrar con las clavijas. No estaba seguro de si debía contarle el porqué de su repentina promoción. Igualmente, si no lo hacía, la historia circularía por otros canales.

—Florencio se quemó la mano derecha —empezó, tanteando el terreno.

—¡Pero qué horror! ¿Qué pasó?

—¿Viste que el tano Buccardini no deja de repetir que hay que tener mucho cuidado con el Mustang por el problema del radiador? ¿Viste que yo prefiero usar los otros, por si acaso? Bueno, hoy Florencio tuvo que ir al pueblo a buscar un vuelto que le habían quedado debiendo en el lugar ése de los *flippers*, y se llevó el Mustang. Hace rato que le tiene ganas, pero cuando sale con Nino —o sea, hasta hoy no había salido solo— el Sardo no se lo deja tocar. En el camino al Castello recalentaba, y cuando lo paró, acá, delante de la casa, abrió el capot y desenroscó la tapa.

—No me digas que no se envolvió la mano en un trapo —se horrorizó Alicia.

—Se la envolvió, pero saltó un chorro de agua hirviendo que traspasó el trapo y por poco le da en la cara.

—¿Y que hacía con la mano sobre el radiador una vez que estaba sin tapa? No tiene sentido . . .

—Ni idea.

—Le debés una. De no haberse quemado, vos no tocabas hoy —reflexionó Alicia.

—Es peor. El Maestro se puso furioso, lo llamó de todo menos bonito, y le dijo que ser tarado no era excusa para no tocar. Que tenía que tocar, quemado —y vieras lo que es; no sé si no va a necesitar injerto— o le cancelaba la beca.

Ángel y demonio. La crueldad llevada al máximo exponente ¿para vengarse de qué?

—Ya veo. Tu suerte se monta sobre la desgracia ajena.

—De ninguna manera. Wilhelm no se conmovió mucho por Florencio, pero con esa disciplina práctica de que el espectáculo debe continuar, le hizo notar al Maestro que por fin se justificaba una viola suplente. Esperá —dijo, irritado por la expresión escéptica de Alicia—. El Maestro no entraba en razón, estaba emperrado en que tocara Florencio, «para que aprenda». El que terminó de sacar las castañas del fuego fue Igor.

—¿Igor? ¿Qué tiene que ver Igor con la asignación de partes? —se extrañó Alicia.

—No entendí bien, pero parece que el Maestro le ha dado algunas atribuciones que antes se repartían entre Wilhelm y vos, cada uno en lo suyo, claro. El Prusiano pegó un portazo y se fue; no aguantó que, viniendo de Igor, el Maestro aceptara lo que él había propuesto primero. ¿A vos también te da qué pensar, no?

—Sí; me da que pensar nada bueno. Este tipo cae de la luna, me dice que viene de visita, y que tiene asuntos que atender en el norte. De repente, el Maestro se pasa horas encerrado con él, nadie sabe de qué hablan, desautoriza a Wilhelm —y no es que justo yo lo vaya a defender, pero sabe lo que hace— y, según decís, va a meter la nariz en mis cosas. Mientras tanto, el norte adonde supuestamente iba se esfumó.

—Si te da desconfianza, ¿por qué no le preguntás al Maestro qué está pasando?

—¿No lo conocés todavía? ¿Quién se atreve? Quizás lo mejor sea informar a la Fundación . . .

—¿Por detrás? ¿No se merece un poco de lealtad?

—Si está trastornado, dándole injerencia a Igor en nuestra organización, es él quien rompe la lealtad.

Alicia no podía ni quería resolver sola. Volvió a lo que había venido.

—Acá te traje un folleto de autos. Tendrías que arreglar con Karly para comprar con tiempo.

—No te veo muy convencida. ¿No te alegra la perspectiva?

—Como se presentan las cosas, no mucho. No va a funcionar —respondió ella, mirándolo a los ojos—. No es el caso desparramar mi pesimismo ahora; a lo mejor mañana cambio de opinión. Lo que necesito en este momento es un amigo. Vos te ofreciste, después de esa noche horrible que nunca debió haber pasado. ¿No te arrepentiste? ¿Puedo contar con vos?

Marcos hizo viola y arco a un costado.

—Esa noche no fue menos horrible para mí que para vos. Estoy de acuerdo con que nunca debió haber pasado . . . de esa manera. Démosle tiempo; mejor dicho, dame tiempo, si todavía creés que vale la pena. Pero no dudes de que, termine como termine, soy tu amigo.

Entonces ella le contó, con pelos y señales. Esperaba ver reflejada en la cara de Marcos indignación, condena, conmiseración; esperaba que su boca profiriera venganza, repudio al ultraje, interjecciones de empatía. Esperaba —aunque no se lo admitía a sí misma— celos. Celos que los habrían transportado a un antes de la vergüenza de su cuerpo rechazado por . . . no sabía por qué.

Él la escuchaba con la cabeza inclinada, los brazos cruzados, callado. Hasta que ella dio el relato por terminado, omitiendo la salvaje satisfacción de haber paladeado la sangre.

—¿No me decís nada? —concluyó, agobiada por la densidad de su silencio.

—¿Salvo que no fue muy inteligente de tu parte no pedir la compañía de uno de nosotros? Tebaldi se comportó de acuerdo a su naturaleza; vos, de acuerdo con la tuya. Los dos se dejaron llevar por el impulso. Correspondería hacer una denuncia; al final, sería tu palabra contra de él. Y ya se sabe como termina. Vos, salpicada por una inmoralidad que nos va a manchar a todos, y él, caminando con la cabeza bien alta.

—¿La culpa es mía?

—Hasta cierto punto, sí. Acordate las veces que has dicho que no te corresponde actuar de niñera de la Gorda. Vos tampoco tenés niñera. Tus actos tienen consecuencias. Me da mucha pena lo que te pasó, pero de ahí a organizar una pandilla que lo muela a golpes . . . no es así como hacemos las cosas.

—¿Y cómo hacemos las cosas? ¿Metiendo la cabeza en la arena, como el avestruz?

No hubo respuesta. Marcos volvió a su instrumento, por la sencilla razón de que no estaba acostumbrado a recibir confidencias de esa índole, y porque no se sentía en deuda. La amistad estaba cumplida por el mero hecho de haber retrasado su ejercitación para escuchar.

Palabra grandilocuente, la amistad. Dos o más que intercambiaban puntos de vista con cierta frecuencia, se decían amigos. Dos o más que iban juntos a ver espectáculos, a comer, o a pasear, se decían amigos. Dos o más que compartían horas de estudio o de trabajo, se decían amigos. Dos o más que descorrían el velo de su vida íntima, se decían amigos. Palabra devaluada; palabra bastardeada. Intento absurdo de obturar la soledad, pensaba Alicia mientras se preparaba para acudir al concierto del Conservatorio. «Los amigos se cotizan en las buenas y en las malas». Otra mentira para la gilada. Muy a propósito para los creyentes de las letras de tango. Lástima que no ponían lado a lado «Los amigos ya no vienen ni siquiera a visitarme». El aprendizaje era interminable. Y ella siempre había sido buena alumna.

XXXIX

El esmero con que el Conservatorio de Latina había engalanado sus mal mantenidas instalaciones era digno de mejor causa. A un costo exorbitante, se había montado un escenario en el extremo del patio interior, y jovencitas ataviadas con primorosos vestidos floreados acomodaban al público en las sillas plegables, alquiladas para el evento, y rehusaban, ruborizadas, las propinas ofrecidas a cambio de los programas impresos a tres colores. La primera fila, reservada a los visitantes distinguidos, fue llenándose con el Gobernador y su familia, los Ministros, Alicia, en representación del Maestro Kovaciuk, y el Contador Provincial, Raggionere Tebaldi, acompañado por su mujer y tres de sus cinco hijos —los otros dos pertenecían a la Orquesta Adolescente que, aguardando en la parte posterior, apaciguaba los nervios mordiéndose las uñas. Durante la semana previa, habían sido arengados por sus profesores acerca de la importancia de ser escuchados por los músicos sobresalientes venidos de tierras lejanas a honrarlos no sólo con su presencia, sino con el regalo de tocar para ellos, y con ellos, en el gran final.

La velada comenzó con un obsecuente discurso a cargo del Director, Fidele Gorzio. En su afán de no excluir a ninguna de las distinguidas personalidades «que depositaban su fe y su esperanza en el semillero de músicos formados por este humilde templo de las artes», las enumeró una por una, sin omitir títulos ni nombres completos. Alicia reconoció su propio status con dificultad: el Profesor Gorzio le había dado el rimbombante título de *Onorabilissima Signorina Segretaria del Esimio Maestro Hugo Kovaciuk, Figlio Prediletto de la Provincia e della Italia tutta.*

Aparte de notar que el repertorio había sido mal escogido, muy por encima de las habilidades de los desdichados que, por mucho que se esforzaran, no lograban dar una sensación de conjunto, y de que el Concerto Grosso de Locatelli, liderado por los artistas invitados, sonaba a una parodia de sí mismo merced a las vacilaciones y confusión pentagramática de las pobres criaturas a quienes habría sido piadoso retirar del escenario para ahorrarles comparaciones embarazosas, la atención de Alicia estaba fijada en el caradura que, al pasar a su lado, la había saludado con un gesto, como si se tratara de otra persona. En vista de que los Ivanhoes que asumían la defensa de las doncellas abusadas no se encontraban más que en las páginas de Scott, acabado el bálsamo de la Sonata de Bach, interpretada por el conjunto invitado, y terminada la ovación que merecieron, tomó el toro por las astas y se dirigió con paso decidido al grupo en el que la familia Tebaldi charlaba animadamente con otros funcionarios.

—¿No me presenta a su esposa, Raggionere? —pidió con coquetería.

La tez morena de Tebaldi se tornó blanca. ¿Con qué pretexto negarse?

—*Certo*. Secundina, te presento a la signorina Curi, la secretaria del Maestro.

—*Piacere, signorina*. Franco me ha hablado maravillas de usted. ¿Cómo está? ¿Cómo la trata nuestra provincia?

La Signora Tebaldi era joven y linda, y miraba a su esposo con adoración. Alicia no se complacía en lo que iba a decir; sin embargo, no había forma de devolverle la afrenta sin involucrar a la esposa, y no estaba demás que sus amigos se enteraran también. Las preguntas de la signora le venían de perlas para modificar la monserga que había preparado mientras cerraba los oídos a la barrabasada pseudomusical que se había visto obligada a soportar.

—Estoy muy bien, gracias, a pesar de que su Franco es excesivamente franco en sus apetitos sexuales, al punto de querer rellenar con su cazzo cualquier agujero real o imaginario. Debería cuidarlo, sabe, porque en uno de sus arrebatos, alguna mujer menos prudente que yo se lo va a arrancar de cuajo, en lugar de contentarse con partirle la lengua. ¿Ya puede volver a usarla sin dificultad, espero? Oh, la provincia me trata de maravilla, pero me sentiría mejor tratada si implementaran un cinturón de castidad para hombres como su esposo, con la llave bien guardada por usted. Encantada de haberla conocido.

Sin dar tiempo a la reacción —todos se habían quedado helados— y mientras se alejaba, le llegaban los gritos y sollozos del revuelo que había provocado. No duraría mucho, seguramente; ¿qué podía hacer Secundina más que fingir, pasada la estupefacción y la humillación del momento, que Alicia era una loca, y seguir adelante con su marido y sus cinco hijos? No tenía importancia la secuela doméstica, ni el alboroto en los círculos pretenciosos del gobierno. Ella no era una habitante permanente, y ellos, durante ese momento que les habría parecido un siglo, habían vivido públicamente el infierno de ser vilipendiados por la «loca». En su fuero interno, y a pesar de las palabras de consuelo que prodigaran al blanco del ataque y su familia, tal vez pusieran las barbas en remojo.

¿Cómo saber cuántas otras «locas», envalentonadas por ésta, los acecharían para acusarlos de lo mismo?

**

El Maestro, en bata de seda y descalzo, revolvía un cajón del *secretaire* en su dormitorio del Palazzo Valenti, aguardando que Isabella pusiera fin a una interminable llamada telefónica con una interlocutora desconocida que la retenía desde hacía quince minutos en el piso bajo.

Su llegada no había sido recibida con dramatismo alguno: los niños se habían abalanzado a sus brazos, e Isabella, desaparecidas las marcas que Igor dijo haber notado en su rostro, le había dado un ligero beso en la mejilla, y había ordenado que se sirviera la comida. A pesar de las protestas de Orietta, quien a su corta edad despreciaba el castellano como «una bruta lingua», la conversación familiar se mantuvo en ese idioma, en una atmósfera de normalidad. Las flores lucían en un búcaro ubicado en el salón, sobre una mesita ratona.

¿Con quién habla? Mejor dicho, ¿qué le están diciendo? Ella emite una sucesión de sí, no, bueno, claro, ¿en respuesta a qué?

Desparramando objetos sin encontrar lo que buscaba, no la vio entrar. Isabella cerró la puerta sin hacer ruido, y se apoyó contra la hoja, pasándose la mano por la frente, como queriendo borrar los surcos que ya no estaban ahí, pero que ella sentía como tajados en la piel. Se acercó a su marido, agachándose para recoger lo que había caído sobre la alfombra.

—¿Se perdió algo? —preguntó, con la naturalidad de lo cotidiano.

—No, creo que no. Es que soy tan desordenado que no me acuerdo dónde pongo las cosas. Ya aparecerá.

Y remetiendo el contenido del cajón con el mismo atolondramiento del que se quejaba, acomodó las almohadas dobles de su lado de la cama y se acostó. Ella se acurrucó a su lado.

—¿No querés decirme qué es? ¿No sabés que lo que vos traspapelás lo encuentro yo?

—Verdad. Si hasta me encontraste a mí, que estaba totalmente traspapelado en mi rol de genio, hace ocho años.

En sentido estricto, el Maestro Kovaciuk no es un genio; es un virtuoso.

—No; en serio. ¿Qué buscabas?

—El teléfono del Professore Chierico. No es urgente.

Ella se sentó de golpe. Le temblaban los labios.

—¿El psiquiatra? ¿Tan mal te sentís?

Hugo Kovaciuk la rodeó con sus brazos y la meció lentamente, hablándole con cadencia de nana.

—Isabella de mi alma. No es para mí; yo no tengo arreglo, y hay que tomarme o dejarme así como soy. Pero vos estás demasiado sensible, y todos los que te queremos nos preocupamos, yo el primero.

A ella se le salían los ojos de las órbitas.

—¿De dónde sale mi . . . hipersensibilidad? ¿Quién te ha ido con cuentos? ¿Acaso ese amigo tuyo que tuvo el descaro de jugar al chivo expiatorio, proponiendo enigmas de esfinge con que «era su culpa»? ¿De qué estamos hablando?

Pugnaba por librarse de sus brazos, pero él no se lo permitió.

—Mi reina, la que me puso al tanto hasta el último detalle fue Frau Zindlich; imaginate lo atormentada que estaría, porque convengamos que no es precisamente mi amiga. «Hay que hacer algo, Herr Hugo», dijo. Y por una vez estamos de acuerdo. En cuanto a Igor, trató de ayudar lo mejor que pudo; inclusive se echó la culpa, lo cual fue una acción generosa que yo, por lo menos, le agradezco. Vinieron los amigotes, me pasé de copas, me quedé dormido en Santa Chiara. No es tan terrible.

—¿No es tan terrible tenerme una noche entera con el corazón en la boca, sin saber si estás vivo o muerto? ¿Pensaste en mí mientras te divertías con tus amigotes?

Él reflexionó un segundo, sin dejar de acunarla.

—Ese es mi pecado, y tuvo su castigo cuando me dí cuenta de que no estaba en casa. La pregunta es si todas tus noches van a ser iguales cada vez que no vuelva. Los amigotes, alguna borrachera ocasional, no son novedad, sino una parte de mi mundo donde no hay cabida para las mujeres. En este país, no hay respeto por un hombre que no se despega de las faldas de su esposa. Es *tu* país; tendrías que saberlo. Por eso mismo . . .

—¿Por eso mismo necesito un psiquiatra? —se rebeló ella.

—El psiquiatra es un medio para poner las cosas en perspectiva; y no te lo voy a imponer. Lo que quiero decirte es que le pedí a Igor, que sí es un buen amigo de otras épocas, y que además está en apuros económicos, aunque es demasiado orgulloso para admitirlo, que me dé una mano con la Orquesta, para no estar tan atado y poder pasar más tiempo juntos.

¿Por qué hace esto? ¿Por qué este pasaje continuo de ángel a demonio, de demonio a ángel?

—¿Y quién le va a pagar? ¿La Fundación?

El soltó una carcajada espontánea, complacido porque la pregunta indicaba que ella ya se había plegado a la resolución tomada.

—Le voy a pagar yo, haciéndole creer que es dinero de la Fundación. Bajo ningún concepto quiero que lo vea como una limosna.

—Ahora me toca a mí —dijo ella, muy seria—. Si es tu privilegio entretenerte con tus amigotes, el mío es abrir mi casa —*mi* casa, mal que te pese; la casa Valenti— a las personas que me gustan. Tu amigo no está entre esas personas. No lo traigas a nuestra casa.

La insistencia del posesivo no lo inmutó.

—¿Cómo es eso, mi casa, nuestra casa? ¿La vamos a dividir? —bromeó.

—Me entendiste perfectamente. Por lo pronto, lo que no vamos a dividir es el sueño. Cantame —exigió Isabella.

—¿Para que me mandes a dormir a un cuarto de huéspedes? Cantame vos. Una prueba de amor. Tu voz es hermosa.

Questa piccolissima serenata
Con un fil di voce si puó cantar
Ogni innamorato a l'innamorata
La sussurrerá . . . la susurrerá . . .

El fil di voce se fue apagando en la respiración acompasada de dos, entregados a un solo sueño.

***

—Wilhelm . . . —Igor se interpuso entre el Prusiano y el tramo final de la escalera. Wilhelm trató de esquivarlo pasando por el costado, pero Igor se lo impidió—. Pretender que no existo no me va a hacer desaparecer. ¿No sería mejor que aclaráramos los tantos?

—Me alcanza con la explicación de Hugo —fue la respuesta seca.

—Dame la oportunidad de explicártelo yo. No aquí. ¿Estuviste en el EUR?

—¿Dónde?

—Un lugar de Roma que me gustaría mostrarte. ¿Tenés tiempo ahora?

Wilhelm nunca tenía tiempo, pero sopesó las ventajas de estudiar de cerca al advenedizo.

—Me doy una ducha rápida y bajo. Esperame en el Volvo.

El viaje transcurrió entre largos silencios y comentarios intrascendentes sobre el paisaje. Wilhelm dominaba la máquina a la perfección, y no quitaba la vista de la ruta. Igor lo guió hacia el sur de la ciudad, y lo hizo tomar por la Via Cristóforo Colombo.

No hizo falta decirle dónde detenerse. La visión de una ciudad dentro de la ciudad, una ciudad compuesta por edificios de dimensiones monumentales de piedra y mármoles blancos, enceguecedores por el impacto de los rayos del sol vueltos como flechas sobre los ojos, una ciudad fantasma, despoblada, impulsó un reflejo del pie sobre el freno y un manoteo frenético en la guantera para tomar los anteojos negros, protección posible aunque no suficiente de los pálidos ojos celestes.

—Bajemos —invitó Igor—. No hace falta cerrar el auto con llave. Casi nadie viene aquí; aunque muchos de los edificios y museos permanecen abiertos, sólo nos va a acompañar el eco de nuestros propios pasos.

Wilhelm estaba hipnotizado por aquella arquitectura tan extraña y disonante de los otros *quartiere* que conocía. Nadie le había hablado de este distrito en sus anteriores visitas a Roma. Las alturas extravagantes e inalcanzables a la mirada desnuda lo hacían sentirse vigilado sin que él pudiera remotamente imaginar por quién o por qué.

—¿Qué estamos haciendo acá, exactamente? —inquirió con desconfianza.

—Quisiera contarte una historia —repuso Igor—. La historia del proyecto más ambicioso de los años treinta, y del fracaso más resonante, que es lo que suele suceder cuando la ambición es desmedida .

A Wilhelm no se le escapó la intencionalidad de esta frase, pero se limitó a guardar silencio.

—Es sabido por quienes vivieron la época —prosiguió Igor—, que Mussolini ansiaba restaurar el esplendor del antiguo Imperio Romano. Vaya a saber qué pasaba por su cabeza, pero este sitio hace pensar que se sentía alguna especie de reencarnación de César Augusto. Las siglas por las que se conoce este conjunto significan Esposizione Universale di Roma, y data, año más, año menos, de los años '35 al '39. Planeaba exhibir al mundo la esencia de la concepción fascista en 1942 —de ahí el nombre. Aunque en líneas generales, su compulsiva identificación con los grandes de aquel remoto pasado lo impulsó a reproducir la estética arquitectónica del imperio, de algún modo debe haberse posicionado, en su mente enferma, por encima de los Césares,

241

dado que hizo que los arquitectos de su «nueva capital para el hombre nuevo», como gustaba llamarla, la despojaran de todo indicio de calor humano, e incluyeran elementos visuales que acentuaban los rasgos totalitarios de su régimen. Podemos entrar, por ejemplo, al Museo della Civiltà Romana, para que internalices a qué me refiero.

Uniendo la acción a la palabra, Igor se adelantó a través de las columnas, con Wilhelm tras él, y fueron tragados literalmente por un espacio gélido, aún en ese cálido día de junio.

—Esta era la noción mussolinesca de la civilización romana, reformada, debo añadir. Es innegable que le sobra tamaño, pero le falta majestad. Resultó una noción peculiar, con aditamentos simbólicos tomados de los griegos, como las estatuas de los Dióscuros que habrás visto a los costados.

—No me fijé en las estatuas —dijo Wilhelm, de pésimo talante. El dinero que se había invertido en todo ese despliegue de materiales ostentosos podría haberse utilizado para pertrechos bélicos, y tal vez... un nuevo orden se habría establecido, un orden legítimo. No en vano se había trastocado el SPQR —Senatus Populusque Romanus—por *Sempre Porchi Questi Romani*, de muy mal gusto, pero bien aplicado en lo concerniente a la Segunda Guerra.

—Bueno, salgamos a verlas.

Y allá fueron de nuevo, al calor del sol.

—Castor y Pollux, hermanos —medio hermanos— de Helena y Clitemnestra. No te voy a dar una lección de mitología; lo esencial es que al ser hijos de Zeus, Helena y Pollux heredaron el don de la inmortalidad. Hay quienes dicen que Pollux pidió compartirlo con su hermano, y que le fue concedido, pero yo prefiero la versión pedestre.

—¿Y qué tiene que ver esta muestra de fealdad que, evidentemente, avergüenza a los romanos, puesto que ni hablan de este adefesio ni lo pisan, con la inmortalidad de un hermano y no del otro, y conmigo? —quiso saber Wilhelm, adelantándose adonde habían dejado el auto y dejándose caer frente al volante, harto de una disertación en la que se leían ribetes de mensaje cifrado.

—Bastante —Igor se acomodó a su lado—. El Maestro es una construcción gigantesca, de rasgos clásicos, afeados por su conducta totalitaria —para ejemplo basta la mano de Florencio— frío por dentro, con veleidades de Zeus, que nos ha puesto a vos y a mí en posición de gemelos, uno destinado a morir, y el otro a perdurar. No; no me digas que me cedió mayor autoridad, porque no es cierto. Dejó que lo dirimamos nosotros; a él, mientras no te pierda como concertino, le da igual quién grita más fuerte. Yo estoy dispuesto a compartir la inmortalidad —léase la autoridad— como en la leyenda alternativa de los Dióscuros, siempre que consigamos ponernos de acuerdo sobre ciertos puntos básicos.

***

Después de regatear el precio como en un bazar egipcio, Marcos y Karly enriquecieron la flotilla automotriz del Castello con una Cinquecento usada, azul, con tapizado de cuero crema y garantía por seis meses. La bocina sonó con insistencia, llamando a asomarse a ventanas y puerta para admirar el flamante transporte de la «Mafia».

—¿En *eso* vamos a ir cinco personas con equipaje por el camino de la costa y el bordeo de Sicilia? —chilló Alicia—. O es una tomadura de pelo, o se proponen un suicidio en masa. ¿Qué potencia tiene ese motor? Mejor dicho, ¿tiene motor o hay que ponerle vela? ¿Han calculado el peso? ¡Va a raspar la parte de abajo cada vez que pase sobre un guijarro! Yo no me subo en esa nuez, y mucho menos la manejo —terminó categóricamente.

El Maestro observaba la escena reclinado sobre un tronco de árbol. Dejó que todos opinaran, los *mafiosi* y los que habían hecho elecciones diferentes. Cuando los que no iban a correr la aventura ni el riesgo se retiraron a continuar con sus ocupaciones, le pidió a Alicia que se reuniera con él en el escritorio.

—Sabe, Alicia, creo que a sus muchas cualidades suma la clarividencia.

El tono burlón otra vez. ¿Qué me va a reprochar ahora?

—¿De veras? ¿En qué se nota, Maestro?

—En que no va a subir a esa nuez ni manejarla, no por ahora.

—Es que si no me acostumbro ahora, no sé que voy a hacer después . . . Salimos dentro de cinco días.

—Ellos salen; usted, lamentablemente, se va a tener que quedar —y su satisfacción ante la mezcla de perplejidad e incredulidad que había despertado en ella era palpable como granito.

***

—Pero, Maestro, las vacaciones están estipuladas en el contrato . . . Me maté trabajando desde que llegamos para no dejar nada colgado. ¿Por qué me hace esto? —Alicia lo tomaba como algo personal.

—Yo no quiebro las cláusulas del contrato. Está escrito —y le señaló un párrafo subrayado *¿dónde había encontrado una copia del contrato, él, que apenas si encontraba su pañuelo, y sólo porque lo volvía mecánicamente al bolsillo luego de sonarse?* —que tiene vacaciones, pero no cuándo. Aprecio el buen trabajo que hizo últimamente, por supuesto, pero ahora que todos se van, y que no va a tener que andar detrás de ellos recordándoles sus compromisos, es el momento ideal para que repase la administración con Igor, que también se queda. Y justamente Igor —gracias a Dios por haberlo acercado a nosotros— me hizo notar que no se enviaron las invitaciones para el gran concierto de Roma. El tercer ítem es que en estos días llega también su amigo, David Tremayne, el que usted descubrió en Nueva York, y no sería correcto que no estuviera usted para recibirlo. ¿Estamos?

¡Igor! ¡Cuán acertado había sido su instinto al querer despacharlo sin miramientos! La víbora clavaba los colmillos a traición, y el Maestro festejaba. Pero no iba a rendirse sin luchar.

—A ver, Maestro. Las invitaciones para el concierto se imprimieron a tiempo, y la razón por la cual no se enviaron es que usted nunca me dio la lista de las personas, y cuando le insistí, me dijo que lo tenía muy presente, que todavía le faltaban nombres, y que no lo volviera a mencionar, porque usted me la daría en el momento oportuno. Mis papeles están perfectamente archivados, e Igor no me necesita para revisarlos; puede hacerlo solo. Tengo confianza en que no va a perder nada de lo que hay, ni agregar nada que no tiene que haber *otra mentira, tanto da*. Y no entiendo cómo es que usted está enterado de la llegada de David y yo no, siendo que la correspondencia se me entrega a mí.

—Es que en estos días parte de la correspondencia se le ha entregado a Igor, para aliviarle el trabajo. Usted no se dio cuenta por el volumen, y eso ratifica que realmente le hace falta ayuda.

—Honestamente, Maestro, creo que me debería haber avisado del «alivio» —él frunció el ceño, alistándose para decirle por enésima vez que no rendía cuentas de sus decisiones a los de abajo—. David va a estar muy bien atendido por il signor Buccardini, quien va a estar felicísimo de «sistemarlo». Y si yo le prometo enviar las invitaciones antes de irme, ¿puedo tomar mis vacaciones con los demás?

Maliciosamente, el Maestro precisó:

—Son quinientos sobres . . . a mano y con tinta china.

—Son muchas más liras las que invertí en la Cinqueccento. En cinco días salen los sobres, y los dejamos en el correo de pasada hacia la costa.

Él no daba el brazo a torcer; Igor le había advertido que ella era dura —algo que él había comprobado por sí mismo; dura y blanda a la vez, según soplara el viento.

—Aún si los terminara, lo que sería un milagro, no me gusta su solución a las otras cuestiones.

A ver si esta solución le gusta más. Trepando las colinas con Margherita, había tomado unas lecciones magistrales sobre hongos y yuyos.

—¿Se acuerda, Maestro, de esa fiebre que me dejó de cama, y que el Dr. D'Angelo no pudo diagnosticar?

—Sí; ¿qué tiene que ver la fiebre?

—Es que tengo una sensación de escalofríos... como si me fuera a volver la fiebre. Es claro que si me enfermo no viajo; debo hacer reposo hasta que pase. Gracias a Dios, como dice usted, lo tenemos a Igor para escribir los quinientos sobres a mano, con su letra hermosa, y le sobrará tiempo para revisar los papeles y dar la bienvenida a David...

Él la odió como jamás había odiado a nadie. Lo estaba chantajeando; riéndose en su cara. Pero si se enfermaba realmente... Ya la mano de Florencio le había costado miradas torvas de los muchachos. Hasta Lars, que siempre parecía estar en otra parte, había lanzado un «Si me lo hubiera hecho a mí...» más que significativo. Y Nino, a quien lo unía una camaradería más antigua, le había dicho en privado que «el campo le hacía mal; no distinguía hombres de plantas».

—De acuerdo. Trate de no afiebrarse hasta no haber terminado con los sobres, y no descuide el resto. Aquí está la lista —le sonrió con ironía. Plagada de nombres difíciles, en un idioma que ella más o menos manejaba pero que no acostumbraba a escribir, iba a tener que rehacer varios —muchos— por poner una consonante de más o de menos, o un acento al revés. No le bastaría un mes para liquidarlos.

***

En cinco días, el Castello era un revoloteo de despedidas, de buenos deseos, de recomendaciones a los que iban a visitar a sus parientes a lo largo y a lo ancho de la bota italiana, de pedidos especiales a los que regresaban brevemente a su casa en Europa. Il Signor Buccardini estaba sobrepasado. «*Bisogna sistemare; bisogna sistemare*», repetía, desolado. Pero no lo escuchaban: estaban de vacaciones.

A Alicia no se la veía por ninguna parte. Sus supuestos compañeros de estrujamiento en la Cinqueccento analizaban el modo de apilar los bolsos en el baúl sin que quedara abierto; Marcos revisaba las cubiertas y medía el aceite, entre «Hasta la vuelta» y «Cuídense».

El Maestro había venido de Roma muy temprano, y tomaba un segundo desayuno con Igor. Cuatro ojos atentos vigilaban las escaleras. La última en bajar fue la Gorda, apuradísima por no perder la combinación ferroviaria a Bologna.

—Graciela —la llamó Igor.

—Sí, ¿qué pasa? Dele, que Nino me está esperando para llevarme a la estación.

—¿Viste a Alicia?

—Dormimos en el mismo cuarto ¿no? Está arriba. Chau, Maestro, no tenga miedo, no me voy a perder.

—¿Arriba, escribiendo sobres? —insistió Igor.

—No sé qué está haciendo. Disculpe, pero es tarde. Chau—. Nino, dejando el motor en marcha, se asomó y le recordó al Maestro:

—Que Buccardini traiga el auto de la estación. Quedamos que me voy en tren y vuelvo con el mío, así tenemos uno más. Vamos, Graciela, que no te puedo hacer upa hasta Bologna.

Los cuatro ojos se apartaron de la escalera. Los sobres eran un arma poderosa, efectivos como grilletes para retener a los rebeldes.

Cinco minutos más tarde, Alicia, en zapatillas, shorts azules, y blusa estampada al tono, bajaba con una bolsa de red llena de sobres ordenados y precintados en fajos de cincuenta.

Igor se mantuvo impasible. El Maestro lanzó un grito destemplado:

—¡Quiero ver eso! ¡Póngalos sobre la mesa, signorina!

Cortó los precintos con un cuchillo sucio de manteca, balbuceando:

—¿Qu-qué . . . qué hizo? ¡No están escritos con la misma letra . . . su letra!

Dulce, calmadamente, Alicia contestó:

—Usted dijo «quinientos sobres, a mano, con tinta china». No especificó «con la misma letra». ¿Los quiere contar? ¿No? Bueno, sería una pérdida de tiempo; están todos. Yo escribí alrededor de sesenta, y sus músicos se repartieron los demás. Menos Wilhelm. No por mala voluntad, sin embargo. Es que a nadie se le ocurrió pedirle que ayudara. ¿Me los devuelve, así los llevamos al correo? Gracias. Ah, Igor, por favor salude a David Tremayne de mi parte. *Arrivederci a tutti due.*

—*Ti ha fregato bene* —dijo Igor, filosóficamente, y se sirvió una buena medida de vodka.

XL

"Sus ojos se cerraron...
Y el mundo sigue andando"

El tiempo cronológico y los tiempos internos se regían por un desajuste estructural insalvable. Durante la absoluta desconexión intencional de un mundo que nada tenía que ver con la búsqueda personal y el desarrollo profesional, se abrió un hiato en el tiempo, una suspensión del devenir histórico que, tarde o temprano, terminaría por influir sobre sus vidas, sin que supieran las causas. El esplendente verano que desató sabiduría y crecimiento, experiencia y descubrimiento, adquirió formas de arcanos indescifrables, en tanto no podían ser aprehendidos desde la música ni desde los sentimientos.

El 4 de abril, Martin Luther King es inmolado en Memphis por James L. Ray, asesino a sueldo de instigadores desconocidos que pagaron mucho dinero por un trabajo «especial». Más de ciento cincuenta mil personas acompañaron su funeral, llevado a cabo el 9 del mismo mes.

El 23 de abril, Inglaterra pone en circulación sus primeras monedas basadas en el sistema decimal.

El 26 de abril, la Policía Metropolitana de Londres decomisa un cargamento de ácido lisérgico que, puesto en el mercado, equivale a un millón y medio de libras esterlinas.

El 22 de mayo, el Parlamento francés emite un masivo voto de censura contra Georges Pompidou, quien salva su permanencia en el gobierno por milagro.

El 3 de junio, Andy Warhol es víctima de una bala que le dispara una actriz contratada por él.

El 5 de junio, Robert Kennedy recibe un disparo fatal en Los Ángeles, en uno de los hoteles donde se aloja durante su campaña política por el Partido Demócrata. El gatillo fue accionado por el inmigrante palestino Sirhan Sirhan.

El 12 de junio, Charles De Gaulle prohibe las manifestaciones en espacios abiertos.

El 14 de junio, muere el poeta italiano Salvatore Quasimodo, galardanonado con el Premio Nobel en 1959.

El 23 de junio, en Buenos Aires, una estampida de espectadores apurados por abandonar la cancha del Estadio del Club de Fútbol River Plate al finalizar el partido que habían presenciado provoca sesenta y ocho muertes. Ningún peligro justificaba la avalancha.

El 24 de junio, el trabajo a reglamento de los ferroviarios británicos causa la cancelación de mil trenes.

El 25 de junio, el Partido Liberal de Canadá, liderado por Pierre Trudeau, logra su primera victoria electoral importante después de diez años.

El 28 de junio, una masiva manifestación de estudiantes de izquierda trae el caos a los aledaños de la Facultad de Medicina de la Universidad de Buenos Aires. Las bombas molotov con que subrayan su repudio al golpe de la Revolución Argentina no logran evitar la brutal represión policial.

El 30 de junio, el voto de los franceses entroniza a Charles De Gaulle y barre con la izquierda, culpada por erigir barricadas y organizar piquetes que fueron obra de grupos o complots no comunistas.

Frutos indeseados de las democracias, semillas ponzoñosas de los terrorismos, afirmación de principios de las dictaduras, muertes que favorecieron intereses de los causantes del «horror económico», pérdidas de artistas que modificaron el concepto del arte, un intento de acercamiento de la Isla a los patrones del Continente. Los músicos, perdidos en las fronteras estrechas del yo, apenas estirado hacia el nosotros circunstancial, ignorantes de los territorios comandados por Maestros en las artes concretas del mundo material, se servían de los productos manufacturados, del dinero, como medio para lograr el confort, el placer estético, y los medios de transmisión de su sudor en pos de un ideal de perfección. Lo demás no les atañía. Ellos estaban afuera del mundo, en una burbuja a prueba del movimiento continuo que cavaba túneles donde se apilaba la muerte de las utopías.

XLI

La vía lógica para cortar camino hacia el puerto de Nápoles era tomar la Autostrada del Sole, y luego ingresar a la ruta que bordeaba la Costiera Amalfitana, hasta Reggio Calabria, donde se embarcarían en el ferry que diariamente transportaba turistas y vehículos a la otra orilla del estrecho de Messina.

Con Marcos al volante, pensaban cubrir los aproximadamente 150 kilómetros en unas dos horas. La autopista en sí constituía todo un espectáculo, con su pavimento impecable, su señalización perfecta, y las estaciones de servicio y acogedores lugares de descanso y refrigerio apostados en alto sobre ambos lados.

—¿Alguna vez tendremos algo así en la Argentina? —Karly no esperaba respuesta; simplemente exteriorizaba su asombro ante lo que veía como la octava maravilla.

—No te lo preguntaste en las autopistas de Francia —dijo Esteban—. No noto grandes diferencias.

—Bueno, yo no diría «autopistas», sino autopista —intervino Marcos—. La de París-Versailles. A la ida teníamos el pensamiento dedicado al concierto, y a la vuelta, como ustedes tres se escaparon, y era de noche, no creo que estuvieran predispuestos para registrar por dónde iban.

—Tenés razón. Qué operación aquella: ¡Rescate Alicia Uno! Pero ni comparación con el Rescate Alicia Dos, con todos menos ya sabemos quién escribiendo sobre a lo loco, escondiéndonos de los espías del Cuarto Reich —rememoró Esteban—. Karly, mové las piernas, querés. Si no me estiro un poco, voy a quedar doblado para la eternidad.

—Es que no fue buena idea que se sentaran los dos atrás. Aparte de que no está equilibrado el peso, no me conviene correr el asiento más adelante porque me quedan los codos en posición incómoda, pero si Alicia fuera atrás, como es más baja, uno de ustedes, por lo menos, viajaría más cómodo.

—Estamos bien así —dijeron a coro, sin proponérselo, los pasajeros del asiento trasero.

—Por lo del Rescate, Uno y Dos, les voy a estar agradecida mientras respire —dijo Alicia—. Está pasando algo raro, algo que se cocina entre el Maestro, Igor, y Wilhelm, y tengo que averiguar qué es. A lo mejor eso será el Rescate Tres, aunque no estoy segura de que haya que rescatarme a mí.

—¿Ah no? —se interesó Marcos—. ¿Quién creés que sería la futura víctima, el Prusiano o el Ruso taimado?

—Che, párenla con tomarlo de punto a Igor. No sé que le ven de malo. Es buen tipo; pone voluntad en colaborar . . .

—A vos cualquiera que no asesine a la madre te parece buen tipo, Karly. No distinguís entre los que son y los que se hacen; ni entre perros y lobos; ni entre varones y mujeres.

A Marcos la última frase le sonó tan descolgada que intentó interrogar a Alicia con el rabillo del ojo. Ella estaba distraída; no registró el gesto. Empero, no lo bastante distraída como para no devolver la conversación a su cauce original.

—Me huelo que le están haciendo una cama al Maestro. Desde la primera vez que lo vi, Igor me dio mala espina; lo considero capaz de bajezas que me erizan los pelos. Lo que no termino de entender es qué hace Wilhelm en el medio. Puede ser que le siga el juego en defensa del Maestro; por otra parte, no le hará gracia sentirse desplazado . . .

—Momentito —puntualizó Esteban—. No fue desplazado; es normal que el Maestro se acerque a alguien de su edad, un amigo recuperado, diría. Y lo otro: después de la última que te hizo, ¿qué te ha dado por preocuparte? Deberías alegrarte de que lo bajen de un hondazo. Y que conste que yo no tengo nada personal en contra de él. Pero a vos te tiene cagando desde el primer día.

—Sí y no. También hizo cosas buenas por mí —reconoció Alicia.

—Decime una. Una sola —la desafió Esteban.

—Gracias a él estoy acá, por ejemplo.

—Mal expresado —criticó Marcos—. Gracias a nosotros, y a nuestros compañeros, que son tus amigos, estás acá. Gracias a él, estarías escribiendo sobre hasta quedarte sin dedos.

Amigos. La palabra ligera. La palabra traicionada.

—Tengo una proposición —anunció Karly—. Olvidémonos de la Orquesta, del Maestro, de los complots, imaginarios o reales. Juguemos a que somos turistas.

—¿Vos querés decir que juguemos a que somos boludos? —tradujo Esteban—. Por mí, no hay problema. Prestame la cámara. Te voy a sacar una foto, para que puedas verte con cara de turista cuando retomes tu *verdadero yo*.

La saña puesta en la conclusión no pasó desapercibida.

—¿A qué se debe tanta agresividad, Esteban? ¿Hay algo que te molesta, además de viajar incómodo? ¿Por qué lo maltratás? El pobre lo único que hace es tratar de que nos despeguemos de las tensiones; que entremos en un clima de relajación —dijo Marcos.

—Acertaste. Algo me molesta; una pavada, a comparación de lo que me va a molestar en los próximos días. Pero es entre Karly y yo. *Lascia perdere*, como dicen los tanos. ¿Falta mucho?

—Un ratito. Vamos a entrar primero al puerto, y después, cuando acomodemos el equipaje de Leni, recorremos Nápoles.

—Esta cosa ya está que revienta. No cabe un alfiler en el baúl —se quejó Karly.

—Dado que Leni hizo un viaje tan largo para estar con vos, te sugiero que lleves tu bolso donde mejor quepa adentro del auto, y pongas el de ella en el baúl.

—Es lo mismo, Esteban. Igual falta lugar —razonó Karly.

—O sobra gente.

Marcos intuía que el desacuerdo entre los dos íntimos amigos debía tener raíces muy profundas. ¿Qué habría hecho Karly, la persona más bondadosa y conciliadora que conocía, para provocar el ataque constante del otro? ¿O Esteban mostraba la hilacha de cascarrabias lejos de donde podría acarrearle dificultades? Misterio. Él tampoco querría que sus propios secretos salieran a luz. Viró hacia la angosta salida que conducía al puerto, y detuvo el auto frente a la terminal de pasajeros.

El barco de Leni ya había entrado en la dársena. Mientras la esperaban, admirando la muy ponderada bahía de Nápoles, les llamó la atención una maciza mole medieval a los fondos del puerto. Lo siniestro —en el sentido del elemento de extrañeza que de pronto resalta en lo familiar— residía en que no se notaban las señales de deterioro que sería esperable encontrar en una construcción de aquella época. Se erguía, entera y altiva, custodiando el acceso marítimo a la ciudad.

Alicia recurrió a la guía y leyó rápidamente que se trataba de una fortaleza del siglo XIII, llamada Maschio Angioino.

—Muy clarito —comentó Marcos—. ¿Esa es toda la información?

—Ojalá. El resto es una mezcolanza peor que los resúmenes escolares. Es fácil asociar el nombre con los Anjou, pero acá dice que se llamó Imperio Angevino —Angioino— a las posesiones de la dinastía Plantagenet en Europa. Yo tenía entendido que los Plantagenet se emparentaron con los Anjou por matrimonio, pero . . .

—Ali, por favor, nos estás quemando la cabeza —rogó Karly—. Guardate la erudición para otro momento, ¿sí? Para Nápoles, por caso.

—¿No te da curiosidad saber por qué no está en ruinas? —preguntó ella, asombrada. Era atípico de Karly no interesarse por las riquezas de la cultura, y más atípico aún interrumpir sin consideración alguna. Los nervios, seguro. Se acercaba el momento de la verdad. No, tonta. El momento de perfeccionar la mentira.

—¡Mirá! ¡Ahí viene Leni! —divisó Marcos.

Una figura menuda y movediza; un rostro radiante, puro ojos verdes ávidos, el cabello castaño ensortijado juguete del viento, los brazos extendidos hacia Karly... ¿y el equipaje? —se preguntó Alicia, en un rapto de practicidad. Terminados los saludos afectuosos (Marcos vio que Esteban esquivaba la mejilla, dejando que el beso se disolviera en el aire), le preguntaron por sus maletas.

—Tardé más porque despaché casi todo directamente a Priverno. Me quedé con un bolso chico; no tenía sentido cargar con tanto bulto. Aquí viene —dijo, haciéndole señas a un muchachito moreno que se ganaba la vida como changador.

Es inteligente. ¿Cuánto va a tardar en darse cuenta? —pensó Alicia, apesadumbrada.

∗∗∗

Al internarse en la ciudad, Leni insertada entre Karly y Esteban como una cuña —*ella no imagina su condición concreta de tal*— se colaba en el monólogo interior de Alicia.

Uno de los muchachos dijo una obviedad, repetida en todos los idiomas por los extranjeros que llegaban a Nápoles predispuestos a constatar la veracidad de lo descripto en los relatos de quienes la habían incluido en su itinerario europeo.

«Vedere Napoli e poi morire» ... de asco; el hedor es inaguantable; la basura tapa las calles; qué pérdida de tiempo y de dinero...

Ellos percibían un contraste violento: trozos mal ensamblados donde palacios e iglesias se codeaban con viviendas miserables en medio de un vocinglerío que no callaba nunca, amenazando derribarlo todo, sin distinción de jerarquías, por mero efecto de la presión de las ondas sonoras. Al pueblo se lo despreciaba por su ignorancia, por la exageración melodramática de su decir y su sentir, por la miseria en que vivía, por su superstición disfrazada de fe religiosa, probada por la superchería del milagro de San Gennaro. Y sin embargo, este pueblo mal comprendido, evitado por narices plebeyas o aristocráticas protegidas por pañuelos, invisible a las miradas fijas en la soberbia arquitectura, era un milagro por derecho propio, un milagro más antiguo de lo que la ignorancia arrogante de los detractores podía suponer. Este pueblo era la mutación inconcebible de una historia iniciada por marinos de Rodas en el siglo IX A.C., continuada por invasores provenientes de Cumas, apropiada por los samnitas, reducida por los romanos, asolada por los bárbaros, anexada al imperio bizantino, conquistada por los normandos, gobernada por los Hohenstaufen, ocupada por los angevinos, disputada por Francia y España, ganada por ésta y perdida a la casa de Austria, retomada por la obcecación de los Borbones, gobernada por un Bonaparte, víctima de las vacilaciones del mariscal Murat, que prácticamente la devolvió a los Borbones, y liberada por Garibaldi, al fin, en 1860. Cada conquistador marcó las huellas de su paso más o menos efímero con piedra, granito, mármol, hierro; cada generación transfundió su espíritu a la siguiente. Los materiales seguían siendo identificables en su individualidad; el pueblo, fusión sobreviviente de aquel espíritu que se negaba a extinguirse, era visto como una masa informe que hería la «sensibilidad» del turista.

—¿Tienen hambre? —preguntó Karly—. Busquemos algún lugar razonable, y propongo que Alicia maneje para hacer noche en Sorrento.

✳✳✳

Les resultó bastante complicado encontrar un alojamiento acorde con su presupuesto. Fieles al plan trazado, comunicado a Leni durante los pocos kilómetros entre ambas ciudades, finalmente tomaron una habitación para tres en una posada alejada de la costa, de aspecto deprimente, y de la cual lo mejor que podía decirse era que las «comodidades» se ajustaban al precio como un guante. El encargado no permitió que los dos no-huéspedes hicieran uso de las instalaciones; hubo que darle una larga explicación y unas liras —la mueca despectiva que hizo al recibirlas fue más insultante que las palabrotas no verbalizadas— para que les hiciera el favor de consentir que se higienizaran rápidamente antes de regresar al auto.

De común acuerdo, y a pesar de que habría sido justo que Marcos y Alicia gozaran de un colchón, por ser quienes manejaron, Alicia y Esteban pasaron la noche en la Cinqueccento, estacionada frente al *albergo*.

—Si vamos a razonar así —dijo Marcos —siempre nos va a tocar a nosotros. Sería grandioso que alguno de ustedes tres pudiera manejar también, pero como no es el caso, tiremos la moneda a ver a quién le toca, excepto hoy. Karly y Leni merecen la posibilidad de estar juntos después de tanto tiempo separados; para el tercero, hagamos ta-te-ti.

—A mí dejame afuera. Justamente, después de tanto tiempo separados, se van a pasar la noche hablando, y yo detesto dormir con radio. Vos manejaste mucho más que Alicia; aprovechá la cama. Nosotros nos arreglamos bien en el auto —propuso Esteban.

Estirándose sobre las puntas de los pies, colgada del cuello de Karly, Leni le dio las gracias, precisamente a él; a él, que había repetido como un disco rayado que no tenía intenciones de cederle el lugar. Y era lo que estaba haciendo, desde el principio.

Cubrieron las ventanillas del auto con toallas, y encogieron brazos y piernas, recostando las cabezas en sus camperas, a guisa de almohadas. Alicia, en el asiento delantero, tardó en quedarse dormida, asaltada por una sucesión de imágenes de Karly y Leni compartiendo la cama doble, entregándose el uno al otro en presencia de Marcos, testigo involuntario y quizá envidioso de unos cuerpos que, a diferencia del suyo, no ponían barreras a la urgencia del deseo. Esteban fumó largamente la pipa, impregnando el reducido espacio con su humo aromático. Quizás el sueño lo venció llegando la madrugada; cuando ella despertó con el sol traspasando la delgada textura de las toallas, la pipa continuaba encendida, o había vuelto a ser encendida. Mejor no averiguar. No existía entre ellos el tipo de confianza que alienta las confidencias.

Los tres afortunados golpearon los vidrios poco rato después. Querían ir a desayunar a pie, y comenzar el paseo bien temprano para seguir rumbo a Positano antes de la caída del atardecer.

En un simpático barcito con vista al Tirreno, daban la impresión de cinco desconocidos a quienes la casualidad hubiera reunido alrededor de una misma mesa. Karly tamborileaba un di-dum di-dum dum-dum sobre el mantel. Marcos intentaba, con mediano éxito, mantener la mirada en un punto distante. Leni untaba tostadas con manteca, riendo a cada bocado por haber descubierto que en la tierra de sus antepasados en realidad estaba comiendo *burro*. Esteban bebía jugo de naranjas directamente de la jarra, y Alicia se preguntaba si esta modalidad de «no sé qué estoy haciendo acá» iba a constituirse en la insignia de las vacaciones.

La caminata por las callecitas de Sorrento los introdujo a la novedad de las adelfas. Fueron las adelfas las que pusieron fin al aislamiento que cada uno había construido alrededor de su persona. Plantas abigarradas de flores en diversos tonos intensos de fucsia, ninguno sabía cómo se llamaban. La guía inglesa, consultada asiduamente por Alicia, informaba que el largo de la Costa Amalfitana se distinguía por la exuberancia de «oleanders», en maravilloso contraste con los muros encalados y el azul del agua. Ninguno de ellos estaba familiarizado con la botánica, y el vocablo inglés no formaba parte del extenso léxico de Alicia y Karly. Todos asociaban oleander con «olor», y las bromas operaron una distensión que aflojó las voluntades.

Llegando a los pintorescos barcos pesqueros, Esteban y Karly se adelantaron hacia la orilla, Leni se rezagó, y Marcos se acercó a Alicia.

—No entiendo qué pasó anoche. Hablaron muy poco, y se durmieron dándose la espalda.

—Cosa de ellos. No hay que meterse entre tres . . . , perdón, entre dos que se quieren.

—¿Tres? ¿Por qué dijiste tres?

El maldito lapsus. Ella no podía borrar el triángulo de su pensamiento: Esteban, Karly, Leni — Marcos, Dora, Alicia.

—¿Vos nunca te equivocás? —pregunta contra pregunta.

—Por supuesto que me equivoco. Pero hace rato que vengo sumando. Desde que salimos de Latina, Esteban no perdió ocasión de darle a Karly con un hacha. No creas que no vi que no se dejó besar por Leni en el puerto de Nápoles; no soy ciego. Y no quiso dormir con ellos en el mismo cuarto. ¿Entonces? ¿Esteban también está enamorado de Leni?

Alicia quiso contener la risa; la concatenación correcta en el cuadrante incorrecto. Se ahogó, y la venció la tos en lucha con la carcajada.

—¿De qué te reís? ¿Es muy gracioso el sufrimiento de los amigos?

De nuevo. Los amigos. Basta.

—Me río de que tu razonamiento se mueve en una sola dirección. Tratá de nuevo, al revés.

La expresión de horror de Marcos habría ganado el primer premio en un concurso de caricaturas.

—¿Qué estás diciendo? —de pronto se le apareció, como en un cartel, lo que él había tomado como una pedantería de maestrita: «amigos íntimos, no íntimos amigos».

—No estoy diciendo nada novedoso. Ni voy a agregar nada. A buen entendedor, pocas palabras. Una perogrullada. Aquí tenés otra: no hay peor sordo que el que no quiere oír.

Él la miró como si la viera por primera vez. Abruptamente, el forcejeo interno que lo desgarraba —Dora, ella; ella, Dora— cesó.

—Qué mente podrida. Yo creía sinceramente que, si no otra cosa, podíamos ser amigos. Pero vos sos enemiga de todos nosotros, derramando veneno sin importarte dónde cae. Digna alumna de tu Maestro, con la diferencia de que él no lo aplica a nuestra vida personal. En realidad, te tengo que agradecer por sacarte el antifaz. Ahora sé con quién trato.

Se adelantó a paso vivo, solo.

—¿Dónde va? —Leni volvió la cabeza.

Amigos. Enemigos. Es blanco o es negro. ¿Aprenderá alguna vez que existe una gama de colores? Según la leyenda, fue a la altura de Sorrento que las sirenas le cantaron a Odiseo, abriéndole los oídos a melodías que por poco lo llevan a la muerte. ¿Acaso ella descendía de esa estirpe, que mata con la melodía prohibida bajo una apariencia inofensiva?

***

En el colchón con los resortes vencidos, hundido en el centro, Karly había querido terminar con la etapa de la franela que había caracterizado sus encuentros eróticos con Leni, portándose como un hombre. Ella lo rechazó con dulzura no exenta de firmeza.

—No es así como vamos a hacer el amor por primera vez, en este cuarto mugroso, en la oscuridad, sigilosos, sofocando hasta la respiración para que Marcos pueda hacerse el distraído mientras sabe bien lo que presencia. La primera vez no se olvida, dice mi madre, la primera vez deja recuerdos que te marcan para siempre. Yo quiero que mi primera vez —nuestra primera vez— esté inundada de luz, quiero escuchar y pronunciar las palabras del amor, quiero gritar, gemir, revolcarme por el piso con vos adentro mío, quiero sentirme virgen —lo que soy ahora— y puta, todo en uno, y sólo para vos.

Esperemos un poco más. Tengamos una habitación solamente para nosotros en Positano, que dicen que es el lugar más hermoso de esta costa. Plasmemos esta primera vez en la memoria para evocarla todas las otras veces que vendrán. Shh —le cruzó los labios con el índice— nada de lo que digas me va a hacer cambiar de idea. Ni siquiera te digo «buenas noches»; te digo «hasta Positano».

—¿Me tomás por un títere que se mueve a cuerda? ¿Sabés cuánto *hace que espero? —se había exasperado él. Le costaba controlar los remordimientos que le provocaba la visión de Esteban, arrojado como un resto al lugar del abandono. La confusión de las siluetas adquiría proporciones rayanas en el delirio: Leni con pipa y sin senos, Esteban con pubis de mujer y cutis de melocotón. Tener que elegir, aunque más no fuera uno por vez, lo irritaba al punto de optar por abandonar a los dos y renunciar al sexo. No; tampoco. Lo que menos le atraía era el sexo. Su libido estaba puesta en las teclas de un piano; en ver su nombre impreso al tope de los programas, en el pasaje acelerado de la sangre por sus venas en respuesta a los aplausos atronadores de públicos que lo idolatraban. Leni-Esteban le servían de sustitutos hasta la llegada del gran momento; no se imaginaba compartiéndolo con ninguno de los dos. «Angelito», como le decía Alicia cariñosamente, era un hijo de puta ensoberbecido y egoísta. En ese colchón manchado por el esperma de innumerables coitos, «Angelito» vio, como Narciso, el reflejo de su alma. Y al revés de Narciso, que encontró la muerte por hacerse uno con el bello rostro que lo llamaba desde la engañosa superficie, Karly cubrió su rostro con la sábana, detestando lo que le mostraba el espejo de una verdad que lo abofeteó en el lugar y el momento más insólito.*

***

—Acá tomamos la Costiera Amalfitana, una ruta peligrosa si las hay, y manejo yo hasta el final, Salerno. Vos, Alicia, sentate atrás, y dejala a Leni adelante con su bolso —organizó Marcos en la estación de servicio donde cargaron nafta y compraron bebidas y comestibles. Haciendo cuentas, concluyeron que evitando comidas formales y manteniéndose a líquido y a frutillas, lo más barato de la zona, podían darse el lujo de igualar a los millonarios que apuntaban el nombre de Positano en la lista de los *must* cumplidos, junto al Rolex con esfera protegida por una tapita de cuero, y los vestidos descartables que hacían furor.

El camino de la costa, sinuoso y estrecho, delimitado por las blancas casitas de reminiscencias moriscas construidas sobre las sucesivas estribaciones de los Montes Lattari y los acantilados pulidos por la erosión que caían a pico sobre el mar, quitaba el aliento. A pesar de la heterogeneidad de las ciudades a las que accedía, la Costiera poseía una belleza intrínseca e idéntica en los cincuenta kilómetros que dividían mar de tierra, e inclusive los pasajes más angostos, donde si se encontraban dos vehículos a mano contraria, uno debía retroceder, impulsaban a continuar el recorrido, haciendo caso omiso de la llamada invitante de los conglomerados semiurbanos a su vera.

Arrendaron una suite con balcón sobre el mar, pero no les atrajo la playa. Las voces oxonianas de los ingleses, las cadencias dulces o guturales de los alemanes, el canturreo de la lengua sueca, la arrastrada dicción francesa, rebajaba la belleza natural y mejorada por la habilidad humana a un objeto de consumo elitista. Prefirieron darse un largo baño de espuma en la pileta ovalada embutida en los mosaicos decorados con imitaciones de motivos griegos, y acodarse sobre la balaustrada del balcón, lejos del jet-set y sus imitadores.

En contraste con el ronroneo multilingüe, agotadas las observaciones inanes —¿cuántas veces se pueden repetir los sinónimos de la hermosura? —el silencio se hacía denso. Maliciosamente, Esteban propuso un juego.

—¡Qué bueno! Pero no trajimos ninguno . . . —se lamentó Karly, pensando en la baraja.

—No hace falta. Juguemos a «verdad o consecuencia».

Los demás habrían preferido rodar por los acantilados. A diferencia de cuando lo jugaban los niños, verdad y consecuencia estaban tan ligadas entre sí que la elección terminaría llevándolos a un callejón sin salida.

O no, pensó Alicia. *La verdad puede ser liberadora, y la consecuencia el fin de la agonía.*

—Yo me prendo —dijo.

—De a dos no es divertido. ¿Qué dicen ustedes?

—Que sí, dentro de límites sensatos —respondió Karly por los demás.

—Ahora yo tendría que pedirte que definas «sensatos». No te asustes, salvo que tengas miedo de que si elegís «consecuencia», el que pregunta te pida que saltes al vacío. En ese caso, siempre podés optar por la verdad.

—¿Y si empezamos a jugar, con la variante de «paso»? —apuró Leni.

—Bravo —aprobó Esteban—. Alguien que aporta ideas. Empezá vos.

—A Alicia —dijo Leni—. ¿Verdad o consecuencia?

—Verdad.

—¿Con qué actor te gustaría tener un romance?

—Con Alain Delon.

—Ya te lo traigo; se acaba de divorciar —comentó Leni.

—Vale «paso», no ida y vuelta. Me toca a mí. A Marcos —especificó Alicia—. ¿Verdad o consecuencia?

—Consecuencia.

—Dale tres pitadas a la pipa de Esteban.

—Paso. Mi turno. A Karly: ¿Verdad o consecuencia?

—Verdad.

—¿Con quién te irías a una isla desierta?

—Con nadie. Ya el concepto de uno se contradice con lo desierto.

Marcos se mordió el labio inferior. Karly se había escurrido del lazo que él había ideado apretar con paciencia en sucesivas rondas. A pesar de haberle enrostrado a Alicia su «mente podrida», la duda no lo dejaba en paz.

—Ahora yo, a Esteban. ¿Verdad o consecuencia?

—Consecuencia.

—Dale un beso a Alicia.

—Encantado —y le estampó un sonoro beso en la frente—. A Leni: ¿Verdad o consecuencia?

—Verdad.

—¿Qué pensás de los homosexuales?

La estocada había sido a fondo. *Por favor, que pase,* imploraron Alicia y Karly.

Leni se tomó su tiempo.

—Parece que el juego se sale de madre, ¿no? Pero está bien, voy a contestar. Primero, Marcos: sí, ya sé que vos no preguntaste, pero igual te va a servir —no se puede estar «pasando» por miedo a la verdad. Segundo, Esteban, todo el mundo es libre de hacer de su culo un pito. Y aguantarse las consecuencias. *Game over,* como decían unas maquinitas muy divertidas que vi en el barco, cuando se acababan las fichas. Me voy a vestir; dentro de un rato abre el comedor.

***

—Lo supo todo el tiempo y te tomó el pelo —afirmó Esteban, haciendo caso omiso de que Marcos y Alicia seguían ahí. Alicia estaba al tanto, aunque nunca habían hablado abiertamente de ello, y Marcos se podía ir al demonio, con ese diario que guardaba bajo llave, donde quién sabe qué escribiría de todos ellos.

—No estoy de acuerdo —repuso Karly. —Si lo supo, me cuidó. Y a vos también, de paso. Una sola insinuación en el ambiente de las señoras que se tiran a los músicos, y adiós carrera.

—Hay que terminar con las medias tintas. Hace rato que te lo vengo diciendo, mal, con rabia, lo que quieras, pero te lo dije. O ella o yo.

—Hablemos con ella, los dos.

—También te dije que no comparto nuestra relación con terceros.

—Disculpen —dijo Alicia, repuesta del shock—. La están compartiendo con nosotros, y no es nada cómodo. Yo salgo un rato; hagan de cuenta que no escuché.

Tomó un abrigo liviano de la maleta y se instaló en un café. En gran medida, se sentía responsable. Tratando de analizar lo que debería haber hecho, o no haber hecho, la madeja se enredaba en nudos inextricables. Lo que no se perdonaba era haber aceptado tomar una parte activa en un polvorín que no podía dejar de explotar. ¿Pero no habría sido peor que hubiera explotado en el Castello, con el Maestro y los otros músicos por testigos? Debatiéndose en los meandros del ser y del deber ser, no vio a Marcos parado a su lado.

—¿Viniste a insultarme un poco más?

—No; vine a . . .

—Sentate. Van a creer que estás de levante.

—¿Y? Esto es Positano. El levante está de moda.

Pero se sentó. El camarero se acercó a tomar el pedido, y él ordenó lo mismo que la signorina. El primer trago le quemó la garganta.

—¿Qué estás tomando?

—Vodka. Puro. A lo Lars.

—¿No será más bien a lo Igor?

—Por favor ni me nombres a esa víbora. Pero, claro, si para vos yo también soy una víbora. Ves, con la primera copa ya me había olvidado.

—¿Ésta no es la primera?

—No. Y como bien me instruiste cuando fui a contarte mi problema, no tengo niñera. Ni la necesito. Si vas a decir algo coherente, decilo; si no, dejame sola con mi vodka.

Con un esfuerzo que le dolía en todos los músculos, Marcos se sinceró.

—No tuve trato con homosexuales . . . creo; ahora ya no estoy seguro de nada. Para mí, un homosexual era un marica, un tipo amanerado que caminaba moviendo el traste como las coquetas, usaba ropa ajustada de colores chillones, pegaba grititos de histérica, y doblaba la muñeca hacia delante. Un perverso, corruptor de menores, una monstruosidad que se complacía en . . .

—¿Wilhelm te dio unas leccioncitas?

—¿Qué?

—Me parece estar escuchando a Wilhelm, aunque nunca hablamos de homosexuales. Ellos, según dicen ustedes los hombres de pelo en pecho, «se la comen»; vos te comiste el estereotipo, envuelto en celofán, con moño y todo. ¿Terminaste?

—Lo que quiero decir es que me cuesta asociar a dos personas que quiero con escenas que me sublevan. Pero lo que entiendo menos es que un homosexual también pueda . . . enamorarse de una mujer. No me entra.

—Mirá Marcos, voy a ser muy clara, con perdón de tu mamá: deberías llamarte Juan Palumba, el que se fue de la concha de su madre a la tumba. En castellano: mucha cultura musical, cero cultura vivencial. Para dejarnos de rodeos, pongamos los nombres que corresponden. Karly es bisexual; Esteban es homosexual, y acabamos de enterarnos que a Leni no le molesta, en tanto consiga lo que quiere, sin exclusividad . . . por ahora. ¿Sabés qué? Tanta vuelta me tiene harta. Ellos tres viven su vida como pueden, y a su modo, pelean por lo que quieren. A vos te lleva la corriente; por algo tu viejo te enchufó en la orquesta a contrapelo, con la esperanza de que el contacto con el mundo real que él no te pudo dar —pruebas al canto— te avivara un poco. Sin suerte; no peleaste por tocar; no te enfrentaste con el Maestro; a mí me mirabas con bronca y casi no me hablabas, pero nunca viniste de frente con el asunto de la dichosa carta, y después, no sé que te agarró, te prendiste a lo que yo sentía por vos, pero tampoco pudiste con eso. A ver: en mi código, eso es ser marica. No pasa por el sexo, pasa por la cabeza.

—Habla el vodka —atinó a decir Marcos—. En tus cabales, vos no te atreverías.

—Me importa un bledo que sea el vodka. Ilusionate con que una botella de vodka te cantó unas cuantas verdades. Mañana será otro día, ellos verán qué hacen, y vos también.

—A lo mejor salimos fortalecidos. Vamos; una más y no te van a responder las piernas, por mucha lucidez que te dé el alcohol. *Cómo me disecó la guacha, y eso que no sabe . . . ni sabrá.*

***

Lista para bajar a cenar, Leni llamó:

—¡Muchachos, me muero de hambre!

Entró a la salita de estar de la suite, donde Karly, en jeans y camisa gris con finas rayas negras, hojeaba una revista local.

—¿Y Esteban? ¿Se está poniendo elegante?

La pregunta no trasuntaba pizca de maldad; a Karly le sonó irónica.

—No; se fue a acostar. Leni, ¿podemos hablar?

—Estamos hablando. ¿Vos te referís a algo especial, a algo que tiene que ver con nuestra noche, con *esta* noche?

—Es que después de esa respuesta tan . . . poco ortodoxa con la que cortaste el juego de hoy, no sé qué pensar. De eso quiero hablar.

—¿De mi respuesta?

Se arrodilló frente a Karly y le tomó la cara con ambas manos, obligándolo a mirarla a los ojos.

—Karly, yo te amo. No soy retardada, y sí muy, muy perceptiva. Desde el día que llegué, vos te portaste de una manera muy rara. Parecía que querías estar con todos y con nadie, y lo de anoche fue el colmo. ¿Qué pretendías probar, a lo bruto? Esteban nunca me quiso, pero de ahí a sacarme la cara y dejarme besando el aire, más estrolarse contra la portezuela de ese autito de mierda que compraron, como si fuera a contaminarse por contacto conmigo, hay diferencia. Alicia tiene algún rollo complicado, pero entre las vueltas del rollo, figuramos nosotros tres; y me juego que el feo cambio de palabras que tuvo con Marcos ayer, en plena calle, del que vos no te enteraste, tuvo que ver con nosotros. Repito: yo te amo, te amo como sos, sin condiciones. Otros serán menos comprensivos; no me toca resolver eso. Te digo una sola cosa más: arreglá este lío, porque ninguno está feliz.

—Pero yo no . . .

armé el lío, es la intransigencia de Esteban, es mi ambivalencia, es quererlos a los dos.

—Karly, pedime que me vaya.

—No puedo.

—Entonces arreglá el lío.

***

—Esteban, si ella te acepta, ¿por qué vos no?

Esteban detrás de la pipa, empecinado en ese «o ella o yo», una disyuntiva asociada a las mujeres despechadas.

—A ver si nos entendemos. Tampoco aceptaría tocar media obra y sentarme mientras otro solista toca la segunda mitad. Hagamos una prueba. Un impasse. En los días que restan, trabajá de novio.

Yo prometo no entrometerme. Voy a ser un compañero de viaje, un segundo Marcos. A la vuelta sabrás qué sentiste.

—Me estás rompiendo el corazón, Esteban.

—Esa es una frase de teleteatro. El corazón es un músculo, no la fuente de las emociones, y mucho menos del amor.

—Me estás dejando, Esteban.

—Estoy dejando que te conozcas a vos mismo, sacrificando mi amor.

XLII

El cielo límpido prestándole intensidad a los tornasoles cambiantes del mar. La certeza de que el tiempo no pasa, sino que el hombre pasa por el tiempo, rubricada por las reminiscencias que evocaba la amalgama de la magnificencia sarracena y de la concepción normanda, apegada a la defensa de sus territorios sin renunciar a elevarse hacia el asiento de la divinidad mediante las torres catedralicias que sembró en la costa conquistada. El hombre rivalizando con la naturaleza. En Amalfi, el descenso a la Gruta Esmeralda desde la primitiva plataforma de madera elevada sobre andamios para introducirse en un bote precario que penetró los brillos de estalactitas y estalagmitas maniobrando con temor reverencial, no fuera que el paleo de los remos perturbara la mística quietud de las aguas interiores, otorgaba los lauros a la naturaleza. Poetas y compositores venerados por la *Kultur* abrevaron en las fuentes de Ravello. Sirvió a las libertades licenciosas del Decamerón no menos que a la oposición entre lo cristiano y lo pagano expresada en la gesta de Sir Percival, devenido Parsifal. Salerno atravesó vicisitudes semejantes a las de Nápoles, alternando períodos de esplendor y de arrasamiento, ninguno de los cuales la privó de los hitos que el hombre inscribe en el tiempo. El hombre pasa.

Los pasajeros de la Cinqueccento que compartieron la fugacidad de su paso por las ciudades de la Costa Amalfitana sólo vieron lo que el tumulto interior de su propio pasado y presente les permitió ver. Hijos de la modernidad, repitieron sin saberlo la búsqueda mítica del Grial, la búsqueda del símbolo sanador. Pero, hijos de la modernidad, la sanación que perseguían era individual, y no daban con la respuesta a sus tribulaciones porque formulaban las preguntas equivocadas. Así, cinco cuerpos en contacto forzado por las dimensiones de la prisión sobre ruedas, se encerraban en las celdas de la ignorancia fundamental —la ignorancia de su razón de ser en ese tiempo recortado por los espacios que ocuparon durante un brevísimo instante, con la misma tesitura efímera de todo espíritu turístico, el que no deja registro en el tiempo cósmico, el inexistente salvo para la estadística, el depredador de la creación, el consumidor de souvenirs, el iluso que, llevándose a casa una foto de su carnalidad contra el trasfondo de cada paisaje y monumento, piensa que se ha integrado a la estructura original, y que él y la estructura serán uno, indivisibles, burladores del tiempo.

Salerno, cuna de las escuelas médicas que prosperaron en las grandes capitales de la Europa medieval, los reencaminó en dirección a la cura por senderos inusitados. A punto de partir hacia Reggio, el empleado de la gasolinera, un calabrés locuaz, se escandalizó de que abandonaran la región sin visitar las ruinas de Paestum.

—Ruinas vamos a ver de sobra en Sicilia —objetó Marcos—. No tiene caso desviarse por unos trozos extra de piedras antiguas.

—Nada de lo que vean en Sicilia puede compararse con esto —replicó el calabrés—. El lugar está impregnado de una atmósfera especial, que se hace más evidente al ponerse el sol y salir la luna. Hay un momento en que los astros se superponen; es el momento del oráculo. Nadie se resiste a la revelación de un oráculo si lo tiene a su alcance. Unos cuarenta kilómetros al este no son un precio muy alto.

—Este tipo habla como un poeta —dijo Karly, desde el asiento trasero—. ¿Y si fuéramos?

—Yo iría —le respondió Alicia, a cargo del volante—. Como de costumbre, la guía comete unos errores macarrónicos respecto del lugar. Yo tengo información diferente, pero no quisiera «quemarles la cabeza». La expresión es tuya; me la enseñaste en el puerto de Nápoles, ¿te acordás?

La excelente memoria de Karly conservaba ese recuerdo junto con todas las estampas de los días sucesivos, y lo mismo ocurría con los demás. Su calidad de músicos implicaba una inagotable capacidad de memoria, transmitida desde el cerebro a los dedos, y a veces almacenada en los dedos, ampliando los espacios para nuevos datos.

—Vayamos, por favor —pidió Leni—. Quién sabe si algún día volveremos; yo presiento que no. Es horrible arrepentirse de no haber hecho algo cuando es tarde para retroceder. Y vos, Alicia, no le lleves el apunte a Karly. Contanos lo que sabés, así nos vamos poniendo en situación.

Todos coincidieron, y Paestum se dibujó ante sus ojos desde los cimientos mientras el autito los acercaba al punto de torsión de sus recorridos personales.

—Paestum fue fundada por los aqueos de Sibari alrededor del siglo VII antes de Cristo —comenzó Alicia, y fue rápidamente interrumpida.

—Esperá, esperá. ¿Quiénes eran los aqueos? —preguntó Esteban—. No recites la guía, hablanos en cristiano.

—Tenés razón. Si me embalo de nuevo, párenme. En realidad, no es fácil contestarte. Algunas versiones los sindican como uno de los pueblos canaanitas que el Antiguo Testamento llama hititas, o hijos de Heth, que le vendieron tierras a Abraham y que después se vieron envueltos en guerras territoriales con la nación hebrea. Otros dicen que era un imperio que abarcaba una extensión mucho mayor, incluyendo lo que ahora es Turquía, y que distintas distorsiones fonéticas resultaron en el cambio de nombre. Y en lo que sí acuerdan bastantes académicos es que los aqueos desplazaron a los antiguos habitantes de Grecia, que no se llamaba así hasta su llegada, sino Hélade.

—¡Pero esta chica es una enciclopedia con patas! —exclamó Marcos—. Si no te enojás, te pido una cosa.

—Depende —dijo Alicia.

—Bueno, es simple. Explicá menos, plís. Nosotros somos poco leídos, y las explicaciones complejas llevan a más preguntas. Vamos a terminar por remontarnos a Adán y Eva.

—De acuerdo. Pero no se crean eso de la enciclopedia, yo repito como loro lo que fui leyendo.

—Dale, doña Modesta —rió Esteban—. ¿Qué corno es Sibari?

—Sibari es una ciudad que sigue floreciente sobre el mar Jónico, y aunque te parezca que no la conocés, la nombrás muy a menudo.

—Será dormido. ¿Hablo dormido, Karly?

Los otros se quedaron helados. Era una herejía mencionar a Karly y «dormir» después de lo que había pasado. Increíblemente, Leni devolvió la calma.

—Nadie lo puede saber mejor que vos; llevan un montón compartiendo cuarto. Contá: ¿habla dormido?

—No, que yo sepa. Eso sí, ronca.

—¿Y por qué no me lo dijiste, si te molestaba? Bah, no importa. Volvamos a eso que Alicia dice, que yo nombro una palabra que no conozco.

—Cuando decís que alguien es un sibarita, o que fue una comida sibarítica. Los griegos o aqueos de Sibari vivían muy lujosamente; de ahí vienen esas palabras.

—¡Qué horror! ¡Cuántas otras diremos sin saber de dónde salen!

—Sigo, porque nos estamos saliendo del cuentito. Los fundadores de Paestum la pusieron bajo la protección de Poseidón, el dios del mar, y la llamaron Poseidonia. Parece que convivieron dos culturas, la griega y la oscana . . .

—Pará. ¿La qué? —preguntó Karly.

—Una cultura local de Campania, de los habitantes primitivos. Esto se repite siempre; uno tiene la fantasía de que cuando Pepito llegó a equis equis y fundó algo era porque no había nada, pero . . . ¿Leyeron Asterix?

—Claro. Mi historieta favorita —rememoró Leni.

—¿Se acuerdan de un episodio en el que cruzan el desierto, y se topan con beduinos, persas, babilonios, y Obelix se indigna y dice «¡Este desierto está lleno de gente!»? Es todo más o menos parecido. En fin, cuando el Imperio Romano se alzó con las colonizaciones griegas, vino el cambio de nombre, y por suerte esta ciudad, que en una guerra anterior había tomado el partido que resultó perdedor, se puso del lado de Roma en las guerras púnicas, y fue recompensada y prosperó, a pesar de haber sido parcialmente alcanzada por una erupción del Vesubio en algún momento, y después, siguiendo el ciclo de climax y decadencia, por un cambio climático que no me acuerdo a qué se debió, fue declinando y consumiéndose. Fin. Y acá la tienen.

Detuvo el auto frente a una planicie árida, demarcada aquí y allá por piedras gigantes que alguna vez habían formado parte de las murallas. Lagartijas de diversos tamaños y colores se escurrían entre las piedras, produciendo un curioso siseo al rozar el pasto reseco y amarillento que crecía ralo sobre la tierra castigada. Entre varias construcciones que fueron derrotadas en su lucha denodada contra los elementos, tres quedaban en pie, y eran reconocibles gracias a las ilustraciones de la guía.

La más antigua, el templo de Hera, mantenía las columnas, el piso, y parte del frontispicio triangular. Los templos de Apolo y Atenea, si bien éste había sido alcanzado por la lava, y mezclaba características jónicas y dóricas en el conjunto, se habían conservado más enteros. Que se hubiera erigido un templo a Atenea en una ciudad dedicada a Poseidón recordaba la enemistad proverbial de esta dupla masculina-femenina, en la que el irascible Poseidón invariablemente llevaba las de perder. Casi invisible, asomaba un ofertorio de estatuillas de terracota dedicado a las diosas antiguas, las que regían el mundo antes de que las invasiones aqueas impusieran su trinidad masculina sobre la Diosa Madre. Otra historia repetida: todas las civilizaciones antiguas, ahistóricas, reconstruidas por las investigaciones y conclusiones muchas veces erróneas de arqueólogos que no habían leído correctamente los objetos y las pinturas legados por los pueblos desaparecidos o asimilados, rechazaban de plano la idea de que, en el origen, la divinidad venerada había sido la Diosa Blanca, o la Diosa Triple, subsumida por la cultura machista de los invasores que asolaron las viejas ciudades a sangre y fuego. No pudiendo cercenar el culto a la Diosa, habían forzado matrimonios entre ellas con los dioses que habrían de prevalecer, sojuzgándolas, en una práctica que insistía en trasladarse a las sociedades del mundo que los visitantes habitaban. ¿Cómo, si no, explicar las herméticas alusiones bíblicas a la primera Eva, la Diosa Madre Lilith, reemplazada por el terrible Yahvé? ¿Cómo explicar que, en la imposibilidad de reformar el culto a Atenea, se la obligara a un «renacimiento» parido por la cabeza de Zeus, ya adulta, provista de casco, lanza, y escudo? Y, lo más interesante, Lilith, al igual que muchas divinidades irreductibles al sojuzgmiento, se había convertido, por obra de la corporación sacerdotal, en figuras demoníacas. Sus otras cualidades bienhechoras fueron motivo de execración a medida que se sucedían las relocaciones de los habitantes y nuevos aedas machacaron las creencias que convenían a la política de los gobernantes.

El santuario primero, al que casi era necesario adivinar mediante un agotador esfuerzo de la imaginación, se denominaba Heraion —otro homenaje a Hera— y se atribuía a Jasón y sus Argonautas, en reconocimiento a la protección que les había brindado en las etapas hacia el rescate del vellocino de oro, un pretexto para enviarlos a una muerte segura.

Todas estas reflexiones se desplegaban en la mente de Alicia mientras cubrían el perímetro de Paestum lentamente, obnubilados por su primer encuentro con un sitio virgen, intocado aún por la profanación inevitable en los procesos investigativos.

Sentados a la entrada del templo de Atenea, descansando las espaldas contra las frescas columnas, Leni trajo a colación el tema del oráculo.

—¿Estamos esperando una voz del más allá que prediga nuestro destino?

—Aquellos oráculos, buscados y temidos, desaparecieron junto con la fe en los dioses. Su mérito residía en que, al expresarse en frases enigmáticas, los suplicantes interpretaban lo que deseaban oír —dijo Alicia—. Pero creo que no estamos acá por casualidad, a la sombra del templo de la diosa de la sabiduría, y muy cerca del dios del sol y de las artes, y de uno de los aspectos de la Madre que sobrevivió bajo el nombre de Hera; todo esto simplificado, claro, obediente al pedido de Marcos. Pienso que si nos concentramos en lo que no logramos comprender acerca de nosotros mismos, la conjunción del sol y de la luna nos va a inspirar a unirnos bajo la égida que los atributos de los dioses venerados en estos templos representan. Y no estaría de más dejar una pequeña ofrenda, en señal de haber reconocido el mensaje.

En la hora del crepúsculo, un rayo de luz entre dorada y plateada iluminó sus rostros por un instante antes de evadirse por el horizonte. No llovieron palabras del cielo, pero se sintieron inundados por una profunda paz. Para cada uno de ellos, había llegado la epifanía, y cada uno de ellos la asimiló de manera diferente. Lo cierto es que se vieron libres de la oscuridad del encierro, y pudieron volver a conectarse sin resquemores, a constituirse nuevamente como grupo, a aceptarse a sí mismos y a los otros sin exigir lo que no era posible dar.

Sugestión hipnótica, pensaron. ¿Pero qué importaba, si les había devuelto la armonía que, secretamente y disimulando bajo las formas de la civilidad, en su fuero interno daban por perdida?

***

Una larga fila de vehículos esperaba pacientemente que se le permitiera ascender al ferry que los transportaría desde Reggio Calabria a Messina. El ingreso a la embarcación debía hacerse a través de una planchada cuya parte inferior se apoyaba en terreno excavado, elevándose en el aire, sin parapetos, hasta la cubierta. A pesar de que no era mucha altura, Alicia sintió vértigo, y le cedió el volante a Marcos. Llegado su turno de avanzar, la Cinqueccento se rebeló. El motor se declaró en estado de coma, y fue necesario bajarse y empujarla, con sumo cuidado de que las ruedas no se salieran de los tablones, dando con la *macchina* y uno o más de sus dueños en el agua. No ayudó mucho la impaciencia de quienes venían atrás; los ruidos broncos o agudos de las bocinas se mezclaban con los insultos a los «ineptos», y la Polizia Stradale, impávida, observaba la escena sin intervenir. Empero, cuando a fuerza de músculo y maña los cinco habían logrado llevar el auto a bordo, un agente atildado, la mitad de su cara cubierta por grandes mostachos renegridos, se les acercó, reclamando ver la patente.

Extrañado, Marcos le señaló las placas identificatorias colocadas en ambos extremos del auto. El agente, exasperado, repetía:

—*Ma no; ho detto la patente; la pa-ten-te!*

Alicia le murmuró que se refería al registro de conductor. Protestando contra un idioma en el cual palabras idénticas al castellano significaban cosas distintas, Marcos hizo entrega del registro y de los documentos de la Cinqueccento.

—*Quanti siete voi?* —inquirió el agente.

—*Cinque* —respondió Alicia.

—*E non sapete que sta assolutamente proibito portare cinque persone in una macchina per quattro? Mi dispiace, ma devo multarvi. Il vostro indirizzo?*

—Ambasciata Argentina, Roma —respondió Alicia sin dudar.

—*Perfettamente* —El agente tomó nota—. *Comunque, uno di voi deve trovare un altro mezzo di trasporto, o gli multe arrivarano a la Ambasciata ogni giorno. Avete capito?*

—*Si, brigadiere* —dijo obedientemente Alicia, sin tener la menor idea del rango del agente. Éste se sintió halagado, y abandonó el ferry no sin hacerles un gesto admonitorio con el índice.

—¿Qué fue todo eso? —quiso saber Esteban.

—Que de ahora en adelante, cada vez que veamos la policía cerca, uno de nosotros va a tener que hacerse invisible. Una multa no nos va a causar problemas, pero si se empiezan a apilar, la vamos a pagar caro. Van a creer que les estamos tomando el pelo.

—¿Y por qué no les diste la dirección del Castello? —preguntó Karly.

—Porque una multa enviada al Castello nos va a salir tanto o más cara que veinte a la Embajada. El Maestro no nos lo va a perdonar.

—¿A él que le frega? La vamos a pagar nosotros, ¿no? —razonó Leni.

—Como se nota que no lo conocés . . . Bueno, ya irás viendo —le explicó Marcos.

En el interín, los marineros se atareaban en asegurar los vehículos con gruesas cadenas. Al llegar a ellos, les pidieron que se bajaran y se pusieran cómodos en la cabina.

—Quisiéramos quedarnos en el auto para ver el cruce —pidió Alicia.

—Está prohibido, signorina. Por favor bajen.

—¿A partir de aquí todo está prohibido? ¿Cuál es el problema?

—Ya lo verá cuando zarpemos. Cierren con llave, aseguren las ventanillas, y no dejen pertenencias de valor en el interior.

—¿También nos van a robar? —se burló ella, fastidiada.

El marinero la miró mal.

—No. Ya verá por qué son así las reglas.

De modo que cumplieron con las instrucciones y se dirigieron a la amplia cabina, a la que se accedía por una angosta escallerilla de hierro herrumbrado. El lugar estaba provisto de sillas y mesas, y ellos se acomodaron en una de las pocas disponibles todavía. Karly quiso acercar su silla, y se dio cuenta de que estaba atornillada al piso. Todo el mobiliario lo estaba. Anticipándose a sus comentarios, un altoparlante anunció que los pasajeros que desearan bebidas debían retirarlas del mostrador en los próximos diez minutos, puesto que los camareros se retirarían a sus asientos de seguridad al sonar el tercer silbato, momento en que el ferry levaría anclas.

Ellos prefirieron invertir los diez minutos en asomarse a los altos ventanales traspasados por el mar. Era un espectáculo que no olvidarían jamás. La línea divisoria entre el Tirreno y el Jónico parecía trazada a pincel, azul intenso el uno, verde esmeralda el otro, sin tocarse, aunque los mares eran uno en la continuidad del oleaje. La otra cosa que jamás olvidarían era el remezón que los hizo volver a los asientos, las manos como garras asidas a los posabrazos. Los remolinos que chupaban al ferry como queriéndolo arrastrar a las profundidades para luego escupirlo a la superficie y hacerle dar una vuelta de campana eran tan aterradores como los ruidos de las cadenas que se entrechocaban afuera, mientras los autos eran arrastrados como hojas de árbol de uno a otro costado de la cubierta. La media hora, minutos más o menos, que pasaron presas del terror, se les hizo eterna al percatarse de que les esperaba algo parecido, si no peor, al regreso.

Karly recordó la frase del Maestro Vincenzi, «entre Scylla y Charybdis», que él había tomado en un sentido puramente metafórico. Sus metalecturas de la Odisea afirmaban que Odiseo cruzaba el estrecho de Messina cuando se vio atrapado entre ambos monstruos. Dejando la metáfora para quienes nunca se harían a la mar en Messina, se dijo que él se encontraba precisamente en esa posición, reflejada en espejo por la actitud paciente de Esteban y la vista gorda de Leni.

***

Por esos caprichos de los objetos inanimados, la Cinqueccento respondió al encendido y rodó sin inconvenientes fuera del ferry.

—No se alegren mucho —predijo Marcos. —Cuando empiezan con estas jugarretas, lo más común es que los autos nos dejen varados en el peor momento.

—¿No sería mejor hacerla revisar ahora? —sugirió Alicia.

—Ahora no le van a encontrar nada. Hay que esperar algún otro síntoma. ¿Quieren entrar a la ciudad, o seguimos a Palermo?

—No se ve muy acogedora. Mi información es que se basa en una economía agrícola pujante, y que a pesar de que a principios de siglo por poco desaparece gracias a los efectos combinados de un terremoto y un tsunami, la reconstruyeron dos veces según los cánones del urbanismo moderno: la primera, después de los desastres naturales, y la segunda después de los bombardeos aéreos norteamericanos en los cuarenta. Fíjense cuánto se integró a la modernidad que hace unos diez años fue sede de una cumbre europea para crear una comunidad económica —los ilustró Esteban.

—Entonces sigamos de largo, previa parada para comer, si ya tienen el estómago en su lugar —sugirió Karly—. Yo venía capeando las sacudidas bastante bien, hasta que otros pasajeros se descompusieron. Ahí ya no sabía para donde mirar.

—Es horrible la náusea y el resto —comentó Alicia—, pero ni comparación con pensar que el barco zozobra y te morís ahogado.

—Ya entramos en la tragedia —dijo Leni—. Yo hice un viaje larguísimo en barco, desde Buenos Aires a Nápoles, y nunca se me ocurrió que era peligroso. Además, los barcos traen botes inflables, chalecos salvavidas, planes de evacuación . . .

—Dejame decirte un par de cositas, y hablamos de otro tema: los ferries no son barcos. Y lo de los botes y los chalecos, andá a contárselo a los del Titanic.

—Pero Alicia, ¿cuánto hace de eso? No dramatices; ¿qué vas a hacer cuando escalemos el Etna? —Karly la trajo al presente.

—Esperarlos abajo.

A partir del rito de pasaje que habían experimentado en Paestum, el ambiente había recuperado su distensión.

Comiendo sobriamente —ahorrar seguía siendo imperativo— Marcos se interesó en los detalles de la reunión internacional mencionada por Esteban.

—Europea, no internacional en el sentido que le damos nosotros. No le presté demasiada atención; yo era chico; los que le daban manija al asunto eran los grandes, que leían las noticias. Aparte, creo que fue justo cuando derrocaron a Perón, así que en Argentina casi no tuvo cobertura.

—¿Alguien me explica qué sería una comunidad económica? —preguntó Leni.

—Supongo que tratados de comercio, de moneda, de abolición de impuestos entre los países integrantes . . . —enumeró Esteban.

—Juntar a Europa en una a lo Napoleón, con la diferencia de que no habría preponderancia de una nación —resumió Alicia—. Ni en un millón de años. Con lo nacionalistas que son los europeos, las diferencias culturales e idiomáticas, la bronca que se tienen por cosas tan viejas que ya nadie se acuerda quién empezó, imposible.

—Si del '55 ahora no pasó nada, habrá sido otro truquito para distraer a la opinión pública. Qué suerte que nosotros estamos bien lejos de los políticos y la política —se regocijó Leni.

No registró la mirada dubitativa de Esteban. Este tipo de conversación lo tenía cansado. Él no quería asumir el rol de Casandra. Había señalado varias veces que era imposible evadirse de la política. Cuando les escociera la bofetada inesperada, quizá lo recordarían. O quizá no.

—Demos una vueltita corta —sugirió Alicia—. Si quieren, les leo de la guía. Como decía Leni en Calabria, quién sabe si vamos a volver.

—Está bien —condescendió Marcos—. Un cacho de cultura no le hace mal a nadie.

El párrafo dedicado a Messina era más interesante de lo que se podía deducir a simple vista. Fundada por los griegos —claro, toda Sicilia había integrado la Magna Grecia— bajo un nombre que significaba «hoz», debido a la forma de la bahía, gobernantes griegos de Calabria la habían rebautizado para honrar la ciudad que probablemente los había visto nacer. Envuelta sin arte ni parte en las luchas entre cartagineses, mamertinos, siracusanos, y romanos, los atentos oyentes de la lectura se sorprendieron al enterarse que Messina fue el cuartel general de Pompeyo en su guerra contra Octavio, luego convertido en Augusto y primer emperador de Roma.

—Me pone la piel de gallina — se interrumpió Alicia, que era quien traducía directamente de la guía—. Pensar que la cabeza del pobre Pompeyo se la sirvieron los egipcios a Julio César en bandeja para que no se la tomara con ellos. No puedo dejar de asociar con mi propia cabeza.

—¿Vos estás en guerra con alguien? —se interesó Leni.

—No estoy muy segura. Tengo un oscuro presentimiento de que alguien está en guerra conmigo, sin declarármela de frente.

La sombra de Igor extendió sus alas como un ave de rapiña. Los que habían participado de la alianza de los sobres trataron de tranquilizarla. ¿No habían acordado dedicarse al turismo, acaso?

—Seguí leyendo —la instó Karly—. Puedo ver las escenas como en una película.

—Bueno, pero resumo. Es larguísimo. A esta gente le fue peor después de la caída del Imperio Romano. No sólo los hicieron puré los godos, los bizantinos, los árabes, y los normandos, sino que, para colmo, Ricardo Corazón de León se vino a pelear con el cuñado por la dote de su hermana.

—¿Quién era el cuñado? ¿Alguien conocido? —quiso saber Karly.

—Por su abuelita, puede ser. Lo cómico es que le decían «Guillermo el Bueno». A esta ciudad le tocó el honor de introducir la peste negra en Europa, recibiendo en el puerto barcos con marineros enfermos que venían de Palestina. Y lo último: Cervantes se embarcó a Lepanto desde acá.

—O sea que Messina tiene la culpa de que haya quedado manco —concluyó Leni.

—Sin ofender, a veces me parece estar escuchando a Graciela —deslizó Esteban.

—¿Sin ofenderme a mí o a la tal Graciela? —se encocoró Leni.

—A ninguna de las dos. Haya paz —suavizó Marcos—. ¡Miren! Ahí está la catedral. ¿No es fabulosa?

—Fabulosa mezcla de estilos; parece un catálogo de épocas adicionado a un muestrario de materiales —la despreció Karly—. Y ni siquiera es original, está reconstruida.

—Sos de otro planeta, angelito —rió Alicia—. Lo único original que vamos a encontrar en ciudades que se mantuvieron en pie por milagro son ruinas, y hasta las ruinas me dan sospechas. Por ejemplo, aquí dice que en un santuario se conserva el cuerpo incorrupto de Santa Eustaquia. ¿Lo quieren ver?

—¡Ni mamado! —exclamó Marcos, con la aprobación de los demás—. Todos esos inventos de la iglesia para obtener dividendos y hacerle creer a la gente que hay «elegidos» me sublevan. Buscá la ruta a Palermo, por favor.

—Como no. Doblá a la izquierda. Pero no se van a salvar de que les cuente que, entre muchísimos otros escritores insignes, Shakespeare eligió a Messina para desarrollar la acción de *Antonio y Cleopatra* y de *Mucho ruido por nada*.

—¿Sabés qué? —remató Leni—. Suena a chifladura, cuando todo el mundo sabe que Cleopatra vivía en Egipto. A mí todas estas idas y venidas de pueblos salidos de la nada y desaparecidos en la nada, como esos «mamertos» que nombraste, me hace pensar que estamos haciendo «mucho ruido por exactamente nada». ¿No hay una linda playa donde quedarnos al sol hasta el momento de volver? Vamos de un lugar a otro como sardinas en lata, y todo es igual a lo anterior. Si viste una iglesia, las viste todas; si viste un museo, los otros son repeticiones.

274

—Hay playas más adelante, pero la idea era conocer. ¿Si tocaste una obra, tocaste todas? —preguntó Esteban, anticipando la respuesta.

—¡Claro que no! No vas a comparar la sublimidad de la música con el resto de las mal llamadas artes.

Esteban se guardó la réplica. Desde que había impulsado a Karly a trabajar de «novio» —tarea que éste, a juzgar por la expresión arrobada de Leni por las mañanas—cumplía a la perfección, venía madurando una teoría acerca de por qué, llegado el momento de la decisión definitiva, él seguramente no iba a recuperarlo. Las mujeres carecían de lógica, y se manejaban con axiomas. Y eso funcionaba de maravillas para Karly, puesto que en ese punto se hermanaba con ellas.

**

Se habrían tirado del auto en movimiento antes de admitirlo pero, por lo menos hasta Palermo, Leni tenía razón. Más imponente que Messina, no pasaba de ser una segunda Nápoles, aunque algunos de los pasados ocupantes tenían otros orígenes, y que, por casualidad o causalidad, nunca había sido territorio griego. En este emplazamiento fenicio, luego entregado al poder de Roma, de Bizancio, del Islam, de Normandía, del Sacro Imperio Romano Germánico, de los Borbones, y de sufrir los daños ocasionados por la invasión aliada, comenzó a resurgir junto con el resto de Sicilia hasta que fue absorbida por la Mafia (la verdadera; ojalá tuviéramos nosotros la posibilidad de hacer desaparecer a quienes no nos gustan, pensaban las sardinas enlatadas en la Cinqueccento). Les resultaba desconcertante que se le adjudicara una identidad cultural propia, con iglesias superpuestas sobre mezquitas; barroco, gótico, normando, bizantino, compitiendo desde la arquitectura como habían competido con las armas por la posesión de Palermo. Y, naturalmente, no podian faltar sus santos: la patrona de la ciudad, Santa Rosalía, y las discutidas Santa Ágata, Santa Cristina, Santa Ninfa, y Santa Olivia.

—¿Por qué discutidas? —reinició el análisis eclesiástico Karly, admirando las formas puras de las esculturas que embellecían la Fontana Pretoria.

—Porque huelen a divinidades paganas refritadas para hacerlas entrar como quepan dentro de la nueva religión. Como los organizadores del cristianismo no lograban anular su culto, las reformaron un poco, alteraron algunos datos, y contentos ellos y feliz el pueblo. ¿No te hace sonar ninguna campanita eso de «Santa Ninfa»? —respondió Alicia.

—¿Vos de dónde lo sacaste? —insistió Marcos.

—¿No dice siempre el Maestro que «Alicia sabe todo»? —le respondió Esteban—. Pará, Alicia, fue un chiste. Igual, la pregunta de Marcos es válida.

—Muchos libros sobre la historia de las religiones rasgan los velos con los que el cristianismo pretendió ocultar lo que tomó prestado de credos más antiguos. Bienaventurados los que creen, porque ellos están exentos de la angustia existencial. Yo no soy envidiosa, pero envidio la fe —dijo Alicia.

—¿Vos no tenés fe? No digo fe religiosa, sino fe en tu destino, en las personas, en la justicia, qué sé yo, fe en algo —trató de animarla Leni.

—Tenía . . . hasta hace poco. Ahora mi creencia es que lo que tenga que suceder sucederá, sin importar lo que yo haga.

—Bien dicho. Entrando a tierras griegas, muy en consonancia con la predestinación de su fe —apoyó Karly.

—No lo tomes a broma. ¿Nunca te preguntaste por qué la nueva iglesia tuvo una clientela tan numerosa? Pensá en la predeterminación de no poder cambiar el destino que atormentaba a los griegos; en el escepticismo de los romanos, que nunca se tragaron la paparruchada de la existencia de los dioses, a pesar de guardar las formas erigiendo templos y ofreciendo los debidos sacrificios; en los judíos, estrangulados por prohibiciones y más prohibiciones, todos metidos en una sociedad de castas, por más que no se la analiza así. Pensá en las corporaciones sacerdotales de todos ellos, aprovechándose de la ignorancia y llenándose los bolsillos. Y de repente llega un tipo que promete el Paraíso a los pobres, que amenaza a los ricos con el castigo eterno si no dan, que abre los brazos del Padre a quien quiera seguirlo, sin distinción de origen, y el perdón de los pecados a cambio del arrepentimiento. Un tipo que tiene todas las respuestas. Tiene que haber sido irresistible —peroró Alicia.

—Seguro; para terminar en lo mismo de antes. ¿Fuiste al Vaticano? —preguntó Esteban.

—Todavía no, pero entiendo el argumento. Justamente por eso pierden clientela, y si no cambian el marketing, se van a quedar en bolas.

***

En ruta hacia Agrigento, con una temperatura que les cocinaba los sesos, se detuvieron en un pueblito cuyo nombre olvidaron un segundo después de leer el cartel indicador. Su intención era beber algo refrescante, estirar las piernas, y continuar el viaje.

Aún bajo el rajante sol de mediodía, el lugar rezumaba una cualidad enemiga y alienante. Las paredes arcillosas que albergaban viviendas con puertas y celosías herméticamente cerradas estaban literalmente cubiertas de avisos fúnebres resaltados por bordes negros y coronados por cruces desproporcionadas. La calle principal, al igual que las laterales, estaba desierta, salvo por un único bar —por llamarlo de algún modo —cuyas mesas ocupaban buena parte de la calle, y estaban ocupadas a su vez por grupos de entre tres y seis hombres mal entrazados, de facciones toscas y mirada descarada.

Alicia y Leni, que jamás habían imaginado una temperatura de 45 grados a la sombra, vestían unos soleros adquiridos en una liquidación de stock en Positano, ajustados, de escote muy bajo, que descubrían la parte superior de los senos, terminados en cortísimas minifaldas. Los parroquianos se las comían con los ojos, lanzándoles frases en un dialecto siciliano incomprensible. Los muchachos decidieron que lo más prudente era partir de inmediato. No querían exponerse a una pelea en la que llevaban todas las de perder, ni querían exponerlas a ellas, pues la cosa no se veía nada bien. Aunque las dos se hacían las distraídas, temblaban por dentro, sobre todo Alicia, recordando las fatídicas palabras que ella misma había pronunciado no hacía mucho: «Mi creencia es que lo que tenga que suceder sucederá, sin importar lo que yo haga». Si su destino era ser violada, haberse librado de Tebaldi sólo había logrado una prórroga.

Precisamente en esas circunstancias, la Cinquccento se vengó del exceso de peso, de las exigencias a su modesto motor, de los insultos que recibió sobre la resbalosa rampa de Reggio, de todo junto. Con total dignidad, subrayando su hermandad con los muertos recordados en las paredes del pueblo, falleció.

—Necesitamos un mecánico —decretó Marcos, engrasado hasta los codos en su inútil intento de repararla él mismo—. Hay que cambiar una pieza rota.

De muy mala gana, Karly tuvo que atravesar las mesas para encontrar al propietario del bar, ya que Alicia declaró que «ni loca entro ahí ni empiezo una conversación con ninguno de estos brutos; a ver si se confunden».

El trabajoso diálogo con el propietario fue frustrante. El hombre, un gordo bonachón, menos encendido que sus clientes, tal vez porque no estaba trasegando vino como ellos, le explicó que, siendo domingo, el único mecánico del pueblo había ido a comer la *pasta* con sus padres, que vivían en la localidad vecina. ¿Cuándo regresaba? A la noche, o al día siguiente. *Chi lo sa?*

—No podemos esperar a que vuelva —dijo Karly—. ¿Hay algún modo de avisarle que tenemos una emergencia? Pagaremos lo que sea *aunque puede significar vender el auto.*

—Si tienen barra de remolque, yo puedo llevar a uno de ustedes donde está el mecánico. Su padre también es mecánico, así que si tienen la pieza, se lo podrán arreglar allá —ofreció el propietario.

—¿No puede llevarnos a todos? —casi suplicó Karly.

—Lo siento; mi propio vehículo es una carcaza vieja y temo que no resista.

Se les presentaba un dilema: Karly podía hacerse entender en italiano, pero no sabía nada de automóviles; Marcos, exactamente al revés.

—Andá vos con Alicia —propuso Karly —y nosotros los esperamos acá.

—Yo no me quedo de carnada —se empacó Leni—. Quiero que Alicia esté conmigo.

—¿Para que las revienten a las dos? ¿Eso te hace más feliz? —la atacó Marcos.

—Por favor, no peleemos. Leni y yo nos quedamos con Esteban, ustedes traten de apurarse, y roguemos que no pase nada.

Y allí se instalaron, viendo con aprensión la estela de tierra que dejaba la Cinqueccento en su zigzagueo a la zaga de la catramina que la arrastraba penosamente.

Las horas se alargaban, y ni señales de los expedicionarios. Alicia parecía dibujada. Leni se estiraba nerviosamente la falda sobre los muslos, pero la tela no era dúctil. El propietario había encargado a su hijo, un mozo granujiento, la atención del lugar. De tanto en tanto, un hombre se levantaba y desaparecía entre las callejuelas, para volver con tres o cuatro más. Hacia el atardecer, todos los ejemplares masculinos, a cual de peor cadura, desbordaban la calle principal.

La conversación de los argentinos giraba en torno a cómo se las arreglarían cuando llegara la agresión.

—Yo podré dar algunas trompadas —decía Esteban—, pero consideren el número. En dos minutos me ponen fuera de combate.

—¿Por qué no le preguntás al pibe si hay una trattoria o algo parecido? Alguna gente debe salir a cenar. Estaríamos más protegidos —se le ocurrió a Alicia.

Había, a dos cuadras. Allá fueron, con el rebaño masculino en pleno siguiéndolos a corta distancia. En silencio. A ellos se les antojaba el silencio previo al instante sagrado del sacrilegio premeditado.

En efecto, la trattoria estaba atareada sirviendo cenas ... a hombres. Las tres víctimas —futuras víctimas— tomaron asiento en una de las mesas del fondo, sintiéndose más al reparo allí que en las del centro del salón. Los perseguidores entraron también, y quienes no encontraron lugar se alinearon contra las paredes, sin sacarles la vista de encima.

De pronto, Leni hizo una declaración dramática:

—Necesito ir al baño.

—Aguantá —la previno Alicia.

—¿Sabés cuánto hace que aguanto? Un minuto más y me hago encima. No me digas que a vos no te pasa lo mismo, porque no te creo.

—A los tres nos pasa lo mismo —le aseguró Esteban—. Miren, al otro lado del salón. Ahí está el baño. Juraría que es sólo para hombres.

—¿No hay mujeres en este pueblo de mierda? —explotó Leni.

—Seguramente hay, pero se quedan en casa, según los usos de estos lugares muuuy primitivos. Aún así, nadie les va impedir usar el baño. Pero si va una y yo me quedo con la otra, pierden, una primero y otra después. Y si voy yo, pierden juntas. Ustedes eligen.

—Vamos los tres juntos —decidió Alicia.

—¡De ninguna manera! Mirá las barbaridades que se te ocurren ... —protestó Leni.

—No es mala idea —reflexionó Esteban—. Lo podemos intentar, sin garantías.

Atravesaron el salón con Esteban sosteniéndolas firmemente por la cintura. Nadie más se movió. Al principio, los nervios contraían los esfínteres; el dolor era intolerable. Luego, incontenibles chorros de orina empaparon la letrina —pues eso era el supuesto baño: un agujero en el piso rodeado por un cuadrado de cemento. Papel higiénico, bien, gracias.

De regreso a la mesa, fueron interceptados por Karly y Marcos.

—Casi nos infartamos cuando no los vimos en el bar —se quejó Karly—. El pibe dijo que estaban acá. Ya nos podemos ir. Fue un quilombo, pero ya anda. Y no cobró caro. *Ladri* no son. Paguen y vámonos.

Esteban saldó la cuenta en el mostrador. Entraron en el auto estacionado frente a la puerta, y los hombres, siempre en silencio, rodearon la Cinqueccento. El único modo de abrirse paso era atropellando a una veintena. En pleno ataque de histeria, Alicia se asomó por la ventanilla y aulló: —¿Por qué no se sacan el gusto de una buena vez? ¡Hagan lo que quieran con nosotros, pero no nos torturen más!

En vano Karly intentaba taparle la boca. Se alzó un murmullo perplejo entre los hombres. No comprendían el lenguaje; no comprendían por qué gritaba así la mujer. Uno de los de peor aspecto, de mediana edad, se abrió paso hasta la ventanilla.

—No se ponga así, señorita —dijo en castellano—. Yo trabajé unos años en España; lástima no haberme enterado antes que hablaban español. Pero no sé qué le hemos hecho para que reaccione de esa manera.

—¡No la juegue de inocente! ¡Nos desnudaron con los ojos desde que llegamos a este lugar maldito! —Alicia estaba fuera de quicio. El hombre habló con los otros en dialecto, y se escucharon tonos de pesar y de extrañeza.

—No esperamos que lo entienda, señorita, pero ustedes, con esas ropas, y la piel lampiña, y las piernas bellísimas, son igualitas a las estrellas de cine que vemos en las películas cuando tenemos la suerte de que nos manden alguna desde Palermo. En carne y hueso, es la primera vez que vemos mujeres como ustedes. Las nuestras son . . . distintas. No las mirábamos; las admirábamos, con la esperanza de retenerlas en nuestra memoria mucho, mucho tiempo si grabábamos cada detalle en nuestras pupilas. Les pedimos perdón si las ofendimos —y el hombre se quitó la gorra, y lo mismo hicieron los otros.

Los que estaban obstruyendo la marcha del auto se hicieron a un costado, y los gorros se agitaron en un mudo, nostalgioso adiós mientras el auto cobraba velocidad y se perdía en el camino.

✳✳✳

—Si lo contamos, no nos creen —dijo Marcos.

—Yo voto porque no lo contemos. Se va a prestar a muchas suspicacias, y las chicas van a ser blanco de bromas desagradables. De paso, les sugiero que guarden esos vestidos en el fondo del bolso y no los vuelvan a usar. Puede haber menos suerte la próxima vez —aconsejó Esteban.

—Y eso que no se transparentaba la ropa interior —agregó Leni, ya calmada.

—¡La ropa interior! Ustedes se llevaron el auto con el baúl lleno, ¿cierto? —quiso confirmar Alicia, saliendo del mutismo que la había tenido callada desde que abandonaron el pueblo—. Por casualidad, ¿lo vaciaron en el taller y reacomodaron los bultos?

—Sí —dijo Karly—. Había un no sé qué del motor que se conectaba con otro no sé qué del baúl. ¿Por qué?

—Me acabo de indisponer. Mis bombachas están en el baúl. ¿Podemos buscar una estación de servicio y abrir el baúl?

Era de esperarse que, si algo se iba a perder, tenía que ser lo imprescindible. Faltaba el bolso con la ropa interior.

—¿Y ahora qué hago? —gritó Alicia, casi llorando. Estaba tan desquiciada que pasaba del grito al llanto obviando los tonos de la mesura.

—Comprás dos mudas en Agrigento, lavás una y usás la otra. Con este calor, se secan enseguida —la consoló Leni.

Lo primero que hicieron al llegar fue preguntar por la zona de las tiendas. No fue fácil encontrarla; las personas a las que pidieron indicaciones decían: «*Sempre a destra*», pero se acompañaban con las manos para clarificar, y señalaban hacia la izquierda. Los muchachos las dejaron ahí, y fueron a buscar alojamiento, prometiendo pasarlas a buscar por un café identificable en una hora. Las tiendas aún estaban cerradas. Haciendo tiempo, las muchachas miraron los escaparates, en los que se exhibían todo tipo de *indumenti per donne* . . . pero ni rastros de ropa interior.

—¿Cómo puede ser? —se extrañó Leni—. Ya hemos visto cómo van vestidas, y lo más notorio son esas horribles medias negras opacas que usan invierno y verano. Me imagino como serán las bombachas. La cuestión es, ¿los negocios de ropa interior estarán en otra parte?

—Mirá, están abriendo. Entremos en cualquiera y preguntemos.

Al trasponer la puerta de un espacioso local con anchos mostradores colocados delante de grandes vitrinas y espejos, Alicia cayó en la cuenta de que no conocía el vocablo «bombacha». Rebuscó «ropa interior» en su vocabulario. Tampoco. Para colmo de males, todos los dependientes eran hombres. Trató de superar lo embarazoso de la situación, y se acercó decididamente a un señor mayor, a quien le dijo que necesitaba «algo para usar debajo de la pollera». El empleado asentía a cada palabra, se excusó un momento, y volvió con las dichosas medias negras con las que las sicilianas decentes cubrían sus extremidades inferiores.

—No, no es esto lo que quiero. Es lo que se usa debajo de las medias —miraba desesperadamente a su alrededor, con la esperanza de poder mostrarle lo que buscaba. Inútil. El hombre desapareció en la parte privada de la tienda y regresó con una prenda parecida a un bombachudo de gimnasia.

Leni hizo una sugerencia atrevida, precedida de «a grandes males, grandes remedios»: —Levantate el vestido y mostrale el borde de la bombacha. Si así no entiende, asumiremos que no usan.

Roja hasta la raíz de los cabellos, Alicia dejó asomar la puntilla de sus calzones.

El rostro del hombre se iluminó. Dijo: —*Ah! Mutandine!* —y extrajo una caja de cartón de las profundidades de un arcón de madera, confundido entre la decoración decimonónica del salón. Las había de todos los colores y modelos. Alicia no sabía cuánto le iban a durar, pero estaba segurísima de que la palabra tan duramente aprendida jamás sería olvidada. Apretando la discreta bolsita de papel marrón junto a su cuerpo, se sentaron en el café, y ordenaron un capuccino con panini.

La anécdota hizo las delicias de los muchachos. La risa los doblaba en dos, impidiéndoles tragar sus órdenes de café lungo, el más liviano.

—No es gracioso —los retó Leni—. Me habría gustado verlos a ustedes abriéndose la bragueta en público.

El insignificante episodio inauguró una corriente de empatía entre las muchachas, y Alicia se dio cuenta que, entre tantas otras cosas que le faltaban, la de mayor peso era una relación fraternal con otra mujer. Las mujeres se comunican de una manera especial; a ella no le había tocado esa experiencia, puesto que jamás había tenido amigas —en ese sentido y valor particular que daba al término— y sólo un amigo-hermano, Hernán; tan lejos que cuando volcaba su alma en el papel y recibía puntualmente la respuesta, sólo veía tinta: la emoción de la proximidad se había diluido en los kilómetros que los separaban, borroneada por el agua del océano.

—Bueno, vamos al hotel, se cambian, y a pasear. Les aviso, para que no pongan caras, que es lo más económico que pudimos conseguir. La ventaja es que tenemos dos habitaciones, así que acá nadie se va a tener que transformar en acordeón para dormir en el auto.

—¿Cómo se llama el hotel? —preguntó Leni.

—Queda en las afueras, muy cómodo para visitar la parte antigua . . . —repuso Karly.

—Tantos rodeos me dan que pensar. ¿Te limitarías a decirme el nombre?

—*Mamma mia* —murmuró Marcos.

—¿Tan desastroso es?

—No, Alicia; se llama *Mamma mia* —aclaró Esteban.

—¿El dueño es fanático de esa canzoneta que dice «*Senza mamma, senza amore*»? Es un nombre loquísimo.

—Sí, bueno; ya van a ver. No está mal, y es rebarato.

Llegando casi a los confines de la ciudad, un edificio perfectamente cuadrado, y todavía en construcción, estaba separado de la calle por una profunda zanja donde un tablón precario permitía el acceso.

—*Mamma mia!* —exclamó automáticamente Alicia, espantada.

—Debe ser lo primero que dicen los huéspedes cuando lo ven; tal vez de ahí tomó su nombre —Marcos ensayaba el método deductivo.

—Decime, esta zanja, ¿no será para las cañerías, no? —intuyó Leni.

—Para las de agua caliente. Por el momento, sólo hay agua fría, que sube de un pozo. Ah, me olvidaba. La bañera está separada del baño, que por supuesto no es privado, y hay que pedir la llave y pagar cincuenta liras para bañarse —dijo Esteban, sin inmutarse.

La oportuna aparición del dueño, que se acercó a ayudarlos con el equipaje a través de la zanja, lo salvó de un exabrupto. El interior, con su patio asombrado por laureles y limoneros, sobre el que daban los cuartos, contribuyó a apaciguar a las muchachas.

***

Las peripecias de Agrigento no diferían de las de las ciudades que habían visitado anteriormente; es decir, de la interminable sucesión de ocupaciones, desolación, y renacimientos, colapsos y resurgimientos que aparecían como la nota distintiva de Sicilia. El Valle de los Templos impresionó su sensibilidad estética, y los cambios de nombres debidos a las conclusiones apresuradas de los primeros arqueólogos los hicieron más descreídos de una ciencia que, al parecer, no se había tomado el tiempo necesario para asegurarse de la veracidad de sus descubrimientos. ¿Cómo podían haber confundido un santuario dedicado a Demeter y Perséfone, dos encarnaciones de la Diosa, con un templo dedicado a Castor y Pollux?

Esto no les impidió maravillarse ante las excavaciones helenísticas y romanas con las que tropezaban a cada paso fuera y dentro de los límites urbanos, y el museo que ordenaba las piezas ya clasificadas los transportaba a otra dimensión de valores, provocando la añoranza por épocas en las que la belleza tomaba formas distintas del presente, y las Musas aún guiaban la sensibilidad de los artistas.

Imaginaban un enclave idealizado, habitado por filósofos y poetas, escultores, vates, y músicos. El habitante medio no cabía en la idealización, y la realidad golpeó fuerte una tarde a Alicia y, por extensión, a los demás.

Empapada en sudor de pies a cabeza, depositó cincuenta liras sobre la recepción y pidió la llave del baño. Al dársela, el posadero sacudió la cabeza y, con expresión pesarosa, dijo:

—*Pecatto, così giovane e già ammalata!*

—¿De dónde ha sacado que estoy enferma? —inquirió Alicia, entre amoscada y curiosa.

—Porque solamente alguien con alguna grave enfermedad de la piel se baña dos veces por día. Sus amigos lo hacen a veces, pero usted no saltea mañana ni noche. *Poverina!* —y el hombre se embolsó el dinero como si le remordiera la conciencia tomar dinero de una enferma.

—Esta historia del agua y los baños no me entra —dijo Alicia luego, mientras saboreaban una deliciosa pizza de hongos.

—Es que tienen que racionarla porque no alcanza a aprovisionar a la ciudad. Hasta que modifiquen la distribución de agua potable, la mezquinan todo lo que pueden —les informó Esteban.

> *¿Dónde están los muchachos de entonces?*
> *Barra brava de ayer, ¿dónde estás?*
> *Yo y vos solos quedamos, hermano,*
> *Yo y vos solos para recordar...*

De los bravos agrigenses no quedaba ni uno, y su recuerdo estaba celosamente guardado en los museos, sin conexión alguna con la baja burguesía que, oprimida por la Mafia y las malas administraciones, había reemplazado las glorias de un pasado opulento por la explotación de la industria turística, embaucada por los brillos falsos de las tarjetas postales.

***

Habían llegado al último punto de la gira. Desde allí podían desviarse a uno o dos sitios cercanos, pero no podían estirarlo mucho más. Presentían que estas vacaciones, iniciadas de modo tan poco propicio, iban a adquirir características distintas para cada uno de ellos. Algunos definirían su futuro con base en lo que habían vivido, en lo hablado y lo callado; otros las confundirían en la memoria con los muchos viajes que les estaban predestinados —predestinados, sí; a la más pura creencia griega— y a alguno se le irían desdibujando los contornos de los lugares que habían visitado tanto como las facciones de los compañeros de aventuras en aquella imitación grotesca de un Argos sobre ruedas en busca de un tesoro significante. En Siracusa, antes de regresar al punto de partida y de desandar, ahora por la autopista, el camino a su hogar temporario —a Priverno— los violentó la urgencia de aprehenderlo todo, pues sólo allí se dieron cuenta de que habían transitado parte del sendero revelador mirando hacia otro lado. Hacia su propio interior, sondeando profundidades pobladas de terrores que habían traído consigo, desperdiciando otras profundidades, las que se esfuman en el olvido, empujadas fuera de la memoria por un presente instantáneamente arrebatado.

No sabían esto entonces. Sin embargo, algo los impulsó a sumergirse en Siracusa, buceando en sus orígenes, devorando información, paisajes, y relevamiento, temerosos sin confesarlo de que aquí se cerraba un capítulo de sus vidas al que no podrían volver, aún si volvieran al lugar físico donde se escribía el final de su historia juntos.

Contaba la leyenda que la próspera ciudad se había expandido a partir de la vecina isla flotante de Ortygia, donde Leto, perseguida por la celosa Hera, que había prohibido a la tierra darle abrigo para parir a los mellizos engendrados por Zeus que llevaba en su vientre, se había detenido el tiempo necesario para el nacimiento de Artemisa, trasladándose inmediatamente a Delos para dar a luz a Apolo.

—Esta es una de las versiones del mito —había dicho Alicia a sus incrédulos oyentes—, pero creo que la verdadera lección se encuentra en que siempre hay un tercer camino, y lo que también me atrae es que, a diferencia de versiones antiguas y no tanto, donde las islas son símbolos del descanso eterno de la muerte, ya se trate de la Ortygia de Calipso o de la Avalon de Arturo, esta isla es símbolo de vida, o sea que todo es reversible.

Se había apagado el ánimo de broma. Quizá no creían, pero absorbían como esponjas, para retener, para atesorar, no la leyenda, sino el instante, la comunión.

—El poderío de Micenas y Corinto fortalecieron la pujante ciudad, que pronto se convirtió en un cuasi imperio, peleando sus propias guerras, escogiendo aliados y trocando sistemas de gobierno según mejor conviniera a la prosperidad. Cristianizada por Saulo de Tarso, corrió luego la misma suerte que sus hermanas sicilianas, peste y terremotos incluidos.

Visitaron iglesias, palacios, plazas: se dejaron impregnar por la sabiduría de las civilizaciones que, sin destruir aquello en lo que otros habían creído, continuaron construyendo sin derribar la sabiduría de quienes los habían precedido. Se emocionaron ante la vista de la fuente de Aretusa, aunque se les escapaba el símbolo del dios-río Alfeo y la intervención de Artemisa, que transformó a la ninfa en fuente para salvarla de una lujuria que rechazaba. El acuario adyacente, que se preciaba de tener los ejemplares más raros de los mares del mundo, les pareció una violencia ejercida por el municipio moderno contra los misterios de la antigüedad todavía indescifrada. Presenciaron las excavaciones recién comenzadas en Piazza Armerina, donde sucesivas capas de pisos, levantadas en distintas estancias de la villa, la remontaban a la era de los etruscos, avanzando por los dueños posteriores hasta alcanzar la tosca estética de los interiores normandos. Cada sitio en que trabajaban los sudorosos obreros dejaba al descubierto paredes maravillosas en las que las escenas representadas permitían adivinar la función del espacio.

Los fosos abiertos carecían de barreras de contención, pues el sitio no formaba parte de la ronda turística de la zona. Embobada, Alicia habría caído si no la hubiera sujetado el brazo tostado de un estudiante, voluntario en las obras.

—Gracias. Podría haberme roto un hueso —le sonrió ella.

—O unos cuantos. Estos pisos son durísimos; de otro modo, no habrían resistido las capas superiores y el descuido sin perder un ápice de textura y color —observó el joven—. ¿De dónde vienen ustedes?

—De la Argentina.

—¿En serio? Yo tengo parientes ahí, en Buenos Aires.

—Pues de ahí somos nosotros.

El joven levantó un trozo de mosaico y lo puso en la palma de Alicia, cerrándole el puño sobre la consistencia fresca y compacta.

—No se supone que deban desaparecer trozos de ruinas en excavación. Sin embargo, es mi gusto dárselo para que lo use como talismán, un pedacito de sol contra la melancolía. ¿Cree usted en los talismanes? —le preguntó con curiosidad, luego de mirar fijamente su rostro sin poder catalogarlo.

—No, pero creo en la melancolía. Dígame su nombre.

Y él se lo dijo, pero ella lo olvidó. Tal vez por eso él no retribuyó la pregunta; tal vez porque sabía de la fragilidad de la memoria, probada por aquellos trazados maravillosos conservados mucho después de evanescidos los nombres de los artistas.

Se regalaron una representación de Electra en el Anfiteatro Griego, sentados sobre los duros bancos circulares de piedra. Ellos, tan preocupados siempre por la acústica en los ambientes reducidos a los que pertenecía naturalmente la música de cámara, comprobaron que la inmensidad del lugar abierto proyectaba la voz hasta las filas más alejadas sin necesidad de adminículos auxiliares como los tan socorridos micrófonos.

Camino a Taormina, se desviaron hacia las tierras desoladas y ennegrecidas por los fuegos del Etna. Los sobrecogieron los fantasmas de la destrucción, y Alicia aferró con todas sus fuerzas su nuevo, primero, único talismán, sin encontrar consuelo, pues no era la melancolía lo que la rondaba, sino el recuerdo de los cuerpos calcinados de sus padres y el del Maestro entregándose al fuego aquella noche que le reveló una de sus aristas más terribles.

Taormina les pareció una gemela vulgarizada de Positano. No discutían su origen mítico, sus bellezas naturales, ni el pintoresquismo de la edificación. Simplemente, y al revés de lo que suele acontecer en los viajes de regreso —primero llega el cuerpo, y algo más tarde el espíritu— ellos ya no estaban en Sicilia, ni en Calabria, ni en la Costa Amalfitana. La Cinqueccento devoraba los kilómetros que los devolvían a Latina; ellos habían vuelto a aislarse, cerrando con el filo de sus pensamientos un paréntesis irrepetible.

* * *

> *"Il fiume scorre lento frusciando sotto i ponti*
> *la luna splende in cielo dorme tutta la cittá . . . "*

Atravesaron los puentes sin ver los ríos; ellos sólo prestaban atención a los mares; no reflexionaban acerca de las conexiones entre ríos y mares, entre la luna y las mareas; creían a pie juntillas que los habitantes de las ciudades, cumplidas sus obligaciones diurnas, se entregaban al sueño y que, en efecto, todos y cada uno dormían un sueño idílico en un mundo sobresaltado muy de cuando en cuando por un grupo de agitadores de pacotilla o de predicadores de doctrinas risibles por exageradas o arcádicas. Dejando correr los días —y sobre todo las noches— de sus laberintos privados engastados en la geografía natural modificada por la geopolítica, quedaron atrapados en telarañas sutiles, y en ese momento, su gloriosa juventud abarcó el pasado, el presente, y el futuro.

Las nuevas formas del mal llamado arte estrenaban el Teatro del Desplazamiento en una incomprensión total del mensaje de Tristán Tzara.

Nicolás García Uriburu obtuvo el Gran Premio de Pintura del Salón Nacional de Artes Plásticas antes de arrojar litros de pintura para enriquecer los colores de los canales de Venecia.

Ubú Rey desconcertaba a los espectadores de Buenos Aires, que no osaban preguntar qué había querido decir Jarry, no fuera que los tomaran por ignorantes.

Se festejó el cincuentenario de la muerte de Debussy para regocijo de los que se habían estancado en las formas que los rebeldes del arte querían hacer desaparecer.

El Ministro de Educación de la República Argentina, Dr. José Mariano Astigueta, afirmó que el estudiantado no se hallaba convulsionado.

La juventud norteamericana afirmó no creer en la tecnocracia.

San Francisco fue testigo de una protesta multitudinaria realizada por jóvenes de ambos sexos, desnudos.

Las corporaciones manifestaron que los jóvenes rebeldes constituían un mercado no deseable.

El Ejército Argentino construyó escuelas, contando con la ayuda del sector privado para formar técnicos.

El General Onganía avanzó sobre el General Julio Alsogaray desplazando a su hermano Álvaro de su puesto como Embajador en los Estados Unidos.

Se reconoció la influencia política a través de la educación y la cultura.

El único país del continente americano que se propuso instalar una representación en Vietnam del Sur fue la República Argentina, a más de tres años del comienzo de la guerra.

La mayoría de estos hechos ocurrieron en el país que llamaban patria. Algunos se manifestaron en el país del norte cuyos gobiernos de entonces favorecieron las dictaduras en América Latina para pararle los pies al comunismo. A ellos les era indiferente de un modo o de otro. El presente se comió el pasado, y el futuro se volvió presente. Ellos, indiferenciados del resto de la humanidad, pasaron por el tiempo montados sobre las líneas rectas de un pentagrama. Menos una. Una que no podía asirse a nada, salvo al tiempo.

XLIII

La familia Kovaciuk se había mudado a su residencia de la playa, a corta distancia del Castello. Era característico de este resorte veraniego que los fondos de las viviendas daban sobre la calle, en tanto los frentes daban al Mediterráneo. Las playas privadas, de arena fina y translúcida, demarcaban los límites con sencillos cercos de madera pintada; así, la privacidad de los hogares se extendía hasta el mar, fuera del alcance de la masa, condenada a las playas públicas, ruidosas y alquitranadas.

Isabella habría preferido un crucero, pues en el Castello no quedaba nadie sino Igor, y los ecos del andar marcial del signor Buccardini resonando durante su corta visita de inspección semanal. Vincenzi había regresado a Nueva York, y sus discípulos a sus respectivas ciudades.

—Tengo mucho que hacer —repetía el Maestro cada vez que su esposa volvía a la carga—. Si la *furba* de mi secretaria se hubiera quedado, quizás...

—Ya es hora de que tu secretaria y yo nos conozcamos —le dijo Isabella una noche en la que habían estado nadando, iluminado el fondo del mar y sus habitantes por la luna llena—. Ella pasa contigo más tiempo que yo; no es justo que la escondas como si fuera un dragón... o un hada.

—Se te ocurre cada cosa... no tiene nada de particular; es una secretaria, punto. Carácter no le falta, de lo contrario no podría «sistemare», como dice Buccardini, las complejidades del trabajo que le tocó en suerte... o en desgracia —depende del punto de vista. Si te complace, la podemos invitar un día. A cambio, tengo que pedir reciprocidad.

—¿Querés conocer a alguien vos también? —se asombró Isabella. Su esposo no era precisamente una persona sociable. Si le dieran a elegir, pediría «desconocer» a unos cuantos.

Recogiendo las toallas con sus monogramas entrelazados, cerraron las puertas vidriera y bajaron las persianas. A la luz de un velador, echados sobre las refrescantes baldosas, gozando de la paz del momento, nada se interponía entre ellos.

—No, bonita; quiero que vos trates a alguien, a ver si conociéndolo, cambiás la pésima opinión que te has formado sobre él.

La sombra cayó de golpe, haciendo trizas el flujo armonioso de la corriente que los unía.

—Vos accediste . . . —comenzó Isabella.

—a que Igor Olevsky no volviera a pisar el Palazzo Valenti, tu casa, como me recordaste con un mal gusto impropio de ti. Sin embargo, si vamos a hacer división de bienes, ésta es *mi* casa, comprada con *mi* dinero, ganado literalmente con sudor; me has visto transpirar tocando.

—No me divierte, pero está bien. Invítalo a comer.

—Me parece estar oyendo a la Reina Victoria: *We are not amused.* No me sirve invitarlo a comer; tiene que pasar unos días con nosotros; de lo contrario, dirás que las dos horas de una cena no alcanzan para conocer a nadie.

—¿Qué te ha dado por aferrarte a ese tipo? Desde que nos casamos, jamás te acordaste que existía o, si te acordaste, no lo mencionaste. Y de repente, la vida te resulta insoportable sin él. ¿Hay algo que yo tendría que saber y no me has dicho? —lo interrogó ella, haciéndole apoyar la cabeza en su regazo.

Él le relató el encadenamiento de los padeceres de Igor —la versión oficial, claro, puesto que la privada sólo Igor la conocía —y le dijo que lo hacía sentirse bien ayudar a las personas que lo merecían.

—Eso vos ya lo sabés, y no soy yo quien se aferra a él, sino él a mí, como la última tabla de salvación que le queda cuando todas las puertas se cerraron. Él está convencido de que es útil humanizando a Wilhelm y controlando las cuentas con Alicia; en realidad, lo peor que podría pasarle a Wilhelm sería que lo humanizaran, aunque no hay peligro de que suceda, y las cuentas no son complicadas.

—¿Y has blanqueado la situación con Buenos Aires? —preguntó ella, aún recelosa.

—¿Qué hay que blanquear? ¿No hemos acordado que le voy a pagar de mi bolsillo?

—También dijiste que le ibas a hacer creer que cobraba un sueldo de la Fundación. Eso implica hacerle firmar recibos emitidos por la Fundación contra dinero que ellos no enviaron. Y hablando de dinero: ¿dónde está el que adelantaste cada vez que las becas no llegaban a tiempo? Te he visto sacar y sacar, pero no reponer.

—El dinero tiene alas . . . estoy seguro de que Alicia me lo devolvió, pero lo habré gastado en otras cosas. Ya sabés que no me importa el dinero.

—Hugo, ¿Alicia te firmó algún papel donde diga que recibió dinero tuyo a cuenta de lo que no llegaba?

—No; la verdad es que me persiguió bastante con toda clase de papelotes, pero como también insistía en que yo los leyera antes de firmar, y no me sobraba el tiempo, yo terminaba metiéndome los papeles en los bolsillos. Creo que no los devolví.

—¿Y vos firmaste haber recibido dinero en concepto de adelantos? —continuó Isabella.

—Misma respuesta —dijo él, ya aburrido del tema—. Vamos a la cama. Mañana voy a Fossanova temprano.

—Esperá, Hugo. No tenés pruebas de haber puesto dinero; seguramente cuando Frau Zindlich hace limpiar tu ropa, tira papeles hechos un bollo, sabiendo que juntás basura en los bolsillos, desde envoltorios de caramelos hasta tiras vacías de aspirina. Alicia tampoco tiene pruebas de que te dio el dinero, porque no tiene los recibos. Estás haciendo un enredo muy grave, y la involucrás a ella también. ¿Lo pensaste? —dijo Isabella, asustada y pesarosa.

—¿Ves? Ahí entra perfectamente Igor. Con su experiencia de la Dirección de Cultura en la provincia, a menudo habrá tenido que cocinar faltantes y sobrantes —respondió él, encantado—. ¿Lo traigo conmigo mañana, y se queda con nosotros hasta que vuelvan *i turisti*?

Isabella estaba traspasada por la desazón. Su marido no tenía la mente clara: primero decía que la contabilidad no era complicada, y que la intervención de Igor servía sólo como pretexto para reubicarlo en la vida; al momento siguiente, Igor resultaba imprescindible para «cocinar» manejos poco claros, no por falta de honradez, sino por desidia. Recordó, como una frase de mal agüero, algo que en cierta ocasión le había dicho un abogado de su círculo: «Prefiero defender a un estafador inteligente que a un idiota honrado. Por lo menos, el estafador inteligente me da armas para maniobrar; el otro, me ata de pies y manos, y generalmente arrastra a los que confiaron en él».

***

Una nueva travesura de la Cinqueccento hizo que la «Mafia», como se empeñaba en llamarlos el Maestro, llegara al Castello un día más tarde del pactado. Con la frente gacha, tuvieron que escuchar improperios que ponían en duda su sentido de la responsabilidad y amenazas de informar a la Comisión, cosa insólita, puesto que el Maestro no permitía que la Comisión interfiriera con sus músicos: él mismo se encargaba de premios y castigos pero, claro, eso era antes de la era Igor.

Entrando al salón, después de haber observado la presencia insólita de un helicóptero estacionado en el parque, como lo más natural del mundo, fueron sometidos a un interrogatorio inquisitorial por un tribunal presidido por el Maestro, con Wilhelm a su izquierda e Igor a su derecha.

Como un rey, con los lores temporales y los lores espirituales representando la totalidad de sus poderes —pensó Alicia.

Era evidente que los hasta entonces secundones habían ganado terreno en la voluntad del Maestro. El que hablaba era él; sin embargo, aunque su irascibilidad no difería de la que había mostrado tantas veces, el planteo parecía dictado por esos dos, que a todas luces habían ganado ascendencia sobre él. Terminada la filípica, los recién llegados tiraron su equipaje de cualquier manera en sus habitaciones —il signor Buccardini había agregado una cama para Leni en la de Alicia «por orden de Wilhelm», y fueron a buscar a Nino. Por su trato familiar con el Maestro, él sabría qué había cambiado en dos semanas. Lo encontraron en la cocina, tratando, sin éxito, de calmar a Margherita, que estaba hecha un basilisco, gesticulaba como un molino, y monologaba a velocidad supersónica sin permitirle intercalar una palabra.

—. . . y se lo digo a usted, signor Nino, porque il signor Buccardini, con todo respeto, no acepta que le desordenen su sistema, y no se ha dado cuenta que no soy yo la que lo desordena, sino ese *diávolo* que se mete donde no lo llaman. En los años que cocino en el Castello, nadie se atrevió a darme órdenes excepto il signor, lo que es natural, porque me paga el sueldo; sí, ya sé que el dinero viene de la Gobernación, no soy estúpida, pero mi patrón es él, y no estoy acostumbrada a que un cualquiera de paso venga con reclamos y pedidos de platos especiales fuera de horario, como si yo estuviera a su exclusivo servicio. Il signor Buccardini me contesta con el disquito de que el Ígore ése es un invitado especial y que no hay que contrariarlo y yo pregunto qué tiene de especial un don nadie, no crea que no estuve averiguando, que se la pasa husmeando por los cuartos de ustedes, sí, mis hijas son testigo, se mete en los cuartos cuando limpian, les abre los cajones, le calienta la cabeza al Maestro, lo pone en contra de *donna* Isabella —eso me lo contó Mina, que está «prestada» en la casa de la playa, y los días que él se lo llevó a Sabaudia, venía igual, con el cuento de que tenía que «trabajar», a revolver los papeles de la signorina Alicia, y encima, haciéndose el simpático, me quiso enredar con que no se lo contara a nadie, a nadie de ustedes, digo, porque ella ya sabía y estaba de acuerdo. No estoy acostumbrada a . . .

—Margherita —la llamó Alicia, cortando el chorro.

Nino no los había visto entrar. Su rostro expresaba desconcierto, y agradeció mentalmente la intervención.

—¡Signorina Alicia, qué suerte que volvió! Le estaba diciendo al signor Nino . . .

—Sí, bueno. Si le hace bien desahogarse, acá estoy, pero también con todo respeto, me parece que está haciendo una tormenta en un vaso de agua. No la culpo por estar molesta; pero me parece que exagera.

—Yo digo lo que veo, y lo que veo no me gusta.

—Póngase en mi lugar, Margherita. Yo todavía no he visto, y usted está tan ofuscada que mezcla todo. Hablemos mañana, ¿sí?

—No sé si voy a venir mañana —anunció Margherita.

—*Senti*, Margherita —Nino pudo intervenir ahora. —No sobra trabajo, y todo tiene arreglo. Si lo dejás plantado a Buccardini, vas a terminar cocinando para las cabras. Te aconsejo que te ocupes del almuerzo, y ya pensaremos en algo. *D'accordo?*

A regañadientes, Margherita accedió. Ellos se metieron en el cuarto de Nino, sumándose a Lars, que ensayaba una obra nueva.

—¿Qué diablos pasa? —empezó Esteban—. No entendí casi nada de lo que dijo, pero estaba que trinaba.

—Yo sí entendí, pero no le encuentro sentido ¿Qué es ese cuento de revolver nuestras cosas, del invitado especial, de sembrar cizaña entre el Maestro y su mujer?

Lars dejó de tocar para sumarse a la conversación.

—Yo vine el primero. Alguien había estado revolviendo mis cosas; cuando le pregunté a Grazia si había sido ella, sin mala intención, creyendo que había guardado mal la ropa o algo así, se puso a llorar, y a los cinco minutos apareció la madre y casi me pega. Al rato llegó Igor, y se encerró en el escritorio. Después llegó el Maestro, me dio esto —les mostró la música que estaba practicando, unas copias mal impresas— y me dijo que íbamos a dar una función excepcional en Fossanova; no la que teníamos preparada; otra que iba a causar sensación.

—¿Así nomás? ¿Cambio de programa de un día para otro? —Marcos se figuró que ésa sería la causa de la iracunda reprimenda con que habían sido recibidos. En un cambio súbito, un día hacía mucha diferencia.

—¿Ustedes se dieron cuenta de que nada es normal? —Leni los volvió a la realidad—. Ninguno de los tres mandamases me saludó; primera guarangada. Vos, Karly, te aturrullaste tanto que te olvidaste de que yo estaba ahí, y no me presentaste a los dos que no conozco, aunque sea para hacerles notar que yo, como recién llegada, no tenía por qué aguantarme el chubasco; segunda guarangada. Ninguno de ustedes —esto va por Nino y Lars— me saludó tampoco, ¿creerían que soy un mueble?

—Perdoná, Leni; tenés razón. Lo único que puedo decirte, para que te vayas acostumbrando, es que el Maestro tiene sus días, y hoy parece que se le juntaron varios. A nosotros no suele afectarnos, pero cuando entré inocentemente a la cocina a buscar un vaso de agua y Margherita se me tiró encima como un búfalo, me descoloqué. No sé de qué hablaba. Lo único que se me ocurre es agarrarlo a Wilhelm, que está más cerca del Maestro que nosotros. A lo mejor él sabe, aunque tampoco estuvo aquí; se tomó sus vacaciones igual que todos.

—Falta alguien —se acordó Alicia de golpe.

—No, ya estamos los que somos. Los muchachos andan por ahí, y la flauta de la Gorda suena a todo vapor —le hizo notar Marcos.

Alicia esperó a hacer una recorrida antes de introducir una nueva incógnita. Quizás estuviera muy tranquilo cumpliendo su sueño bajo un árbol, lejos de la casa. David Tremayne.

***

Wilhelm se había tomado sus vacaciones, aunque no igual que todos. En los días anteriores al desbande general, había sostenido largos conciliábulos con Igor, consecuencia de la excursión al EUR.

—Mi presencia aquí no es casual —le había dicho el Ruso—. Vengo con una misión de Buenos Aires. Se arrepienten de haberse hecho representar por Hugo, un carácter temperamental e impredecible, del que recibieron muchas quejas desde todos los lugares en que se dieron conciertos. Mayormente, tenían que ver con sus deleznables relaciones públicas, y esta gira, aunque él esté convencido de que se trata de diseminar el arte, se armó exclusivamente para levantar la imagen de la Argentina mediante el buen manejo de las relaciones públicas. La Comisión nunca estuvo del todo de acuerdo, pero las empresas no ponían plata si la cara visible no era un personaje mundialmente conocido y respetado, así que tuvieron que aceptar. La cuestión es que hizo muy mal papel en Nueva York, en un asuntito privado muy desagradable, y que dejó de ser privado cuando la máxima periodista especializada en música clásica se le quejó a quien quisiera oírla de que era un patán. No le hicieron mucho caso hasta que sufrió un

atraco con saña poco común —no sé si estarás enterado, ustedes ya se habían ido— pero aún no habiendo relación alguna entre ambas cosas, aparentemente, al menos, despertó mucha compasión, y los medios la compensaron escribiendo notas que decían que era llovido sobre mojado: la infortunada señora había sido víctima virtual del descaro del genio argentino —sin detalles, no especificaban, pero la Comisión sabía a qué se referían porque les mandó una carta bastante explícita— y de un sádico ataque concreto llevado a cabo por asaltantes que le ocasionaron grave daño físico. En Francia no le fue mejor: se puso en contra al Director del Teatro de Versalles, que se quejó a la Embajada, que se quejó a la Fundación, y así siguió la cadena. A mí me mandaron a poner orden, y orden significa que la orquesta cumpla con su papel de mostrar que el Gobierno Argentino apoya la cultura y se interesa por mantener relaciones con el mundo a través de ella, y sacar a Hugo del medio antes de que las cosas pasen a mayores. Me he puesto completamente en tus manos. Podés ir corriendo a contarle a Hugo —como corresponde al perro fiel que sos— o podés ponerte de mi lado, y ganar puntos para ocupar su lugar. Méritos no te faltan, serías una sensación, porque sos más joven, y de las relaciones públicas me encargo yo; si me prestás la mitad de la atención que le prestás a él, te garantizo que vas a cambiar esa cara de vinagre por otra más acorde con lo que pretenden arriba, por lo menos donde hace falta. Ah, y otra cosita. Yo sé dónde tenés puestos los ojos, además de tus ambiciones profesionales. A lo mejor en eso también te puedo dar una mano.

Wilhelm esperaba algún tipo de jugarreta sucia, pero ciertamente no ésta. Le costó bastante mantenerse incólume ante el relato del asalto a Kitty, y se devanaba los sesos pensando cómo podía saber Igor «dónde tenía puestos los ojos». Resintió hasta los huesos que lo llamaran «perro fiel». Resintió, sobre todo, que al otro le hubiera bastado cero tiempo para radiografiar lo que pasaba por su cerebro, lo que él ocultaba con su conducta disciplinada y su lealtad visible, que a veces llevaba más lejos de lo que complacía al Maestro.

—Quedate tranquilo —contestó—. No voy a desenmascararte ante Hugo . . . por ahora. Me voy a casa, a pensar el pro y el contra de tu propuesta. En principio, me estás pidiendo que el perro cambie de dueño. En dos semanas te vas a enterar de mi decisión. No esperes una respuesta tan abierta como tu exposición de político; te vas a dar cuenta viéndome actuar. Y también un «ah, otra cosita». No me chupo el dedo. Detrás de todo lo que dijiste, hay cosas que te guardaste. Hasta que no las largues, lo más que te puedo prometer *es neutralidad. Pero así como a vos no te van a esperar mucho para que cumplas con lo que viniste a hacer, yo tampoco voy a esperar mucho para romper la neutralidad —a favor de Hugo, natural- mente— hasta que me digas todo.*

✳✳✳

Igor era un mal bicho, pero un excelente juez de personalidad. Mostrarle las cartas a Wilhelm, lejos de ser una jugada peligrosa, resultaba de haberlo viviseccionado con la precisión de un patólogo, sin que se le escapara detalle, por imperceptible que fuera. Llegó a la conclusión de que si la carnada era suficientemente jugosa, Wilhelm se la tragaría hasta el anzuelo. Tenía todas las características de un ambicioso, trepador, hipócrita, autoritario, envidioso . . . y un rostro atractivo, una figura elegante, y una técnica instrumental impecable. Sin que su discurso lo pusiera en evidencia, a un hombre entrenado en las lides del juego político no se le escapaba que, por todos los poros, Wilhelm anhelaba ser «califa en lugar del califa». Hugo mismo lo sofrenaba cuando se excedía en sus deberes de segundo, tomando por ansias extremas de agradar lo que era en realidad un impulso irrefrenable de suplantar. En última instancia, si el Prusiano decidía que le convenía más llegar a su meta por el camino más largo —con- tinuar a la sombra del Maestro— y denunciaba la oferta recibida, Igor le abriría los ojos a su «amigo», alertándolo de que cobijaba a un perro supuestamente fiel listo a morder la mano del amo a la primera ocasión. En la medida en que Igor no ocupaba ni pretendía un lugar en la orquesta, a pesar de tocar él mismo el violín, no se lo podía acusar de mentir para hacerse espacio. Y además, si a Hugo se le ocurría llevar el asunto a la Fundación, Llanos y sus compinches negarían conocerlo, y atribuirían las acusaciones de Wilhelm a esa ambición a la que Igor apelaba.

Respecto de donde [Wilhelm] tenía puestos los ojos, Igor era perspicaz, pero no leía bolas de cristal. Más bien era un continuador moderno de Simón el Mago, cuyos espías lo mantenían informado al dedillo sobre lo que necesitaba saber para llevar a cabo sus supercherías. Igor había tardado mucho en llegar a Italia: primero había seguido el derrotero de la Orquesta en cada ciudad, recogiendo chismes aquí y allá y clasificándolos según su utilidad. Y un aspecto de los chismes había cosquilleado su fino olfato. Hugo Kovaciuk no pasaba mucho tiempo con su mujer. A Wilhelm no se le conocían mujeres, ni pasa- jeras ni duraderas, y el consenso general descartaba que le gustaran los hombres. Igor reservó esta información como algo a investigar discretamente, y la paciencia tuvo su recompensa. Había, en la sala de música del Castello, un óleo de medio cuerpo de Isabella, regalo del Gobernador Caromio, quien lo había hecho pintar a gran costo, con base en una fotografía, a un prestigioso retratista. Igor había espiado, más de una vez, con la sala vacía y la puerta entreabierta, a Wilhelm contemplando la imagen como si quisiera comérsela. También había notado que no había pasión en los fríos ojos celestes. Había codicia de avaro. Él sabía hasta dónde eran capaces de llegar los codiciosos para obtener los tesoros que los desvelaban.

Los días pasados en Sabaudia los había empleado de maravillas. Convencido de que jamás haría de Isabella una aliada inadvertida, provocaba su disgusto comportándose con una cortesía rayana en la abyección, lo cual, por supuesto, sólo era recibido con la superficialidad que las buenas maneras imponían a la dueña de casa. Cuidando de que Hugo presenciara las mil y una formas con que trataba de agradarla, había logrado que el marido llegara al punto de reprochar a Isabella por su desconsideración hacia un hombre que «era capaz de cualquier cosa con tal de ganarse su aprecio». La primera de estas escaramuzas conyugales tuvo lugar en privado; Igor sólo percibió el tono perentorio de Hugo, y el suave murmullo de ella. Pronto lo que Hugo llamaba «la injusticia» se desplegó con Igor presente, y el Ruso, taimadamente, lo conminó a no darle importancia: «Dejá, Hugo; no se puede obligar a la gente a querer a quienes los quieren». Naturalmente, la actitud resignada de Igor contribuía a empeorar las cosas; para cuando se reanudó la actividad en el Castello, la pareja se agredía sin dar ni pedir cuartel.

—¡Vos estuviste de acuerdo en invitarlo, y lo tratás como si fuera un leproso! —vociferaba él.

—Yo acepté invitarlo para conocerlo mejor. Cuanto más lo conozco, menos me gusta —replicaba ella.

—Sos intratable. Claro, no es de tu clase . . . No merece la misma consideración que el inútil de tu primo Stefano.

—Si fuera por eso, vos tampoco sos de mi clase —decía ella, fuera de sí.

—Bravo. ¿Qué estás haciendo conmigo? Yo sabía que ibas a terminar mostrando la hilacha. No te acercás a mis músicos, no les dirigís la palabra a las mujeres de mis amigos aquí, si no es de barón para arriba, no hay persona que te venga bien.

—No es cierto. ¿Cuándo me acercaste vos a tus músicos, a no ser tus favoritos? Los traías a casa, y los secuestrabas en medio de la conversación «para hablar de cosas de la Orquesta, muy tediosas para vos». ¿No era eso lo que decías antes de que se formara, cuando sólo te seguían Nino, Wilhelm, y Karly? ¿Y acaso Nino no es un sardo bruto, y sin embargo no lo traté siempre con consideración y afecto, porque podía ver la buena persona detrás de su rudeza?

—¿Y qué me contás de cuando me dejaste plantado en París, y se apareció tu primo con el cuento de tus celos de mis músicos? —la increpaba él.

—¿Por qué mejor no me contás vos lo que andabas haciendo lejos de mí? —le retrucaba ella.

Él, escociéndole su origen humilde, ejercía la violencia de forzarla en el lecho, pero la pasividad con que ella lo dejaba hacer, cerrando sus sentidos y dejando sólo su cuerpo de muñeca rota, lo ofendía más que si se negara a cumplir con sus deberes conyugales.

***

Los temores de Alicia sobre la suerte corrida por David Tremayne eran infundados . . . en parte. Recibido por Igor, David se desalentó al ser informado que sería el único músico residente hasta el regreso de los vacacionistas.

—No es tan malo —le había dicho Igor—. Podés familiarizarte con el lugar y sus alrededores, y tomar clases con el Maestro, que viene todos los días y tiene poco que hacer. Entre vos y yo, para no herir susceptibilidades, hacía falta un norteamericano en la Orquesta. Ustedes tienen los pies en la tierra; los Argentinos se entierran hasta las rodillas, y los Europeos vuelan por las nubes. Nada de eso es bueno; vas a ser una influencia para el equilibrio.

Esta bienvenida por parte de un perfecto desconocido a otro desconocido, alabando el sentido práctico de sus connacionales sin ahorrar críticas a quienes serían sus camaradas durante un corto período, lo puso sumamente incómodo.

—El Maestro es argentino —objetó.

—Por supuesto, no me refería al Maestro —retrocedió Igor rápidamente—. Pero la descripción que le cabe mejor es «internacional». De todos modos, lo abruman muchos problemas, lo cual significa un gran honor para vos que te dedique tiempo. Eso sí, vas a tener que acomodarte a su disponibilidad.

Alicia lo encontró en los fondos del parque, intentando variaciones sobre Vivaldi.

La postura corporal mostraba abatimiento, y ella, que había

aprendido mucho en las largas horas pasadas con los músicos dedicados al estudio, percibió enseguida que los defectos de posición
repercutían sobre la nitidez de las notas.

—*Hi, David* —lo saludó. Quería indagar discretamente sobre los días
en los que se habían desencontrado, pero David se le adelantó.

—*Hi, Alicia*. Por fin una cara amistosa. ¿Sabes que desde que llegué
el Maestro no me ha dirigido la palabra? Pasa a mi lado como si no
me viera, y no responde a ninguno de mis intentos de hablar con él
las pocas veces que nos hemos cruzado. Ayer, cuando empezaron
a volver los músicos, creí que las cosas cambiarían, pero aparte de
un breve saludo, todos estaban muy apurados por retomar su ritmo,
y aquí estoy, solo como un hongo. No valía la pena tanto sacrificio
para esto —se lamentó.

—Justamente ahora voy a hablar con el Maestro. No lo tomes a
pecho; acá las cosas son . . . diferentes de las escuelas universitarias
de artes de tu país. Debe haber alguna explicación. Mientras tanto,
te sugiero que busques a Wilhelm. Ya tocaste con él ¿te acordás?
No es Mister Simpatía, pero es el concertino, y un buen Maestro
para un buen alumno.

—Es que ayer apenas si me dijo hola —dudó David.

—Estamos todos un poco desordenados, imaginate que yo
prácticamente acabo de llegar y todavía no desempaqué ni vi a mi
compañera de cuarto. Haceme caso.

Alicia fue al escritorio a ponerse a disposición del Maestro, cuya
animosidad hacia ella no había disminuido desde el chubasco de
recepción; por el contrario, la tuvo parada un buen rato antes de
levantar la vista de lo que estaba leyendo. Por suerte, Igor brillaba
por su ausencia.

—¿Qué quiere? —ladró el Maestro, haciendo a un lado unos pergaminos amarillentos que a ella no le resultaban familiares.

—Primero, permiso para sentarme.

—Vaya que ha venido modosita. Últimamente hace lo que le viene
en gana, con permiso o sin él. Bueno, siéntese.

Ella quería retomar los temas de rutina, e intercalar el tema de
David, pero las mañas persistían, empeoradas y agrandadas.

—Antes de que repita como un disco rayado lo que ya está resuelto,
quiero saber, Señorita Permiso, con qué permiso ha invitado a ese
violinista norteamericano que me persigue por todas partes como
alma en pena.

El exabrupto la dejó helada.

—Maestro, ¿usted recuerda cómo empezó esta historia? —Le

pareció más prudente retrotraerlo al principio, reconstruir los hechos.

—Para mí, la historia empieza y termina cuando usted y sus *mafiosi* se fueron al diablo, y Buccardini me avisa que un norteamericano negro, cargando una mochila y un estuche astroso que no sabe si es de violín o de viola, fue alojado según las indicaciones que *usted* dejó.

—¿No se acuerda que una de las objeciones que puso a mis vacaciones fue la llegada de David Tremayne en esos días?

—De ninguna manera. Mis objeciones se relacionaban con los sobres, con los que usted me engañó miserablemente, poniendo a mis muchachos —*mis muchachos*— a usar las manos como si fueran amanuenses. Y ésa no se la perdono.

—Retrotrayéndonos un poco más atrás, ¿no se acuerda que, incurriendo en su enojo, otra que tampoco pensaba perdonarme, yo le concerté a David Tremayne una cita con usted en el Madison, que usted le dio una audición, que lo elogió por su talento, y que se las arregló para que pudiera tomar clases aquí?

—No me venga con cuentos chinos. Eso nunca pasó. De buenas a primeras me topo con un tipo en quien no tengo el menor interés, no sé de dónde sale —me corrijo, ahora sé que sale de lo que usted hace por su cuenta y riesgo— y no me venga a embaucar con historias tejidas en su imaginación. Deshágase de él. Y no se preocupe por lo demás; Igor se hizo cargo. Yo me voy a Sabaudia, y me avisa cuándo puedo volver sin tener que estar tropezándome con ese ejemplar. Es todo.

Este todo es excesivo no sé si está trastornado momentáneamente o si el desvarío avanza qué hago a quién recurro es una canallada mandar a David de vuelta también me va a decir que me deshaga de Leni o tal vez no por Karly David no tiene escudo qué hago claro para él es fácil se va y arreglate —a mitad de la escalera la silueta rotunda de la Gorda la dejó boquiabierta. Luciendo un vestido verde estampado con grandes flores naranja que duplicaban su considerable volumen, con tacos, cartera, y guantes, la Gorda le dio un besito y siguió su pesado descenso.

—¡Esperá! ¿Dónde vas tan emperifollada? —Alicia, la niñera.

—A dar una vuelta con Piero, el hijo del signor Buccardini. Llevo media hora de atraso, después te cuento. Chau.

Alicia desechó por un momento el problema que le había endilgado su jefe para concentrarse en lo que tenía todas las apariencias de un problema quizás más serio.

La Gorda no debía cometer errores que, aparte de comprometer el acuerdo de tutoría del Maestro, involucraran a un personaje como Buccardini padre, sobre quien se asentaba la administración del Castello y, para colmo, nexo entre el Gobernador Caromio y las actividades de la Orquesta en la provincia. Tarde; ya no se escuchaban los tacos sobre el embaldosado, Alicia se asomó a una ventana, a tiempo para ver a la Gorda ascender al helicóptero que les había llamado la atención, y que se elevó raudamente, permitiendo una visión clara de las siglas E.I. (Esercito Italiano).

Sí que todo era demasiado. Entró al dormitorio y se sentó sobre su bolso de viaje, aún intacto.

Ella también quería irse. Había llegado el momento de recordarle al Maestro la conversación de París, aquella en la que él le había abierto su corazón y se había mostrado humano con su propio sufrimiento. Pero seguramente negaría que hubiera ocurrido, tal como negaba a David Tremayne. De pronto se iluminó. De la existencia previa de David había testigos. Si lograba que los muchachos reconstruyeran la escena para él, preferentemente Wilhelm, quizás, sólo quizás . . .

Como respondiendo a su muda invocación, Wilhelm se presentó ante ella.

—¿No es un poco incómodo ese asiento? —le dijo con sorna—. Bueno, si querés una cama de clavos, te la podemos procurar. Acá te traigo el violín del Maestro. Lo tenés que llevar al luthier —acá te escribí la dirección— esperarlo, y de ningún modo aceptes que no te lo devuelva en el día. Cuando lo retires, se lo llevás a Hugo a la playa. También te anoté la dirección.

—¿Hay que pedirle algo en particular?

—No; es un chequeo regular. No lo pierdas de vista mientras vas y venís; si se pierde o se golpea, el Maestro te mata. Más bien te diría, si le llega a pasar algo, no vuelvas, por tu seguridad.

Depositó el estuche sobre una de las camas y ya se iba cuando ella se armó de coraje —al fin y al cabo, éste había tomado parte en la escenita del Juicio Final y la había disfrutado en grande; pero no era loco— y lo puso al tanto del brete en que se encontraba respecto de David Tremayne. Wilhelm chasqueó los labios y emitió un silbido que Alicia no supo interpretar.

—¿Entonces vas a hacer algo? —lo acicateó ella.

—Voy a intentar . . . Cuando se pone así, hay que esperar que se disipe el brote.

—¿Qué brote? ¿Lo estás llamando psicótico?

—No te lo tomes al pie de la letra. Los genios se descompensan por algún lado; es normal. Quiero pescarlo ahora, antes de que se vaya a su casa. Vos, ojo con el violín.

Wilhelm se marchó y ella se cambió, ya temerosa de la enorme responsabilidad de movilizarse con una pieza única que le inspiraba un respeto reverencial. Se le ocurrió que a Leni le gustaría acompañarla; cuatro ojos deberían bastar para vigilar el tesoro, y Leni estaría ansiosa por ir a Roma, con esa vitalidad que la había ayudado a atravesar el océano para reunirse con su amor. Por mera intuición, fue por ella a la habitación de Karly... y Esteban. Otro dolor de cabeza. Leni, supuestamente, pertenecía al trío femenino del lugar. Sin embargo, no era probable que resignara sus noches con Karly. ¿Habría que hacer cambios sigilosos, a espaldas del ubicuo signor Buccardini?

Golpeó la puerta y entró. Esteban estaba solo, separando la ropa que iba a la lavandería.

—Hola. Vine a buscar a Leni. ¿Sabés dónde está?

—Ni idea.

Esteban no dejaba de moverse por la habitación, poniendo toda su atención en la ropa.

—¿Este cuarto te conviene, o preferirías mudarte? —preguntó Alicia, con el mayor tacto posible.

—¿Vos preferirías que me mudara? —replicó él, mirándola de frente.

—No se trata de mí —dijo Alicia, desconcertada.

—Precisamente. Ésa es la madre del borrego. No se trata de vos; por consiguiente, no intervengas.

Alicia se fue por donde vino. *Hoy están todos imposibles. La locura es contagiosa, digan lo que digan los médicos. Si uno vive con locos, tarde o temprano enloquece. Al carajo. Lo llevo sola, y ojalá me dé una excusa para no volver.*

Sin percatarse, ella también pensaba cosas de loca.

***

Alicia enfiló la Cinqueccento hacia la ruta, y dejó el violín en lo del luthier, un viejo inhospitalario que a regañadientes aceptó devolverlo en el día. Ella había pensado pasar las horas muertas visitando los museos del Vaticano, pero la cola, que se extendía interminablemente a pesar de la hora, le indicó que había que dejarlo para otra ocasión. Decidió, en cambio, deambular por la sofisticada Via Condotti, entreteniéndose en mirar las casas de alta costura y accesorios inaccesibles a los bolsillos modestos. Necesitaba un par de zapatos elegantes. Los que había traído de Buenos Aires estaban una temporada atrasados, y aunque le habían servido hasta ahora, la gran gala del concierto de Roma demandaba un atuendo que no le valiera ácidas críticas por parte del Maestro. No había planeado compras, pero ya que disponía del lujo del tiempo, preguntando a transeúntes bien dispuestos —muy diferentes de la experiencia francesa— llegó hasta la vía Frattina, donde quedó deslumbrada por un calzado confeccionado sobre una base de seda azul cubierta por pequeños rombos del mismo color, en relieve. La seda se prolongaba en la tira que descubría los talones y forraba los tacos altos y relativamente anchos desconocidos en la Argentina, donde todavía reinaba el taco aguja. Encantada con su adquisición, se detuvo a comer en una pizzería que ofrecía pizza por metro, otra novedad. Sobre una larga tira de masa, dividida en cuadrados, se alternaban ingredientes apetitosos: aceitunas, pimientos, pickles, cebollín, y otros que no reconocía. Pispeando dentro de la caja de sus zapatos nuevos, mejoró el humor. Hoy era el día de la geometría.

Calculando que el violín ya estaría listo, pasó por lo del luthier, quien se lo entregó haciéndole mil recomendaciones. Se sintió tentada de preguntarle si pretendía que lo transportara levitándolo, porque prácticamente le ordenó que «tocara el estuche lo menos posible». No tenía caso. Era, simplemente, otro chiflado en la lista.

Poniendo mucho cuidado de no pasarse del desvío a Sabaudia, llegó a la casa de la playa alrededor de las nueve. Tocó el timbre repetidas veces, hasta que un niño —calco del padre, era como ver al Maestro en miniatura— entreabrió la puerta y le preguntó:

—*Chi sei?*

—Soy Alicia, la secretaria de tu papá. ¿Querrías avisarle que tengo su violín?

Una voz de mujer la alcanzó antes de que su dueña se perfilara en las sombras.

—Hugo no está. Pase, por favor. Vuelve con tu hermana, Carletto. Me da gusto conocerla. Hugo se empeña en esconderla; tomemos un café y charlemos.

—Le agradezco, contessa, pero el Maestro ya debe estar pensando que me he fugado con el violín.

—Isabella; ése es mi nombre, lo otro es un título que hace felices a los snobs. No esté tan pendiente de lo que piensa Hugo, Alicia. Insisto. Adelante, por aquí.

Las dos mujeres, sentadas frente a frente en la terraza acunada por el melodioso murmullo de las aguas, se sintieron unidas por un puente que se fortalecía en el lenguaje explícito no menos que en el discurso paralelo, interior, que se desenvolvía en la comparación entre lo que cada una había fantaseado sobre la otra y la realidad tangible del encuentro.

Stefano me indujo a imaginarla como una especie de monigote asexuado y robótico plegado a las extravagancias de mi marido y eso sin haberla visto yo temí que fuera una aventurera a la pesca de un hombre rico y famoso una inescrupulosa al acecho de las debilidades de Hugo una irresponsable que haría lo que fuera con tal de satisfacer su deseo de mundo con medios económicos provistos por la ineptitud la pintura se transmutaba siempre en otra ninguna la dibujó como es —¿Con crema y azúcar?

—Azúcar nada más, gracias.

Qué joven es debe tener muy pocos años más que yo y qué sencilla yo la creía una estirada superficial egocéntrica encaprichada con un hombre disputado por todas ricas y pobres ganado con las malas artes de la seducción aprendida desde su cuna de oro una muñeca de porcelana que no lo quería que lo hacía sufrir que las mudanzas de carácter del Maestro eran culpa de ella las trampas que nos tiende la especulación sobre lo que ignoramos el daño de la parcialidad —Perdón, no le entendí— *perdida pidiendo perdón mentalmente por juzgar sin pruebas.*

—Le preguntaba si ha tenido oportunidad de pasear un poco, ahora que hay un secretario de la secretaria.

—¿Usted lo dice por Igor? No; no es así. Es . . . no sé cómo explicárselo, porque yo misma no lo entiendo. Es un . . . asistente del Maestro; se reporta exclusivamente con él.

—¿Y eso le dificulta la tarea a usted? —inquirió Isabella, delicada, llevándola con suma cautela al terreno que le importaba.

—En cierto modo, sí. Lo que pasa es que Igor se arroga autoridad como portavoz del Maestro. Ni siquiera estoy segura de que se tome atribuciones que no le fueron concedidas; es factible que el Maestro lo haya «investido», por decirlo de alguna manera, con un cierto grado de autoridad, la autoridad que solía tener Wilhelm, o que sigue teniendo. Ve, no puedo expresarlo con coherencia. Y como el Maestro no acostumbra a informar sus resoluciones, es un poco difícil adivinar el origen de lo que dice Igor.

—¿Hugo se ha desentendido de lo que hace usted?

—Para nada. Pero el Maestro . . . disculpe la franqueza, concentra toda su energía en las cuestiones artísticas, y en lo demás es . . .

bueno, no sé . . .

—¿Un tanto errático? —Isabella le tiró una soga.

—Eso. No me estoy quejando, ni criticándolo; es mi jefe, usted es su esposa. Le pido que no me acorrale. Ni siquiera sé cómo me atreví a hablar francamente de cuestiones que atañen sólo a los afectados. Lo siento, estuvo mal.

—No, no. Aunque usted no tiene por qué saberlo, yo me cuento entre los afectados.

¿Pero qué tiene que ver ella con todo esto si se mantiene siempre al margen?

—Dígame, ¿mi marido está más errático que de costumbre?

—¿Más errático que antes de la aparición de Igor?

—Bueno, Alicia, Igor no es una buena influencia, pero la pregunta es más general. No la conteste si la pone incómoda; inclusive una no-respuesta me sirve.

—Yo creo que el Maestro está al borde del surmenage. Tiene lagunas . . . abarca demasiado, tal vez.

—¿Trabaja más, aumentan las contrariedades?

—No lo sé. Yo soy sólo la secretaria, y si me demoro más, voy a ser una ex-secretaria —dijo Alicia, empezando a despedirse.

—Hasta pronto, Alicia. Me ha ayudado mucho —Isabella la abrazó y la guió a la salida.

Hugo nunca fue muy estable parte de su encanto supongo lo que lo diferenciaba la transfiguración entre lo etéreo del arte y la banalidad de lo cotidiano algún hilo se cortó me necesita me rechaza Igor lo aísla de la cordura juega con su lado enfermo si pudiera probárselo.

***

Alicia llegó al Castello hacia la medianoche. No las tenía todas consigo; la aprensión a una reprimenda la carcomía. Se acercó al portón posterior, cuyo pasador herrumbrado por falta de uso opuso resistencia y le lastimó los dedos.

Menos mal que mis manos no están aseguradas, pensó mientras apagaba las luces del auto y lo llevaba a velocidad mínima para evitar que el ruido del motor alertara a quienes estuvieran despiertos. Estacionó lejos de la casa, atravesando el césped y protegiendo el violín de las ramas bajas de los árboles.

Casi llegando a la entrada principal, la recibió una música alegre, en la que se turnaban instrumentos, de uno en uno, siguiendo la pauta que la última nota del anterior dejaba vibrando. El Maestro, en el centro del círculo, se lucía con una concertina tan diminuta que parecía de juguete.

—¡Alicia! Venga, no se escape. Esta es una improvisación de lujo; quédese con nosotros. David está tocando como los dioses. Me felicito de haberlo reclutado. A ver, felicíteme usted también.

Alicia se acercó a Wilhelm por detrás y le apretó el hombro. El Prusiano, sin volverse, susurró en alemán: —No es mi mérito. Ni siquiera llegué a tocar el tema.

—Su violín, Maestro —Alicia se lo extendió.

—Téngalo mientras terminamos. A ver, muchachos, ¿por dónde íbamos? ¿Sol fa si do?

La flauta de Graciela emitió un gorjeo de ruiseñor. A su lado, Piero Buccardini la miraba arrobado.

* * *

En la mañana radiante, Igor, el primero en levantarse, sopesaba el pro y el contra de sincerarse con Wilhelm sobre lo que «se había guardado». Concluyó que no era prudente mostrar todas las cartas, y que la enemistad de Wilhelm no le ocasionaría problemas insolubles, sobre todo porque había reunido suficientes elementos para justificar con creces la posición de Buenos Aires. De todos modos, no se apresuraría a dar el zarpazo. En los días subsiguientes, otros elementos podrían sumarse a la concisa pero contundente lista de errores fatales.

En la mañana radiante, Esteban descubrió a Karly durmiendo pacíficamente en la cama gemela . . . solo. Primero agradeció mentalmente el respeto que ello demostraba, y luego se dijo que no se trataba de eso, que Karly había hecho su elección, y que Leni pasaba al reino de los malos recuerdos. Acarició con ternura la mejilla sonrosada, y no cupo en sí de felicidad cuando la mano de Karly se posó sobre la suya.

Karly abrió los ojos, y su mano, suave y firme, apartó la de Esteban.

—No —dijo—. Solamente no, y la vida de Esteban se hizo añicos.

En la mañana radiante, la Gorda anunció a sus compañeras de habitación que Piero Buccardini, a través de un telegrama redactado, aprobado, y firmado por su padre, la había pedido en matrimonio. Leni se sonrió; Alicia confirmó su teoría del contagio de la locura.

—Espero que *tus* padres tengan el buen sentido de mandarlo al diablo. No te sabés sonar los mocos, ¿y querés casarte, con un tipo que conociste hace cuánto . . . tres días?

—Vos, Alicia, te creés que ves todo, pero esto se te perdió. Lo conocí prácticamente cuando llegamos. El papá lo hizo venir especialmente, porque según él, soy la candidata ideal: no tuve otros novios, mis caderas —las meneó de lado a lado, rebosante de orgullo— son perfectas para la maternidad, y me encuentra . . . ¿cómo es que dijo? Ah, sí, «un aire de familia», dijo. Y Piero es super buen mozo, y da unos besos . . .

—Ahorrate los pormenores. El Maestro va a estar encantado, sin duda —contestó Alicia secamente.

—¡Pero si ya lo sabe! No me animaba a contárselo, así que le pedí a Igor. Y él me mandó su bendición, siempre que mis padres estuvieran de acuerdo. Claro, no es que nos vayamos a casar ahora mismo. Primero terminamos la gira, después él viene a la Argentina . . .

—Ya entendí. Mejor dicho, no entiendo nada, pero da igual.

—¿No me vas a desear lo mejor? —pucheró la Gorda.

—Seguro. Pero lo mejor que te puedo desear es que se estrelle con el helicóptero antes de que hagas una gansada.

—Es la envidia. No te resignás a que te fue mal con Marcos —sentenció la Gorda.

Leni escuchaba y aprendía. Vio que Alicia enrojeció como un tomate, y aportó su granito de arena.

—A Alicia no le fue mal con Marcos. Le fue excelente. Y eso se lo voy a aclarar cuando no haya menores presentes. Yo, Graciela, te deseo lo que quiera tu corazón, y me alegra.

Si se habían cuidado tanto de no tener entredichos en público, ¿de qué hablaba Leni? —a Alicia le parecía que su cabeza iba a explotar.

En la mañana radiante, Wilhelm optó por la línea oblicua. El Maestro, en el estado en que se encontraba, podía malinterpretar sus argumentos. Era mejor estrategia llegar a él —o al menos tratar de llegar— a través de Nino, su compinche y hermano en la patria de adopción, e insospechable en cuanto a sus ambiciones. El contrabajo le llevaba amplia ventaja al concertino en este pasacalle.

***

Aquella noche, una pareja amiga de los Kovaciuk celebraba el cumpleaños de la esposa en una localidad vecina. Aunque las invitaciones se habían cursado con meses de anticipación, a Hugo no le importaba desairar a los anfitriones con tal de no presentarse en público con Isabella. Ya casi no se hablaban, excepto delante de los niños; es decir, ella, después de la esclarecedora charla con Alicia, trataba por todos los medios de restablecer un principio de diálogo; él no cedía.

A las ocho de la mañana radiante, mientras los habitantes del Castello desenrollaban las complicadas madejas de su presente enredándose en otras todavía incipientes, el Maestro, a solas en el escritorio, escribía una apresurada nota de puño y letra a Hubert Howard, excusándose por no asistir a la fiesta «dado que yo mismo tengo invitados permanentes —mis músicos— y no puedo ausentarme ni imponértelos». La dobló en cuatro, la selló con lacre, y le ordenó a Buccardini que la llevara de inmediato a destino.

Buccardini regresó con otra nota, y el Maestro perdió los estribos.

—¿Acaso te pedí que esperaras la respuesta? —tronó, arrojándola sin abrir al cesto de papeles.

—Maestro Kovaciuk, cuando il signor Howard le dice al humilde Buccardini que espere, tiene precedencia sobre usted. Con el mayor respeto, le recuerdo que la familia Caetani, cuya última descendiente es la signora Howard, gobernó todo el Lazio, y que los consideramos nuestros señores, aunque ellos nos traten democráticamente, según los cambios introducidos por la modernidad. Le ruego que lea la nota; el Gobernador no querrá malquistarse con il signor Howard.

—*E che c'entra el Gobernador?* Esto es un asunto privado, y estás metiendo las narices donde te las pueden cortar.

—No, Maestro; nuevamente, con todo respeto, yo debo informar al Gobernador de las actividades del Castello. Si veo que falta una sábana, debo informarlo, y si veo que se arroja a la basura una nota sin abrir, proveniente de la Casa Caetani, debo informarlo también. Il signor Howard y su esposa contribuyeron a la campaña del Gobernador, ¿ve usted la relación?

El Maestro había sido atrapado en las redes de la política local. Hubert era su amigo; podía contarle personalmente las verdaderas razones de su negativa, pero el Gobernador era un amigote, y enfadarlo ponía en peligro planes a largo plazo.

—Ya vete. No pretenderás vigilarme mientras leo ¿o sí?

Buccardini se retiró prudentemente, confiado en que el Maestro había comprendido.

Hubert Howard hacía la invitación extensiva a quienes Hugo quisiera, y los esperaba a todos para gozar de la sorpresa que había preparado en honor a su esposa Lelia. De alguna manera, que fueran todos ayudaría a disimular la tensión entre Hugo e Isabella, según las sabias palabras de Igor. Y fueron.

Los músicos creían haber sido transportados a un libro de cuentos. Sermoneta conservaba todos los rasgos de una ciudad medieval, incluida la muralla que la rodeaba, pues el castillo que dominaba el panorama había sido construido originariamente para servir de fortaleza, protegiendo el pasaje de Roma a Nápoles, en el siglo XIII. La escalinata de piedra que llevaba al *cortile* estaba iluminada por teas sujetas a los muros con aros de hierro, y sobre el extremo del espacio abierto se destacaba, labrado en piedra más clara, el escudo ducal de los Caetani. Sin darle importancia, como la cosa más natural del mundo, Hubert Howard les mostró la habitación donde había residido Lucrecia Borgia. Tanto él como su esposa los hicieron sentir cómodos con la llana cordialidad de su trato, y fueron también agasajados por los muchísimos invitados ilustres que se acercaban a saludar a los «jóvenes talentos de Hugo».

Leni y Karly, tomados de la mano, se hacían una pregunta pedestre. La bebida circulaba copiosamente . . . ¿y la comida?

—Signori —Hubert Howard requirió atención mediante unas palmadas —tengan a bien volver al *cortile*, y tomar asiento para la exhibición del regalo que hago a mi esposa en esta noche.

Murmullos de intriga se elevaban y descendían junto con los invitados. ¿Qué regalo verían? ¿Alguna gema extraordinaria, una escultura, una pintura? ¿Qué se le podía regalar a Lelia Caetani que no tuviera? Todos habían llevado un obsequio, un pequeño objeto simbólico, una muestra de estima. No imaginaban qué tipo de regalo merecía que doscientas personas se sentaran a contemplarlo.

Hubert se dirigió al centro del espacio libre de sillas, y anunció con sencillez:

—Hamlet, representado por la Marlowe Society.

La maravilla del no-objeto, de lo que sólo los sensibles pueden apreciar en su valor.

En ese marco, contra la escenografía natural del castillo, la tragedia cobró vida, aún para los argentinos que desconocían el idioma. Un idioma más penetrante —la musicalidad de los tonos— los traspasó en sus emociones.

Ideas paralelas tomaban forma en el grupo Kovaciuk, bajo un denominador común: traición. Todos sentían que, de diversas maneras, habían ejercido, sido alcanzados, o rodeados por la traición. En la trama shaksperiana la traición, por comisión u omisión, se pagaba con la muerte. En la trama de sus encuentros y desencuentros, ignoraban cuál sería la moneda de pago.

Igor esperaba sus treinta dineros. Karly temía la condena eterna de los remordimientos. Wilhelm se veía atravesado por el puñal de Hamlet; era preferible a morir por el veneno. Isabella flotaba en el Tiber con los ropajes henchidos por el agua. Marcos se identificaba con la rata —Polonio, expirando detrás de un cortinado. Los demás eran otros tantos Horacios relatando la historia. Hugo estaba impaciente por acceder a la deliciosa *porchetta* cuyo aroma invadía la escena del duelo final, creando una atmósfera irreal.

Él era el menos-uno: la obra no lo llamaba a la reflexión, los personajes pertenecían enteramente al mundo de la ficción, el encadenamiento de los sucesos era forzado.

—¿Qué te pareció? —le preguntó Igor en el camino de regreso, ansioso por saber si su inconsciente aletargado había registrado alguna conexión con la esencia de su ser, alguna sensación de peligro latente.

—Un bodrio —respondió Hugo—. Hay que tener una mente muy enferma para concebir semejantes tonterías.

***

Como muchos de los invitados se disputaban el honor de llevar a los músicos de regreso al Castello, y de paso echar un vistazo al lugar, del que mucho habían oído hablar, pero que no conocían porque sus excursiones fuera de Roma, su lugar de residencia, los atraían a países extranjeros, Alicia volvió sola con Leni, separada de Karly por la marea de quienes querían codearse con «el pianista tan elogiado por el Maestro».

—Ahora que no hay menores —dijo Alicia —me gustaría saber a qué te referías con eso de que «me fue excelente con Marcos» y que me lo ibas a aclarar a solas.

—Te fue excelente porque Marcos es una rata —soltó Leni, sin circunloquios.

—¿Eso lo dicta tu experiencia personal?

—No. Recapacitá un poco: tu ingenuidad no llegará al punto de creer que lo de ustedes no era la comidilla del grupo.

Alicia recordó dolorosamente la conversación con el Maestro en París.

—Floro, Enrique, y Mario apostaban a si se daba o no se daba. Wilhelm y Nino tuvieron más de una agarrada, porque Wilhelm decía que ojalá se engancharan, así el Maestro tenía motivo para sacárselos a los dos de encima, y Nino se indignaba, dado que fue él quien te facilitó tu puesto. Lars, en la luna, como siempre, no opinaba. Todo esto me lo contó Karly en las vacaciones.

Traición, y yo que me sentía tan culpable por haberlo traicionado a él abriéndole los ojos a Marcos.

—Y además ustedes dos se trataban de una forma tan civilizada que daba que pensar; de eso fui testigo yo. Sabrás que Dora y yo somos amigas. A ella le daba mala espina que Marcos nombrara a todos en sus cartas menos a vos. Vos no existías. Me pidió que investigara por qué. La verdad es que los cuentos de Karly habrían sido suficientes, pero yo tengo debilidad por hacer de Sherlock. Así que en Positano, ese día que todos tomamos un baño larguísimo en esa cosa que parecía una pileta de natación, ¿te acordás? deduje que valía la pena leer su famoso diario.

—¿Le robaste el diario? —se horrorizó Alicia.

—No fue exactamente así. Él olvidó cerrar el cajón con llave, y ahí estaba, encima de todo, muy tentador. Fui salteando páginas, sin encontrar nada fuera de lo común —quejas porque el Maestro lo postergaba, frases bastante duras dirigidas al padre, impresiones sobre el viaje, y conmovedoras expresiones de su amor por Dora. Estaba por dejarlo en su lugar, cuando noté que había un montón de páginas en blanco, y que después la escritura continuaba. En esa escritura hablaba de vos.

—¿Qué decía? —a Alicia se le estrangulaba la voz.

—Mirá, no quisiera ser bruta, pero por más que lo adorne, igual te vas a envenenar. Era algo así como «qué piel tan áspera tiene, las tetas —casi inexistentes —se le desparraman a los costados, y ese pelo de abajo es una pelambre; lo rozás con el pito y se te baja de una; perdoname Dorita por lo que casi hago; ahora sé que vos sos la única», etc. etc.

Alicia frenó sobre la banquina y se tapó la cara con las manos. La crudeza de la verdad, y la mentira de un «tal vez» futuro, junto con la alternativa de «amistad» —bien que todo aquello había explotado la noche del vodka— la golpeó en pleno. Marcos se había calentado con ella vestida; desnuda, era un resto desagradable; peor: era un remedo de mujer. Quería llorar hasta quedar seca de lágrimas; llorar de una sola vez todos los llantos de su vida. Querer y poder no van siempre juntos. Los sollozos, impedidos de buscar la oscuridad de la noche y perderse en ella, le provocaron náuseas irrefrenables. Bajó del auto y vomitó lo que había bebido y comido, mezclado con sangre y bilis.

Leni le sostenía la cabeza, repitiendo aquellas palabras del Maestro: «No vale la pena».

La ayudó a volver al auto. Tras un largo silencio, Alicia quiso saber:

—¿Se lo vas a contar a Dora?

—¿Para qué? Ya se lo va a leer él. La idea era que a su vuelta iban a leer el diario juntos. Pero es una rata por donde lo mires. Por lo que le hizo a Dora y por lo que escribió de vos.

—¿Se lo contaste a Karly? *¿y a cuántos más?*

—No, Alicia. No lo conté ni lo voy a contar, y la única razón por la que te lo dije a vos es para que no pensaras que, a lo mejor, en el fondo, Graciela estaba acertada con lo de la envidia. Te fue excelente; te salvaste de una rata.

—¿Y si es cierto? —susurró Alicia.

—Claro que es cierto. Estaba bien prolijito, con puntos y comas.

—No; digo si es cierto que doy tanto asco.

—Eso es una estupidez. El mar está lleno de peces. Y si yo pude ganarme a Karly contra una fuerza tan poderosa como Esteban, a vos te va a ir muy bien con un tipo menos retorcido. ¿Te sentís en condiciones de manejar?

—Sí, creo... —y maniobró hacia la ruta—. Disculpame por la indiscreción: ¿vos y Karly...?

—Nosotros vamos a empezar un camino de a dos. El tiempo dirá.

***

La excitación se expandía por las amplias galerías de la Abbazia di Fossanova, perturbando la austeridad severa impuesta por los monjes cistercenses que la habían convertido en preciado reducto de la orden siglos atrás.

La muerte de Santo Tomás de Aquino en una de sus celdas contribuía a hacerla lugar de veneración de los creyentes, aunque la orden establecía rigurosos horarios de visita, renuente a la invasión de curiosos semejante a la que desfilaba por los subterráneos del Vaticano donde se alineaban los sarcófagos de los papas. Sus catacumbas, forradas de huesos y calaveras, no solían abrirse salvo en ocasiones especiales, y el órgano, una pieza antiquísima, se conservaba más como una reliquia que como un instrumento.

El Maestro solía sostener largas conversaciones con el Abad. Él se decía ateo; sin embargo, estas conversaciones, en cierto modo, reemplazaban al sacramento de la confesión, pues a los pies del anciano rebuscaba en lo profundo de su alma, bebiendo ávidamente la sabiduría que manaba de sus labios.

Durante las semanas de vacaciones, los papeles se habían invertido. Era el Abad quien no cesaba de hablar de un descubrimiento asombroso que habían hecho por mera casualidad al quitar unos libros olvidados para reparar el estante que cedía bajo su peso. Detrás de los polvorientos volúmenes, cayó un rollo de pergamino cuarteado que, al abrirse, con extremo cuidado por temor de que se redujera a polvo, dejó a la azorada vista del hermano Zito una escritura musical apenas legible. Los catálogos de la Abadía no registraban la existencia de los pergaminos, y el Abad deseaba, como favor personal, que el Maestro los analizara para saber qué eran. Opuso bastante resistencia a que lo hiciera fuera de la iglesia, pero tuvo que conformarse cuando el Maestro le dijo que necesitaba de su propia biblioteca para descifrarlos, y que no era lógico pedirle que la trasladara.

En verdad, no le tomó mucho tiempo descubrir que se trataba de un oratorio. En los últimos rollos el autor desconocido había escrito el título y la lírica. Los retuvo, de todos modos, porque lo asaltó el irrefrenable deseo de 'estrenar' el hallazgo en la mismísima Abbazia. Antes de presentarle el proyecto al Abad, era necesario conseguir cantantes, hacer copiar la partitura, y —idea genial— encontrar una viola da gamba en manos expertas. Igor se movió con celeridad: trajo un grupo coral vienés, que fue alojado en un edificio adyacente a la Abbazia, y consiguió que Andrei Vocicz, poseedor de la viola da gamba más valiosa por su antigüedad y sonoridad, prometiera concurrir, pero sólo para el ensayo general, debido a sus múltiples compromisos.

Eso era lo que «ya estaba resuelto», según lo dicho a Alicia por el Maestro cuando se presentó a reanudar sus labores. El descubrimiento del oratorio se anunció con bombos y platillos en toda la provincia, y el Gobernador Caromio no cabía en sí de satisfacción, pues semejante acontecimiento favorecía impensadamente su administración.

—¿Hay modo de saber quién es el autor? —se desesperaba el Abad. Si había sido un monje, el prestigio de la Abbazia se vería ampliamente beneficiado.

—Eso llevará una investigación exhaustiva, que puede hacerse sin presión, después del concierto. Lo más que puedo decir es que probablemente fue compuesto en el siglo XVII. No importa el autor, sino la obra. Venga a los ensayos. Se le va a erizar la piel, tal es la belleza de esta música.

—¿La vas a reproducir fielmente?

—Con algunos arreglos, donde las notas se han desvaído.

—*Senti, Hugo.* He recibido varias visitas de *donna* Isabella. Está muy preocupada por ti, y algunas de las cosas que me ha dicho me preocupan también. Quisiera escuchar tu versión.

—Lo siento. Isabella es libre de ventilar sus problemas con quien quiera.

—Tú me has hablado de lo que te atormenta muchas veces. ¿No te atormenta el sufrimiento de tu esposa? —lo urgió el Abad.

—Yo no soy creyente, padre. Nos casamos por la iglesia porque ella sí lo es, y para dar un motivo menos de queja a sus padres. Yo pronuncié los votos tomando un compromiso conmigo mismo; ella los tomó ante Dios. Como católica, Isabella rompe sus votos matrimoniales. Yo no me siento atado a una mujer que hace de mi vida un infierno por ver fantasmas donde no los hay. Se le ha metido entre ceja y ceja que el bueno de mi amigo Igor, a quien usted ha visto deslomarse por el éxito de este concierto, es una especie de genio del mal. La obsesión la carcome; quizás los consejos que usted pueda darle la tranquilicen, pero yo creo que la solución está en un tratamiento psiquiátrico al que ella se niega.

El Abad pretextó un asunto urgente que había olvidado y lo dejó asomado a la balaustrada desprovista de ornamentos, fiel a los mandatos de la orden.

***

Nino no perdió una sílaba del relato de Wilhelm. Que el Prusiano prácticamente le pidiera una entrevista a pocas horas de la presentación del oratorio, cuando debía estar atento a otros detalles, era signo de algo grave. Y que lo enterara de una conversación en la cual Wilhelm quedaba muy mal parado, confesando que había considerado la posibilidad de conspirar con Igor, por instrumento de Buenos Aires que éste se declarase, para tomar un atajo hacia la cima, lo ponía completamente en sus manos. Que lo único que lo había sofrenado era aquello que, estaba convencido, Igor se guardaba, ese «algo más», el as bajo la manga del fullero, confirmaba una falta de escrúpulos que no sabía si tachar de inmoralidad o de amoralidad. En todo caso, *traición*.

—¿Eso es todo? —preguntó.

—¿No te parece bastante? —dijo Wilhelm, metiéndose las manos en los bolsillos para ocultar la crispación que le blanqueaba los nudillos.

—Este paisaje —replicó Nino, abarcando los alrededores de la Abazzia desde la angosta ojiva donde se habían acodado —te transporta al Medioevo, igual que el castillo de Sermoneta, y que el mismo Priverno, que ya figuraba en los relevos cartográficos de los primeros tiempos de la Iglesia bajo el nombre de Piperno. Todo lo que en circunstancias más acordes con nuestra época nos repugnaría, acá se nos antoja el tira y afloja natural de la lucha por el poder. No el poder económico por el que se matan norteamericanos y rusos, escudándose en los pobres diablos que dicen defender, ni el poder económico que impulsa a las corporaciones a barrer con sus competidores, sino el poder por el poder mismo. Vos caíste bajo el hechizo del poder, y ahora te echás atrás por miedo a no poder con el poder.

—No es cierto. Yo nací para el poder.

—Vos naciste a fines de una guerra en que un puñado de hijos de puta creían lo mismo que recitás, y sería saludable que recordaras cómo terminaron.

—¿Vas a hacer lo que te pido? —Wilhelm demandó.

—¿Dejándote a vos afuera?

—Preferentemente, cargando las tintas sobre Igor y la Comisión. A mí me eligió de ladero; podría haber sido cualquier otro.

—En eso no estamos de acuerdo. Cualquier otro no se habría tomado dos semanas para reflexionar, ni habría esperado la revelación del «algo más» que no llegó para portarse como un hombre, ni siquiera los argentinitos que tanto despreciás.

—Claro, esos habrían ido corriendo con el cuento, como pollerudos que son.

—¿Sabés que los gauchos llevaban sobre las bombachas una prenda que de lejos parecía una pollera? Se llama chiripá. Bueno, estos descendientes de los pollerudos aquellos le habrían dado flor de paliza, y habrían esperado que el Maestro les preguntara por qué.

—Entonces, ¿te abrís? ¿Te das cuenta de que estando en el secreto sos cómplice?

—Vos lo pensaste unos cuantos días, y viniste a que te sacara las castañas del fuego porque te faltó confianza en que te iba a salir redondito. No esperarás que yo me tire a la pileta sin medir el agua —dijo Nino—. Yo no toco en el oratorio, pero leí muy atentamente la letra. A ver si a vos se te abren los oídos escuchando a los vieneses. En cierta forma, la letra se aplica a lo que cegó tu sed de poder.

—¡Pero vos sos su amigo! ¿Vas a dejar que se hunda sin mover un dedo?

—Yo soy su amigo hasta donde él lo permite. Conmigo va de copas; las consultas ejecutivas te las hace a vos. Las agachadas te las pide a vos. No te digo ni que sí ni que no. Va a ser más fácil conseguir que Igor pise el palito que convencerlo a Hugo de que no es lo que él cree.

Traición.

* * *

El *incipit* de *L'eternità soggetta al tempo* , cantado también como coda, tuvo un efecto terrible en el auditorio. Cada vez que los instrumentos livianos desgranaban sus notas apaciguadoras, invitando a respirar la pureza de la intención divina, los bajos del órgano sumergían a los oyentes en las profundidades de cuatro palabras a las que se reducía la esencia de la especie humana:

ombra fumo atomo niente

La sombra, el humo, la partícula invisible de la filosofía, la nada. Cada término era reemplazado y reemplazable por cualquiera de los otros. Cada hombre podía ser reemplazable y reemplazado por cualquier otro. En la eternidad, el tiempo infinito, estos eran los patrones de medición del ser. En el tiempo finito, el tiempo del hombre, cada individuo se debatía por escapar de la jaula de cuatro barrotes, en un intento desesperado de demostrar que poseía consistencia más allá de la lápida —si la había —que señalaba su paso por la creación. Sin importar el costo, desafiando la condenación, pisoteando las leyes de la hermandad en la nada.

XLIV

Alicia estaba hecha un guiñapo. Con la autoestima por el piso, la figura de Igor agigantada, «alivianando» la pesada carga del Maestro, quien se encontraba abrumado por una serie de problemas que le llevaría algún tiempo solucionar, según les había informado en una reunión ad hoc el alma pater milagrosamente surgido de la nada «en el momento oportuno para asumir, sólo temporariamente, los deberes propios de la conducción», el desentendimiento de Wilhelm de todo lo que no estuviera exclusivamente ligado a que los músicos dieran lo mejor de sí, las desapariciones y reapariciones súbitas del Maestro, cuyas órdenes y contraórdenes se sucedían a tal velocidad que nada de lo que ella hacía merecía aprobación, pues el «hágalo» de una hora pasaba a ser el «cómo se tomó el atrevimiento de hacerlo», que la desterraran a Roma para supervisar los preparativos del gran concierto le pareció un regalo del cielo.

A excepción de Nino, que había perdido su locuacidad habitual y que, a pesar de trabajar concienzudamente su contrabajo, parecía haberse corrido hacia la periferia, los músicos no dieron mayor importancia a los roles trastocados. Toda su ilusión estaba puesta en el concierto, la joya de la corona de esta primera gira. Era la prueba de fuego: el triunfo ante los melómanos de Roma les aseguraba, previo regreso a Buenos Aires para cumplir con las condiciones que reglamentaban las becas, incontables tours por el resto del mundo, oportunidades de ser invitados a tocar en calidad de solistas en las orquestas más prestigiosas, y el privilegio de ser miembros fundadores del único conjunto de cámara integrado por una mayoría argentina ovacionada con frenesí donde el Maestro los llevara. No desconfiaron en ningún momento de las elaboradas vaguedades de Igor, y si alguno, en un arranque de cordura, quiso recabar explicaciones convincentes de otra fuente —sus pares Wilhelm y Nino, por ejemplo— se topó contra el mutismo en el que ambos, por diferentes razones, se habían encerrado. Alicia, la tercera opción, les había sido arrebatada hasta después del concierto y, por otra parte, varios se habían dejado ganar por las prebendas otorgadas por Igor «en nombre del Maestro». El Maestro y Karly abrirían con el Concierto Opus 3 No. 9 de Vivaldi, Marcos pasó a ocupar el lugar de tercera viola; Karly y Leni se lucirían en la Suite Italiana de Stravinsky, Lars y Mario se medirían, cello a cello, en el Quinteto en Re Mayor D 956 de Schubert, y la orquesta a pleno cerraría con la irresistible Chacona de Rodolfo Arizaga. A Esteban, a quien Igor tentó con el concierto en Do Mayor KV 314 de Mozart para oboe y orquesta, le daba igual tocar que no tocar.

En Roma, a instancias de Isabella, que había regresado de Sabaudia para supervisar los aspectos sociales del concierto, incluyéndose en el proyecto más ambicioso de su marido para demostrarle con hechos su compromiso con el futuro de su creación dilecta, Alicia se alojó en el Palazzo Valenti. Iba y volvía regularmente a los jardines de la Villa Doria Pamphili, escenario elegido por el Maestro para la gran final de la primera etapa, y renegaba con las cuatro asistentes proporcionadas por Isabella con las mejores intenciones, dado que una sola persona no daba abasto para registrar los «concurrirá» y «no concurrirá» —las respuestas a los quinientos sobres— que inundaban la salita que le había sido asignada como cuartel general.

Las asistentes cotorreaban animadamente entre sí, callando en el momento mismo en que Alicia entraba a la salita. Ella trataba de congraciarse con las muchachas, jóvenes romanas de clase media, malas imitadoras de la aristocracia en el vestir y los peinados. Inadvertidas de la tenue línea que distinguía la sobriedad costosísima de un modelo de Nina Ricci, adquirían variaciones en las que drapeados y sobrefaldas denunciaban el oropel, junto con los peinados elaborados, endurecidos por la laca con que se sostenían, a contrapelo de los estilos sencillos de las grandes damas.

Una, más desafiante y atrevida que sus colegas, enfrentó a Alicia una mañana.

—Estás ocupando un lugar que corresponde por derecho a una italiana.

—¿Por qué? Mi trabajo acá es transitorio; represento a una organización argentina —aclaró Alicia, atribulada por tener que defenderse en un frente impensado.

—Como sea, en este país nos estamos matando por conseguir empleo, y lo que menos necesitamos son extranjeros que vengan a arrebatarnos los pocos empleos bien pagos. El Maestro Kovaciuk podría haber encontrado una secretaria óptima, acostumbrada a manejarse cómodamente dentro de la sociedad y de la ciudad, en lugar de traer a un sapo de otro pozo a quitarnos el pan.

—Pueden decírselo a él cuando lo vean —respondió Alicia—. Fue su elección descartar a las italianas.

—Se lo diríamos si lo viéramos, perdé cuidado. Pero entra y sale como un vendaval, y ni siquiera nos contesta el saludo —se quejó la otra.

—Precisamente. También elige cuándo y con quién quiere hablar.

Alicia salió de la habitación. El pozo económico en que se hallaba Italia no era novedad; al mismo tiempo, era injusto cargar sobre ella las frustraciones de las mujeres desempleadas o subempleadas. ¿De que serviría un puesto de trabajo para paliar los miles que hacían falta?

***

La repercusión del gran concierto de Roma llenó las páginas de los suplementos de arte en muchos periódicos de primera línea, tanto en Italia como en la Argentina. Los músicos brillaron con la doble aureola de sus dones y la impecable conducción del Maestro, a pesar de un altercado en el que perdió todo el dominio de sí unos minutos antes de la apertura, al percibir un delicado toque de máscara para pestañas en el rostro sin afeites de Isabella. La máscara fue un obsequio de Igor, e Isabella pensó ingenuamente —trastornada, porque no era una mujer ingenua— que usarla demostraría a su marido un acercamiento a ese alter ego del que parecía no poder prescindir. Pero no pudo siquiera llegar a decírselo; él la mandó a lavarse la cara con una palabra soez que resonó como una cachetada, e ingresó al escenario, especialmente diseñado para la ocasión, a cosechar el fruto de muchos meses de labor con sus hijos putativos.

La comunión perfecta lograda en el concierto de Roma fue descripta como «de gran profundidad emotiva, introspectiva, gloriosa en el acierto con que los músicos vencieron con impecable solvencia los escollos técnicos presentados por obras de gran complejidad estructural». La calidad interpretativa, el carisma con que el Maestro dominaba el escenario, y la exquisitez de su fraseo, así como su estilo de dirección, ajustado e imperceptible salvo para los músicos, provocó conmoción. Así lo vieron los críticos, y así lo sintió el público que, ajeno a la jerga periodística, aplaudió a rabiar una ejecución en la que las fibras más íntimas de su ser vibraron con cada nota. Esa comunión perfecta de los instrumentos fue doblemente meritoria, porque la comunión que hasta aquí, a pesar de los malestares que a veces los distanciaban en la convivencia, había hermanado a los ejecutantes cuando los individuos se apropiaban de su rol de músicos, se había quebrado. Desgaste de la arbitrariedad, erosión del contacto con el otro cultural, impacto inimaginado de fronteras no maduradas en la ilusión de la universalidad del arte, excesos del padre, indiferencia del padre a la inscripción indeleble no traducible a la música, advenimiento del padrastro, ¿quién podría nombrar la causa? Ciertamente, ninguno de ellos; tampoco eran conscientes del efecto.

***

Igor había desaparecido, dejando encargado a Florencio, nada menos, que le avisara al Maestro que sus asuntos en el norte no admitían más postergaciones, que daba su función por acabada, pues «Hugo ya estaba en condiciones de retomar las riendas de su Orquesta con la habilidad que lo distinguía», y que agradecía profundamente la confianza depositada en él, de amigo a amigo.

El Maestro culpó a su mujer.

—Si te hubieras avenido a aceptarlo, jamás se habría ido sin despedirse. Vaya a saber dónde estará yirando; como si no supiéramos que los «asuntos del norte» eran una fachada para no confesar que estaba en la vía.

Ella lo dejó hablar cuanto quiso. Era una de las cinco personas que recobraron la paz espiritual que, cada uno por motivos diferentes, ya creían perdida para siempre.

La euforia del concierto, aunque ensombrecida para el Maestro por la pérdida del amigo que habría deseado conservar a su lado, trajo consigo la efervescencia de haber conquistado la cima de una montaña. Iban a permanecer unos días más en el Castello, haciendo viajes diarios a Roma, que pocos habían tenido oportunidad de recorrer, mientras Wilhelm y Karly, convocados por su director —a falta de pan, buenas son tortas— confeccionaban junto al Maestro cuidadas planificaciones futuras a las que Alicia daba forma con vistas a la aprobación de la Comisión y carácter urgente. No desperdiciaron tiempo en grabarse el paraíso que los había albergado, pues estaban seguros de regresar el año siguiente, y muchos años más. Así los despidió Margherita; ella también lo daba por sentado.

Isabella tenía fe en que, con paciencia, Hugo recapacitaría sobre la familia como bien supremo. Si bien no había depuesto su actitud hostil para con ella, los parámetros de coherencia —tanta como se podía esperar de su personalidad— ofrecían un dejo de esperanza. Eso la animó a viajar ella también a Buenos Aires, y él no se opuso. El avión de Alitalia que abordaron los homenajeó tocando una grabación del último concierto. Maravillados, se preguntaban por el milagro de una cinta cuya existencia ignoraban.

—Joróbense los que no dieron bolilla a la electrónica de avanzada de Broadway —dijo Enrique el Correntino—. Esa es mi humilde contribución, comprada en guaraní.

Las aguas profundas no corrían tranquilas, pero la generosidad aunada mantuvo la armonía durante las dieciséis horas de vuelo.

Las familias aguardaban en el aeropuerto de Ezeiza. El Maestro y su esposa se sorprendieron de que la Comisión no hubiera previsto un auto para llevarlos a su hotel.

Más se sorprendieron cuando, junto con las llaves de la habitación, el recepcionista entregó al Maestro una nota en la que se requería su presencia inmediata en las oficinas de la Fundación por la Cultura.

Sin atender a las objeciones de Isabella:

—Esto es ridículo; date un baño, descansá un rato; en todo caso vas mañana.

El Maestro pidió al conserje que le llamara un taxi. ¿Con quién creían esos imbéciles que estaban tratando? Les iba a cantar las cuarenta, cagatintas de mierda. Bajó del taxi y cruzó la calle sin fijarse de dónde venía el tránsito. Entró como un ciclón en la sala de reuniones, y se enfrentó con Cuello Duro, Tinta Verde, y Tic Nervioso, sentados, como lo había estado él con Wilhelm e Igor esperando a los *mafiosi* para darles su merecido, ante la larga mesa cubierta de carpetas numeradas sobre las que se destacaba su nombre.

XLV

—Señor Kovaciuk *¿ahora lo degradaban de Maestro a señor?* —lo abarajó Tinta Verde antes de que pudiera abrir la boca— por favor tome asiento.

Los tres daban vueltas las hojas de distintas carpetas, sin mirarlo.

—Para lo que he venido a decirles no es necesario que me siente —arremetió el Maestro, y fue bruscamente interrumpido por Tinta Verde quien, según habían convenido entre ellos cuando prepararon la *misce en scène*, llevaría la voz cantante.

—Como guste. Pero no se trata de lo que usted ha venido a decirnos, sino de lo que nosotros tenemos que decirle a usted. Haga el favor de escuchar sin interrumpir, a fin de no alargar más de lo indispensable esta situación ya de por sí sumamente desagradable, y luego oiremos lo que tenga que decir en su descargo.

El Maestro se apoyó sobre la mesa con todo su peso, en una pregunta retórica:

—¿Descargo? ¿Me están acusando de algo?

—Vamos a puntualizar ciertas irregularidades documentadas en estas carpetas. Puede verlas luego, y tomar nota entretanto si lo desea. Tenga —Cuello Duro le alcanzó un bloc y una birome a través de la mesa.

El Maestro se sentó. No llegaba a adivinar el contenido de las frondosas carpetas, pero probablemente fuera buena idea tomar nota. Le costaba mucho contenerse, pero su instinto le decía que aguardara hasta el final para ponerlos en su lugar de burócratas que osaban pasar por entendidos en arte.

Se hubiera dicho que Tinta Verde le leía el pensamiento.

—Aunque ha cometido usted algunas imprudencias respecto de algo que podríamos llamar . . . manoseo de un par de músicos, ello no es comparable a lo que ha hecho con los fondos destinados a solventar la gira, fondos de los que tenemos que dar cuenta a nuestros donantes. Deslindando lo que concierne a las personas de lo que implica una grave falta de lealtad a quienes confiaron en su probidad . . .

—¡No le permito que me insulte! —bramó el Maestro.

—Me temo que estos documentos demuestran que sólo hago una descripción de los hechos. No tenemos nada personal contra usted, con lo cual no hay lugar para el insulto.

Entonces, en cuanto a las personas, para poder pasar a los asuntos administrativos: usted llevó, en calidad de supernumerario, a Marcos Kronenberg, en connivencia con su padre, haciéndole creer que contaba con la aprobación de la Comisión. Lo engañó a él y nos mintió a nosotros . . .

—¡Pero si ustedes lo vieron acá, leyeron su nombre en la lista que se presentó al Ministerio, su pasaporte fue tramitado junto con el de los demás argentinos!

Tic Nervioso le entregó una lista sacada de una de las carpetas. Marcos no figuraba en ella.

—Usted debe tener copia carbónica de esta lista. ¿Quiere mostrárnosla, a ver si coinciden?

—Mi secretaria se ocupa de los papeles. Llamémosla. ¿No les basta haberlo visto en las reuniones preliminares? ¿Por qué no controlaron la lista entonces? Ésta —dijo despectivamente—, es una burda falsificación —y la arrojó violentamente al suelo.

—Veo que está empeñado en interrumpir, a pesar de lo que le pedí al principio de nuestra reunión. Muy bien. —Tinta Verde discó un interno—. ¿Elda? Llame a la secretaria del Sr. Kovaciuk y dígale que venga con todos los papeles —todos, ¿estamos? — que archivó desde que empezó a trabajar para él. . . . Si no contestan, siga llamando cada cinco minutos hasta que la atiendan. Bien, sigamos. Por acá pasa una cantidad innumerable de gente. Eso no significa que sean miembros de ninguno de nuestros departamentos. Este otro informe —continuó, poniéndose los anteojos— dice que un tal David Tremayne, violinista, formó parte de su grupo durante un corto lapso. Supongo que como eso ocurrió en Italia, la provincia de Latina tiene jurisdicción. Igualmente, habría sido considerado de su parte hacérnoslo saber. Los dos puntos siguientes involucran personas y dinero. Usted alojó y dio cabida activa en la orquesta a la violinista Elena Piavi, y omitió informarlo. Tal vez éste sea otro convenio con Latina, por lo cual lo dejaremos pasar hasta corroborarlo. Por último, incorporó como asistente personal a Igor Olevsky, violinista, y le asignó un sueldo de quinientos dólares mensuales, más gastos y alojamiento. Aquí están los recibos originales firmados por el Maestro Olevsky —¿*Maestro Olevsky?*— aún cuando además de desconocer su incorporación, nunca giramos su sueldo, lo que significa que se distrajo dinero de otros rubros en provecho de dicho Maestro.

—No; eso es un malentendido . . . *¿de dónde habían sacado los recibos originales, si debían obrar en poder de Alicia? ¿Acaso ella . . . ?*

—Si lo es, seguramente lo podrá aclarar a nuestra satisfacción. La parte más espinosa implica igual suma de dinero —quinientos dólares— de los que no se rindieron cuentas, y figuran como faltantes. Lo mismo ocurre con la suma total de los pagos de las becas equivalentes a un mes —puede ser más; puede ser menos— por mil cuatrocientos dólares. Nunca recibimos las copias de los recibos firmadas por los músicos, con lo cual tienen derecho a reclamar judicialmente el pago, a pesar de que ese dinero se giró, pero no hay constancia de que lo hayan recibido. Estamos hablando, en términos sencillos, de un desfalco por valor de mil novecientos dólares. Ahora sí, justifíquese, si puede.

Los tres se apoyaron contra el respaldo de sus sillones al unísono, esperando.

El Maestro estaba anonadado. Lo estaban acusando de fraude, a él, que había gastado su propio dinero para suplir la lentitud elefantiásica de la Comisión. Lo peor era que Isabella, sin usar la palabra, lo había prevenido sobre los problemas que su despreocupación por el dinero podía crearle, y él se había negado a escucharla. Nada era verdad en cuanto al dinero; habían tergiversado los hechos y sin duda manipulado asientos contables, cosa que podría probar fácilmente cuando Alicia llegara con los papeles. Claro que si Alicia . . . no; imposible. Recordó cómo lo había perseguido para que firmara tanto el haber adelantado dinero como el haberlo recibido en devolución. De todos modos, inclusive aclaradas las cosas por medio de los correspondientes documentos, siempre correrían rumores —uno de ellos, o los tres, representarían la escena con lujo de detalles a sus mujeres, quienes no tardarían en repetirla a las Amigas de los Músicos; la bola de nieve tomaría proporciones de escándalo.

—¿Señor Kovaciuk? —lo invitó a explayarse Tic Nervioso.

—Primero me gustaría saber por qué no está presente Lentes, digo, el Arquitecto Kramer.

—*¿Y si nos sale el tiro por la culata?* —*había dicho Lentes Gruesos cuando le plantearon la trampa*—. *¿Quién nos asegura que los que terminemos fuera no seamos nosotros?*

—*Si sos tan gallina, no vengas. Es con material que lo vamos a derribar, no con mayoría.*

—No veo qué importancia tiene, pero, en fin, el Arquitecto Kramer fue retenidos por otras ocupaciones —respondió Cuello Duro.

O sea, Lentes Gruesos se cagó en las patas. Buena señal. En cuanto llegue Alicia los destrozo. Lo que no entiendo . . . Bueno, ya se aclarará.

—Mientras esperamos a mi secretaria, sepan esto: Igor Olevsky es una persona que tuvo una vida muy dura, y que siempre me simpatizó. Yo pagué su sueldo con mi dinero, y le indiqué a mi secretaria que le hiciera firmar recibos de la Fundación para que no sintiera que recibía una limosna.

—De lo cual, por supuesto, tiene comprobantes —lo alentó Tinta Verde.

—No; no le pedí a mi secretaria que firmara haber recibido dinero de mí.

—Lástima. —Se encendió la luz verde del teléfono, y Tic Nervioso levantó el tubo—. Que pase enseguida. Acá está su secretaria. Veremos los documentos, y se aclararán las cosas, en un sentido o en otro.

Alicia entró empujando la puerta con el codo, portando dos cajas repletas de archivos que apoyó en un rincón de la mesa. La conminación a presentarse «con todos los documentos» le cayó muy mal; luego se calmó un poco. Al fin y al cabo, todos sus papeles estaban en perfecto orden . . . los que no dependían del Maestro.

—A ver, señorita. Primero, muéstrenos la copia de la lista de miembros de la orquesta —pidió Cuello Duro.

Sin titubear, Alicia abrió el segundo bibliorato. En el primero había ordenado los papeles inconcebibles que el Maestro le dejó para ordenar cuando se marchó apenas la confirmó como secretaria. Debía estar muy cerca de la portada . . . pero no estaba. Al ver que pasaba las hojas de adelante para atrás y de atrás para adelante a medida que palidecía, el Maestro la reprendió.

—No haga perder tiempo a los . . . caballeros, Alicia. Esa lista no se puede confundir con un contrato.

—Debe haberse traspapelado . . . tendría que estar acá . . . —y buscó en el resto del archivo, las dos cajas, mientras un sudor helado le corría por la espalda.

—Su secretaria no es muy eficiente que digamos, Sr. Kovaciuk —comentó Tinta Verde—. No sé por qué no me extraña. No ha cambiado desde que se transfirió de mi departamento al suyo.

—No está —concluyó Alicia, atónita. La había visto cientos de veces, dado que el mismo bibliorato contenía otros documentos de consulta frecuente.

—Es un punto menor —Tinta Verde apuró el trámite—. Veamos los recibos firmados por los músicos en concepto de becas cobradas por el mes de junio.

Los recibos estaban archivados en un bibliorato donde no había otra documentación, y ordenados de atrás hacia adelante, de modo que los de junio debían encontrarse al abrir la carpeta. Los primeros en aparecer fueron los de mayo. Junio se había evaporado.

—Podríamos pedirles a los músicos que nos faciliten sus copias —dijo Alicia, tratando de salvar la situación por el único medio lógico.

—No, señorita; muchos de ellos están ahora en el interior, y recién se reintegrarán al expirar su licencia, y de los que viven en Buenos Aires, a quienes hemos tratado de ubicar, con poca suerte, nos han dicho que no conservan las copias, porque es una acumulación de papeles que no les sirve. Queda por resolver qué hizo usted con quinientos dólares de los que no rindió cuenta.

Alicia estaba a punto de desmayarse. Les habló del intento de devolución, y quiso mostrarles la carta en la que el contador rechazaba el dinero. Tampoco la encontró.

—Admiro su inventiva. Yo, en cambio, tengo las copias —Tinta Verde se las mostró—, de reiterados reclamos del contador para que se devolviera el dinero. No me queda más remedio que suponer que usted se quedó con el dinero, pero como su jefe es responsable por los actos de usted, debe asumir la desaparición del dinero.

El Maestro vivía una pesadilla de la que se esforzaba por despertar.

—Yo puse toda mi confianza en usted, Alicia, y me ha decepcionado de la peor manera. Me hago cargo de los intercambios de dinero que usted insistía en que yo firmara, ¿pero de qué habría valido, si ha extraviado —o hecho desaparecer— papeles que no pasaron por mis manos?

Algo en la satisfacción mal disimulada del trío acusador proyectó un rayo de luz en la mente nublada de Alicia.

—Maestro, usted permitió el acceso de Igor a mis cajones y al área administrativa, para que me «ayudara», ¿verdad?

—¿Y eso que tiene que ver?

—Bueno, si usted no asocia los hechos . . .

Tinta Verde rápidamente cortó este principio de diálogo entre los dos.

—Es una bajeza, señorita, insinuar que una persona que no está aquí para defenderse haya sustraído documentación. Y por qué habría de hacerlo, explíqueme, habiendo sido invitado a colaborar por el Sr. Kovaciuk, su amigo, sin nuestro conocimiento ni autorización. Está llegando al absurdo con tal de sacarse el lazo del cuello. En resumidas cuentas: Señor Kovaciuk, a partir de ahora queda separado de la Orquesta y de la Fundación. No nos interesa hacer públicas las razones; publicaremos un comunicado de prensa aduciendo «problemas de salud». Esperamos que tenga la decencia de devolver el dinero. No imaginamos por qué un hombre de su fortuna se ha ensuciado privando a *sus* músicos de una suma que, si bien es significativa, a usted no debe representarle mucho. Usted, señorita, tiene dos alternativas: renunciar, comprometiéndose ante escribano a no divulgar una palabra de lo sucedido, o enfrentar un despido y un juicio por hurto.

El Maestro ya no oía. Su cabeza estaba henchida de su Händel favorito, perturbado por unos ruidos molestos que se concentró en acallar. Alicia lo ayudó a ponerse de pie y a retirarse de la sala, y antes de abandonar para siempre las oficinas, firmó su renuncia, esmeradamente tipeada por Elda varios días atrás.

***

COMUNICADO DE PRENSA

Con enorme pesar, la Fundación Argentina por la Cultura anuncia el retiro del insigne Maestro Hugo Kovaciuk de la dirección de su Orquesta en razón de los cuidados que requiere su delicado estado de salud. La Comisión Directiva agradece calurosamente su dedicación al servicio de la causa nacional y le desea un pronto restablecimiento. Lo reemplazará el Maestro Igor Olevsky, prestigioso violinista ruso.

***

Desperdigados por el país, los músicos recibieron la noticia a través de sus familiares y amigos que sí leían los diarios. Las redes telefónicas se congestionaron en las llamadas cruzadas. Nada tenía sentido. La secretaria de la Fundación reproducía, sin alterar una coma, las palabras del comunicado. El Maestro había desaparecido. Nino pidió una comunicación de larga distancia con el Palazzo Valenti, donde la flemática Frau Zindlich confirmó la veracidad del retiro, y evadió respuestas sobre el paradero de la familia. Alicia no quería hablar con nadie; diciendo escuetamente a sus tías que necesitaba reponerse del trabajo agotador al que se había visto expuesta, y que evidentemente no era apto para su naturaleza, se había mudado «un tiempo» a la casa que Hernán poseía en una isla del Tigre.

Wilhelm supo entonces qué se había guardado Igor: hacerlo trabajar desde las sombras en la dirección de la orquesta, figurando el Ruso como el hacedor de los éxitos. Él no se había comprometido al silencio. Convocó a una reunión en el departamento de la Fundación, nuevamente compartido con Nino y Lars —a cuyos interrogatorios no había respondido hasta el momento, haciéndoles creer que no sabía más que ellos mismos— y expuso la canallada urdida por la Comisión y la verdadera naturaleza del rol desempeñado por Igor, sin omitir la parte que le tocaba. Aguantó a pie firme lo que les vino en gana decirle. Luego envió un telegrama a la Fundación, comunicando su renuncia indeclinable, y se perdió en las brumas de Londres.

Sus compañeros, en un gesto de solidaridad para con el Maestro —amado, severo, dadivoso de todos los trucos que los convirtieron de promesas en realizaciones, injusto a veces, generoso, incomprensible, distante, padre— se rehusaron a tocar bajo la batuta del infame Igor Olevsky, y a ser pagados por una institución corrupta hasta los huesos. Menos dos. Elena Piavi no había sido discípula de Hugo Kovaciuk, y tenía poco que agradecerle. Karly Strauss, su pareja, reflexionó filosóficamente que cada hombre forja su destino. Él, personalmente, no había sufrido afrenta alguna. Y era más fácil abonar el surco que culminaría en una brillante carrera de solista bajo un paraguas institucional. Hugo Kovaciuk se había interesado especialmente por él; inclusive lo había puesto al cuidado del Maestro Vincenzi. Pero también lo había utilizado en un juego perverso en el que Wilhelm solía llevar las de ganar. Los hombres pasan. En la nueva Orquesta que debía formarse, la experiencia previa de Karly iba a resultar invalorable.

Y la nueva Orquesta se formó. Perdió las características que habían constituido el preciado distintivo de la anterior: ya no formaba músicos, pues no había Maestros. Igor contrató profesionales de discreto currículum, y simplificó las cosas reduciendo el repertorio a cuatro programas fijos, que se alternaban mecánicamente para volver a empezar. Paulatinamente, los periódicos cesaron de nombrarla: no había nada extraordinario que decir. Los públicos del mundo llenaban las salas a medias: escucharlos era una entre las muchas ofertas de espectáculos musicales de igual o parecida calidad. La Revolución Argentina, agotada, fue sucedida por un gobierno constitucional. La Comisión se disolvió discretamente sin dejar rastros; Igor Olevsky cumplió su ciclo. La Orquesta perduró, bajo otros auspicios; sus músicos de la nueva era se volvieron figuras anónimas a fuerza de la constante movilidad en busca de nuevos horizontes. Nadie duraba mucho; no había otra motivación para tocar allí que el dinero, y el dinero era poco.

La Orquesta original, la experiencia irrepetible del crecimiento individual enriquecido por la convivencia enmarcada en lo sublime de la música y en la materia arcillosa de la condición humana, apagado su esplendor fugaz, cayó de la memoria del mundo y del registro de la Historia.

XLVI

DESPUÉS

Después, ocurrieron cosas que excedieron cualquier alucinación provocada por el ácido lisérgico en quienes fueron jóvenes en los años sesenta. La tecnología avanzó, contribuyendo a la fantasía de un mundo globalizado, compuesto por países cada vez más parapetados dentro de sus propias fronteras. Después, ya no fue posible construir libremente una vida en una tierra de adopción. La Unión de Repúblicas Socialistas Soviéticas se desintegró y la China Comunista inclinó la cabeza ante las leyes del mercado. Una a una, las dictaduras militares de América Latina perdieron su razón de ser, sin por ello dejar de ser imperios feudales de los nuevos barones: los uniformes fueron reemplazados por trajes y corbatas, y los pueblos no fueron obligados a modificar sus hábitos, pues se les permitió graciosamente seguir muriendo de hambre. El llamado «Imperio Americano» continuó con su cruzada salvadora de los oprimidos en el otro extremo del planeta; las opiniones al respecto de los «redimidos» no fueron solicitadas. El terrorismo extirpado en el continente americano revivió sus cabezas de hidra inmortal, adoptando el escudo del Islam para asestar un golpe atroz en el corazón de un país cuyo territorio nunca sufrió los horrores de la guerra internacional en suelo propio. El lema de «nuestro modo de vida» sacrificó vidas sin distinción de nacionalidad y barrió con los pocos tesoros del mundo antiguo que habían logrado salvarse de la piratería salvaje que arrasó con todo lo que pudo para exhibirlo en esas tumbas de lo viviente llamadas museos o perderlo irremisiblemente en la profundidad de los mares. Después, cuando campo y ciudad perdieron su fisonomía reconocible, los hippies vistieron traje y corbata y aceptaron de buen grado empleos formales de ocho horas que les dieron acceso a las comodidades burguesas, los guerrilleros sobrevivientes del semillero comenzado en los sesenta devinieron políticos amparados en los derechos constitucionales, y los poetas del under se cortaron pelo y barbas y poblaron las cátedras de las universidades más prestigiosas del establishment. Después, los que habían formado parte de aquel grupo de jóvenes distintos, ajenos entonces a las señales del tiempo y de los tiempos, se hicieron cargo de su propio destino, quizá no como quisieron, sino como pudieron.

***

El anciano dormitaba en un sillón de mimbre a la semisombra de un cedro. Su apariencia, la de un ser indiferente a lo que lo rodeaba, no se diferenciaba mucho de la de los otros internos dejados al cuidado del doctor Gorrián en el exclusivo instituto neuropsiquiátrico de la calle Arcos. De todos sus pacientes, éste era quien más lo intrigaba. Su historia clínica consignaba unos treinta y cinco años de estadías breves o prolongadas en diversos hospitales mentales, con diagnósticos tan contradictorios como los marcos teóricos que les habían servido de base. Había sido puesto en tratamiento por primera vez a causa de «una profunda depresión originada por un serio golpe emocional». La escueta planilla no detallaba las circunstancias ni el hecho: sólo el nombre y el parentesco de la firmante de la autorización correspondiente: Isabella Valenti, cónyuge. Sí se especificaba la medicación prescripta, y la nulidad de los resultados. Luego de varios traslados, quien figuraba como curador legal era Carlo Kovaciuk, hijo. Por obra y gracia de las interpretaciones que del DSM IV se hacía en distintos países, el anciano fue catalogado como psicótico, esquizofrénico, mixto, depresivo endógeno, y bipolar. Bajo esta última denominación había llegado hacía diez años a la consulta del doctor Gorrián, quien desconfiaba mucho del término: en psiquiatría, como en indumentaria, ciertas terminologías se ponen de moda. Su propio diagnóstico se encontraba fuera de la nomenclatura aceptada. El padecimiento que aquejaba a Hugo Kovaciuk respondía a una tristeza sin bordes; la tristeza era una burbuja dentro de la que respiraba, de la que se alimentaba, la que lo mantenía vivo para poder experimentarla todavía un poco más.

—Melancolía —lo había corregido su socio y colega, el doctor Crom.

—No, mi amigo; no me recites «Duelo y Melancolía». Esta tristeza nunca fue tomada en cuenta; es de otra clase. Es de la clase que mata.

—Bueno, no nos pongamos melodramáticos. Nadie muere de tristeza, y que lo diga un médico es inconcebible.

El doctor Gorrián no deseaba entrar en discusiones académicas inconducentes.

—Me gustaría conocer el disparador de los síntomas. Cuando lo trajeron, vino con los papeles en regla, acompañado por un enfermero. Meses después, se presentó el hijo, muy apurado, no tenía tiempo de hablar. Lo miró desde lejos, ¿te acordás? y nos dijo que era inútil

331

acercarse, porque ya le había ocurrido que no lo reconocía. ¿Cuándo vino por última vez? ¿Hace cinco, seis años?

—Por ahí. A pagar la cuenta; después empezó a mandar cheques desde el extranjero.

—¿Notaste que no habla con nosotros, y que delira diálogos y nombres? —preguntó el doctor Gorrián.

—Sí, y no creas que no he tratado de hilar los delirios, sin resultado. Los nombres no me dicen nada, salvo los que conocemos por las firmas. El resto . . . son palabras sueltas, en idiomas que no entiendo. Algunas me suenan a italiano, aunque el casillero de «Nacionalidad» está marcado como argentino.

—¿Sabemos a qué se dedica el hijo?

—Es ingeniero. Una de las veces que me crucé con él en la Administración le pregunté por la profesión del padre —habrás notado que el casillero «Profesión» está en blanco . . .

—¿Y? —Gorrián no esperaba respuestas, no después de diez años.

—Dijo que no tenía profesión. Es común que los parientes de los internos se los «olviden» como si fueran paraguas, pero la mayoría por lo menos cumple con las primeras entrevistas a las que los citamos. Carlo Kovaciuk no acudió a ninguna; es un señor muy ocupado.

—¿No se te ocurrió citar a la mujer?

—Tengo entendido que la firma de autorización cambió porque la mujer se divorció aduciendo el estado de insania del marido. Legalmente, no tenemos derecho de contactarla —explicó el doctor Gorrián.

—¿Y humanamente?

—Si nos fuéramos a meter «humanamente» en los caracoles de cada caso, terminaríamos internados nosotros.

—Decime —insistió el doctor Crom —¿a vos no te suena el nombre? ¿Sabés que desde que llegó tengo la impresión de que fue alguien importante?

—La clave es *fue alguien*. Miralo, mueve la mano izquierda como si apretara botones. Lo he observado mucho; nunca mueve las dos manos a la vez. Y es justamente cuando mueve una mano que parece que la tristeza llega a un límite impasable.

***

Florencio el Santiagueño celebraba su jubilación de la Orquesta Sinfónica Nacional con su familia y un grupo de amigos, entre los que se encontraban Enrique el Correntino y Mario el Mendocino. Los tres se habían quedado en Buenos Aires, aunque los frecuentes viajes al terruño les habían deparado esposas provincianas, que habían tocado el cielo con las manos al enterarse de que iban a instalarse en la capital. A menudo, los provincianos iban a comer juntos a un restaurante alemán muy cerca del Teatro Colón. Alguno aventuraba un «¿Te acordás . . . ?», y así empezaban a rememorar anécdotas de aquella gira de juventud en la que se habían conocido. Empezaban riéndose de sí mismos, de las macanas que habían hecho, de los sueños de grandeza viéndose en los grandes escenarios del mundo, con discos de platino otorgados por sus logros. Pero ahí terminaban las remembranzas. En tácito acuerdo, ninguno quería llegar hasta el final.

—No nos hace bien rumiar desgracias —había dicho una vez Mario, como al descuido.

Les había ido bien, es decir, después del cimbronazo que les cortó las alas, sus vidas habían transcurrido por los carriles de la monotonía. A ellos no los perturbaba la monotonía; al contrario. Les bastaba haberla roto una vez.

✳✳✳

—¿Viniste sola, mamma? ¿Papá va a llegar tarde al cumpleaños, para variar? —preguntó el hijo mayor de Graciela, abriendo la puerta de su espaciosa casa en Rímini.

—Papá viene en auto, pero ya sabés lo maniático que es con los motores. Se puso a revisarlo antes de salir, y yo tomé el tren.

Graciela besó a sus cinco hijos, todos varones, a sus nueras, y a sus nietos. Le había dado a Piero un crío por año, hasta que las complicaciones del último parto obligaron a una ligadura de trompas. Había acumulado tantos kilos como hijos y nietos, y el peso la hacía caminar como un pato.

Casada a los diecisiete años con el buen mozo de sus sueños, se mimetizó con la imagen de esposa italiana que su suegro había tenido en mente desde que la había presentado a Piero. Durante el tiempo en que Piero estuvo en servicio activo, se mudaban constantemente, pero el patrón de sus vidas se mantenía igual. No la había apenado abandonar su carrera de flautista —era imposible conciliarla con la maternidad bien entendida— aunque todavía tocaba, para deleite de toda la familia, las canciones populares que los niños aprendían de generación en generación.

Se sintió una princesa de cuento hasta el día aciago en que encontró una mancha de lápiz labial en la camisa que su marido había dejado para lavar. Atinó a correr al teléfono, a contárselo a su suegro con la voz entrecortada por el llanto.

—*Figlia mia,* no lo tomes así. Piero es hombre; no es mejor ni peor que otros.

—¿Entonces tengo que aceptar que me engañe? —sollozó ella.

—No es exactamente engaño, Graciela. ¿Cumple con sus deberes de esposo?

—Bueno, no nos falta nada ... Es buen padre ...

—¿Se comporta como un buen esposo en la cama?

—¡Papá Buccardini! Su hijo me pone los cuernos, y usted me avergüenza por teléfono. Por lo menos respete mi condición de mujer decente.

—Estás entendiendo mal, Graciela. Lo que tenés que entender es que si como esposo te deja satisfecha, lo que le sobra lo tiene que tirar en algún lado. Olvidate y, sobre todo, hacete la tonta. Va a llegar el momento en que acabará el sobrante. Yo sé lo que te digo.

En el día del cumpleaños de su nieto menor, Graciela, rodeada por la numerosa familia que había formado, no sabía si el momento anunciado había llegado. Pero el matrimonio era otra cosa, y sí, ella tenía un buen matrimonio, un marido cariñoso, e hijos que la llenaban de orgullo. Se hizo la señal de la cruz en agradecimiento a su buena fortuna. Otras quizá no habían sido bendecidas con la misma suerte.

***

Marcos Kronenberg estaba en la cima de su carrera, gracias a los manejos conjuntos de su padre y de Dora. No se había destacado con la viola, pero la conjunción inseparable de las dos personas más importantes en su vida, utilizando a fondo sus influencias, le habían abierto las puertas de selectas escuelas de música que comenzaron a inagurarse a principios de los setenta, fundamentalmente para proporcionar un lugar de esparcimiento seguro a los hijos de la clase media que concurrían a colegios de turno simple, y cuyos padres y madres, absorbidos en acaparar trabajo para «realizar su vocación» —o para no tener que encerrarse en los pequeños departamentos que los asfixiaban— acogieron con entusiasmo la idea de una educación musical que ofrecía actividades complementarias como la expresión corporal y el teatro de sombras.

El padre de Marcos puso el capital inicial cuando consideró que había llegado el momento de abrir escuela propia, y Dora asumió la dirección técnica. Marcos enseñó los rudimentos de la música hasta que la dupla Papá-Dora lo premió con la Dirección General. Su mayor responsabilidad consistía en vestir bien y cuidar de que los periódicos lo reportearan a menudo, lo cual le reportaba publicidad abundante y gratuita. Alcanzó una posición económica envidiable, y una reputación de experto máximo en temas de educación musical infantil.

Su diario de viaje fue leído en familia y quemado. Dora nunca le reprochó su affair abortado; es más, lo justificó: la angustia de ser dejado de lado, de estar sin ella en medio de extraños. Inclusive insistió en invitar a Alicia a la boda, y casi se sintió ofendida ante el lugar vacío en la mesa sobre la que una tarjeta ostentaba su nombre.

El padre de Marcos escuchó, pensativo, las páginas amargas escritas para su exclusivo beneficio. Su único comentario no carecía de argumento:

—Lo que yo hice mal, lo reconozco y te pido perdón. Te hizo afianzar tu amor por Dora, que no es poco, en esta época en que nadie está seguro de nada. Y estuviste en lo cierto al pensar que ella estaba en mi secreto. Desde que la trajiste a casa por primera vez, la quise como a una hija, y ella me retribuyó con creces.

Dora asintió, y desde la blancura de los rollos de su carne que no se molestaba en ocultar, avanzó por la vida de la mano de Marcos.

Él, con cincuenta y cuatro años cumplidos, conservaba, cuando no había periodistas presentes, ese aire entre huraño y atormentado de los viejos tiempos. Discretamente, se tiraba una cana al aire con alguna mujer casada o divorciada. La discreción era para no comprometer su imagen pública. Su convicción de que Dora permitiría lo que fuera siempre que no le arrebatara su lugar de esposa era inamovible.

***

Muy joven, demasiado joven, Karly murió de SIDA. La pareja que había formado con Leni le proporcionaba felicidad a una mitad de su ser; la otra mitad necesitaba el complemento de una relación con un hombre. No extrañaba a Esteban, pero tampoco encontró un compañero que se ajustara a esa rara combinación de sexo y espiritualidad que buscaba de uno en otro, en ambientes elegantes, ahora que ser gay era un galardón, y en bares espeluznantes frecuentados por prostitutas masculinas a quienes sólo los movía el afán de exprimir los bolsillos de los gay maduros prestándose a los disfraces virtuales que dominaban con arte inigualable.

Leni lo cuidó hasta el final, y lo amó hasta el final. Después vinieron otros hombres, en su mayoría jóvenes. Ambos habían conservado su lugar en la orquesta, y sentido la animosidad silenciosa del desfile de músicos más jóvenes que nunca supieron exactamente cuál de las versiones que circulaban acerca de la pareja se aproximaba más a la verdad. Los rumores que circulaban estaban plagados de omisiones, y ciertos nombres, que una Comisión «del año de la pelota», como decían ellos, había hecho desaparecer de los archivos, no se pronunciaron nunca. Leni hizo su duelo por Karly y llenó sus noches en brazos ansiosos de trepar a través de la «viejita», estrella por antigüedad no menos que por talento.

**

Nino, tullido por la artritis, vivía recluido en el caserón familiar de Cerdeña. Sus placeres se reducían al vino y a la buena mesa, a sonreír con alegría escuchando los conciertos dirigidos por el Maestro Wilhelm Müller en las emisiones que la RAI transmitía desde todo el mundo —uno, por lo menos, lo había logrado— y a esperar la visita anual del afamado director, que siempre reservaba una semana para él en medio de sus múltiples compromisos. Nino no lo había comprendido la noche de la confesión, pero lo había perdonado, porque buscó en el fondo de su alma los lados oscuros de la ambición unidos a la impaciencia de la juventud, y se preguntó qué habría hecho él en su lugar. Cuando la respuesta no le llegó en seguida, sobrevino el perdón. Sus encuentros, donde Wilhelm le regalaba el mundo al que Nino ya no deseaba asomarse en su condición de inválido, evitaban con premeditación de ambas partes toda referencia a Lars, cuyo suicidio anunciado en aquel permanente estar en otra parte finalmente lo había transportado hacia aquella otra parte, dondequiera que estuviese, después de la mejor ejecución de su vida en el Carnegie Hall, dirigido por Wilhelm.

**

Isabella Valenti, después de recibir de manos de Alicia a un esposo destruido por la infamia de una política que él siempre había desdeñado, y de escuchar atentamente el relato del suceso que había cortado esos últimos hilos que ella ya presentía frágiles, se mudó a Suiza, donde pasaban perfectamente desapercibidos, y cumplió con su deber hasta que perdió toda esperanza de recuperar siquiera la sombra del hombre que una vez fue Hugo Kovaciuk, Maestro entre Maestros. Puso a sus hijos en un internado, luego de persuadir a Stefano Gualteri de que los adoptara, para evitar que alguna casualidad nefasta los ligara a la historia de su padre. Orietta no tenía conciencia de haber tenido otro padre que Stefano, y Carletto poco a poco fue olvidando el rostro, la voz, y la figura de Hugo. Isabella le contó que su papá los había abandonado —lo cual, en cierto modo, respondía a la realidad— y le pidió que no la atormentara con preguntas que la hacían sufrir. Extranjero en un país extranjero, Carletto creía oír a veces el sonido de un violín maravilloso. Stefano, que pasaba largas temporadas con ellos, lo tranquilizó diciéndole que eran los discos de Jascha Heifetz que su papá acostumbraba escuchar.

—Stefano, ¿qué hacía papá? ¿Por qué se fue? —preguntaba Carletto como un sonsonete.

—Nada. Tu papá era un hombre de fortuna, y se dedicaba a coleccionar arte. No tengo respuesta para tu otra pregunta. Creo que era un hombre incapaz de quedarse mucho tiempo en un mismo lugar.

—Entonces no nos quería —afirmaba Carletto.

—Los quería tanto como un hombre como él podía querer.

Cuando Carletto cumplió dieciocho años, Isabella resolvió contarle la verdad, empezando por el principio, y explicándole que todo el andamiaje de encubrimientos había sido su arma para proteger su infancia.

—Dejo a tu criterio decírselo a Orietta si te parece, no todavía, porque es muy niña, y eres libre de tomar el violín de tu padre de nuestra casa en Roma. Es tu herencia, y puedes hacer con él lo que quieras.

Carletto pidió que se hicieran los trámites para volver al apellido paterno. Tal vez era una forma de venganza, demostrarle a su padre que él, con su conducta intachable y equilibrada, había restaurado el honor del apellido. Pero el interno cuyas cuentas comenzó a pagar no alcanzaba a ser ni un reflejo del padre que deseaba enfrentar. No había padre para él. El loco, el ido, —no sabía qué apelativo darle— había gastado su paternidad en hijos que no eran de su sangre. Carletto decidió que no había habido otro varón Kovaciuk antes de él. El violín languideció en la humedad que carcomía la estructura del Palazzo Valenti, y las termitas devoraron la preciosa madera.

***

El Secretario de Cultura Igor Olevsky se preparaba para postularse como vicegobernador de la provincia de Buenos Aires. Los servicios prestados a gobiernos militares y civiles, fiel a su prescindencia ideológica, le habían procurado padrinos en todos los bandos. Nunca miró atrás. Nunca se ató al pasado, ni a una mujer, ni a hijos que se decían suyos. Él cumplía sus funciones y se movía al siguiente cuadrado del tablero. Sólo los tontos y los sentimentales dan vuelta la cabeza, y él no era ni lo uno ni lo otro.

***

Esteban Fuentes, borracho perdido, repetía noche tras noche, con su lengua tartajosa:

—Yo fui un gran oboísta. El oboísta de la mejor orquesta de cámara del siglo XX. Un amor maldito me destruyó la vida. Perdí el interés en la música. Perdí el alma.

—Callate, letra de tango —se burlaban los habitués del boliche de Lugano—. Típico de fracasado, los delirios de grandeza. Ahora va a resultar que tocaste con Piazzolla.

—No, toqué con Kovaciuk, con el más grande —retrucaba él.

—¿Y a ése quién lo conoce? ¿Me vas a decir que hubo alguien más grande que Piazzolla?

Los tipos eran ignorantes, en su mayoría obreros de las fábricas de la zona, pero buenos tipos. Cuando Esteban perdía el dominio de su cuerpo, lo llevaban entre dos al cuartucho que alquilaba en un monoblock, a cambio de tareas de portero. Los obreros hacían una colecta de sus magros jornales para que pudiera comer, y le conseguían ropa en la iglesia cuando había donaciones.

—No sé para qué le damos guita, si no come. Deja hasta el último centavo en el mostrador del boliche —opinaban algunos.

—Pobre tipo. Andá a saber las que pasó. Por lo menos que se dé el gusto de chuparse; hay que haber estado en la mala para entender —contestaban otros, los que habían tenido la suerte de cortar la mala racha.

***

La señora Alicia Curi de Benavídez, jefa de relaciones públicas de una importante galería de artes visuales, llegó a su confortable piso de la Avenida Alvear, se quitó los zapatos que le hacían ver las estrellas, y miró furtivamente hacia la parte alta del vestidor, donde conservaba un par de seda azul en una caja preservada con contact.

Su esposo, el hacendado Agustín Benavídez, vecino de Hernán en el Tigre antes de que Hernán vendiera la isla, la esperaba con una medida de vodka pronta a relajarla de las tensiones del día. Sus dos hijas, nacidas mucho después del casamiento, porque Agustín quería disfrutar de la intimidad con la mujer que adoraba, desparramaron sus bien formados cuerpos sobre los sofás del living, y esperaron un hiato en la conversación de los padres para hacer una pregunta que las mataba de curiosidad desde que, abriendo sin permiso el tocador de su madre, habían encontrado un recorte amarillento con una fotografía de un grupo orquestal en la que creían reconocer, detrás de un hombre alto vestido de frac, un medio perfil que bien podía ser Alicia.

—Mami —dijo la más atrevida— ¿vos alguna vez tuviste algo que ver con una orquesta clásica, o con músicos de una orquesta clásica?

—¿De dónde sacaste semejante idea? —quiso saber Alicia.

Las muchachas confesaron la travesura, y se ofrecieron a traer el recorte.

—Lamento desilusionarlas, chicas; nunca conocí a un músico en mi vida, y mucho menos estuve cerca de una orquesta, salvo cuando papá y yo teníamos abono en el Colón, hace ya tiempo, cuando había buenas temporadas de ópera.

—¿Y entonces por qué guardás ese recorte? —insistió la curiosa—. ¿Tiene algún significado especial, por alguna otra razón?

Diría una mentira más, en salvaguarda del presente, y también para preservar ese pasado que le pertenecía sólo a ella. El recorte, objeto prescindible, no se llevaría con él su memoria.

—Ninguno. Ni creo haberlo guardado. Tal vez se sea algún concierto que me interesó en esa época, se mezcló con otros papeles, y fue quedando. Ya que metieron las manitos, sáquenlo y tírenlo.

—¿Entonces de verdad no significa nada? ¿No es un recuerdo de un amor imposible, por ejemplo? —se decepcionó la romántica.

—Nada. No significa absolutamente nada.

ombra fumo atomo niente

www.ingramcontent.com/pod-product-compliance
Lightning Source LLC
Chambersburg PA
CBHW030400030726
47497CB00002B/416

Make your own movies." And with that last statement, a smile forms on Lauren's face as we head out towards the door. "By the way Lauren—just between friends; did you kill your husband?" I asked—putting on my hat.

"I loved my husband very much Sam," she said. I tip my hat to her and leave. The next month I heard through the grapevine that Lauren did start her own production company. Good for her.

Chapter 98

Akimoto and Ozawa drive up to the place Hiroshi was last seen. It's a secluded neighborhood, away from large traffic. Large Palm trees cover the area, and in the night, it's a perfect camouflage. "There's no way Hiroshi would come back here," Ozawa said.

"Hiroshi Ito is a cunning and arrogant man," Akimoto replies. "He doesn't think like a normal criminal. That is the reason he has been able to elude capture. He is like an old samurai, fighting to keep the old traditions before modernization runs him over like a locomotive."

Ozawa looks at Akimoto's sword and draws her own assessment. "You're bringing a knife to a gunfight Sensei. Maybe you too are living for the old traditions." Ozawa's statement makes sense to Akimoto as he belts out a laugh. He wraps his hand around the sword and caresses it. "That is what my partner used to say," he said. "I guess one can say

I've always been a samurai, and I hope to die like one. To meet a great swordsman in battle was every great samurai's dream. Hiroshi is a rogue Ronin. He who serves no master will die without honor and friends. That is the way of Bushido." The two warriors exit the car and head toward the big and dark house.

I meet Armstrong at Michelle's place to see Michelle's car parked outside around ten at night. We can't make out how long her car's been here so I feel the hood. "It's still running warm Armstrong." Woodland Hills is a beautiful area west of Los Angeles off the 101 Freeway. It's also just outside my pay grade. The area is also known for its porn industry. Some of the homes here are used for shooting.

"I buzzed you earlier today Sam. I thought you went ahead without me," Armstrong said.

"I was officially ending the Tolliver case. Dealing with Hollywood can get a little intense man."

"Did she try to make you go Mandingo on her?" Armstrong joked. I gave Armstrong a funny look while I zip my jacket. "Well, she offered that after I had turned down bribe money," I said. The big guy stops in his tracks when I mentioned bribe. Bribery, of course, was his line of work in a past life. "How much was the bribe?" he asked.

The next words that come out of my mouth have to be chosen very carefully. Crushing the hopes of a man making a big payday can be bad for business, especially a large man with an even larger gun. "She offered five grand for me to testify against her daughter if a trial takes place," I said. I don't think Armstrong heard anything after I said five grand because the little veins in his forehead almost popped. "You turned away five grand?!" Armstrong asked. "Morally, the lady was leading down a path I didn't want to go down brother."

"Five grand can buy us all the morals we could use up in a lifetime Sam!"

"Trust me 'Strong, once I'd taken that money, we're bought and paid for, for any sleaze bag client in town. That's not the kind of team I'm grooming you dig?"

Armstrong finally relents, although it wasn't easy. We focus on the job at hand now as we head up to the one-story home of Michelle's. As we start to ring the doorbell, Michelle is there with a large suitcase. Johnny Tokoshima is inside closing other suit-cases. "Going somewhere Michelle?" I asked. The shock on Michelle's face tells it all. She wasn't expecting us—at least this time of the night. "Sam—what are you doing here?"

Armstrong takes the suitcase from Michelle as he walks her back inside—forcibly that is. "I was hoping to see you crying over your brother's body yesterday, but we both know why you didn't," I said. Johnny tries to get up and walk away.

"Sit down—where I can see you!" Armstrong ordered, pushing Johnny down with his forearm. "We were just taking a trip that's all," Michelle said.

"Save it sister. We know that you were blowin' town!" Armstrong argued. "You sold out Ken for your thirty pieces of gold to a stone-cold killer." The crocodile tears start to flow from Michelle's face as she reaches inside her purse for tissue. "I loved my brother—"

"I will come over there and knock the snot out you bitch if you say he was your brother again!"Armstrong snapped.

I hold the big guy back which almost tore my shoulder out the socket. Michelle looks over at Johnny for help, but the filmmaker doesn't make a move. "Armstrong here and Ken became good friends. You can see why he's so upset.

You and Ken came in my office and took me for a sucker. He played your brother so you could hide your real brother who's probably on his way here from Japan I suspect. Ken probably got a conscience after being around good people. That's probably why you started arguing a lot. With Ken out the way, the real Ken could come and fit right in without a care in the world. I'm taking you in for accessory to murder."

Michelle's tears begin to flow heavier now, but I'm not buying into it. Her acting is what got me into this mess. Man, even Hell couldn't defrost this mama. "By the way Michelle…what was Ken's real name—for my edification baby?" I asked.

His name was Eric Nakamura," Michelle said, wiping her eyes. "Can I go to the bathroom to freshen up first?"

"You got two minutes. After that, I send in Armstrong. He'd just as well bring you in dead than alive." Armstrong smiles at Michelle like an Italian Mafia kiss of death as she makes her way out of sight. Armstrong shakes his head. He stares down Johnny like he stole something. The little guy's name was Eric Nakamura. Sam we have to contact Eric's family in Japan man."

At that moment, Michelle comes out of the bathroom firing shots at Armstrong. I take out my .45 and pump two shots in her chest. She crumbles to the floor dead. Armstrong is shot in the arm and hating every minute of it.

"Fuck me! Why am I getting stabbed and shot all the time?!" He takes it out on Johnny by punching him in the face. "That's just in case you try something, motherfucker!" It's a one punch knockout for Johnny. He probably wishes he never laid eyes on Michelle now. I walk over to feel Michelle's pulse to make sure. "You okay 'Strong?" I asked.

"Man—that bitch was crazy! The bullet went straight through. I'm cool."

"Never turn your back on a desperate woman. That was my bad, man."

I place a call to the police. Michelle knew what she did would have repercussions. She was getting the hell out of Dodge because Hiroshi is not the one to leave loose ends. Inside her jacket are two first class tickets to Hawaii. She won't make it.

Chapter 99

Inside Hiroshi's house, the Black Rebels are still celebrating killing the son of a deceased Yakuza boss. Alcohol and cigarette smoke are abundantly used. Hiroshi sits at the head of the table like a conquering warlord. The bravado and arrogance are written all over his face. "Hiroshi, you have no enemies to worry about, now that you have killed the son of Boss Yamada," one gangster said. "Yes, and with more men we will own Los Angeles," he said. Hadeo comes in with a gloomy expression on his face.

"What is it Hadeo, you look troubled?" Hiroshi asked. Hadeo shows a reluctance to speak, but finally speaks up. "The girl has fooled us. Her brother was not her brother. She gave up someone who pretended to be him. The real Ken Yamada is still alive."

Hiroshi bangs his hands on the table. "I want her dead!" he yells.

"She's already dead—by that Private Detective." Hiroshi throws the bottle of Saki across the room. "SAM PHILLIPS MUST DIE!! He has taken the pleasure out of me cutting off that bitch's head myself!" Standing outside in the dark, Akimoto and Ozawa stand in the back lower level, waiting for the right time. "This is suicide, you know that right?" Akimoto asked.

Ozawa tries to get a good look inside the building. "We have the element of surprise on our side Sensei," Maria said, checking her rounds. "How many you think you could kill with that thing?"

"You just try to keep up," Akimoto said. Maria picks the lock on the basement door. "You missed your calling as a master thief Ozawa."

"Why thank you Sensei." The two warriors make their way through the darkness in the basement until they slow down upon seeing a glimmer of light. Ozawa moves ahead of Akimoto and is stunned at what she sees. A bunch of young female slaves tied up and gagged. "They're young slaves!" she said softly. The young girls try to communicate with Maria.

424

Maria tries to calm them down. "Quiet! I'm a cop. You have to be very quiet okay?!"

Akimoto and Maria cut the girl's taped wrists and mouths. "I want you to leave out the back way one at a time. There's a gas station just around the corner. I want you to go there and contact the police."

"You go with them Maria! They need your strength and courage!"

"And what will you do Sensei?!"

"Make him suffer." Maria gives Akimoto a goodbye look. He gives her a traditional Japanese goodbye—a long bow of respect. "Now go, before I lose my nerve." After everyone gets out, Akimoto finds a flashlight. He hears the men upstairs having a good time. He finds the circuit box and turns off the lights in first and second floors. He then hides in the dark and waits. Voices are heard upstairs about the power.

"Kazuki, go check the circuit board," one man said.

"Where is it?"

"It's in the basement stupid." Hadeo looks outside.

"Do you see anything suspicious?" Hiroshi asked. Hadeo steps outside the front door and looks around with a gun drawn. Stepping back in, Hadeo holsters his weapon.

"The street is clear boss." In the basement, Kazuki tries to turn on the lights. He turns on his flashlight and walks down the steps. He goes further in the room and notices the girls missing. Akimoto cuts Kazuki through with his sword. Akimoto takes off his shoes and softly walks up the stairs. A voice calls out to Kazuki with no answer. A man screams in agony in the darkness. "What is it?!" someone asked. "Someone's in the house!"

"Protect the boss!" Hiroshi is surrounded by his henchmen. Akimoto cuts down two more men who scream out. "Assassin!!" Akimoto moves around in total silence as the henchmen shake in fear. They shoot at anything they think is the killer. "What are you fools shooting at?!" Hiroshi shouted. "He is a skilled swordsman! Aren't you brother?! Who paid you? I'll double what they're paying!" Akimoto feels pain in his arm. A stray bullet has found its target. "My men are shooting each other because of you, Assassin. Come have a drink with me, we'll talk things out."

"I'm revenging the death of the kid you killed the other night. His name was Ryota—a student of mine. Hiroshi smiles at getting Akimoto to talk. He ushers his men where to look. "Oh, you must be working with Sam Phillips then. I must say he has been a worthy advisory."

426

Akimoto moves from his original spot. He takes down two more henchmen which infuriate Hiroshi. Only Hadeo is left.

"Your time has come and went samurai. The day of the gun is here to stay! Just ask the Yakuza. I wiped them out in Little Tokyo." Hiroshi waves over Hadeo whose trying to locate Akimoto. "We'll flush him out. You maneuver your way around him, and I'll get him from behind," Hiroshi said.

"But he'll gut me like a fish from the front!" Hadeo replied.

"You have your gun. Use it to flush him out, and I'll finish him. Akimoto wraps his arm to stop the bleeding. He picks his sword up and slides along the walls for positioning. Hadeo shoots in the darkness and is cut down faster than a knife through butter. Hiroshi, seeing the sharp blade in the darkness shoots in the direction Hadeo and Akimoto were heard. Akimoto goes down from several bullets. His prized sword lies beside him.

The police sirens are heard in the distance. Hiroshi takes off—escaping once again.

What the police found inside was the look of a slaughterhouse. Men's bodies strewn about and cut open like slaughtered cows. "What a massacre," one cop said. Another officer leans over Akimoto and feels his pulse. "This must have been the killer," another cop said.

"He was the hero!" Maria shouts as she pushes the cop to the side and kneels down beside Akimoto. "And he was a damn good detective in his day."

Chapter 100

News had spread around the precinct of one man killing a house full of Yokohama Black Rebels with a sword before he bought it, and I immediately knew it was Sensei Akimoto. Ozawa was put on desk duty for her role in involving a civilian in the assault on Hiroshi's place, but is not reprimanded because of her rescuing the enslaved young girls. I paid a visit to the precinct to hear from Ozawa herself, after saying goodbye to the warrior Akimoto.

"What's up Detective?"

"They have me on lockdown Sam," Maria said. A stack of paperwork covers Maria's desk that would cause even the sanest of people to pull their hair out.

"Hey, you're a hero kid. They just don't know what to do with you and all your fineness catching the spotlight," I said. It brought a welcome smile to Maria's face.

"Did you see the Sensei?" she asked.

"I saw him. Not many of us can go out the way we'd like."

"He was shot in the back," Maria pointed out. "It was Hiroshi. He let his men do all the dirty work while he snuck in like the coward he is…"

"His men are dead, and he's running scared. I'm going to put a bullet in his cold heart."

"What are you going to do?" Maria asked.

"I don't know. Whatever I do, It's gonna' be funky baby."

Captain Pierpont comes out of his office looking for someone's ass to kick, and by chance he found me. "Phillips, get in my office, now!" Everyone looks away like I'm a dead man walking, including Maria, who buries her face in the mound of paper.

Pierpont slams the door behind him leaving an Earthquake like vibration.

"Phillips, did you have anything to do with this civilian raid on Hiroshi's place tonight?!" Pierpont asked.

I can tell the captain is using me for a punching bag so he could tell his superiors he's covered all the bases. Hell, it won't be the first time I've gone a couple of rounds with him. I've even won a few.

"I had nothing to do with it Captain. As you know, I was handling my own crisis earlier," I said. "I personally think you and the chief should be handing Ozawa and Akimoto awards for what they've done man."

The captain chews on a cigar that's seen better days while he mulls over my suggestion. "We're already coming up with the best way to accommodate that. There's just the red tape to get through you know.

"It would make great press," I suggested.

"Of course it would!" Pierpont pushed back. "When are you going to catch that hoodlum? He's causing a serious dent in the Los Angeles Census, including a lot of your friends." That was my cue to leave. Just like Pierpont said,

431

I'm already coming up with the best way to accommodate the situation. Now I need to follow through with his capture or death. "I'm giving you 48 hours to bring him in dead or alive Phillips, or I'm shutting you down—you dig?!"

"Yeah—I dig."

Chapter 101

As I drove back home from the precinct, I stopped to get
Connie some ice cream she wanted. I had wondered why she
craved cream this late, but who am I to ask, that's what
women do. I had made sure I purchased it large enough for
Saivon too. The captain was right. Hiroshi had killed a lot of
friends of mine and continues to elude me and the police of
capture. Where would a cold killer go after all his men and
girlfriend has been killed?" I asked myself. I took off down
the 405 after realizing what I'd do in his situation.

Hiroshi was a man with nothing more to lose. He is a
defeated man who probably wants to take his enemy down
with him like a Kamikaze pilot would. My heart is pumped
as I pull my .45 after jumping out of the car. The front door is
cracked as I step inside. It's a quiet peace in the room, the
kind you hear when you've just returned from a long trip. I'd
give anything to see Connie and Saivon rush out to greet me.

My wish turns into a nightmare as Connie is lying face down on the floor. A small pool of blood surrounds her face. I reach down to feel for a pulse that is very weak.

"The police have already been called Hiroshi! Let my son go!" I shouted. I look around with my gun pointed in every direction. Hiroshi calmly comes out holding Saivon with a flak jacket on. "Let him go!" Hiroshi pulls open the jacket to my horror to see a bomb strapped to my son. Saivon cries out like I've never seen him cry. "Daddy!" Hiroshi pulls out a small clicker and points it at me.

"One more step Mr. Phillips and the police will find us in pieces!" Hiroshi said. "I killed your girlfriend just as you and your buddies killed mine!

"You got your revenge Hiroshi, now let my son go!" Hiroshi looks at Saivon and smiles.

"This is your son?! He doesn't look like you, if you know what I mean."

"I'm sorry to disappoint you, now let him go—please!" Hiroshi laughs out loud like a deranged man—waving the clicker at me. There are flashes of 'Nam race before my eyes, making it unbearable to see Saivon suffer.

"I want you to put down your gun and kick it over here, Sam Phillips," Hiroshi demanded.

"That ain't going to happen, punk! I give up my weapon, and you blow my head off and then kill my son!"

"If you don't throw down your gun, your son dies!"

"Then we all die! I will die with my son because I can't live without him, but I'm not dropping this fucking gun!" A minute goes by as Hiroshi mulls over his options. He cracks an evil smile that tells me that my son and I are history. "See you in Hell Sam Phillips!!"

Out from the back jumps Maria Ozawa wielding a sword. She chops Hiroshi's hand off with the clicker. Hiroshi screams as his hands falls to the ground. Saivon breaks free as Armstrong busts in and fires at the same time I do, hitting Hiroshi dead on. Hiroshi's murderous spree is over. I rush over to take the flak jacket off Saivon and disarm the bomb.

"We got that crazy mother fucker!" Armstrong said. I rush over to Connie to check on her. I turn Connie over slowly. "Call an ambulance Detective! Maria calls for an ambulance on her radio. "Connie! Connie!" Connie wakes up slowly.

"Hey beautiful," I said.

"How's…my Son?"

"He's right here, and he's fine. You did good kid. You hold on." Saivon reaches down and holds Connie by the hand. "Don't die Connie!" he said—crying.

"You be a good boy and take care of your father." I wave Armstrong over to take Saivon away. He kicked and made a fuss to Armstrong while the big guy held him back. Connie squeezes my hand as I try to put up a brave front. "Who's going to take care of things for you at the office now?" she asked with a slight smile."I'm sorry it took me a long time to know what I had in you, baby. I love you."

"I will always be there for you Sam." Connie died in my arms just as the ambulance sirens are heard. Maria rushes back in to find everyone upset. Armstrong holds her up. "Is she…?"

"She's gone Maria," Armstrong said. I stand up and look at my son and my two partners. Something tells me we'll be alright. "Is that Akimoto's sword?" I asked.

"Yes it is."

"It fits you…partner."

Word spread around Little Tokyo that Hiroshi's reign of terror was over. It must have felt like the Wicked Witch of Oz was dead to them. A party was held in our honor. Maria felt like a Homecoming Queen. Captain Pierpont was even a different person—for a short time anyhow. A lot of cases came our way too. It'll take a special person to take the place of Connie as an assistant. She's up there smiling down on me to move forward. It was her way.

Two weeks later we all met at Miss Bernice's. We toasted the good friends and family lost in this case. In the meantime, a short vacation is needed with Saivon. The first person walking through that door looking for my help will go to Armstrong or Ozawa. I turn around after downing another glass of Jack Daniels and a beautiful woman walks in with long legs, nice eyes, a pretty smile, and a look of desperation to her.

"I'm looking for Sam Phillips Investigations. I need help." Like I was saying, what kind of Private Dick would I be to turn down a damsel in distress? I love this job.

Connie's gone. I'll never forget her and what she brought to my life. Saivon is my biggest priority now. We have each other, and nothing else seems to matter—for now.

One week later I had heard from Maria that Hiroshi would have been a dead man if he went back to Japan. The Yakuza regrouped with more men and power. They wiped out the Yokohama Black Rebels and have established control again in Little Tokyo. That's the Bushido way.